몬테크리스토 백작 1

# 몬테크리스토 백작 1

알렉상드르 뒤마

오증자 옮김

민음사

다시 뒤마를 생각하며

# Alexandre Dumas

친애하는 나의 벗에게

내일 4월 16일에 빌레르코트레(뒤마의 고향이자 뒤마의 무덤이 있는 곳)에서 추도식이 열린다는 소식을 신문을 통해 알았습니다. 나는 아픈 아이 곁에 있어야 하기 때문에 그곳에 갈 수 없을 겁니다. 몹시 유감스러운 일입니다. 그러나 나는 마음으로는 당신 바로 곁에 머물고 싶습니다. 이 고통스러운 행사에서 내가 무슨 말을 할 수 있을지 모르겠군요. 내 삶에 쌓여 있는 비통한 감정들을 억누르고 나는 감히 당신께 말하고자 하는 몇 마디를 이렇게 편지로 써 보냅니다.

돌이켜보면, 이 세기의 어떠한 작가도 알렉상드르 뒤마의 인기를 능가하지 못합니다. 그의 성공은 성공 이상의 것입니다. 그것은 승리입니다. 그것은 팡파레처럼 찬란하게 울려 퍼집니다. 알렉상드르 뒤마라는 이름은 프랑스적인 것 이상입니다. 그것은 유럽적인 것입니다. 아니 그는 유럽적인 것 이상입니다. 그의 이름은 바로 보편입니다. 그의 연극 포스터는 전세계에 붙어 있습니다. 그의 소설들은 모든 언어들로 번역되었습니다. 알렉상드르 뒤마는 문명의 씨앗을 뿌리는 사람들 가운데 하나입니다. 그는 뭐라고 형용할 수 없는 밝고 강한 빛으로 사람들의 마음을 정화하고 새롭게 개선합니다. 그는 우리의 영혼과 두뇌, 지성을 풍요롭게 합니다. 그는 〈읽고자 하는 욕구〉를 창조해 냅니다. 그는 사람의 영혼을 파고 들어가 거기에 씨를 뿌립니다. 그가 뿌리는 것은 바로 프랑스의 정신입니다. 프랑스의 정신은 인류의 보편성을 담지하고 있어서 그것이 파고 들어가는 도처에서 진보를 만들어냅니다. 거기서 바로 알렉상드르 뒤마 같은 사람들의 엄청난 인기가 생겨납니다.

알렉상드르 뒤마는 우리를 매혹하고 유혹하며 흥미를 갖게 하고 재미있게 하고 뭔가를 가르쳐줍니다. 그토록 다양하고, 살아 있으며 매혹적이며, 강렬한 그의 작품들에서 프랑스만의 고유한 빛이 생겨납니다. 드라마의 가장 감동적인 감정들, 희극의 모든 아이러니들과 모든 깊이들, 역사의 모든 직관들이 이 광대하고 민첩한 건축가가 지은 놀라운 작품 속에 들어 있습니다. 그의 작품에는 어둠도 신비스러움도 파묻혀 있는 불가사의도 혼미스러움도 없습니다. 단테와 같은 것은 없지만 볼테르나 몰리에르적인 것은 모두 다 들어 있습니다. 곳곳에 찬란한 빛과 정오의 태양과 같은 밝음이 있습니다. 그의 작품이 지니는 장점들은 너무나 많아서 셀 수조차 없습니다. 40년 동안 이 정신은 기적처럼 음미되었습니다. 그에게는 그 어떤 것도 부족하지 않습니다. 우리에게 의무였던 투쟁도 우리에게 행복을 가져다주었던 승리도 맛보았습니다.

이 정신은 경이로운 모든 것을 가능하게 했고 심지어 계승되어 아직도 살아 있습니다. 마침내 그는 영원히 존재할 수 있는 방법을 찾은 것입니다. 당신이 바로 그 방법인 셈입니다. 당신의 명성은 그의 영광을 잇고 있습니다. 당신의 아버지와 나는 모두 젊었었지요. 나는 그를 사랑했고 그는 나를 사랑했습니다. 알렉상드르 뒤마는 그의 마음씨나 정신 모두가 위대했던 영혼이었습니다. 저는 그를 1857년 이후로는 보지 못했습니다(위고는 나폴레옹 3세가 쿠데타로 집권하게 되자 그의 집권을 몹시 강한 어조로 비판했고 그 때문에 1857년 프랑스를 떠나 망명길에 오르게 된다——옮긴이).

그가 게르니지에 있는 나의 망명처에 왔을 때 우리 두 사람은 훗날 조국에서 만나자고 약속했었지요. 1870년 9월 이제 때가 되었습니다. 나는 조국으로 돌아왔습니다. 그러나 아뿔싸, 똑같은 바람이 정반대의 결과를 낳고 말았습니다. 나는 파리로 되돌아왔지만 알렉상드르 뒤마는 방금 전에 파리를 떠나고 말았던 겁니다. 나는 그의 손을 마지막으로 한번 잡아보지도 못했습니다.

오늘 나는 그의 마지막 추도 행렬에도 참석하지 못합니다. 그러나 그의 영혼은 내 영혼을 보고 있습니다. 며칠만 있으면 저는 지금 제가 하지 못한 것을 할 수 있을 것입니다. 나는 혼자서 그가 누워 있는 들판으로, 그가 내 망명처를 찾아왔던 방문처럼 이번에는 내가 그의 무덤으로 찾아갈 것입니다. 친애하는 벗이여, 내 친구의 아들이여, 당신에게 마음으로부터 키스를 보냅니다.

1872년 4월 15일
빅토르 위고

★ 뒤마 2세에게 보낸 위고의 편지이다.
위고는 뒤마가 죽은 지 2년 후인 1872년 4월 15일 뒤마의 아들이자 『춘희』 등의 작품을 남긴 뒤마 2세에게 이 편지를 쓴다.

# 1권 차례

마르세유—도착 · 13

아버지와 아들 · 28

카탈로니아 마을 사람들 · 41

음모 · 60

약혼 피로연 · 72

검사 대리 · 95

심문 · 113

이프 성 · 132

약혼식 날 밤 · 151

튈르리 궁(宮)의 서재 · 162

코르시카의 귀신 · 177

아버지와 아들 · 191

백일 정치 · 203

성난 죄수와 미친 죄수 · 219

34호와 27호 · 239

이탈리아의 학자 · 270

신부(神父)의 방 · 287

보물 · 319

세번째 발작 · 341

이프 성의 무덤 · 359

티불랭 섬 · 368

밀수업자 · 388

몬테크리스토 섬 · 401

경탄 · 414

『몬테크리스토 백작』에 나오는 주요 인물들

· **에드몽 당테스** 파라옹 호의 일등 항해사. 이프 성의 죄수였다가 14년 만에 탈옥하여 몬테크리스토 백작이 된다. 신드바드, 자코네 씨, 윌모어 경, 부소니 신부 등으로 가장한다.
· **파리아 신부** 로마 추기경의 비서였다가 체포되어 이프 성에 감금된 죄수. 에드몽 당테스의 결정적인 조력자.
· **메르세데스** 에드몽 당테스의 약혼녀. 나중에 모르세르 백작 부인이 된다.
· **페르낭 몬데고** 메르세데스의 사촌오빠. 나중에 모르세르 백작이 된다.
· **알베르 드 모르세르** 페르낭과 메르세데스의 아들
· **당글라르** 파라옹 호의 회계였다가 나중에 파리의 은행가로 성공하여, 남작 칭호를 얻는다.
· **제라르 드 빌포르** 검사. 누아르티에 드 빌포르의 아들로, 자신의 야망 때문에 당테스가 종신형에 처하게 한다.
· **가스파르 카드루스** 에드몽 당테스의 이웃. 양복장이였다가 퐁뒤가르 여관 주인이 되지만 살인을 저지른다.
· **루이 당테스** 에드몽 당테스의 아버지
· **모렐 씨** 파라옹 호의 선주
· **막시밀리앙 모렐** 모렐 씨의 아들
· **쥘리 모렐** 모렐 씨의 딸
· **누아르티에 드 빌포르** 나폴레옹을 신봉하는 급진파
· **르네 드 생메랑** 제라르 드 빌포르의 첫번째 부인
· **발랑틴** 제라르 드 빌포르와 르네 드 생메랑 사이의 딸. 막시밀리앙 모렐을 사랑한다.
· **바르톨로메오 카발칸티** 몬테크리스토 백작이 지어낸 가공의 인물
· **베네데토** 제라르 드 빌포르의 사생아. 바르톨로메오의 아들, 안드레아 카발칸티 공작으로 행세하지만 나중에 사기꾼에다 탈옥수임이 밝혀진다.
· **엠마뉘엘 레이몽** 모렐 상사의 직원. 나중에 쥘리 모렐과 결혼한다.

- **엘로이즈** 제라르 드 빌포르의 두번째 부인
- **에두아르** 엘로이즈와 제라르 드 빌포르의 아들
- **바롱 당글라르** 당글라르의 아내
- **외제니 당글라르** 당글라르의 딸. 결혼을 거부하고 자유를 찾아 떠난다.
- **루이즈 다르미** 외제니의 성악 선생
- **카르콩트** 카드루스의 아내. 마들렌이라고 불리기도 한다.
- **프란츠 데피네** 왕당파인 케넬 장군의 아들. 알베르 드 모르세르의 친구이다.
- **보샹** 《앵파르시알》의 편집장. 알베르 드 모르세르의 친구이다.
- **라울 드 샤토 르노** 알베르 드 모르세르의 친구
- **당드레** 왕당파 경시총감
- **드 보빌** 감옥 순시관. 나중에 양육원의 수납 과장이 된다.
- **자코포** 죈아멜리 호의 선원
- **파스트리니** 로마의 호텔 주인
- **가에타노** 로마의 선원
- **쿠쿠메토** 산적 두목
- **카를리니 디아볼라치오** 쿠쿠메토의 부하
- **리타** 카를리니의 약혼녀
- **루이지 밤파** 양치기 소년. 나중에 로마의 산적이 된다.
- **테레사** 루이지 밤파의 약혼녀
- **알리 테베린** 자니나의 총독
- **바실리키** 알리 테베린의 아내
- **하이데** 알리 파샤와 바실리키의 딸로, 몬테크리스토 백작의 노예가 된다.
- **베르투치오** 몬테크리스토 백작의 집사
- **바티스탱** 몬테크리스토 백작의 시종
- **알리** 누비아 인으로 몬테크리스토 백작의 노예
- **아델몬테 신부** 시칠리아의 신부

## 마르세유 —— 도착

1815년 2월 24일, 노트르담드라가르드 망루에서는 스미르나, 트리에스테를 거쳐 나폴리에서 오는 돛대 셋을 가진 파라옹 호(號)가 보인다는 신호를 올렸다.

그러자 여느 때처럼 뱃길 안내인이 곧바로 항구를 빠져나가, 이프 성(城)을 지나 모르지웅 곶[岬]과 리옹 섬 사이에 있는 배에 다가갔다.

그리고 또 여느 때와 마찬가지로, 생장 요새(要塞)의 전망대는 이내 구경꾼들로 가득 찼다. 배가 항구에 들어오는 일은 마르세유에서는 언제나 큰일이었기 때문이다. 더구나 그 배가 파라옹 호처럼, 고대 소아시아 포카이아 시가 식민 도시로 세운 마르세유의 조선소(造船所)에서 만들어지고 짐이 실린 데다가, 또한 그 소유주가 이 도시 사람인 경우라면 더욱 커다란 사건이 아닐 수 없었다.

그러는 중에도 배는 조금씩 다가와, 칼라자레뉴 섬과 자로스 섬 사이의 심한 화산성 지진으로 푹 파인 해협을 지나 포메그 곳을 돌아 세 개의 중간돛과 커다란 삼각돛, 뒷돛을 펴고서 서서히 전진하고 있었는데, 너무나 침울한 분위기를 띠고 있어서, 구경꾼들은 불행을 예감하는 어떤 본능으로 배에 무슨 사고가 일어났을 것이라고 수군거리기 시작했다. 하지만 항해를 익히 아는 이들은 설사 사고가 일어났다 하더라도 배 자체에 일어난 것은 아니라는 것을 알아차렸다. 배는 잘 조종되어 들어오고 있었기 때문이다. 닻은 내려지고, 제1 경사돛의 용층줄은 풀려 있었다. 그리고 마르세유 항의 좁은 입구로 이제 파라옹 호를 이끌려고 하는 뱃길 안내인 옆에서, 눈동자가 빛나고 동작이 재빠른 한 청년이 배가 움직이는 것을 일일이 살피며 뱃길 안내인의 명령을 되받아 소리를 지르고 있었다.

구경꾼들 사이에 떠돌고 있던 막연한 불안감은 생장 광장에 몰려든 이들 중에서도 특히 어느 한 남자의 마음을 무겁게 했다. 그는 배가 항구에 들어올 때까지 기다릴 수가 없었다. 이윽고 그는 조그만 보트로 뛰어오르더니, 파라옹 호 앞까지 노를 저으라고 명령했다. 이내 배는 레제르브 만 앞에서 파라옹 호와 맞닿았다.

그가 다가오는 것을 보자, 좀 전의 청년은 뱃길 안내인 옆을 떠나, 모자를 손에 들고 다가가서는 뱃전에 몸을 기댔다.

그는 열여덟에서 스무 살쯤 돼보이는 키가 크고 날씬한 청년이었는데, 아름다운 검은 눈에 머리색은 칠흑 같았다. 몸 전체에서, 어릴 적부터 위험과 싸우는 데 익숙해진 사람들에게

서만 엿볼 수 있는 침착하고도 단호한 모습을 볼 수 있었다.
「아, 당테스, 자네였군!」보트를 탄 남자가 소리쳤다.「그런데 웬일인가? 어째서 이렇게 배 전체가 온통 침울해 보이지?」
「모렐 씨, 굉장히 불행한 일이 일어났습니다」청년이 대답했다.「굉장한 불행입니다. 제게는 더더구나 말할 수 없이 큰 일입니다. 치비타베키아 바다 한가운데서 그만 그 용감하시던 르클레르 선장님을 잃었어요」
「그럼, 짐은 어떻게 됐나?」하고 선주가 성급히 물었다.
「짐은 무사히 싣고 왔습니다, 모렐 씨. 그 점은 만족하실 겁니다. 하지만 선장님께서 안타깝게도……」
「도대체 무슨 일이 있었는가?」선주는 눈에 띄게 마음이 놓인 듯한 어조로 이렇게 물었다.「그 용감하던 선장에게 무슨 일이 일어났단 말인가?」
「돌아가셨습니다」
「바다에 빠졌나?」
「아닙니다. 뇌막염으로 몹시 고생하시다 돌아가셨어요」
그러더니 청년은 다시 부하들 쪽으로 돌아서며 소리쳤다.
「자! 닻을 내릴 테니 모두들 제자리로 가라!」
선원들은 청년의 명령에 따랐다. 여남은 명의 선원들 모두가 저마다 아딧줄로, 활죽으로, 용층줄로, 이물 쪽의 삼각돛 아딧줄로, 혹은 줄임줄로 제자리를 찾아 달려갔다.
청년은 작업이 시작되는 것을 맥없이 훑어보면서, 자기의 명령이 제대로 실천에 옮겨지는 것을 보자, 다시 아까 이야기하던 선주에게로 돌아왔다.

「그래, 어쩌다가 그렇게 됐단 말인가?」 선주는 조금 전에 하다 만 이야기를 다시 계속하며 말을 이었다.
「정말이지, 전혀 뜻밖의 일이었어요. 선장님은 항만 관리대장하고 한참 동안 말씀을 나누시고 나서 나폴리를 떠났는데, 그때 몹시 흥분해 계셨습니다. 그런데 스물네 시간이 지나자 열이 나시더니 사흘 후에 그만 운명하시고 말았어요…… 저흰 늘 하던 관례대로 장사를 치렀습니다. 선장님께선 지금 그물 침대에 단정히 싸여서 발과 머리에 서른여섯 근짜리 쇠뭉치를 달고 엘지글리오 바다 한가운데에 잠들어 계십니다. 선장님의 훈장과 칼은 미망인께 드리겠습니다. 생각하면 기막힌 일이지요」 청년은 씁쓸한 미소를 지으며 말을 이었다. 「영국 사람들하고 십년이나 싸웠는데, 결국은 보통 사람들과 하나도 다를 바 없이 침대에서 돌아가시다니」
「원, 그게 무슨 소린가, 에드몽」 차츰 마음이 가라앉는 듯 선주는 이렇게 말했다. 「사람은 누구나 죽게 마련이야. 아, 그리고 늙은이들은 젊은이들에게 마땅히 자리를 내주어야 하는 게 아닌가. 그러지 않고서야 승진 같은 것도 있을 수 없지 않겠나? 게다가 자네 말대로 짐은……」
「안전합니다, 모렐 씨. 안전하다니까요. 그렇지만 2,500프랑의 이익을 바라고 할 항해는 아니더군요」
그러고는 선원들이 방금 둥근 탑을 지나친 것을 보고, 「중간돛, 삼각돛, 고물돛을 줄여라!」 하고 외쳤다. 명령은 거의 군함에서만큼이나 신속하게 이행되었다.
「돛을 내리고 줄을 전부 감아라!」
이 마지막 명령으로 돛은 전부 내려졌다. 그리고 배는 여태까지의 타성(惰性)으로 거의 눈에 띄지 않으리만큼 서서히 나아갔다.

「자, 이젠 올라와 보시겠습니까, 모렐 씨?」 선주가 초조해하는 모습을 보며, 당테스가 말했다. 「마침 회계(會計)를 보는 당글라르 씨도 선실에서 나왔으니, 궁금해하시는 것들을 상세히 알려드릴 겁니다. 저는 닻 내리는 것도 감독해야겠고 또 배에 상장(喪裝)도 달아야겠습니다」

선주는 당테스가 두 번 말하지 않게 했다. 선주는 당테스가 던져준 밧줄을 잡자, 뱃사람이래도 손색이 없을 만큼 능숙하게, 불룩한 뱃전에 못박혀 있는 사다리를 기어올랐다. 한편, 일등 항해사 자리로 되돌아온 당테스는 아까 당글라르라는 이름으로 부른 그 사나이에게 선주와 이야기할 기회를 주었다. 당글라르가 선실에서 나와 선주 앞으로 다가왔다.

지금 새로 나타난 이 사람은 스물대여섯가량의, 인상이 퍽 어두운 남자였는데, 윗사람에겐 아부하고 아랫사람에게는 거만했다. 그런 이유로 에드몽 당테스가 선원들의 사랑을 받는 데 반하여, 대체로 선원들의 반감을 사는 회계원이라는 직책까지 더해져 선원 모두에게 미움을 사고 있었다.

「모렐 씨, 이번 일 알고 계시죠?」 하고 당글라르는 선주에게 물었다.

「응, 알고 있지, 정말 안됐군. 르클레르 선장은 용감하고 정직한 사람이었는데」

「게다가 하늘과 바다 사이에서 나이를 먹은 훌륭한 선원이었죠. 모렐 상사만큼 중요한 상사의 이익을 맡아볼 사람으론 꼭 적임자였으니까요」 하고 당글라르는 대답했다.

「하지만」하고 선주는 닻을 내릴 곳을 찾고 있는 당테스에게서 눈을 떼지 않은 채 말했다.「하지만 당글라르, 일을 잘해 내는 데는 꼭 그렇게 나이 많은 선장만이 필요한 건 아닌 것 같네. 저 에드몽을 보게나. 남의 조언을 받지 않고도 제 할 일은 알아서 다 하는 것 같지 않은가?」
「그렇군요」하며 당글라르는 당테스를 곁눈질로 흘끗 바라보았다. 그의 눈엔 증오의 빛이 타올랐다.「맞습니다. 젊지요. 하지만 젊기 때문에 매사에 겁낼 줄을 모르지요. 선장이 죽자마자 아무한테도 의논하지 않고 자기가 배를 지휘했으니까요. 그리고 곧장 마르세유로 오질 않고 엘바 섬에서 하루 반이나 머무르더군요」
「배를 지휘하는 거야, 일등 항해사인 그 사람 책임이지. 하지만 배를 손질해야 할 만큼 상한 데도 없는데, 하루하고도 반나절이나 엘바 섬에서 묵었다는 건 잘못한 처산데」하고 선주가 말했다.
「배야 저처럼, 그리고 모렐 씨께서 그러시길 바라시듯 아무 탈 없었지요. 그러니 그 하루하고 반나절이란 시간이 순전히 재미 삼아 뭍에 올라간다는 변덕으로 없어진 셈입지요」
「당테스!」선주는 청년에게로 몸을 돌리며 말했다.「이리 좀 오게」
「죄송합니다, 곧 가겠습니다」당테스는 이렇게 대답하고 나서 선원들을 향해 소리쳤다.「닻을 내려라!」
이윽고 닻이 내려졌다. 그러자 쇠사슬이 시끄러운 소리를 내며 풀려나갔다. 당테스는 뱃길 안내인이 있건만, 이 마지막 작업이 끝날 때까지 자리를 떠나지 않았다. 그러고 나서 외쳤다.

「기를 반기(半旗)로 하고 조기(弔旗)를 올려라! 활대를 십자로 하고!」
「저것 보십쇼. 제 말씀대로 자기가 벌써 선장이라도 된 줄 안다니까요」 하고 당글라르가 말했다.
「하지만 사실 선장은 선장일세」 선주가 대답했다.
「그렇죠. 선주님하고 아드님의 승인은 없었지만요」
「허! 저 사람을 그 자리에 앉히지 못할 까닭이 어디 있나?」 선주가 말했다. 「하긴 나이가 젊긴 하지. 그래도 내 보기엔 모든 일에 능한 것 같고 항해에는 정말 경험이 많지 않은가」
당글라르의 이마에 어두운 그림자가 스쳐갔다.
「죄송합니다」 당테스가 가까이 오며 말했다. 「이젠 닻도 내렸으니 무슨 일이든지 시키십시오. 절 부르셨지요?」
당글라르는 한걸음 뒤로 물러섰다.
「한 가지 묻겠는데, 엘바 섬엔 왜 배를 댔었나?」
「저도 모르는 일입니다. 르클레르 선장님께서 돌아가실 때 제게 소포를 하나 주시면서, 베르트랑 대원수(나폴레옹 군의 장군(1773-1844) ── 옮긴이)께 전하라고 하셔서요」
「그래 그분을 만났나, 에드몽?」
「누구 말씀입니까?」
「대원수 말야」
「예」
모렐은 주위를 살폈다. 그리고 당테스를 다른 곳으로 끌고 갔다.
「그래, 폐하(나폴레옹을 말한다 ── 옮긴이)께선 어떠시던가?」 하고 그는 성급히 물었다.

「안녕하십니다, 제가 보는 눈이 틀림없다면 말입니다」
「아니 그럼 자넨 폐하도 뵈었나?」
「제가 대원수님과 있는데 그리로 들어오시더군요」
「그래 얘기도 해봤나?」
「그분이 제게 말씀을 건네셨습니다」
당테스는 미소를 지으며 말했다.
「그래 자네에게 뭐라고 하시던가?」
「배 얘기와, 배가 언제 마르세유를 떠났는지, 그때까지 거쳐온 뱃길이며 또 배에 싣고 있는 짐에 대해서 여러 가지 일을 물으시더군요. 제가 보기엔 만일 배가 비어 있고 또 만약 제가 배 임자라면 그 배를 사고 싶어하시는 눈치였어요. 하지만 전 이 배의 일등 항해사에 지나지 않고, 이 배는 모렐 상사의 배라고 말씀드렸죠. 그랬더니, 아! 모렐 상사라면 나도 알지, 모렐 집안이야 대대로 선주니까. 그 집안에는 내가 바랑스에 주둔했을 시절에 나와 같은 연대에 있었던 사람도 있어, 하시더군요」
「암 그렇고말고!」 선주는 신이 나서 외쳤다. 「그게 바로 우리 아저씨 폴리카르 모렐 이야기야. 대위가 되셨었지. 당테스 자네, 우리 아저씨한테 폐하께서 당신을 기억하고 계시더라고 말해 보게나. 그 늙은 노병께선 눈물을 줄줄 흘리실 걸세, 정말로」 선장은 청년의 어깨를 다정하게 두드리면서 말을 이었다. 「당테스, 르클레르 선장 명령대로 엘바 섬에 들르길 잘했네. 하지만 자네가 대원수께 소포를 전하고 폐하와 얘기한 걸 사람들이 알면 자네 신상에 화가 미칠지도 모르네」
「선주님, 화가 미치다니 무슨 말씀이십니까?」 당테스는 말했다.「저는 제가 가지고 간 게 뭔지도 모르고 있는데요. 그리고 폐하께서도 처음 온 사람이면 누구한테든지 하실 만한 말씀밖엔 안하셨습니다. 아, 실례하겠습니다. 저기 검역관과 세관 사람이 오는군요. 잠깐 또 가봐야겠습니다」하고 당테스가 말했다.

「어서 가보게나, 당테스」

청년은 가버렸다. 그리고 청년이 사라지고 나자 이번에는 당글라르가 가까이 왔다.

「뭐라고 합니까?」그는 선주에게 물었다.「포르토페라조에 정박했던 일에 대해 그럴듯한 이유를 말씀드리는 것 같던데요?」

「훌륭한 이유가 있더군, 당글라르」

「아, 거 참 다행이군요」당글라르의 대답이었다.「친구가 임무에 태만한 건 차마 보기에도 딱한 일이니까요」

「당테스는 제 할 일을 다한 걸세」선주가 대꾸했다.「그러니 더 말할 것도 없어. 중간에 배를 머물게 한 건 르클레르 선장이 시켜서 한 일이니까」

「르클레르 선장 얘기가 나왔으니 말씀인데, 그 사람이 선주님께 편지를 전하지 않던가요?」

「누가?」

「당테스 말씀입니다」

「나한테? 아니! 그러니까 편지도 한 장 있었단 건가?」

「그 소포 외에 르클레르 선장이 편지도 한 장 부탁했을 텐데요?」

「아니, 당글라르, 소포라니 무슨 소포 말인가?」

「당테스가 오다가 포르토페라조에 두고 온 것 말입니다」
「도대체 자넨 당테스가 포르토페라조에 전하는 소포를 가지고 있었다는 걸 어떻게 아나?」
당글라르는 얼굴을 붉혔다.
「선장이 있는 방 앞을 지나려니까, 문이 반쯤 열려 있더군요. 그래서 선장이 당테스한테 소포하고 편지를 전하는 걸 봤죠」
「그런 얘긴 전혀 안하던데」 선주가 말했다. 「하지만 그 편지를 가지고 있다면야 내게 전해 줄 테지」
당글라르는 잠시 생각에 잠겼다.
「그런데 선주님, 제발 이런 얘길 당테스에겐 하지 말아주십시오. 제가 잘못 알고 있는지도 모르니까요」
그때, 청년이 되돌아왔다. 그러자 당글라르는 자리를 비켰다.
「당테스, 이젠 다 끝난 건가?」 선주가 물었다.
「예」
「일이 속히 끝났구먼」
「예, 세관 사람들에게 수하물표를 주었습니다. 그리고 수하물 위탁소에서 뱃길 안내인 편에 사람을 하나 보내왔기에, 그 사람한테 서류를 주었고요」
「그럼, 여기서 할 일은 이제 없는 건가?」
당테스는 재빠르게 주위를 살펴보았다.
「이젠 없습니다. 다 제대로 됐습니다」
「그럼 같이 저녁이나 하러 가지 않겠나?」
「죄송합니다, 모렐 씨. 우선 아버님을 찾아가 뵈어야겠어요. 그처럼 호의를 베풀어주셔서 정말 감사합니다」

「그래, 당테스, 그렇지. 자넨 참 효자야」

「그런데……」 약간 주저하면서 당테스가 물었다. 「제 아버님은 건강하실 테지요?」

「만나뵙진 못했지만 건강하실 걸세」

「그래요, 아버님께선 늘 좁은 방안에만 들어앉아 계시니까요」

「그건 아버님께서 자네가 없는 동안에도 아무 부족함이 없으셨다는 증거가 아닌가」

당테스는 미소를 지었다.

「아버님은 자부심이 강한 분이시죠. 그래서 아무리 부족하더라도, 하느님께라면 모를까, 세상 사람들한텐 아무것도 요구하는 일이 없으세요」

「자, 그럼 아버님을 제일 먼저 찾아뵙고 그 다음엔 우리 집엘 와주겠지?」

「용서하십시오, 모렐 씨. 아버님을 뵙고 난 다음에 또 한 군데 가봐야 할 곳이 있습니다. 거기도 몹시 마음에 걸리는 데가 돼놔서요」

「아 참 그렇구먼, 당테스. 이 카탈로니아 사람들 중엔 자네 아버님 못지않게 자넬 애타게 기다리는 사람이 또 하나 있다는 걸 내가 깜박했구먼 그래. 그 예쁜 메르세데스 말이지?」

당테스의 얼굴엔 미소가 떠올랐다.

「맞아, 그 처녀가 세 번씩이나 내게 와서 파라옹 호 소식을 물은 것도 당연할밖에」 하고 선주가 말했다. 「어이구, 에드몽, 자넨 복도 많군. 그렇게 예쁜 애인이 있으니 말야」

「선주님, 그녀는 애인이 아닙니다」 청년은 엄숙히 말했다.
「약혼녀예요」
「약혼녀가 애인일 때도 있지」 선주가 웃으면서 말했다.
「하지만 우린 그렇지 않습니다」 당테스의 대답이었다.
「자, 자, 에드몽」 선주는 말을 이었다. 「이젠 자넬 붙잡지 않겠네. 자네가 내 일을 충분히 잘해 줬으니 이젠 마음 턱 놓고 자네 일을 보도록 해줘야겠지. 돈 필요한가?」
「아닙니다. 항해중에 탄 월급을 그대로 가지고 있는걸요. 그럭저럭 석 달치 월급이 있습니다」
「에드몽, 자넨 정말 건실한 청년이야」
「가난한 아버님을 모시고 있으니까요」
「그래, 그래, 역시 자넨 효자야. 어서 가서 아버님을 만나 뵙게. 내게도 아들이 하나 있다네. 그 녀석이 석 달 만에 여행에서 돌아왔는데 누가 날 못 만나게 붙잡고 놔주질 않는다면, 나도 그 사람을 원망할 걸세」
「그럼 이만 실례해도 되겠습니까?」 청년은 인사를 하며 이렇게 말했다.
「암, 나한테 더 할말이 없거든 가게나」
「없습니다」
「르클레르 선장이 임종할 때, 내게 전하라고 편지 같은 걸 주지 않던가?」
「선장님은 글을 쓰실 수 없을 정도였습니다. 참 그러고 보니 선주님, 한 두어 주일 휴가를 주셨으면 하는데요」
「결혼하려고?」
「네, 우선 결혼을 하고 그러고 나서 파리엘 갈까 해서요」

「좋아, 좋아, 쉬고 싶은 대로 쉬게. 배의 짐을 푸는 데도 여섯 주일은 족히 걸릴 테고, 어쨌든 석 달 안으로 배를 탈 일은 없을 테니까…… 하지만 석 달 후엔 돌아와 있어야 하네. 파라옹 호가……」 선주는 이 젊은 선원의 어깨를 두드리며 말을 이었다. 「선장 없이 떠날 수야 있나」

「선장 없인 안 된다고요!」 당테스는 기쁨으로 눈을 반짝이며 외쳤다. 「지금 하신 말씀 정말이십니까? 실은 혼자서 마음속 깊이 바라고 바라던 일입니다, 선주님. 정말 저를 파라옹 호의 선장으로 임명하시겠단 말씀이신가요?」

「당테스, 나 혼자서 결정할 수 있다면 자네에게 손을 내밀고, 〈확정됐네〉 하고 말할 테지만 내겐 동료가 있다네. 자네도 이런 이탈리아 격언을 알고 있겠지. 〈친구를 갖는다는 건 윗사람을 모시는 것이다 Chi ha compagno, ha padrone.〉 하지만 일이 반은 된 것이나 다름없네. 두 표 중의 한 표는 벌써 자네가 얻은 셈이거든. 나머지 한 표는 내게 맡겨두게. 되도록 애써볼 테니」

「아, 모렐 씨!」 젊은 선원은 눈에 눈물이 글썽해서 선주의 손을 꽉 잡고 소리쳤다. 「모렐 씨, 제 아버지와 메르세데스의 이름으로 감사드립니다」

「됐네. 에드몽, 정직한 사람들은 하느님이 돕는 법이야. 아니 이런, 내 정신 좀 보게! 어서 가서 아버님 뵙고 그리고 메르세데스도 만나고 나서 다시 나에게로 오게나」

「하지만 육지까지 다시 모셔다 드리지 않아도 되겠습니까?」

「아니, 괜찮아. 난 여기 남아서 당글라르와 계산을 맞춰봐야 하네. 항해하는 동안 그 사람하고 무슨 일은 없었겠지?」

「그야 물으시는 의미에 따라 다르겠지요. 사이가 좋은 친구냐고 물으신다면 그렇지는 않습니다. 바보 같은 짓이었습니다만 사소한 말다툼 끝에, 배를 잠깐 몬테크리스토 섬에 멈추고 싸움을 끝내자고 제가 제안했었거든요. 그런 제안을 한 건 잘못한 일이었고 그 사람이 적절히 그걸 거절했습니다만, 그 일 후로는 그 사람이 저를 좋아하지 않는 것 같습니다. 그러나 회계사로서의 당글라르를 물으신 거라면, 저로서는 더 할말이 없습니다. 선주님께서도 그가 해놓은 일엔 만족하실 것 같으니까요」

「하지만」하고 선주가 물었다.「당테스, 자네가 만약 파라옹 호의 선장이라면 당글라르를 기꺼이 데리고 있을 텐가?」

「선장으로건 일등 항해사로건 간에」당테스가 대답했다.「저는 선주가 신임하는 사람들이면 절대로 존중할 겁니다」

「됐네, 됐어. 당테스, 자넨 어느모로 보나 정직한 청년이란 말야. 자넬 이 이상 더 붙잡아둘 수야 있나. 어서 가게, 초조해 보이는군 그래」

「휴가를 떠나도 되는 건가요?」당테스가 물었다.

「가라니까」

「그럼 저 보트를 써도 될까요?」

「그러게」

「그럼 안녕히 가십시오. 감사합니다」

「잘 가게 에드몽, 잘 다녀오게」

젊은 선원은 보트에 뛰어올라 고물에 앉자 카느비에르로 향하라고 일렀다. 두 사람의 선원이 곧 노 위로 몸을 굽혔다. 그러자 보트는 항구의 입구로부터 오를레앙 부두를 향하여, 마치 좁은 통로같이 양쪽으로 줄지어 있는 무수한 작은 배들 사이로 있는 힘을 다해 재빨리 미끄러져 나아갔다.

선주는 미소를 띠고서 배가 기슭에 닿을 때까지 눈으로 청년의 모습을 좇았다. 그리고 그가 부두의 포석 위로 뛰어내려 곧 여러 사람들 사이로 사라지는 것을 바라보았다. 이 유명한 카느비에르 거리에는 아침 다섯시부터 밤 아홉시까지 사람들이 들끓었다. 그리고 근래에 마르세유 사람들은 이 거리를 퍽 자랑스럽게 생각하고 있어서, 아주 심각하고도 그럴듯한 말투로 이렇게까지 말한다. 〈만일 파리에도 카느비에르 같은 거리만 있다면 파리도 작은 마르세유처럼 될 텐데〉라고.

선주가 문득 몸을 돌리자, 등뒤에 서 있던 당글라르와 마주쳤다. 당글라르는 겉으로는 선주의 명령을 기다리고 있는 것같아 보였으나, 사실은 선주와 마찬가지로 눈으로 그 젊은 선원의 뒷모습을 지켜보고 있었던 것이다.

그러나 같은 사람을 좇고 있던 두 시선이 드러내는 것에는 커다란 차이가 있었다.

## 아버지와 아들

 악마와 손잡고 친구를 모함하는 못된 거짓말을 선주의 귀에 불어넣으려는 당글라르는 잠시 접어두고, 이번엔 당테스의 뒤를 따라가 보자. 당테스는 카느비에르 거리를 빠져나와서, 노아유 거리로 접어들었다. 그리고 멜랑 가로수길 왼쪽에 있는 작은 집 안으로 들어가, 어두운 층계로 기운차게 5층까지 올라가더니, 한 손으로는 난간을 잡고 한 손으로는 뛰는 가슴을 누르면서 활짝 열린 어느 방 문 앞에서 멈추었다. 문틈으로 그 작은 방의 구석이 들여다보였다.
 이 방은 그의 아버지가 살고 있는 방이다.
 노인은 파라옹 호가 도착했다는 소식을 아직 모르고 있었다. 그는 의자 위에 올라서서 떨리는 손으로, 창살을 따라 뻗어 올라간 미나리아재비와 한련화(旱蓮花)로 열심히 울타리를 꾸미고 있었다.

노인은 갑자기 누군가 허리를 끌어안는 것을 깨달았고, 이내 귀에 익은 목소리가 등뒤에서 울려왔다.

「아버지, 아버지!」

노인은 소리를 지르며 돌아다보았다. 그러고는 거기 아들이 와 있는 것을 보자, 아들의 팔에 안겼다. 몸은 떨리고 얼굴은 창백해졌다.

「웬일이세요, 아버지?」 청년은 불안해서 소리쳤다. 「어디 편찮으세요?」

「아니다, 아냐. 에드몽, 내 아들아, 아냐, 네가 오리라고 생각도 못하고 있었다. 그런데 이렇게 뜻밖에 널 다시 보게 되니 반갑고 놀라워서 그만…… 그만 이대로 죽을 것만 같구나!」

「자, 마음을 가라앉히세요, 아버지! 제가 왔으니까요, 바로 제가 온 거예요. 기쁜 일은 하나도 해로울 게 없다지요? 그래서 아무 예고도 없이 이렇게 왔습니다. 자, 그렇게 어리둥절한 눈으로 절 바라보시지만 말고 좀 웃으세요. 제가 돌아왔으니 이젠 아무 걱정 마세요」

「그래, 애야, 정말 잘됐다」 그리고 노인은 다시 말을 이었다. 「그렇지만 아무 걱정이 없을 거라니, 그렇다면 너 이제 다시 안 가는 거냐? 자, 어서 뭐가 잘됐는지 얘길 좀 해보려무나」

「하느님, 남의 집안에선 슬픈 일이 일어났는데 그걸로 저는 복을 누리게 됐음을 용서해 주십시오」 청년은 이렇게 말했다. 「하지만 제가 이런 행운을 바랐던 건 아니라는 걸 하느님도 아실 겁니다. 그리고 일이 이렇게 된 이상 저로서는 슬퍼만 할 수도 없는 일이고요. 아버지, 그 용감하시던 르클레르 선장님께서 돌아가셨어요. 그리고 모렐 씨가 절 봐주시려고 하니까, 빈 선장 자리는 제가 이어받게 될 거 같아요. 아시겠어요? 스무 살에 선장이 되는 거예요! 월급 100루이에다 이익도 배당받게 되죠. 저처럼 가난한 뱃사람으론 바라지도 못하던 일 아니에요?」

「오냐, 얘야」 노인이 말했다. 「정말 반가운 일이구나」

「그래서 전 제일 먼저 들어오는 돈으로 아버님께 정원이 있는 조그만 집을 한 채 사드릴 생각이에요. 그러면 거기다 한련화와 미나리아재비와 겨우살이 덩굴을 심으세요. 그런데 웬일이세요? 몸이 편치 않으신 것 같아요」

「괜찮다, 아무렇지도 않아」

그러나 기력이 없는 노인은 뒤로 쓰러졌다.

「아니! 아버지, 포도주를 한 잔 드세요. 그러면 기운이 나실 거예요. 포도주 어디 두셨습니까?」

「아니, 괜찮아. 찾을 것 없다. 난 포도주 필요 없다」 노인은 아들을 붙잡으려고 애쓰며 말했다.

「아니에요, 아버지, 어디 있는지 가르쳐주세요」

그는 찬장 문을 두세 군데 열어보았다.

「소용없대도……」 노인은 말했다. 「포도주가 다 떨어졌단다……」

「아니, 포도주가 다 떨어지다니요!」 이번에는 당테스가 얼굴이 새파랗게 질려서, 노인의 창백하고 푹 파인 볼과 텅 빈 찬장 안을 번갈아 바라보며 말했다. 「아니, 포도주가 없다니! 아버지, 돈이 부족하셨던 것 아닙니까?」

「네가 왔으니 난 이제 부족한 건 아무것도 없다」하고 노인이 말했다.

「하지만」당테스는 이마에서 흘러내리는 땀을 닦으며 중얼거렸다.「하지만 석 달 전에 제가 떠날 때, 200프랑을 드렸었잖아요」

「그래, 네 말이 맞다, 에드몽. 그런데 넌 떠나면서 이웃집 카드루스에게 빚을 진 걸 잊어버렸더구나. 그 사람이 내게 그 빚을 독촉하면서, 만일 내가 대신 빚을 갚지 않으면 모렐 씨한테 갚아달라고 하러 갈 거라고 하더구나. 그래서 그렇게 되면 너한테 화가 미칠까 봐……」

「그래서요?」

「그래서 갚아버렸지」

「그렇지만 전 카드루스에게 140프랑을 빚졌었어요!」하고 당테스가 소리쳤다.

「그랬지」노인이 더듬거리며 대답했다.

「그러면 아버지께선 제가 드린 200프랑을 가지고 그 돈을 갚으셨단 말씀이세요?」

노인은 머리를 끄덕여 대답했다.

「그럼 60프랑으로 석 달을 사셨군요」청년이 이렇게 중얼거렸다.

「나야 돈이 조금만 있으면 살지 않니」하고 노인이 말했다.

「아! 용서해 주세요」당테스는 이렇게 외치면서 이 착한 노인 앞에 무릎을 꿇었다.

「아니, 왜 이러느냐?」

「아버지 말씀을 들으니 가슴이 찢어지는 것 같아요」

「원, 네가 왔는데 무슨……」 노인은 웃으면서 말했다. 「이제는 모두 잘됐으니 다 잊어버렸다」
「그래요, 제가 왔습니다」 청년이 말했다. 「앞날이 트여서, 돈도 좀 가지고 왔어요. 자, 아버지, 여기 있으니 곧 뭐든지 구하러 보내세요」
그는 테이블 위에 주머니를 털어놓았다. 금화가 열두엇, 5프랑짜리 은화가 대여섯 닢, 그리고 잔돈이 몇 푼 되었다.
당테스 노인은 얼굴이 환하게 퍼졌다.
「그건 누구 돈이냐?」
「제 돈이죠! ……아버지 돈이고요! ……우리 두 사람 돈이에요! 자, 이걸 가지고 필요한 걸 사세요. 마음 편히 잡수시고요. 내일이면 돈이 또 생기니까요」
「천천히 하자꾸나」 노인은 미소를 띠며 말했다. 「네 허락을 받고 그 돈은 천천히 아껴서 쓰겠다. 그래야지, 만약 내가 한꺼번에 너무 많은 물건을 사는 걸 누가 보면, 내가 그런 걸 사려고 네가 돌아오길 기다리고 있었던 줄 알 게 아니냐」
「좋도록 하세요. 하지만 무엇보다도 우선 사람을 하나 두셔야겠어요. 이젠 혼자 계시게 하고 싶지 않습니다. 그리고 선창 안에 있는 조그만 상자 속에 밀수품인 커피와 좋은 담배가 있으니까, 내일부턴 그걸 드세요. 쉿! 누가 오는군요」
「카드루스다. 네가 온 걸 알고 무사히 돌아온 걸 축하해 주러 왔을 게다」
「됐어요, 마음에도 없는 소리를 또 지껄일 참이겠죠」 하고 에드몽은 중얼거렸다. 「하지만 상관없어요! 어쨌든 옛날에 우리를 돌봐준 이웃이니 환영해야죠」

과연 에드몽이 낮은 목소리로 말을 끝맺자, 검은 머리에 수염이 난 카드루스의 얼굴이 층계참의 문 사이로 나타났다. 그는 스물대여섯 살 난 남자로, 손에 나사(羅紗) 한 조각을 들고 있었는데 양복점을 하기에 그 천을 나중에 옷의 안감으로 쓸 생각이었다.

「아, 자네 돌아왔네, 에드몽」 강한 마르세유 악센트로 그는 활짝 웃으며 말했다. 상아와도 같은 새하얀 이가 드러났다.

「보시는 바와 같이, 카드루스 씨. 뭐든지 필요하신 것이 있으면 도와드리겠습니다」 힘이 되겠다고 제의하면서도 싸늘한 기분을 감추지 못하며 당테스가 이렇게 대답했다.

「고맙네, 고마워. 하지만 다행히도 나는 아무것도 필요한 게 없어. 오히려 다른 사람들이 날 필요로 하는 형편이니까. (당테스의 표정이 굳어졌다) 이건 자네한테 하는 이야기는 아니야. 자네가 내 돈을 빌리긴 했지만 도로 갚았으니까. 그리고 그런 일이야 친한 이웃 간에 있을 수 있는 일이 아닌가. 게다가 이젠 다 청산된 것이고」

「우리에게 은혜를 베풀어준 분에겐 빚이 청산되질 않습니다」 당테스가 말했다. 「돈을 갚았다 하더라도 은혜를 빚지고 있으니까요」

「그런 얘긴 뭣하러 하나? 지나간 일은 다 끝난 일인데. 자, 무사히 돌아온 얘기나 하자고. 밤새 나사를 좀 장만할까 해서 항구까지 갔었는데, 그래 거기서 당글라르를 만났다네.

〈아니, 자네가 마르세유에 있다니?〉

〈그럼〉 하고 당글라르가 즉시 대답하더군.

〈난 여태 스미르나에 있는 줄 알았는데?〉

〈그럴 수도 있는 일이지, 거기서 온 길이니까.〉
〈그래서 에드몽은 어디에 있나?〉
〈분명히 아버지한테 가 있을 거야〉 하고 당글라르가 대답하더군. 그래서 이리로 왔지」 카드루스는 말을 이었다. 「친구 손을 잡아보고 싶어서」
「이 착한 카드루스 씨가 우릴 이렇게 아껴주신단다」 하고 노인이 말했다.
「확실히 난 자네를 좋아하고 있어. 그리고 정직한 사람이 많지 않은 세상이니만큼 자넬 존경하고 있지! 그런데 자네, 부자가 된 모양이지?」 양복 상인은 당테스가 테이블 위에 놓은 한줌의 금화, 은화를 흘끗 곁눈질하며 이렇게 말했다.
청년은 이 이웃 사람의 검은 눈이 탐욕으로 번득이는 것을 알아차렸다.
「천만에요」 그는 대수롭지 않게 이렇게 말했다. 「이 돈은 제 돈이 아닙니다. 제가 없는 동안에 아버지께서 돈이 떨어지시지나 않았나 하고 걱정했더니, 저를 안심시키시려고 아버지께서 테이블 위에 주머니의 돈을 털어놓으신 거예요」 당테스는 말을 이었다. 「자 그럼 아버지, 이 돈을 저금통에 도로 넣으세요. 카드루스 씨께서 필요하실 때나 도와드리시지요」
「아니, 괜찮아」 카드루스가 말했다. 「난 아무것도 필요 없네. 다행히도 직업이 있으면 먹고살게 마련이니까. 돈 넣어둬. 많아서 걱정인 법은 없지. 그 뜻만으로도 내가 돈을 얻어 쓴 것만큼이나 고맙게 생각하겠네」
「전 진심으로 한 말입니다」 당테스가 말했다.
「암, 물론 그렇겠지. 그런데 자네 모렐 씨하곤 사이가 괜찮은가? 뭐, 별로 실수는 안했겠지만」

「모렐 씨는 늘 제게 친절하셨어요」 당테스가 대답했다.

「그런데 이번에 그분이 초대한 저녁 식사를 거절한 건 잘못한 일이야」

「아니, 거절하다니?」 당테스 노인이 말을 이었다. 「그럼, 그분이 널 저녁 식사에 초대했단 말이냐?」

「네, 아버지」 에드몽은 자기에게 온 이 지나친 영광 때문에 아버지가 이처럼 놀라워하는 것을 보고 미소를 띠며 이렇게 대답했다.

「그런데 어째서 그분의 청을 거절했단 말이냐?」 노인이 물었다.

「아버지께 조금이라도 빨리 돌아오고 싶어서요」 청년의 대답이었다. 「아버지를 얼른 뵙고 싶었습니다」

「그럼 그 사람 좋은 모렐 씨라도 기분 나빴을걸」 카드루스가 계속해 말했다. 「선장이 되려고 하는 사람이 선주의 기분을 상하게 하는 건 잘못하는 행동이지」

「거절하는 이유를 말씀드렸어요. 그랬더니 제 뜻을 이해하시던데요」 하고 당테스는 말했다.

「선장이 되려면 선주한테 좀 잘 보여야 하겠기에 하는 말일세」

「전 선장이 되고는 싶지만 그런 건 싫습니다」 당테스가 대답했다. 「아무튼 잘됐어요. 옛날 친구들이 들으면 다들 좋아할 거예요. 그리고 저 생니콜라 요새 뒤에도 그 소식을 들으면 좋아할 사람이 하나 있지요」

「메르세데스 말이냐?」 노인이 말했다.

「네, 아버지. 저, 이젠 아버지도 뵈었고 건강하시고 아무런 불편도 없으신 걸 알았으니, 카탈로니아엘 가봤으면 하는데요」
「오냐, 가봐라. 하느님께서 내게 자식복을 내려주셨듯이, 네게 아내복이 있기를 빌겠다」
「아내라니요?」 카드루스가 말했다. 「당테스 노인! 그건 아직 빠른 말씀 아닙니까? 그 여자는 아직 아드님의 아내가 된 건 아닌 걸로 아는데요」
「아직은 아니지요. 하지만 십중팔구는…… 제 아내가 될 겁니다」 하고 에드몽이 대꾸했다.
「아무려면 어떤가? 어쨌든 자네 서둘러 오길 잘했네」 카드루스가 말했다.
「그건 왜요?」
「메르세데스는 예쁘거든. 그런데 예쁜 처녀들이란 좋아하다니는 남자들이 많게 마련이야. 더군다나 그 여자라면 아마 사내들이 열두엇은 따라다닐걸」
「그렇군요」 에드몽이 웃으면서 말했다. 그러나 그 웃음 밑에는 가벼운 불안의 빛이 떠올랐다.
「암 그렇다니까」 카드루스는 말을 계속했다. 「그중에는 좋은 조건들도 있는 모양이야. 하지만 자넨 선장이 되지 않나. 그러니 자넬 거절할 리야 없겠지」
「그 말은……」 미소 속에 불안한 빛을 감추지 못하며 당테스가 말을 이었다. 「그 말씀은, 만약 내가 선장이 아니라면……?」
「허어!」 하고 카드루스가 말했다.

「아니, 그렇지 않아요. 전 대체로 여자를 당신보다는 좀더 잘 봅니다. 더군다나 메르세데스에 대해선 신용이 더 두텁고요. 제가 선장이 되건 안 되건 간에 메르세데스의 마음은 변함이 없을 거라고 전 확신합니다」

「좋아, 좋아. 결혼을 하려들 때엔 그저 믿는 게 제일이지. 하지만 어쨌든 간에 어서 가서 자네가 온 걸 알려야 하네. 그리고 자네가 바라는 걸 전부 얘기해 두는 게 좋을 거야」

「지금 가야겠어요」 당테스가 말했다.

그는 아버지에게 입맞춤을 하고 카드루스에게는 꾸벅 인사한 다음 밖으로 나갔다.

카드루스는 잠시 더 머물러 있다가 당테스 노인에게 작별 인사를 했다. 그는 내려와서 당글라르를 만나러 갔다. 당글라르가 세나크 가의 길모퉁이에서 그를 기다리고 있었던 것이다.

「그래 만나봤나?」 당글라르가 물었다.

「방금 헤어진 참이야」 카드루스가 말했다.

「그래, 그 자식 선장이 되고 싶다는 말을 자네한테 하던가?」

「마치 제가 선장이 되기라도 한 것같이 말하던데」

「두고 봐야지!」 당글라르가 말했다. 「자식, 너무 서두르고 있는 것 같군」

「글쎄, 모렐 씨한테서 무슨 약속이라도 받은 것 같던데」

「그래서 그 자식이 신이 났구먼」

「건방진 녀석 같으니. 글쎄, 자기가 무슨 대단한 인물이라도 된 것같이 나한테 힘이 되어주겠다나. 그리고 자기가 무슨 은행가라고 나한테 돈도 빌려주겠다는 거야」

「그건 거절했겠지?」
「물론이지. 받아들일 수도 있는 일이었지만 말이야. 그 녀석한테 번쩍번쩍 빛나는 은화를 처음으로 만져보게 한 건 나라고. 하지만 당테스 노인은 이제 남의 도움을 안 받아도 될 거야. 그 녀석이 이제 곧 선장이 될 테니까」
「흥, 아직은 선장이 아니래도」
「그야 물론이지. 그러면 더 다행이고 말야」 하고 카드루스가 말했다. 「선장이 되는 날엔 녀석에게 말도 붙일 수 없게 될 게 아닌가」
「그야 우리가 마음만 먹으면」 당글라르가 말했다. 「그 자식은 선장이 될 수도 없을뿐더러 오히려 지금만도 못하게 될걸」
「그게 무슨 뜻인가?」
「아무것도 아냐. 나 혼자 하는 얘길세. 그런데 그 자식 아직도 그 카탈로니아 여잘 좋아하고 있던가?」
「미쳐 있더군. 지금 그리로 갔어. 내가 잘못 본 건지는 몰라도 그 때문에 좋지 않은 일을 당할 것 같던데」
「무슨 소리야?」
「그까짓 건 들어서 뭘 하게?」
「자네가 생각하는 것보다 훨씬 중요한 일이야. 자네 당테스 좋아하지 않지, 그렇지?」
「난 거만한 놈은 싫어」
「좋아. 그럼 그 여자에 관해서 알고 있는 걸 얘기해 봐」
「확실하게 알고 있는 건 없어. 하지만 내가 아는 사실로 마음에 짚이는 바가 있는데, 아까 얘기한 대로 이번에 선장이 될 녀석은 비에유앵피르므리로 다니는 길 근처에서 좋지 않은 일을 당할 거야」

「자네가 알고 있는 게 뭔데? 자, 어서 얘기해 보라니까」

「그러니까 말이야, 메르세데스가 거리에 나올 때마다 어떤 놈팡이하고 같이 오는 걸 봤어. 카탈로니아 놈인데, 검은 눈에 피부는 불그레하고 머리 빛깔이 갈색인 아주 기운이 넘치는 놈이야. 그런데 메르세데스가 그놈을 〈자기〉 사촌 오빠라고 부르더라고」

「응, 그렇군! 그런데 자넨, 그 오빠란 자가 그 여자 마음을 끌려는 것 같던가?」

「그런 것 같던데. 아니 그럼, 스물한 살이나 된 사내놈이 열일곱 살 난 처녀한테 그 생각 말고 뭐 할 게 있겠나?」

「자네, 당테스가 카탈로니아에 갔다고 그랬지?」

「응, 나보다 앞서 나갔지」

「우리도 그쪽으로 가보지. 레제르브 정에 들러서 라 말그 포도주를 마시면서 무슨 소식이라도 들리나 기다려보세」

「누구한테서 소식을 듣는단 말인가?」

「우리가 길거리에 있노라면 당테스를 만날 게 아닌가. 그 자식 얼굴만 보면 무슨 일이 일어날지 알 수 있단 말이야」

「그럼, 술은 자네가 사는 거지?」 하고 카드루스가 말했다.

「물론이지」 당글라르가 대답했다.

그리하여 두 사람은 바삐 걸음을 옮겼다. 레제르브에 도착하자 그들은 술 한 병과 잔 둘을 가져오게 했다.

팡피유 영감이 당테스가 지나가는 것을 조금 전에 봤노라고 했다. 지나간 지 채 십 분도 안 된다는 것이었다.

당테스가 카탈로니아에 와 있는 것이 분명하다고 생각한 그들은 플라타너스와 단풍잎 그늘 밑에 앉았다. 나뭇가지에서는 새들이 떼를 지어 화창한 봄날을 즐거이 노래하고 있었다.

## 카탈로니아 마을 사람들

　두 사나이가 연신 눈길을 지평선 쪽으로 쏟고 귀를 기울이며 독한 라 말그 포도주를 마시고 있는 곳에서 약 백 보쯤 떨어진, 태양과 북풍이 휩쓸고 간 벌거벗은 언덕 뒤에 카탈로니아 마을이 있었다.
　어느 날 이상한 이주민 한 무리가 스페인을 떠나서, 오늘날까지 그들이 살고 있는 이 반도에 도착했던 것이다. 그들이 어디로 들어왔는지는 아무도 몰랐고 알 수 없는 언어를 썼지만 이 이방인들의 우두머리 중에는 남프랑스어를 아는 사람이 하나 있었다. 그는 마르세유 시청에 가서, 마치 옛날 뱃사람들처럼 방금 배를 끌어댄 이 불모의 헐벗을 곶〔串〕을 자기네들에게 넘겨달라고 청했다. 시청에서는 그 청을 들어주었다. 그리하여 석 달 후에는 이 바다 위의 보헤미안들을 태우고 온 열두

서너 척의 배 주위로 조그마한 마을이 하나 세워졌다.

무어 풍과 스페인 풍이 반반 섞여 이상하고도 아름답게 세워진 이 마을에는 오늘날 그들의 후손들이 살고 있는데, 그들은 선조들이 쓰던 말을 지금도 그대로 쓰고 있었다. 3,4세기 동안 그들은 바다새 무리처럼 이 작은 곳에 머물며 그 땅을 충실히 지켜오고 있었다. 마르세유 사람들과도 통 교류하지 않고 결혼도 자기네들끼리 하며, 말을 그대로 물려받은 것과 마찬가지로 모국(母國)의 풍속과 관습도 이어왔다.

독자들은 우리 뒤를 따라 이 작은 마을로 통하는 유일한 길을 지나서 이 마을의 어느 한 집에 들어가 보아야 할 것이다. 그 집 바깥쪽은 태양이 이 지방의 기념물들을 물들이는, 그 독특하고 아름다운 낙엽 빛깔로 물들어 있었고, 안쪽은 스페인식 여관에서 볼 수 있는 유일한 장식 같은 흰 칠이 두껍게 칠해져 있었다.

흑옥(黑玉)처럼 검은 머리에 영양처럼 부드러운 눈을 가진 소녀가 벽에 기대어 서 있었다. 소녀는 고전적으로 날씬한 손가락으로 히스(황야에 무성하게 자라는 키 작은 관목──옮긴이) 한 가지를 잡고 그 꽃을 비벼 떼내고 있었고, 그 파편이 가루가 되어 땅바닥에 흩어져 있었다. 게다가 마치 아를(Arles: 남프랑스의 오래된 도시──옮긴이)의 비너스의 팔에서 모형을 뜬 듯한 팔꿈치까지 드러낸 갈색 팔을 옆에 들뜬 듯 초조하게 떨고 있었다. 그녀는 부드럽고도 선이 고운 발끝으로 땅바닥을 구르고 있었다. 그리하여 가장자리가 회색과 푸른색인 붉은 무명 양말 속에 싸인 깨끗하고 매끈한, 아주 늘씬한 다리가 살짝 드러나 보였다.

소녀의 서너 발자국 앞에는 스물에서 스물둘쯤 돼보이는 청년이 오래된 낡은 가구에 팔을 괴고 의자에 앉아, 흔들거리며 있었다. 그는 분한 생각과 초조한 마음이 뒤얽힌 듯한 시선으로 소녀를 바라보고 있었다. 그의 눈은 무엇인가 대답을 기다리고 있었다. 그러나 조금도 동요하는 빛이 없는 단호한 소녀의 눈은 상대방을 위압하고 있었다.

「이봐, 메르세데스」 청년은 말했다. 「이제 곧 부활제가 돌아오지 않아? 부활제 때 결혼하면 되지 않겠어? 대답해 봐」

「대답을 백 번은 하지 않았어요? 페르낭, 그런데도 또 물어보다니 오빠는 자신한테도 못할 짓을 하고 있군요」

「그래도 좋아, 한 번만 더 대답해 줘. 제발 부탁이야. 내가 그 말을 믿을 수 있게 대답 좀 해달란 말이야. 네 어머니까지 승낙해 준 이 사랑을 받아들일 수 없다고 또 한 번 얘길 해줘. 네가 내 행복쯤은 장난감처럼 생각하고 있고 나야 죽든 살든 간에 넌 아무 관심도 없다는 걸 내가 믿게 말이야. 기가 막히는군! 십년 동안이나 남편이 되길 바라고 있었는데, 내 일생의 유일한 목적인 이 희망이 여지없이 무너져버리다니!」

「하지만 내가 오빠한테 그런 희망을 갖게 한 건 아니지 않아요?」 메르세데스가 대답했다. 「그 점에서 나를 나무랄 만한 말을 난 단 한 번도 한 적이 없어요. 난 늘 말해 봤으니까요. 난 오빠를 오빠로서 사랑할 뿐이니 제발 내게서 누이로서의 정이 아닌 건 아무것도 요구하지 말라고요. 왜냐하면 난 딴사람을 사랑하고 있으니까요. 페르낭, 난 늘 그런 얘길 해왔잖아요?」

「그건 나도 알아, 메르세데스. 그래, 넌 내 앞에서 잔인할 만큼 솔직한 태도를 보여왔지. 하지만 우리 카탈로니아 사람들은 우리끼리만 결혼해야 한다는 성스러운 법이 있다는 걸 넌 잊어버렸니?」

「페르낭, 그건 잘못 생각하시는 거예요. 그게 무슨 법이에요? 그건 관습이에요. 그뿐이에요. 오빨 위해 그런 관습 같은 걸 내세우진 마세요. 페르낭, 오빤 징병 대상자예요. 오빠가 지금 자유로운 건 단순히 다들 오빨 봐줘서 기다려주기 때문 아녜요? 그러니 오빠는 아무때고 소집당할 거예요. 일단 군인이 되면 날 어쩔 셈이에요? 재산도 부모도 없는 이 가련한 소녀를 말이에요. 재산이라곤 다 무너져가는 오막살이 한 채밖에 더 있어요? 아버지가 어머니한테 물려주시고 또 어머니가 내게 물려주신, 다 닳아빠진 그물이 유산이랍시고 초라하게 걸려 있는 이 집 한 채뿐이죠. 어머니가 돌아가신 후의 이 일년 동안은 거의 동네 사람들의 도움으로 살고 있다는 걸 좀 생각해 봐요. 페르낭, 오빠는 가끔 오빠가 나한테 무슨 도움이라도 받고 있는 체했지요. 그래야 오빠가 잡은 고기를 나하고 같이 당당히 나눠 먹을 수 있을 테니까 말이에요. 난 그걸 받아들였어요. 하지만 그건 오빠가 큰아버지의 아들이고, 게다가 우리가 함께 자라났으니까 그랬던 거예요. 내가 만약 그걸 거절한다면 오빠가 너무 괴로워했을 테니까요. 하지만 받은 생선을 팔아서 그 돈으로 실 잣는 삼〔麻〕을 사는 것도 난 동정받는 것 같다는 생각이 들 뿐이에요.」

「그게 무슨 상관이 있어? 메르세데스! 네가 아무리 가난하고 외로운 처지라도, 마르세유에서 제일 훌륭한 선주의 딸이나 제일 돈 많은 은행가의 딸보다도 네가 훨씬 더 마음에 드는 걸. 우리한테 필요한 게 뭔데? 정직하고 살림 잘하는 여자면 되는 거야. 그런데 그 두 가지 면에 있어 너보다 나은 여자가 어디 있느냔 말이야」

「페르낭!」 메르세데스는 고개를 끄덕이면서 대답했다. 「여자란 자기 남편이 아닌 다른 남자를 사랑할 때엔 살림도 잘 못하게 되고 정직한 아내도 될 수가 없어요. 내 우정으로 만족해 줘요. 또 한 번 되풀이해서 말해 두지만, 내가 오빠한테 약속할 수 있는 건 그뿐이에요. 난 내가 분명히 줄 수 있는 것이 아니면 약속을 안하니까요」

「그럼 알았어」 하고 페르낭이 말했다. 「너는 네가 가난한 건 참을 수 있어도 내 가난만은 두렵다는 말이지? 그렇다면 좋아, 메르세데스, 네가 날 사랑해 주기만 한다면 돈을 벌려고 노력할게. 넌 나에게 행운을 가져오는 거고 난 부자가 될 거란 말이야. 난 고기잡이 일을 좀더 늘릴 수가 있어. 그러면 난 상점의 점원으로 들어갈 거야. 그럼 나중에 상인이 될 수도 있을 테니!」

「다 안 될 소리예요. 오빠는 군인이잖아요. 오빠가 지금 카탈로니아에 있을 수 있는 건 당장 전쟁이 없기 때문이에요. 그러니까 고기잡이로 그대로 있어요. 상황이 지금보다 더 어려워질 수 있는 일들을 꿈꾸는 건 그만두세요. 그리고 제 우정만으로 만족해 줘요. 그 이상의 다른 것은 줄 수 없으니까요」

「그래, 네 말이 맞아, 메르세데스. 난 뱃사람이 되겠어. 네가 경멸하는 우리 선조들의 옷을 벗어버리고 광택 나는 모자를 쓰고 줄무늬 셔츠에다 단추엔 닻 문양이 달린 푸른 윗도리를 입겠어. 네 맘에 들려면 그렇게 입어야 하겠지, 안 그래?」

「그게 무슨 소리예요?」 메르세데스는 오만한 시선을 던지며 물었다.「그게 무슨 소리예요? 못 알아듣겠네요」
「메르세데스, 네가 그렇게 입고 있는 누군가를 기다리고 있는 것 같으니, 나로선 정말 잔인하고 괴로운 소리를 하고 싶었던 거야. 하지만 네가 기다리고 있는 그 사람은 모르긴 몰라도 믿을 사람은 못 될걸. 설사 그 사람이야 그렇지 않다 하더라도, 바다가 그에게 믿을 만한 것이 되진 못할 테니까 말야」
「페르낭!」메르세데스는 소리를 질렀다.「난 오빠가 착한 사람인 줄로만 알았어요. 내가 잘못 봤던 거군요. 페르낭, 질투심 때문에 어쩜 하느님의 분노까지 불러들이고 싶어하다니요! 정말 나쁜 사람이군요. 그래요, 솔직히 말해 두지만, 난 정말 오빠 말대로 그 사람을 기다리고 있고 또 사랑하고 있어요. 그러니까 만약 그 사람이 돌아오지 못하더라도, 난 오빠가 말한 대로 믿을 바가 못 되는 일을 했다고 그를 나무랄 생각은 없어요. 반대로, 그 사람은 날 사랑하면서 죽었노라고 말하겠어요」
청년은 몹시 화가 난 듯한 표정을 지었다.
「알겠어요, 페르낭. 오빠는 내가 오빠를 사랑하지 않는 것이 그 사람 탓이라고 생각하고 있군요. 오빠는 그 카탈로니아 제 칼로 그이의 단도와 싸워볼 생각이로군요. 그러면 무슨 소용이 있겠어요? 오빠가 지면 오빠는 내가 지니고 있는 친구로서의 우정마저 잃어버릴 테고, 만약 오빠가 이긴다면 그나마 있던 내 우정은 증오로 변할밖에 더 있어요? 어떤 남자를 좋아하는 여자의 마음에 들려고 그 남자와 싸움을 하려는 것은 좋지 못한 방법이라고 생각해요. 아내로 삼지 못할 바에야, 나를 친구이자 누이동생으로 만족하고 단념해 줘요. 그런데」여자는 말을 계속했다. 눈은 눈물에 젖어 흐려져 있었다.「날 좀 봐요, 페르낭. 오빠가 조금 아까 말했죠? 바다란 믿을 게 못 된다고. 정말이지, 그이가 떠난 지도 벌써 넉 달이나 됐는데, 그 넉 달 동안에 폭풍우가 여러 번 있었거든요」

 페르낭은 아무렇지 않은 체했다. 그는 메르세데스의 뺨에 눈물이 흐르고 있는데도 닦아줄 생각을 안했다. 그러나 그 눈물 한 방울 한 방울을 위해서라면 자기의 피 한 잔을 주어도 아깝지 않을 것 같았다. 그렇지만 그 눈물은 다른 사람을 위해서 흘리는 눈물이었다.

 그는 일어서서 그 오막살이 집안을 한바퀴 돌았다. 그러고 나서 다시 돌아왔다. 그는 주먹을 꽉 쥐고 침통한 눈으로 메르세데스 앞에 와서 섰다.

「자, 메르세데스, 한번만 더 대답해 줘. 정말 마음의 결정이 선 거야?」

「난 에드몽 당테스를 좋아해요」 소녀는 싸늘하게 대답했다. 「에드몽이 아닌 사람은 아무도 내 남편이 될 수 없어요」

「그럼 언제까지라도 그 사람을 사랑할 거란 말이야?」

「내가 살아 있는 한에는요」

 페르낭은 용기가 꺾인 사람처럼 고개를 숙였다. 그는 신음 같은 한숨을 내쉬었다. 그러더니 갑자기 이를 꽉 물고 콧구멍을 넓히며, 고개를 들었다.

「하지만 만약 그 사람이 죽어버리면 어떡할래?」

「만약 그 사람이 죽는다면 나도 죽을 거예요」

「만약 그 사람이 널 잊는다면?」

「메르세데스!」 그때 집 밖에서 기쁨에 찬 목소리가 들려왔다.「메르세데스!」

「어머!」하며 소녀는 기쁨으로 홍조를 띠고 좋아서 펄쩍 뛰면서 소리쳤다.「그이는 날 잊지 않았어요. 저기 저렇게 와 있는 걸 보세요」

그 소녀는 문 쪽으로 달려가서, 소리를 지르며 문을 열었다.

「여기예요, 에드몽, 저 여기 있어요!」

페르낭은 얼굴빛이 창백해져, 흡사 여행자가 뱀을 만났을 때와 같이 몸을 후들후들 떨면서 뒤로 물러섰다. 그리고 자기가 앉았던 의자에 부딪히자, 그 자리에 털썩 주저앉았다.

에드몽과 메르세데스는 서로 끌어안고 있었다. 마르세유의 뜨거운 태양이 열려 있는 문틈으로 비쳐들어 두 사람을 넘치는 그 빛으로 감싸주었다. 처음에 그들은 자기들의 주위에 있는 것이 하나도 보이지 않았다. 무한한 행복이 두 사람을 이 세상과 멀어지게 했던 것이다. 그들은 말도 제대로 못할 지경이라 더듬더듬 말을 주고받았다. 그것은 기쁨이 너무 격한 나머지 고통을 표현하는 것과 같이 비약하게 되는 말이었다.

갑자기 에드몽은 창백하고도 위협하는 듯 어둠 속에 떠오르는 페르낭의 어슴푸레한 모습을 알아차렸다. 이 젊은 카탈로니아 청년은 자기도 모르게 손을 움직여 허리에 찬 단도를 잡았다.

「아, 실례했습니다」당테스 쪽에서 이마를 찌푸리며 말했다.「다른 사람이 있었던 걸 몰랐군요」

그러고 나서 메르세데스 쪽으로 몸을 돌리며,「이분은 누구죠?」하고 물었다.

「당신에게 좋은 친구가 될 사람이에요. 제 친구이자 사촌 오빠인 페르낭이랍니다. 에드몽, 말하자면 제가 이 세상에서 당신 다음으로 제일 좋아하는 사람이에요. 당신 못 알아보시겠어요?」

「아 참, 그렇군」 하고 에드몽이 말했다.

그러고는 한 손은 메르세데스의 손을 잡은 채로 다른 손을 다정하게 그 카탈로니아 청년에게 내밀었다.

그러나 페르낭은 그러한 다정한 태도엔 아무런 대꾸도 없이 석상(石像)처럼 잠자코 있었다.

그래서 에드몽은 까닭을 살피려는 듯한 시선으로 흥분해서 떨고 있는 메르세데스를 바라보고 나서, 어둡고 위협하는 듯한 페르낭을 훑어보았다.

그는 척 보고 단번에 모든 것을 깨달았다.

화가 머리끝까지 치밀었다.

「메르세데스! 그렇게 서둘러 당신 집에 와서 결국 이런 적을 보게 될 줄은 몰랐군」

「적이라니요!」 메르세데스는 화가 난 눈으로 사촌 오빠를 보며 소리쳤다. 「에드몽, 우리 집에 적이 있다니요? 정말 그렇게 믿으신다면 전 당신을 팔에 안고 이대로 마르세유로 가버리겠어요. 그리고 다신 이 집에 돌아오지 않겠어요」

페르낭의 눈에 섬광이 번득였다.

「그리고 에드몽, 만약 당신에게 무슨 불행한 일이라도 생긴다면」 처녀는 조금도 누그러지지 않은 냉혹한 태도로 말을 이었다. 페르낭은 메르세데스가 자기가 품고 있는 불길한 생각을 속속들이 들여다보고 있다는 것을 깨달았다. 「만약에 당신에게 무슨 불행한 일이라도 생긴다면, 전 모르지옹 곶(串)에 올라가서 바위 위로 거꾸로 뛰어내리고 말 거예요」

페르낭은 무섭도록 창백해져 있었다.
「그런데도 당신은 오해하고 계시군요, 에드몽」 소녀는 말을 계속했다. 「여긴 적이라곤 아무도 없어요. 사촌 오빠 페르낭뿐인걸요. 페르낭이라면 마음을 바친 친구한테 하듯이 당신의 손을 잡을 텐데 뭘 그러세요」
이렇게 말하고서 소녀는 명령하는 듯한 얼굴로 카탈로니아 청년을 바라보았다. 그러자 그는 마치 소녀의 눈에 홀리기라도 한 듯이 에드몽에게로 천천히 다가서더니 손을 내밀었다. 그의 증오는 아무리 사나웠더라도 지금은 힘없는 파도처럼, 소녀가 그에게 미치는 힘 앞에서는 산산이 부서지고 말았던 것이다.
그러나 에드몽의 손이 닿는 순간, 그는 자기가 할 수 있는 것은 다 했다는 기분이 들어 후다닥 집 밖으로 뛰어나갔다.
「아!」 뛰어가면서 그는 마치 정신 나간 사람처럼 두 손을 머리카락 속에 파묻고 소리쳤다. 「누가 저 인간에게서 벗어나게 할 수는 없을까! 정말 가슴이 찢어질 것만 같구나!」
「이봐! 카탈로니아 친구! 이봐, 페르낭! 어디로 그렇게 뛰어가나?」 누군가가 부르는 소리가 들렸다.
청년은 급히 멈추었다. 주위를 살펴보니 카드루스가 당글라르와 함께 레제르브의 그늘진 나뭇잎 아래 있는 테이블에 앉아 있는 것이 눈에 띄었다.
「이봐!」 하고 카드루스가 말했다. 「왜 이리 오지 않나? 뭐가 그리 바빠서 친구들한테 인사할 틈도 없단 말인가?」
「더군다나 친구들이 아직 술이 가득 찬 술병을 앞에 놓고 있는데」 하고 당글라르가 덧붙여 말했다.

페르낭은 얼빠진 듯이 이 두 청년을 바라보고 아무 대답도 못했다.

「도무지 어쩔 줄 몰라하는 것 같군」당글라르가 카드루스를 무릎으로 밀면서 말했다. 「우리 생각이 틀린 모양인데? 우리가 짐작했던 것과는 반대로 오히려 당테스가 이긴 것 같지 않아?」

「흥, 두고 봐야지」카드루스가 말했다.

그러고는 다시 청년에게로 돌아서며, 「이봐, 카탈로니아 친구, 마음을 결정했나?」하고 말했다.

페르낭은 이마에서 흐르는 땀을 닦았다. 그리고 나뭇잎이 무성한 정자 안으로 천천히 들어갔다. 나무 그늘이 마음을 다소 가라앉혀 주는 것 같았고 그 신선함이 지친 몸을 편안하게 해주는 것 같았다.

「안녕들 하세요?」그는 말했다. 「날 불렀죠?」

그러고 나서 그는 테이블 주위에 있는 의자에 앉았다기보다는 차라리 쓰러졌다.

「불렀지. 마치 미친 사람처럼 뛰어가고 있길래 바닷물에라도 뛰어들까 봐 겁이 나서 불렀다네」카드루스는 웃으면서 말했다. 「제기랄! 친구를 사귀면 술이나 한 잔 사주면 되는 게 아니라, 어떤 땐 물을 서너 됫박씩 퍼먹으려고 하는 것도 막아줘야 한단 말야」

페르낭은 신음 같은 소리를 냈다. 그것은 흐느낌과도 흡사했다. 그러고는 테이블 위에 손목을 엇갈리게 올려놓고 그 위에 머리를 묻었다.

「어때, 내 말해 볼까, 페르낭?」카드루스는 한번 호기심이 생기면 체면 같은 건 전혀 생각할 줄 모르는 하층 계급 사람들의 거친 말투로 얘기를 시작했다. 「자, 자넨 애인을 남한테 뺏긴 사람 같은데!」
이렇게 농담을 하고 나서 껄껄 웃었다.
「설마!」 당글라르가 대꾸했다. 「이 사람처럼 풍채가 훤칠한 남자가 사랑에 실패하다니 될 말인가. 헛소리 말아, 카드루스!」
「그렇지도 않지」 카드루스가 말했다. 「이 친구 한숨 짓는 걸 좀 들어보란 말이야. 자, 자, 페르낭, 고개를 들고 대답을 해 봐. 건강을 염려해서 물어보는 친구한테 대답을 안한다는 건 실례가 아닌가」
「내 건강이야 아무 탈 없어요」 페르낭은 두 주먹을 불끈 쥐며 말했다. 그러나 머리는 여전히 숙이고 있었다.
「응, 그렇군, 당글라르」 카드루스는 친구에게 눈짓을 하며 말했다. 「이렇게 된 거야. 여기 있는 이 페르낭은 착하고 용감한 카탈로니아 청년인데 말야, 마르세유에서도 손꼽히는 고기잡이인 이 사람이 메르세데스란 예쁜 처녀 하나를 좋아하고 있었더란 말일세. 한데 불행히도 그 처녀 쪽에선 파라옹 호의 일등 항해사한테 반해 버린 것 같아. 그런데 그 파라옹 호가 오늘 항구엘 들어왔단 말씀이야. 이만하면 알겠나?」
「무슨 소린지 잘 모르겠는데」 하고 당글라르가 말했다.
「불쌍한 페르낭이 미역국을 먹은 셈이란 말일세」 하고 카드루스가 말을 받았다.
「그래서 어쨌단 말입니까!」 페르낭은 고개를 들고 카드루스를 바라보며 말했다. 마치 분풀이를 할 대상이라도 찾는 듯한 눈길이었다. 그러고는, 「메르세데스는 누구한테도 매여 있지 않아요, 안 그래요? 본인이 원하는 사람을 마음대로 사랑할 수가 있단 말이에요」하고 말했다.

「아, 자네가 그렇게 생각한다면야 문제는 다르지!」카드루스가 말했다.「난 자네를 카탈로니아 청년으로 생각하고 있었는데. 사람들 말에 의하면, 카탈로니아 사람은 가만히 앉아서 경쟁자에게 자리를 내주진 않는다던데. 더군다나 페르낭은 복수에는 지독하다고들 하던데 말이야」

페르낭은 가련하게 미소를 지었다.

「사랑에 빠진 사람은 결코 지독해질 수가 없죠」그가 말했다.

「가여운 친구로군!」당글라르는 이 청년을 가슴속 깊이 동정하는 체하면서 이렇게 말했다.「어쩌면 좋지? 이 친구, 당테스가 그렇게 갑자기 돌아오게 될 줄은 몰랐단 말야. 그 자식이 죽었거나 아니면 마음이라도 변한 줄로 알고 있었던 거야. 그런데 일을 이렇게 갑자기 당하고 보니 마음의 충격이 더 클 수밖에」

「음, 사실 어쨌든 간에」카드루스는 이렇게 얘기를 하면서도 술은 계속해 마시고 있었다. 독한 라 말그 포도주에 카드루스는 취기가 오르기 시작했다.「어쨌든 당테스가 무사히 돌아와서 난처하게 된 건 페르낭만이 아니란 말야. 안 그런가, 당글라르?」

「그렇지, 자네 말이 옳아. 그러니까 그 자식한테 안 좋은 일이 생길지도 몰라」

「그게 무슨 상관이 있어?」카드루스는 페르낭에게 술 한 잔을 따라준 다음, 자기 잔에 벌써 여남은 번째 잔을 채우며 말했다. 그러나 당글라르는 겨우 잔에 입이나 댔을 뿐이었다.

「그게 무슨 상관이란 말야? 그 자식은 메르세데스하고 결혼할 텐데, 그 미인 메르세데스하고 말야. 그 자식, 그래서 온 건데 뭘」
 한편 당글라르는 꿰뚫는 듯한 눈으로 페르낭을 바라보고 있었다. 카드루스가 한 말은 페르낭의 가슴 위에 녹은 납처럼 무겁게 내려앉았다.
「그런데 결혼식은 언제래?」 당글라르가 물었다.
「쳇! 아직 확정된 것도 아니에요!」 페르낭이 중얼거렸다.
「아니지, 그래도 하긴 할 것 아냐?」 카드루스의 말이다. 「당테스가 파라옹 호의 선장이 되는 것만큼이나 분명한 일이 아닌가? 안 그래, 당글라르?」
 당글라르는 뜻하지 않은 이 말에 몸을 떨었다. 그러고는 카드루스 쪽으로 몸을 돌리며, 이번에는 자기 편에서 카드루스가 그 말을 계획적으로 한 것이나 아닌가 하여 카드루스의 얼굴을 살펴보았다. 그러나 취해서 거의 정신이 없는 그의 얼굴에선 질투의 빛밖에 읽을 수가 없었다.
「자!」 그는 잔들을 가득 채우며 말했다. 「에드몽 당테스 선장, 카탈로니아 미인의 남편을 위해서!」
 카드루스는 무거운 손으로 잔을 입에다 갖다 댔다. 그리고 단숨에 마셔버렸다. 페르낭은 자기 잔을 들어 땅바닥에 던져 깨뜨려버렸다.
「어! 어!」 카드루스가 말했다. 「저기 보이는 게 뭐지? 저기 카탈로니아 쪽 언덕 위에 말이야. 페르낭, 저것 좀 보게, 자네 눈이 나보다 나을 걸세. 난 벌써 헛걸 보기 시작했나 봐. 그저 술이 원수라니까. 두 애인이 나란히 손을 잡고 걸어오는 것 같은데, 다행히도 그들은 우리가 보고 있으리라곤 꿈에도 생각 못하고 있구먼. 저것 좀 봐, 서로 껴안고 있네!」
 당글라르는 페르낭의 괴로워하는 모습을 하나도 빼놓지 않고 살펴보았다. 페르낭의 얼굴은 눈에 띄게 질려 있었다.
「누군지 알아보겠소, 페르낭 씨?」하고 그는 말했다.
「알겠군요」 페르낭은 분명치 않은 소리로 대답하였다. 「에드몽하고 메르세데스예요」
「아, 자넨 보이는군!」 카드루스가 말했다. 「난 잘 못 알아보겠는데, 이봐, 당테스! 이봐, 아가씨! 이리 좀 오쇼! 그리고 언제 결혼하는지 얘기나 좀 해봐. 페르낭 씨가 여기 있지만, 우리한텐 통 말을 안해 주려고 하니까」
「가만히 있어!」 당글라르는 술이 취해서 고집스레 밖으로 몸을 내밀려는 카드루스를 막는 체하면서 말했다. 「가만히 좀 있어봐, 애인들끼리 조용히 사랑을 속삭이도록 내버려두란 말야. 이 페르낭 씨를 좀 보게, 이 사람 본을 좀 받으라고! 저렇게 태연하잖아?」
 페르낭은 투우사의 창에 찔린 황소처럼 당글라르의 말에 자극을 받아 참다못해 뛰쳐나가려 했다. 그는 벌써 자리에서 일어나 몸을 도사리고, 연적(戀敵)에게로 달려갈 기세를 보이고 있었던 것이다. 그러나 메르세데스가 다정하게 미소를 띠며 그 아름다운 머리를 들었다.
 그녀의 맑은 눈이 빛났다. 그러자 페르낭은, 만약 에드몽이 죽으면 메르세데스 자기도 죽겠다던 그 위협적인 말이 생각나서 그만 용기를 잃고 의자에 다시 털썩 주저앉았다.
 당글라르는, 취해서 바보같이 된 카드루스와 연정에 사로잡

카탈로니아 마을 사람들 55

힌 페르낭을 번갈아 바라보았다.
〈이런 바보들하곤 상대가 안 되겠는걸〉 하고 그는 속으로 중얼거렸다. 〈술주정뱅이하고 겁쟁이 틈에나 끼여 있다간, 큰일 나겠네. 하나는 원한을 잔뜩 품고 있어야 할 텐데 이렇게 술에만 취해 있고, 또 하나는 코앞에서 애인을 뺏기고도 어린애처럼 울기나 하고 원통해하기만 하는 바보니! 그래도 눈에서는 복수 잘하는 스페인 사람이나 시칠리아, 칼라브리아 사람들처럼 활활 불길이 타오르거든. 그리고 주먹도 백정의 망치처럼 쇠머리쯤 단번에 정확히 내리칠 만도 한데. 이건 단연코 에드몽의 운수가 좋아서 이 모양이란 말야. 그 자식은 미인하고 결혼도 하고, 선장이 돼서 우리를 깔보겠지. 하지만……〉 당글라르의 입술에는 싸늘한 미소가 떠올랐다. 〈하지만 내가 끼여드는 날엔……〉 그는 이렇게 덧붙였다.

「이봐!」 카드루스는 몸을 반쯤 일으켜 주먹으로 테이블을 짚고 계속 소리를 질렀다. 「이봐! 에드몽! 그래, 친구도 눈에 안 보이나? 그렇잖으면 도도해져서 친구들한텐 말도 안하겠다는 건가?」

「천만에요, 카드루스 씨」 당테스가 대답했다. 「난 도도하지는 않아요, 행복한 거지요. 행복하다는 건 도도해진 것보다 사람을 더 맹목적으로 만드는 모양입니다」

「좋아! 그랬구면!」 카드루스가 말했다. 「아, 안녕하십니까, 당테스 부인」

메르세데스는 정중히 인사를 했다. 그러고는 「아직은 당테스 부인이 아니에요」 하고 말했다. 「우리 고장에선 아직 남편이 안 된 약혼자의 이름으로 처녀를 부르면 불행이 온다고 해요. 그러니까 저를 그냥 메르세데스라고 불러주셨으면 좋겠네요」
「우리의 좋은 이웃이니까 용서해 주구려」당테스가 말했다.
「조그만 일인데, 잘못 알고 그러는 거니까」
「그럼, 결혼은 곧 할 모양이지, 당테스?」당글라르가 두 사람에게 인사를 하며 물었다.
「가능한 한 속히 하려 하네, 당글라르. 오늘 아버지께 모든 걸 승낙받았으니 내일이나 모레, 아니면 그후에라도 여기 이 레제르브에서 약혼식을 하려고 해. 친구들을 초대할 생각이지. 물론 자네도 초대하겠어, 당글라르. 그리고 물론 카드루스 씨도 부르고」
「페르낭은?」카드루스는 기분 나쁘게 웃으면서 말했다.「페르낭도 부르는 거지?」
「아내의 형제라면 내게도 형제가 아닙니까?」에드몽이 말했다.「그런 때 우리하고 같이 있지 않아서야, 나나 메르세데스가 섭섭해서 되겠습니까?」
페르낭은 그 말에 대답하려고 입을 열었다. 그러나 목소리가 목구멍에 걸린 채 한마디도 밖으로 나오지 않았다.
「오늘은 승낙을 받고 내일이나 모레는 약혼식이라…… 원, 선장께선 서두르기도 하시네!」
「당글라르」에드몽은 웃으며 말했다.「나도 아까 메르세데스가 카드루스 씨에게 한 것과 똑같은 말을 해야겠네. 아직은 당치도 않은 이름으로 날 부르지 말아주게. 행여 좋지 않은 일이라도 생길까 봐 그래」
「미안하군」당글라르가 대답했다.

「자네가 너무 서두르고 있는 것 같아 보여서 그랬던 거야. 뭐, 아직 여유는 있을 거니까. 파라옹 호는 석 달 안으론 항해를 할 것 같지 않던데」

「행복해지는 거라면 누구나 급히 서두르는 법이니까, 당글라르. 왜냐하면 오랫동안 고생하고 나면 행복이란 게 좀체로 믿어지질 않거든. 하지만 그건 순전히 내 이기주의적인 마음 때문만은 아니야. 실은 파리에 가지 않으면 안 될 일이 있어서」

「아니, 정말 파리에? 자네, 파리에 가는 건 이번이 처음인가?」

「그래」

「파리에 볼일이 있나?」

「내 일 때문이 아냐. 르클레르 선장님이 마지막으로 부탁하신 일이 있어서. 당글라르, 자네도 알 테지만 그건 신성한 일이지. 더군다나 걱정할 건 없는 일이야. 그저 갔다만 오면 되는 거니까」

「응 응, 알겠네」 당글라르는 큰 소리로 말했다.

그러고 나서 나직한 목소리로 혼잣말을 했다.

〈파리에 가서 대원수가 준 편지를 그 주소에 있는 사람한테 전해 주는 거겠지. 그렇고말고! 그 편지 얘기를 들으니까 생각이 하나 떠오르는군, 아주 근사한 생각이 말야! 아, 당테스! 내 친구여, 파라옹 호의 선원 명부 제1호(선장 자리를 말한다——옮긴이)에 자네 이름이 벌써 적혀 있진 않겠지?〉

그러고는 벌써 저만큼 사라지고 있는 에드몽 쪽으로 몸을 돌리며 소리쳤다.

「잘 다녀오게!」
「고마워」 에드몽은 머리를 돌려 우정 어린 태도로 대답했다.
그러고 나서 그들 사랑하는 두 사람은 길을 계속해 걸었다. 마치 하늘로 올라가도록 선택된 사람들처럼 즐겁고 평온하게.

## 음모


 당글라르는, 에드몽과 메르세데스가 생니콜라 요새의 모퉁이로 사라질 때까지 그 두 연인의 뒷모습을 바라보았다. 그러고 나서 다시 돌아서 보니, 페르낭이 새파랗게 질려 떨면서 의자 위에 주저앉아 있는 꼴이 눈에 띄었다. 한쪽에서는 카드루스가 권주가 한 구절을 흥얼거리고 있었다.
「그렇지, 이보라고」 당글라르가 페르낭에게 말했다. 「아무래도 이 결혼은 누구에게도 행복한 결혼이 될 수 없을 것 같아」
「정말 그래요」 하고 페르낭이 말했다.
「그럼 자네는 메르세데스를 좋아하고 있군 그래?」
「미칠 듯이 좋아하죠」
「오래전부터?」

「우리가 서로 알았을 때부터 난 늘 메르세데스를 사랑하고 있었죠」
「그러면서도 무슨 방법 하나 생각해 내지 않고 머리만 쥐어 뜯고 있단 말인가? 원 참, 난 자네 나라 사람들이 설마 그럴 줄은 몰랐는걸」
「그럼 나더러 어떡하란 말이에요?」 페르낭이 물었다.
「그걸 내가 어떻게 아나? 그게 어디 내 일인가? 메르세데스 양한테 반한 건 내가 아닐 텐데? 그건 자네란 말이야. 성경 말씀에도 있지 않나? 찾으라 그러면 주실 것이다, 이런 말 말야」
「방법이야 벌써 생각해 냈었지요」
「어떤 걸?」
「사내놈을 칼로 찔러버리려고 했었죠. 그런데 그녀가 만약 약혼자 몸에 무슨 변이라도 생긴다면 자기도 죽어버리겠다고 하는 바람에」
「무슨 소리야! 그건 말로는 그래도 실제로는 전혀 못하는 일이라고」
「그건 당신이 메르세데스를 몰라서 하는 소리예요. 위협을 했다면 실천도 할 여자라고요」
〈바보 같은 소리!〉 하고 당글라르가 속으로 중얼거렸다. 〈그 여자야 자살을 하건 말건 내 알 바 아냐. 당테스만 선장이 안 되면 되거든.〉
「그렇게 되면 메르세데스가 죽기 전에」 페르낭은 확고한 결심이 엿보이는 어조로 말을 이었다. 「내가 죽어버릴 거예요」
「사랑이로군!」 카드루스가 점점 더 취기가 오른 목소리로 말했다. 「사랑이야! 그건 내가 보장하지!」

「이봐」 당글라르가 말했다. 「자네는 착한 사람같이 보이니 빌어먹을, 나라도 당신의 그 괴로움을 덜어주고 싶군 그래. 하지만……」

「암, 그렇지」 카드루스가 말했다.

「여보게」 당글라르가 말을 받았다. 「자네, 아직 술이 덜 취했네. 자, 병을 비우지. 그래야 술이 머리끝까지 오를 것 아닌가. 어서 마시기나 하고 우리 일에는 참견을 말아주게. 우리가 하는 일은 말야, 정신이 말짱한 사람이나 할 일이니까」

「내가 취했다고?」 카드루스가 말하였다. 「무슨 소리를 하고 있는 거야! 아직도 나는 이런 병으로라면 네 병쯤은 더 마실 수 있을걸. 도대체 향수병보다도 크지 않으니 말야. 팡피유 영감, 술!」

그러고 나서 자기가 한 말을 증명하려고 카드루스는 술잔으로 테이블을 쳤다.

「그럼 아까 한 말씀은……?」 페르낭은 조금 전에 중단됐던 말끝을 열심히 기다리면서 다시 말을 이었다.

「내가 무슨 말을 했더라? 잊어버렸는데. 카드루스가 주정을 하는 바람에 생각의 실마리를 놓치고 말았단 말야」

「어디 실컷 취해 보자고. 술을 겁내는 놈들은 불쌍한 놈들이지. 그런 놈들은 속에 음흉한 생각을 감추고 있어서 술을 마시면 마음속까지 다 뱉어놓을까 봐 겁이 나서 그러는 거니까」

그러고 나서 카드루스는 그 당시 굉장히 유행하던 노래의 마지막 두 구절을 부르기 시작했다.

나쁜 놈들은 모두 물 마시는 놈들이라네,

홍수로 혼이 난 놈들을 보면 알 수 있지.

「아까 제 괴로움을 덜어주겠다고 하셨는데…… 마저 말씀해 주세요」하고 페르낭이 말을 이었다.

「응, 그렇지. 마저 얘기해 주지. 자네의 고통을 없애려면 말이지…… 당테스가 자네가 좋아하는 그 여자와 결혼을 하지 않으면 되는 거 아닌가? 그런데 내가 보기엔 말이지, 당테스가 죽지 않고도 그 결혼이 성립되지 않을 수 있을 것 같단 말이야」

「그자가 죽어야만 헤어지게 될걸요」페르낭이 말했다.

「여보게, 자네 싱거운 소리만 늘어놓고 있군」카드루스가 말했다. 「자, 여기 악랄하고 심술궂고 협잡꾼인 당글라르가 자네 말이 틀렸다는 증거를 보여줄 걸세. 자, 당글라르, 증거를 보여주게. 만사는 내가 책임질 테니, 당테스가 죽지 않고도 일이 된다는 걸 얘기해 주란 말이야. 어쨌든 그자가 죽는다는 건 유감이야. 좋은 친구거든. 난 당테스 그 친구가 좋으니까. 자, 당테스, 그대의 건강을 위해서!」

페르낭은 초조해서 몸을 일으켰다.

「맘대로 지껄이게 내버려둬」하고 당글라르는 청년을 붙잡으며 말을 계속했다. 「저 친구는 취했어도 큰 실수는 안할 테니까. 당테스가 여길 떠나 있게 되면, 그것도 죽은 거나 마찬가지로 서로 헤어져 있어야 하는 거라면 말야, 가령 에드몽과 메르세데스 사이를 감옥의 높은 담이 가로막고 있다고 생각해봐. 그 두 사람 사이에 무덤이 가로놓여 있는 거나 다름없이 헤어지게 되는 거지」

「그렇긴 해. 하지만 결국엔 감옥에서 나올 거 아냐」하며 카드루스가 아직 좀 남아 있는 정신으로 얘기에 한몫 끼어들었다.
「감옥에서 나오는 날엔, 에드몽 당테스란 자가 복수를 할 걸」
「상관없어요!」 페르낭이 중얼거렸다.
「게다가」 카드루스가 말을 이었다. 「당테스가 어째서 감옥엘 들어가게 되느냔 말야? 도둑질도 안했고 실수로 사람을 죽이거나 암살한 일도 없는데」
「조용히 해」 당글라르가 말했다.
「난 잠자코 가만히만 있을 순 없는데」 카드루스가 말했다. 「어째서 당테스를 감옥에 넣는다는 거야? 난 당테스가 좋더라. 당테스의 건강을 위해서 자, 한 잔!」 이렇게 말하면서 그는 술 한 잔을 새로 마셨다.
당글라르는 이 양복장이의 게슴츠레 풀린 눈 속에서 취기가 점점 더해 가는 것을 계속해서 바라보고 있었다. 그러더니 페르낭 쪽으로 몸을 돌려 말했다.
「자, 그럼, 이제 알겠나? 그 자식을 죽이지 않아도 된다는 걸 말야」
「안 죽이고도 되긴 하겠죠. 아까 말씀하신 대로 그자를 감옥에 처넣으면 말입니다. 한데 감옥에 넣을 무슨 방법이라도 있나요?」
「잘 생각해 보면 있기야 하지」 하고 당글라르가 말했다. 「하지만」 그는 말을 계속했다. 「내가 뭐가 아쉬워서 그런 일에 손을 대지? 나하고 그게 무슨 상관이 있어?」
「당신하고 상관이 있는지 없는지는 모르겠지만」 페르낭은 당글라르의 팔을 꼭 잡고 말했다. 「하지만 나 보기엔, 당신한테도 당테스를 특별히 미워할 이유가 있는 모양인데요. 자기 자신이 원한을 품은 사람은 남의 기분을 잘못 볼 리 없지요」

「내가 당테스를 미워할 특별한 이유가 있다고? 천만에. 난 다만 자네가 괴로워하는 걸 보고 그게 마음에 걸려서 그랬던 거야. 그뿐이라니까. 그런데 자네가 나 개인의 이익을 위해서 내가 움직인다고 생각한다면 그땐 영원히 안녕, 하는 거야. 어디 힘 자라는 데까지 혼자 처릴 해보시지」

그러고 나서 당글라르는 이번에는 자기 편에서 일어서는 체 했다.

「아닙니다」 페르낭이 그를 붙잡아 앉히면서 말하였다. 「가만히 좀 계십시오. 요는 당신이 당테스한테 원한을 품고 있느냐 아니냐의 문제가 아닙니다. 그건 아무래도 좋아요. 난 분명히 말해 두지만, 그자를 미워하고 있어요. 방법을 좀 생각해 주세요. 사람을 죽이는 일만 아니라면 실행은 내가 할 테니까요. 만약 당테스를 죽이면 자기도 죽어버리겠다고 메르세데스가 말했거든요」

머리를 테이블 위에 처박고 있던 카드루스가 얼굴을 들었다. 그러고는 처지고 얼빠진 눈으로 페르낭과 당글라르를 바라보았다.

「당테스를 죽인다고?」 그는 말했다. 「누가 당테스를 죽이겠다고 말했어? 난 그 녀석을 죽이는 건 반대야. 그자는 내 친구니까. 오늘 아침에도 당테스는 제 돈을 나하고 같이 나눠 쓰자고 그랬다고. 내가 돈을 저하고 같이 나눠 썼던 것처럼 말이야. 당테스를 죽여선 안 돼」

「이런 바보 같으니! 누가 당테스를 죽인댔어?」 당글라르가 이렇게 말을 받았다. 「아무것도 아닌 농담이야. 자, 어서 당테스의 건강을 위해서 술이나 들게」당글라르는 카드루스의 잔을 가득 채우면서 덧붙여서 말했다.

「그리고 참견일랑 좀 말아」

「그래, 그래, 당테스의 건강을 위해서 한 잔!」

카드루스는 잔을 들이켜며, 「당테스의 건강을 위해서! 자, 건강을 위해서!」하고 말했다.

「자, 무슨 방법이 없을까요, 방법이?」페르낭이 말했다.

「아니, 여태 그 방법을 못 찾아냈어?」

「못 찾겠는데요, 그건 당신이 생각해 내기로 하잖았어요?」

「참, 그렇지」당글라르가 말을 이었다. 「그 점에선 프랑스 사람이 스페인 사람보다 월등 낫단 말이야. 스페인 사람은 곰곰 생각만 하는데, 프랑스 사람은 곧 고안을 해내거든」

「자, 그럼, 어서 고안을 해내세요」페르낭이 초조하게 말했다.

「이봐, 종업원!」당글라르가 말했다. 「펜하고 잉크하고 종이 좀 가져오게」

「펜하고 잉크하고 종이라!」페르낭이 중얼거렸다.

「그래, 난 회계란 말야. 펜하고 종이하고 잉크가 내 밑천이거든. 그게 없으면 아무것도 못하지」

「펜하고 잉크하고 종이 가져와!」이번에는 페르낭이 이렇게 소리쳤다.

「필요하신 물건들은 저기 저 테이블 위에 있습니다」하고 종업원이 그들이 주문한 물건들을 가리키면서 말했다.

「그걸 이리 좀 가져오게」

종업원은 종이와 잉크와 펜을 집어서 나무 덩쿨 아래의 테이블 위에 갖다 놓았다.

카드루스가 종이 위에 손을 올려놓으며 말했다.「생각해 보면 숲속에서 사람을 암살하려고 기다리는 것보다 더 확실하게 죽일 수 있는 방법이 있다는 거지! 난 항상 권총이나 칼보다도 한 자루의 펜이나 한 병의 잉크, 종이 한 장을 더 두려워했지」

「이 녀석 보기보다 덜 취한 것 같은데」하고 당글라르가 말했다.「페르낭, 술을 더 먹이게」

페르낭이 카드루스의 잔을 채우자, 원래 술고래인 카드루스는 종이에서 손을 들어 술잔을 잡았다.

페르낭은 카드루스가 새로 마신 술에 완전히 취해 잔을 테이블 위에 다시 놓지도 못하고 떨어뜨릴 지경이 될 때까지 계속해서 그의 동작을 지켜보고 있었다.

「그래서요?」페르낭은 카드루스에게 남아 있던 이성이 이 마지막 술 때문에 아주 흐려지기 시작한 것을 보자 말을 계속했다.

「그래서 내가 하려던 말은 이를테면」당글라르가 말을 이었다.「당테스가 항해 도중에 나폴리와 엘바 섬엘 들렀던 일을 가지고 누구든 검사한테 그자가 보나파르트 파(派)라고만 고발을 한다면……」

「내가 하죠, 내가 고발하겠어요!」청년이 성급하게 말했다.

「좋아. 그런데 그렇게 되면 자네는 그 고소장에 서명을 해야 돼. 그리고 고소한 사람하고 대질을 하게 되는 거야. 그렇게 되면 난 자네의 고소를 뒷받침해 줄 수 있는 걸 제공해 주겠어. 난 그 일을 잘 알고 있으니까. 하지만 당테스가 평생 감옥 살이를 하진 않을 거란 말이야. 어느 날엔가는 나오게 되겠지. 그자가 나오는 날이면, 자기를 잡아넣은 사람을 가만두지 않을걸」

「아, 내가 바라는 건 단 하나」 페르낭이 말했다. 「바로 그자가 나에게 싸움을 걸어오는 일이죠!」

「그래? 그렇지만 메르세데스는 어떨는지! 메르세데스는 자네가 자기 애인인 에드몽의 살가죽만 건드려도 원한을 품을걸!」

「그건 그래요」 페르낭이 말했다.

「그건 안 되지」 당글라르가 말을 이었다. 「그 정도의 결심만 있다면야, 내 말대로 일을 좀더 손쉽게 해보잔 말이오. 자, 이렇게 나처럼 이 펜을 잉크 속에 담갔다가 필적을 못 알아보도록 왼손으로 이런 짤막한 고소장을 쓰면 되는 거야」

이렇게 말한 후에 당글라르는 모범을 보이려는 듯이 왼손으로 평소의 필적과는 전혀 다른 헝클어진 글씨체로 다음과 같은 글을 썼다. 그러고 나서 그것을 페르낭에게 넘겨주었다. 페르낭은 그것을 낮은 소리로 읽었다.

검사 각하. 왕실과 종교를 충실히 섬기는 소생은 다음과 같은 사실을 알려드리고자 합니다. 나폴리와 포르토페라조에 기항했다가 오늘 아침 스미르나에서 돌아온 파라옹 호의 일등 항해사 에드몽 당테스라는 자는, 뮈라에게서 약탈자(왕당파 사람들이 나폴레옹을 일컫는 말——옮긴이)에게 보내는 편지를 부탁받고, 또 약탈자로부터는 파리에 있는 보나파르트 당 본부로 보내는 편지를 위임받았습니다.
 그가 죄를 지었다는 증거는 그를 체포하면 판명될 것인바, 그 편지는 그자 자신의 몸이나 그의 아버지 집에서, 아니면 파라옹 호에 있는 그의 방에서 발견될 줄로 아뢰옵니다.

「됐어!」 당글라르가 다시 말을 계속했다. 「이렇게 하면 복수가 그럴듯하게 되지 않겠난 말야. 왜냐하면 이 편지가 당신한테 되돌아오는 일 없이 일이 저절로 풀려나갈 테니까. 이렇게 편지를 접어서 겉봉에 〈검사님께〉라고 쓰기만 하면 되는 거지. 그러면 일은 다 되게 되어 있어」
 그리고 나서 당글라르는 필체를 바꾸어 주소를 썼다.
 「자, 일은 다 되게 되어 있어」 하고 카드루스가 소리쳤다. 그는 몽롱해지는 정신을 바짝 차려 편지 읽는 소리를 듣고 있다가 갑자기 본능적으로 그러한 고소가 가져오게 될 불행이 얼마나 무서운 것인가를 깨달았다.
 「그래, 일은 다 된 거야. 하지만 그건 파렴치한 짓이지」
 그리고 그는 편지를 집으려고 팔을 뻗쳤다.
 「그것도」 당글라르는 편지를 그의 손에 닿지 않도록 밀어놓으며 말했다. 「내가 한 말도, 내가 한 짓도, 다 장난으로 그런 거야. 사람 좋은 당테스한테 무슨 일이라도 생긴다면 내가 먼저 걱정을 해줄 판인데 내가 그런 짓을……」
 그는 편지를 집더니 두 손으로 구겨서 한쪽 구석에 던져버렸다.
 「됐어, 됐어」 카드루스가 말했다. 「당테스는 내 친구야. 그 사람한테 좋지 않은 일이 생긴다는 건 안 될 말이라고」

「아니, 그런데 도대체 누가 그 사람을 해칠 생각을 한단 말인가? 나도 아니고 페르낭도 아닌데!」 당글라르가 일어서면서 말했다. 그리고 옆에 있는 청년을 바라보았다. 청년은 앉은 채로 구석에 내팽개쳐진 고소장을 곁눈으로 몰래 바라보고 있었다.

「그러니」 카드루스가 말을 받았다. 「에드몽과 메르세데스 아가씨를 위해서 또 한잔 들어야겠어」

「자네 지금도 너무 마신 것 같은데, 이 주정뱅이야」 당글라르가 말했다. 「더 마시다간 여기서 쓰러져 자게 되겠네. 다리도 제대로 못 가눌 테니 말이야」

「내가?」 카드루스는 술에 취해 거드름을 피우며 몸을 일으키면서 말했다. 「내가 다리도 못 가눈다고? 내기할까, 내가 비틀거리지도 않고 저 아쿨 종각에 올라갈 수 있는지 없는지?」

「좋아, 해보지. 내기하자고」 당글라르가 말했다. 「하지만 내일 하는 거야. 자, 오늘은 이만 돌아갈 시간도 됐으니 내 팔을 잡고 돌아가세」

「그래, 돌아가세」 카드루스가 말했다. 「그렇지만 그렇다고 자네 팔을 붙들 필요는 없어. 자네도 가는 건가, 페르낭? 우리하고 같이 마르세유로 가는 거냔 말야?」

「아닙니다」 페르낭이 말했다. 「난 카탈로니아로 돌아가야죠」

「그건 안 될 말이지. 자, 우리하고 마르세유로 가세」

「나는 마르세유에 가야 할 일도 없고 가고 싶지도 않아요」

「뭐라고? 자넨 가기 싫다고? 좋아, 그럼 맘대로 해봐. 누구든지 저 하고 싶은 대로 하는 거란 말야. 자, 그럼 당글라르, 저 사람은 카탈로니아로 가게 내버려두세. 자기가 가겠다는 거니까」

당글라르는 카드루스를 마르세유 쪽으로 끌고 가려고 그가 자청한 이 기회를 이용했다. 다만 페르낭에게 좀더 빠르고 편하게 일을 해치울 수 있도록 하기 위해 리브뇌브 부두를 통해 돌아가지 않고, 생 빅토르 문을 돌아서 갔다. 카드루스는 당글라르의 팔에 매달려 비틀거리며 그를 따라갔다.

스무 걸음쯤 가다가 당글라르는 몸을 돌려 페르낭을 보았다. 페르낭은 아까 버린 종이가 있는 곳으로 달려가더니 그것을 주워 주머니에 넣은 후에 곧 레제르브 밖으로 달아나 버렸다. 청년은 피용 쪽으로 돌아서 갔다.

「저것 봐, 저 친구 뭘 하고 있는 거야?」카드루스가 말했다. 「그치 우리한테 거짓말을 했는데. 카탈로니아로 가겠다더니 시내로 들어가잖아! 이봐, 페르낭, 자네 우릴 속였네그려」

「자네 눈이 빙빙 돌아서 제대로 안 보이는 거야」당글라르가 말했다. 「저 사람 비에유앵피르므리로 가는 길을 똑바로 따라가고 있어」

「딴은」하고 카드루스가 말했다. 「난 그자가 오른쪽으로 구부러져 간 줄 알았더니만. 과연 술이 원수로군!」

〈됐어, 됐어〉 당글라르가 중얼거렸다. 〈자, 이만하면 일은 잘됐으니 이젠 돼가는 꼴이나 보면 되겠군.〉

## 약혼 피로연

이튿날은 날씨가 좋았다. 태양은 맑게 빛나면서 떠올랐다. 새빨간 햇빛이, 거품이 피어 오르는 파구(波丘)를 루비 빛깔로 찬란하게 물들였다.

피로연은 바로 레제르브 정(亭) 이층에 준비되었다. 지붕이 나무덩쿨인 그곳의 정자는 우리가 이미 알고 있는 터이다. 홀은 대여섯 개의 창문으로 햇빛이 잘 드는 큰 방이었다. 그리고 그 창 하나하나에 (이건 또 무슨 생각에서인지) 프랑스 대도시들의 이름이 적혀 있었다.

이 모든 창에, 이 건물의 다른 부분과 마찬가지로 나무로 된 난간이 죽 붙어 있었다.

피로연은 정오에 있을 예정이었지만, 아침 열한시부터 난간에는 초조히 서두르는 사람들이 잔뜩 서성거렸다. 그들은 모두가 휴가를 받은 파라옹 호의 선원들과 당테스의 친구인 군인들이었다. 모두들 이 두 약혼자에게 경의를 표하기 위하여 한껏 치장을 하고 와 있었다.

곧 손님이 될 그들 사이에는 파라옹 호의 선주가 이 일등 항해사의 약혼식 피로연에 참석할 것이라는 소문이 좍 퍼져 있었다. 그렇지만 그것은 선주가 당테스에게 특별히 베풀어주는 굉장한 명예인 까닭에 누구도 감히 그 일을 믿을 수가 없을 정도였다.

그러나 카드루스와 함께 나타난 당글라르가 그 소문이 사실임을 증명해 주었다. 그는 그날 아침 모렐 씨를 만났는데, 모렐 씨는 오후에 레제르브로 오찬을 하러 가겠다고 말하더라는 것이었다.

과연 그들이 도착한 지 얼마 안 있어, 이번에는 모렐 씨가 방 안에 들어섰다. 파라옹 호의 선원들이 일제히 박수를 치고, 환호의 함성을 높여 그를 맞았다. 선주의 참석으로 그들은 이미 오래전부터 떠돌던, 당테스가 선장으로 임명될 것이라는 소문이 사실이라는 확신을 갖게 되었다. 선원들은 모두 당테스를 몹시 좋아하고 있었기 때문에 선주의 선택이 자기들이 원하던 바와 우연히도 일치된 것을 고맙게 생각했다. 모렐 씨가 들어서자 모두들 이구동성으로 당글라르와 카드루스를 신랑에게 급히 보내자고 떠들었다. 이처럼 굉장한 감격을 안겨준 중요한 인물이 도착하였다는 사실을, 그 두 사람이 신랑에게 미리 알려 일을 서두르게 하자는 것이었다.

당글라르와 카드루스가 뛰어나갔다. 그러나 그들이 채 백 보도 못 갔을 때, 저쪽 화약고 부근에 작은 무리의 사람들이

오고 있는 것이 눈에 띄었다.

그 무리에는 메르세데스의 친구들인 카탈로니아 처녀들 네 사람, 그리고 그 뒤에는 신부(神父)가 에드몽과 팔짱을 낀 채 걸어오고 있었다. 장차 신부(新婦)가 될 메르세데스 옆에는 당테스의 아버지가 걸어오고 있었고, 그 사람들 뒤에는 페르낭이 악의에 찬 미소를 띠며 따라오고 있었다.

메르세데스도 에드몽도 이 악의에 찬 미소는 보지 못하고 있었다. 가엾은 이 두 사람은 너무나 행복한 나머지 자기 자신과 자신들을 축복해 주는 맑은 하늘밖엔 그 어떤 것도 눈에 들어오지 않았던 것이다.

당글라르와 카드루스는 특사로서의 임무를 마치고 나서, 에드몽과 힘차고 따뜻한 악수를 나누었다. 그러고 나서 당글라르는 페르낭 옆에, 그리고 카드루스는 모든 사람들의 주의가 집중되어 있는 당테스 노인 곁으로 가서 각각 자리를 잡았다.

노인은 표면을 깎아서 다듬은 강철 단추로 장식된, 줄무늬가 있는 아름다운 호박단 옷을 입고 있었다. 가늘면서도 튼튼한 다리에는 점박이 무늬가 있는 화려한 면 양말을 신고 있었다. 그것은 멀리서 봐도 영국산 밀수품 냄새가 났다. 모자는 세 귀퉁이에 희고 푸른 리본이 늘어져 있었다.

이윽고 그는 나무 지팡이에 몸을 기댔다. 지팡이는 나무를 꼬아서 만든 것이었는데, 꼭대기는 옛날 패덤(로마 신화에서 전원의 신이 가지는 지팡이——옮긴이)처럼 구부러져 있었다. 그의 모습은 마치 1796년, 다시 문을 연 뤽상부르와 튈르리 정원을 자랑스럽게 걸어다니는 귀공자와도 같았다.

그의 곁에는 카드루스가 살짝 가서 앉아 있었다. 카드루스는 이 훌륭한 연회에 참석하는 것으로 당테스 가족들과는 화해한 셈이었지만, 머릿속에는 어젯밤에 일어났던 일들이 희미하게 기억에 남아 있었다. 그것은 마치 그 전날 잠자는 동안에 꾼 꿈이 아침에 잠이 깨면서 머릿속에 그 그림자만이 남아 있는 것과도 같았다.

당글라르는 페르낭의 곁으로 오면서, 풀이 죽은 그에게 의미심장한 시선을 보냈다. 페르낭은 장차 부부가 될 두 약혼자의 뒤를 따라오고 있었으나, 메르세데스에게 그는 안중에도 없었다. 그녀는 젊고 즐거운 사랑의 이기주의로 인해 에드몽밖에는 눈에 보이는 것이 없었던 것이다. 페르낭은 얼굴이 새파랗게 질려 있었다. 그러더니 갑자기 화가 치밀어올라 얼굴이 시뻘게지곤 했지만, 그럴 때마다 다시 전보다도 더 새파랗게 질려버리고 말았다. 때때로 그는 마르세유 쪽을 바라보곤 했다. 그러면 그럴 때마다 자기도 모르게 신경질적으로 몸이 떨리면서 사지가 후들거렸다. 그는 무엇인가 굉장한 사건을 기다리고 있는 것 같았다. 아니면 적어도 어떤 사건을 예상하고 있는 것 같았다.

당테스는 간소한 차림이었다. 상선의 선원인 그는, 군복과 평복이 섞인 듯한 옷을 입고 있었다. 그리고 그런 복장을 한 그의 훌륭한 모습은 신부의 기쁨과 아름다움을 한층 더 빛내 주었다. 그의 모습은 나무랄 데 없이 완벽했다.

메르세데스는 흑단 같은 눈과 산호색 입술을 한 키프로스나 케오스의 그리스 여인처럼 아름다웠다. 그녀는 아를이나 안달루시아의 여인들처럼 활발하고 자유로운 걸음걸이로 걸어오고 있었다. 거리의 보통 다른 처녀들 같았으면 자기의 기쁨을 베일이나 적어도 부드러운 눈꺼풀 밑에 감추려고 애를 썼을 것이다. 그러나 메르세데스는 미소를 띠며 자기 주위에 있는 사람들을 바라보았다. 그리고 그녀의 미소와 그 눈길은 이렇게 솔직히 이야기하는 것 같았다.〈만약 여러분들이 제 친구라면 저와 함께 기뻐해 주세요. 왜냐고요? 사실 저는 정말 행복하니까요!〉

이 두 약혼자와 그들을 따라온 사람들이 레제르브에 나타나자, 모렐 씨는 밖으로 나와 그 사람들 앞으로 갔다. 모렐 씨와 함께 있던 선원들과 군인들도 그의 뒤를 따라나왔다. 모렐 씨는 그들에게 당테스가 르클레르 선장의 후임이 될 것이라는, 이미 당테스에게 했던 약속을 다시 한번 확언하려던 참이었다. 모렐 씨가 오는 것을 본 당테스는 끼고 있던 약혼자의 팔을 모렐 씨에게 넘겨 그의 팔을 끼게 했다. 그러자 선주와 메르세데스가 모든 사람들의 앞장을 서서, 오찬이 준비되어 있는 방으로 통한 나무 계단을 올라갔다. 나무 계단은 손님들의 무거운 발걸음 밑에서 한 오 분 동안 삐걱거렸다.

「아버님」메르세데스가 테이블 한가운데서 발을 멈추고 말했다.「아버님께서는 제 오른편에 앉아주세요. 그리고 왼편에는 제 오빠가 되는 사람을 앉히고 싶어요」부드러운 그녀의 말은 마치 단도로 찌르듯이 페르낭의 가슴속 깊이 박혔다. 그의 입술이 새파랗게 질려버렸다. 그리고 사내다운 거무죽죽한 얼굴빛 아래로 점점 핏기가 가시면서 모든 피가 심장으로 몰려가는 것이 눈에 보이는 듯했다.

한편 당테스도 메르세데스와 같은 일을 하고 있었다. 그는 오른편에 모렐 씨를 앉히고 왼쪽에는 당글라르를 앉혔다. 그러고 나서 모든 사람들에게 마음대로 편히 앉으라는 손짓을 했다.

벌써부터 테이블 주위에는 향내가 강하게 풍기는 갈색 아를의 소시지와 껍질이 눈부시게 번쩍이는 왕새우, 장밋빛 껍질에 싸인 프레르 조개, 빳빳한 바늘 같은 껍질에 싸인 밤처럼 가시가 돋친 성게라든가, 남프랑스의 식도락가들이 북쪽의 굴보다도 낫다고 자부하는 무명조개 같은 것들이 왔다갔다하고 있었다. 이 향기로운 전채(前菜)들은 파도에 밀려 모래가 많은 기슭으로 올라온 것으로, 어부들은 그것을 바다의 과실이라고 불렀다.

「다들 아무 말도 없네!」 노인은 팡피유 영감이 방금 손수 메르세데스 앞에 갖다 놓은 황옥처럼 노란 포도주를 한잔 맛보며 말했다. 「누가 보면 여기 모인 서른 명은 웃는 것 말고는 바라는 게 없는 줄 알겠구려」

「아니, 신랑이라고 밤낮 즐겁기만 하란 법은 없을걸요!」 하고 카드루스가 말했다.

「사실」 당테스가 말했다. 「지금의 저는 명랑해지기에는 너무도 행복해서 즐거움을 모르겠습니다. 그런 뜻으로 하신 말씀이라면 당신 말이 옳습니다. 기쁨이란 때로는 이상한 결과를 가져오는 거니까요. 괴로울 때처럼 가슴을 억누르는군요」

당글라르는 페르낭을 관찰했다. 천성적으로 감수성이 예민한 페르낭은 하나하나의 감동을 일일이 받아들여, 그것을 다시 겉으로 나타냈다.

「왜 그러는 거야?」 당글라르가 물었다. 「자네 뭘 무서워하는 건가? 만사가 마음 먹은 대로 될 텐데」

「바로 그게 무서운 거야」 당테스의 대답이었다. 「사람이란 그렇게 쉽게 행복해질 순 없는 거란 말야. 행복이란 마술에 걸린 섬나라의 궁전 같지만, 그 문은 용이 지키고 있으니까. 행복을 얻으려면 싸워 이겨야 하는데, 난 사실 뭘 가지고 메르세데스의 남편이 되는 복을 얻게 됐는지 모르겠는걸」

「남편이라고? 남편이라?」 카드루스가 웃으며 말했다. 「아직 안 되지 않았어? 선장, 남편 노릇을 좀더 해보란 말이야. 어떤 대우를 받나 보게」

메르세데스가 얼굴을 붉혔다.

페르낭은 의자 위에서 괴로워했다. 그는 조금만 무슨 소리가 나도 소스라치게 놀랐다. 그리고 간간이 폭풍우가 일기 시작할 때 후두둑 떨어지는 굵은 빗줄기처럼 이마에서 구슬같이 흘러내리는 땀을 닦았다.

「저런」 당테스가 말했다. 「카드루스 씨, 그런 걸로 날 놀리시면 안 됩니다. 사실, 메르세데스는 아직 내 아내가 안 됐으니까요…… (그는 시계를 꺼내 보았다) 하지만 한 시간 반만 지나면 내 아내가 되는 겁니다」

당테스 노인만 빼고는 모두들 경탄의 소리를 질렀다. 당테스 노인은 활짝 웃음을 띠었다. 그 사이로 아직도 아름다운 흰 이가 드러나 보였다. 메르세데스도 살며시 웃었으나 이젠 얼굴을 붉히지 않았다. 페르낭은 발작적으로 단도의 자루를 잡았다.

「한 시간이라!」 당글라르는 얼굴이 새파래지면서 말했다. 「어떻게 한 시간이면 된단 말이지?」

「그렇습니다, 여러분」 당테스가 대답했다. 「제가 아버님 다음으로 이 세상에서 가장 폐를 끼치고 있는 모렐 씨가 저를 신용해 주시는 덕분으로, 모든 어려운 일이 다 무사히 해결되었습니다. 혼인 공고도 끝났고, 두시 반에는 시장님께서 우리를 시청에서 기다리시기로 되어 있습니다. 지금 한시 십오분이 좀 지났으니, 한 시간 후엔 메르세데스가 당테스 부인이 된다고 해도 과언이 아니죠」

페르낭은 눈을 감았다. 불꽃이 눈시울을 뜨겁게 하는 것 같았다. 그는 정신을 잃지 않으려고 테이블에 몸을 기댔다. 그러나 있는 힘을 다해서 참으려고 해도 신음이 나직하게 밖으로 새어나와, 모인 사람들의 웃음과 축하 인사로 요란한 소음 속에서 사라지고 말았다.

「잘됐다, 잘됐어」 당테스 노인이 말했다. 「이것도 시간을 허비하는 게 되느냐? 어제 아침에 도착해서 오늘 세시에 결혼을 하다니! 선원이니까 이렇게 매사를 틀림없이 할 수 있는 거겠지」

「그렇지만 다른 수속은 어떻게 됐나?」 당글라르가 쭈뼛거리며 말했다. 「혼인 서약서니 서류 같은 거 말야」

「서약서는」 당테스는 웃으면서 말했다. 「서약서는 다 됐어. 메르세데스는 아무것도 없으니까. 나도 가진 거라곤 없고! 우리는 부부 공동 재산제라는 계약 아래 결혼을 하는 거란 말야. 그러니 다 된 거지. 써 보내는 데도 별로 시간이 걸릴 게 없고, 그러니까 비용도 적게 들고」

이 농담에 또 한번 모두들 기쁨의 함성을 올렸다.

「그러니 우리가 약혼 피로연으로 알고 먹은 것이 그대로 결혼 피로연 턱도 되는 셈이군」 하고 당글라르가 말했다.

「아니지」 당테스가 대꾸했다. 「손해 안 볼 테니 안심하게. 내일 아침에 내가 파리엘 간단 말야. 가는 데 나흘, 오는 데 나흘, 거기다가 내가 맡은 일을 제대로 다 마치려면 하루가 걸릴 테니 3월 초하루면 내가 돌아오거든. 그렇게 되면 3월 초이튿날엔 진짜 결혼 피로연을 할 거야」

앞으로 또 잔치가 있다는 소리에 모두들 다시 웃음을 터뜨렸다. 그래서 당테스 노인도 처음에 피로연이 시작됐을 때는 모두들 떠들질 않는다고 불평했는데, 지금은 여러 사람들이 서로 얘기를 주고받는 가운데 장차 부부가 될 두 사람이 잘살기를 바란다는 뜻을 전하려고 공연히 초조해하고 있었다.

당테스는 아버지의 이러한 마음을 알아채고 사랑이 넘치는 미소로 그 뜻에 응답했다.

메르세데스는 방 안에 걸려 있는 벽시계를 쳐다보기 시작했다. 그리고 에드몽에게 가볍게 눈짓을 했다.

테이블 주위는 신분이 낮은 사람들의 경우에 흔히 그렇듯, 식사가 끝난 후의 시끄러운 웃음소리와 제각기 마음대로 움직이는 자유로운 분위기로 인해 떠들썩했다. 자리가 마음에 안 드는 사람들은 테이블에서 일어나 주위의 다른 사람들을 찾아다녔다. 모두가 한꺼번에 지껄이기 시작했다. 그리고 아무도 상대방이 자기에게 한 말엔 대답할 생각을 안하고, 제각기 자기가 생각하는 것만 지껄이고 있었다.

페르낭의 창백한 얼굴빛은, 당글라르의 뺨으로 옮아갔다. 페르낭, 그는 이미 산 사람 같지 않았다. 그는 불의 연못에 빠진 망령과도 같았다. 제자리에서 일찌감치 일어선 사람들 틈에 끼여 페르낭도 자리에서 일어나, 노랫소리와 술잔이 부딪치는 소리를 피하기 위해 홀 안을 이리저리 서성거리고 있었다.

카드루스가 그의 곁으로 왔다. 바로 그때 일부러 피하려는 것같이 보이던 당글라르가 홀 한 귀퉁이에서 페르낭과 마주쳤다.

「정말이지」 카드루스가 말했다. 「당테스가 제대로 행동하고 더군다나 팡피유 영감네 술맛 때문에 뜻밖의 복을 차지했다고 녀석을 미워하던 마음이 뿌리째 뽑히고 말았네. 정말이지 당테스는 착한 녀석이란 말야. 그가 약혼자 옆에 앉아 있는 걸 보니, 자네들이 어제 모의한 그 못된 장난 같은 건 정말 해선 안 되겠다는 생각이 들더라고」

「그래」 당글라르가 말했다. 「자네도 알다시피 그 일은 그걸로 끝났어. 페르낭 씨가 가엾게도 하도 정신이 뒤집혀 있어서 나도 처음엔 걱정을 했던 거야. 하지만 일단 이 양반이 결심을 하고 자기 연적의 혼인에 첫째 들러리까지 됐으니, 이제 와서 무슨 할말이 또 있겠나」

카드루스는 페르낭을 쳐다보았다. 페르낭의 안색이 창백했다.

「여자가 미인인 만큼 마음의 상처도 컸던 거야」 하고 당글라르는 말했다. 「제기랄, 이번에 선장이 될 자식은 복도 많지 뭐야. 단 하루라도 좋으니 내가 당테스가 되어봤으면 좋겠네」

「이젠 떠나야죠?」 메르세데스가 부드러운 목소리로 물었다.

「지금 두시를 쳤는데, 두시 십오분엔 기다릴 사람이 있지 않아요?」

「그럽시다, 떠나야지!」 당테스가 벌떡 일어나면서 말했다.

「떠납시다!」 손님들이 모두 소리를 모아 당테스의 말을 되받았다.
바로 그때였다. 창가에 앉아 있던 페르낭에게서 잠시도 눈을 떼지 않던 당글라르는, 페르낭이 눈을 사납게 뜨고 마치 경련이라도 일으키는 듯이 몸을 일으켰다가 다시 창턱에 주저앉는 것을 보았다. 그러자 그와 거의 같은 순간에 이상한 소리가 나직하게 층계에서 울려왔다. 무거운 발소리의 울림과 무기가 절그럭거리는 소리가 섞여 있는 떠들썩한 소리를 들은 손님들은 여태껏 그렇게 시끄럽게 떠들더니 갑자기 일제히 귀를 기울였다. 그러자 모두들 불안한 침묵에 싸이고 말았다.
그 소리는 점점 더 가까워졌다. 노크 소리가 세 번 방문에서 울렸다. 모두들 놀란 얼굴로 제각기 옆사람의 얼굴을 쳐다보았다.
「검찰에서 왔소!」 쩡쩡 울리는 소리였다. 그러나 아무도 감히 대답을 못했다.
이윽고 문이 열렸다. 허리에 혁대를 두른 경관 한 사람이 방 안으로 들어왔다. 뒤이어 하사관이 지휘하는 네 사람의 무장 군인이 따라 들어왔다.
불안은 공포로 변했다.
「무슨 일입니까?」 선주는 전부터 알고 있는 경관 앞으로 걸어가며 물었다. 「아마도 잘못 알고 오신 것 같습니다만」
「만약 잘못된 게 있다면, 모렐 씨」 경관이 대답하였다. 「그렇다면 곧 수정 지시를 받게 되겠지요. 전 다만 체포 영장을 가지고 왔습니다. 유감스럽습니다만 전 제 임무를 완수해야 하니까요. 여러분들 중에 에드몽 당테스가 있습니까?」
모든 사람의 시선이 청년에게로 쏠렸다. 그는 몹시 놀랐지만 위신을 잃지 않고 한 걸음 앞으로 나서며 말했다.

「접니다. 무슨 일입니까?」

「에드몽 당테스」 경관은 말을 이었다. 「검찰의 명령으로 당신을 체포하겠소」

「저를 체포하시다니요?」 에드몽은 다소 얼굴이 창백해지며 말했다. 「도대체 어째서 체포하는 겁니까?」

「난 모르겠소. 첫번째 심문에서 알게 될 거요」

모렐 씨는 이 어쩔 수 없는 사태 앞에서는 무슨 소릴 해도 소용이 없다는 것을 알았다. 혁대를 두른 경관이란 이미 한 사람의 인간이 아니었다. 듣지도 않고 입도 열지 않는 냉정한 법률의 상(像)일 뿐이었다.

그와는 반대로 노인은 경관에게로 달려갔다. 부모의 마음으로는 전혀 이해할 수 없는 것이 있다. 그는 빌면서 애원했다. 그러나 눈물이나 기도는 아무 소용이 없었다. 하지만 노인의 절망이 하도 커서 경관도 다소 마음이 움직인 모양이었다.

「어르신」 하고 경관이 말했다. 「진정하십시오. 아드님은 아마 무슨 세관이나 검역 절차를 빠뜨린 거겠지요. 그러니 십중팔구 조사만 끝나면 곧 풀려나올 겝니다」

「아니, 이건 도대체 어떻게 된 일이야?」 카드루스는 눈살을 찌푸리며 깜짝 놀란 듯한 얼굴을 하고 있는 당글라르에게 물었다.

「낸들 아나?」 당글라르의 말이었다. 「나도 자네나 마찬가지야. 이런 일이 일어나다니, 나도 통 모를 일인걸. 뭐가 뭔지 알 수가 있어야지」

카드루스는 눈으로 페르낭을 찾았다. 페르낭은 자취를 감추고 없었다. 그제서야 어젯밤에 일어났던 일들이 놀랄 만큼 선명하게 다시 머리에 떠올랐다. 마치 이러한 불상사가 일어남으로써, 어젯밤의 취기가 자기와 자기 기억 사이에 드리웠던 희미한 베일이 벗겨져 버린 것 같았다.

「아아!」 카드루스는 쉰 목소리로 말했다. 「그래 어젯밤에 했다는 장난의 결과가 이런 것인가, 당글라르? 이런 일을 꾸민 놈이야말로 천벌을 받아야지. 장난치고는 너무 끔찍한 장난이니 말이야」

「아니 무슨 말을 하는 거야!」 당글라르가 소리쳤다. 「자네도 알다시피 난 오히려 그 종이를 찢어버리지 않았나?」

「자넨 찢어버리지 않았어」 카드루스가 말했다. 「한구석에 던져버렸을 뿐이지. 그뿐이란 말야」

「허튼소리 하지 마. 자네가 뭘 봤다고 그래? 그때 취해 있었잖아」

「페르낭은 어디 있어?」 카드루스가 물었다.

「낸들 아나」 당글라르가 대답하였다. 「아마 볼일이 있어 갔겠지. 자, 우리 그런 일에 참견하지 말고 저 딱한 사람들이나 가서 도와주세」

과연 그들이 말을 주고받는 동안 당테스는 얼굴에 미소를 띠며 모든 친구들과 악수를 나누고는 자진해서 수갑을 찼다. 그리고 이렇게 말했다.

「걱정들 마세요. 잘못된 것만 바로잡히면 곧 나오게 되겠지요. 아마 형무소까지도 안 가게 될 거예요」

「암, 물론이지. 내가 확실한 대답을 할 테니까」 바로 그때, 아까 말한 바와 같이 모든 사람들이 모인 곳으로 다가온 당글라르가 이렇게 말했다.

당테스는 층계를 내려왔다. 그의 앞으로는 경관이 앞서 가고 군인들이 그를 둘러싸고 있었다. 문 앞에는 마차가 한 대 대기하고 있었다. 마차의 문은 활짝 열려 있었다. 당테스가 차에 올랐다. 군인 두 사람과 경관이 그의 뒤를 따라서 마차를 탔다. 마차 문이 닫히자 마차는 마르세유 쪽으로 떠났다.

「빨리 다녀오세요, 당테스! 빨리 다녀오세요!」메르세데스는 난간에 매달리며 이렇게 외쳤다.

죄수는 약혼자의 이 마지막 외침을 들었다. 그것은 마치 가슴이 찢어지는 흐느낌과도 같았다. 그는 문 밖으로 고개를 내밀고 소리쳤다.「금방 갔다 올게, 메르세데스!」

이윽고 그의 모습은 생니콜라 요새의 모퉁이로 사라지고 말았다.

「여기서들 기다리고 계십시오」선주가 말했다.「마차를 잡는 대로 마르세유에 가봐야겠습니다. 거기 가서 소식을 알아가지고 올 테니까요」

「다녀오십시오」모두들 큰소리로 외쳤다.「그리고 얼른 돌아와 주세요」

이렇게 두 차례로 사람들이 떠나버리자, 남아 있던 사람들은 잠시 동안 무서워서 정신이 나간 사람처럼 멍하니 서 있었다.

당테스 노인과 메르세데스는 얼마 동안은 자기 자신의 고통에 휩싸여 주위 사람들에게서 벗어나 혼자 떨어져 있었다. 그러나 마침내 이 두 사람의 눈이 서로 마주쳤다. 각자가 동시에 고통을 겪는 희생자임을 깨달은 두 사람은 서로 포옹을 했다.

그러는 사이에 페르낭이 다시 나타났다. 그는 물을 한 컵 따라 마시더니 빈 의자에 가서 앉았다. 우연히도 그것은 메르세데스가 노인의 품을 떠나 앉은 자리의 바로 옆 의자였다.

페르낭은 본능적으로 자기 의자를 뒤로 물렸다.

「저 자식이 한 짓이야」 페르낭에게서 잠시도 눈을 떼지 않고 있던 카드루스가 당글라르에게 말했다.

「그렇지 않을 거야」 당글라르의 대답이었다. 「저 자식은 그럴 줄도 모르는 바보야. 어쨌든 그런 짓을 한 놈은 제가 도로 벌을 받아야 해」

「자넨 그런 자식을 충동질한 놈 얘기는 통 안하는군」 하고 카드루스가 말했다.

「아니, 이런!」 당글라르가 말했다. 「농담 한번 한 것까지 일일이 책임을 지라는 거야?」

「그래. 농담이라도 그게 남한테 꽉 박혀서 해를 주니까 말이다」

한편 다른 사람들은 삼삼오오 떼를 지어 저마다 당테스의 체포에 대해서 해석을 늘어놓고 있었다.

「그래, 당글라르, 자넨 이번 일을 어떻게 생각하고 있나?」 하고 누군가가 당글라르에게 말을 걸었다.

「내 생각엔……」 당글라르가 대답했다. 「당테스가 무슨 밀수품이라도 들여온 게 아닌가 싶은데요」

「하지만 만약에 그런 일이라면 회계인 자네가 다 알고 있을 게 아닌가?」

「하긴 그렇죠. 하지만 회계는 보고받은 짐밖엔 모르니까요. 우리가 솜을 싣고 온 건 나도 알고 있죠. 그것밖에 모르겠는데요. 알렉산드리아의 파스트레 상회에서, 그리고 스미르나의 파스칼 상회에서 짐을 실은 것도 알지만…… 자, 그 이상은 더 묻지 말아주세요」

「아, 그리고 보니 지금 생각나는 게 있구먼」 불쌍한 당테스 노인은 그 얘기 끝에 생각나는 게 있어 이렇게 중얼거렸다. 「어제 그 녀석이 나한테 주려고 커피 한 통과 담배 한 통을 가져왔다고 했다네」

「그것 봐요」 당글라르가 말했다. 「그것 때문이오. 우리가 없는 동안에 세관에서 파라옹 호를 뒤진 모양이군요. 그래서 그 비밀을 알아낸 거지요 뭐」

메르세데스는 그런 말들을 하나도 믿지 않았다. 그때까지 참고 참았던 괴로움이 갑자기 폭발해서 그녀는 흐느껴 울기 시작했다.

「자, 그만, 희망을 가져야지」 당테스 노인은 자기 자신도 그러지 못하면서 메르세데스에게 이렇게 말했다.

「희망을 가져야죠」 당글라르도 같은 말을 되풀이했다.

「희망을 가져야 해」 페르낭도 이렇게 중얼거리려고 애써보았다.

그러나 목구멍이 꽉 막혀 말이 나오지 않았다. 입술이 떨렸으나 입에서는 아무 소리도 나오지 않았다.

「여러분!」 난간에서 망을 보고 있던 손님 중 한 사람이 큰 소리로 외쳤다. 「여러분! 저기 마차가 한 대 왔어요. 아, 모렐 씨로군요! 기운을 내세요, 기운을! 무슨 좋은 소식이 있을 거예요」

메르세데스와 당테스의 늙은 아버지는 선주 앞으로 달려갔다. 그들은 문 앞에서 모렐 씨와 마주쳤다. 모렐 씨는 얼굴빛이 몹시 창백했다.

「그래 어떻게 됐나요?」 두 사람이 이구동성으로 소리쳤다.

「그게, 여러분!」 선주는 머리를 흔들며 말했다. 「일이 우리가 생각하던 것보다 훨씬 심각해져서」

「아니에요, 선주님!」 메르세데스가 울부짖었다. 「그이는 아무 죄도 없어요」

「나도 그렇게 생각합니다」 하고 선주가 대답했다. 「그런데 누가 고발을 했을까요?」

「무슨 일로 고발을 했는데요?」

「보나파르트 당원이라는 겁니다」

독자들 중에 이 이야기의 시대 배경을 알고 있는 사람은 지금 모렐 씨 입에서 나온 그 고발이란 말이 그 당시 얼마나 무서운 말이었는지 짐작할 수 있을 것이다.

메르세데스는 외마디 소리를 질렀다. 노인은 의자 위에 털썩 주저앉고 말았다.

「아!」 하고 카드루스가 중얼거렸다. 「당글라르, 날 속였군. 그 장난이 이렇게 된 거야. 하지만 저 노인하고 처녀가 괴로워하다 죽는 걸 그냥 두고 볼 수는 없어. 내가 가서 전부 얘길 해야겠어」

「잠자코 있어!」 당글라르는 카드루스의 손을 잡으며 소리쳤다. 「안 그러면 자네도 어떻게 될지 모르는 거야. 당테스에게 정말 죄가 없다고 누가 장담할 거야? 배를 엘바 섬에 대고 그 자식은 섬에 내렸었단 말이야. 그리고 포르토페라조에서 하루 온종일을 보냈어. 만약 그 자식한테서 무슨 위험한 편지라도 나온다면 그 자식을 두둔하는 사람도 한패로 몰린단 말야」

 카드루스는 재빠른 이기주의적 본능으로 그 말에 일리가 있음을 깨달았다. 그는 두렵기도 하고 마음이 무거워지기도 해서 얼빠진 눈으로 당글라르를 쳐다보았다. 그리고 앞으로 한걸음 내디뎠던 발길을 이번에는 두 발자국이나 뒤로 물러섰다.

「그럼 그냥 두고 봐야겠군」하고 카드루스는 중얼거렸다.

「그래, 그냥 두고 보는 거야」 당글라르의 말이었다. 「만약 죄가 없다면 풀려나올 것이고 또 만약에 죄가 있다면 공연히 그런 음모에 휩쓸릴 필요는 없지 않은가」

「자, 그럼 가자. 더 이상 여기엔 못 있겠어」

「그래, 가자고」 같이 물러날 상대를 찾아내서 기분이 가벼워진 당글라르가 말했다. 「가세, 저 사람들이야 제멋대로 하도록 내버려두는 거야」

 그들은 자리를 떴다. 페르낭은 다시 그 처녀를 돌봐주게 되었다. 그는 메르세데스의 손을 잡고 카탈로니아로 다시 데려갔다. 당테스의 친구들은 거의 기절을 하다시피 한 노인을 멜랑의 좁은 길로 해서 모시고 갔다.

 이윽고 당테스가 보나파르트 당원으로 체포되었다는 소문이 마을 전체에 쫙 퍼졌다.

「당글라르, 그것이 사실 같은가?」 모렐 씨는 그의 회계와 카드루스에게 와서 말했다. 그는 평소에 좀 안면이 있는 검사 대리 빌포르에게 에드몽에 관한 소식을 직접 알아보려고 지금 부지런히 마을로 되돌아가는 길이었다. 「그게 사실일까?」

「글쎄요, 선주님」 당글라르가 대답했다. 「제가 말씀드렸지요, 당테스가 아무 이유도 없이 엘바 섬에 정박했었던 일 말이에요. 그 일이 수상쩍긴 한데요」

「하지만 자넨 그 수상쩍게 여겨지는 일에 대해 나 말고 다른 사람들에게 얘기한 적이 있나?」

「전 무척 조심하고 있었는걸요」하고 당글라르는 목소리를 낮추며 말을 계속했다.「선주님께는 나폴레옹을 섬기던 아저씨 폴리카르 씨가 계시죠. 그분은 마음속에 있는 것은 모조리 털어놓으시는 편이시라 그 때문에 모두들 선주님께서 나폴레옹에게 미련을 갖고 계시지 않나 의심하고 있습니다. 저야 늘 에드몽한테 무슨 잘못이라도 생길까 봐 걱정을 하고 있지요. 그리고 선주님에 대해서도 마찬가지입니다. 그러니 부하 된 도리로 선주님께는 말씀드렸지만, 다른 사람들에게는 절대로 비밀로 해야 할 일이 있지 않습니까」

「잘했네. 당글라르, 잘했네!」선주가 말했다.「자넨 아주 충직한 사람이야. 그래서 난 저 가엾은 당테스를 파라옹 호의 선장으로 임명할 때도 맨 먼저 자네 생각을 했다네」

「어떻게 말씀입니까?」

「응, 우선 맨 먼저 당테스에게 자넬 어떻게 생각하고 있느냐고 물어봤지. 그리고 자넬 지금 그 자리에 그대로 둬도 나쁘지 않겠느냐고 물어봤어. 왜 그런지 자네하고 그 사람의 사이가 냉담한 것 같아 봬서 그랬던 거야」

「그랬더니 당테스가 뭐라고 대답을 하던가요?」

「그랬더니 어떤 사정이었는지는 말하지 않았지만, 어쨌든 사실 자네하고 좋지 않은 일이 있었다는 거야. 하지만 선주의 신임을 받고 있는 사람이니 자기도 신임한다고 대답하더군」

〈위선자 같으니!〉당글라르가 중얼거렸다.

「불쌍한 당테스!」 카드루스가 말했다. 「그 일만으로도 정말 훌륭한 사람인데」

「그렇지. 하지만」 선주의 말이었다. 「파라옹 호에 선장이 없으니」

「원, 희망을 가지셔야죠」 당글라르가 말했다. 「파라옹 호는 석 달 안으론 못 떠날 텐데 그때까지야 당테스가 풀려나오겠죠」

「그럴 테지. 하지만 그때까진 어떡한다?」

「자, 그때까진 제가 있지 않습니까, 모렐 씨!」 하고 당글라르가 대꾸했다. 「아시다시피 저도 배의 조종쯤은 원양 항해를 하는 선장만큼 알고 있습니다. 저를 써주시면 이로운 점도 있습니다. 에드몽이 감옥에서 나왔을 때, 선주님께선 아무에게도 사례를 안 해서도 될 겁니다. 그 사람은 다시 자기 자리로 가고, 저도 도로 제자리로 돌아만 가면 되니까요. 그뿐이죠」

「고맙네, 당글라르」 선주가 말했다. 「만사가 잘될 것 같구먼. 그럼 자네에게 지휘권을 맡기겠네. 그리고 짐 푸는 일도 감독해 주게. 선원 한 사람 한 사람에게 어떤 일이 일어나더라도 일에는 지장이 없도록 하게」

「염려 마십시오, 선주님. 그런데 에드몽한테 면회쯤은 갈 수 있겠죠?」

「그건 조금 있다 알려주지, 당글라르. 내가 빌포르 씨한테 얘기해서 당테스를 좀 잘 봐달라고 부탁할 셈이야. 그 사람은 열렬한 왕당파이긴 하지만, 아무리 왕당파고 왕정의 검사이긴 하지만 그 사람도 사람이니까. 게다가 나쁜 사람 같지도 않아」

「그건 그렇겠지요」 당글라르가 말했다. 「하지만 굉장한 야심가라고들 하던데요. 그런데 야심이 큰 것하고 마음씨가 나쁜 것하곤 서로 흡사한 면이 있는 겁니다」

「어쨌든」 모렐 씨는 한숨을 쉬며 말했다. 「두고 보세. 자, 그럼 자넨 먼저 배로 가보게. 내 나중에 그리로 갈 테니」

그러고 나서 두 사람과 헤어진 그는 재판소로 가는 길로 들어섰다.

「자, 어때? 일이 어떻게 되어가는지 자네도 알겠지?」 당글라르가 카드루스에게 한 말이다. 「지금도 당테스를 두둔할 생각이 드나?」

「그럴 생각은 없어. 하지만 하찮은 장난이 이런 어마어마한 결과를 가져오다니 정말 무서운 일이군」

「이것 봐! 누가 그런 짓을 했단 말야? 나도 아니고, 너도 아니잖아? 안 그래? 페르낭의 짓이지. 자네도 알다시피 난 그 종이를 한쪽 구석에다 팽개쳐버렸잖아. 그것도 아마 찢어버렸던 것 같은데 말야」

「아니야, 아니야」 카드루스가 말했다. 「아, 그것만은 내가 분명히 알고 있어. 정자 한쪽 구석에 막 구겨진 그 종이가 굴러다니는 걸 내가 봤단 말이야. 지금도 그 장소에 있을 것 같다고」

「무슨 소릴 하는 거야? 그건 페르낭이 줍지 않았어? 그래서 페르낭이 그걸 베꼈을지도 몰라. 아니면 누굴 시켜서 베끼게 했던지. 아니, 페르낭은 그런 수고조차 하지 않았을는지 모르지. 그렇다면…… 이런! 내가 쓴 걸 그대로 보냈을지도 모르겠군! 다행히도 글씨체를 못 알아보게 써놨지만」

「그럼 자넨 페르낭이 음모를 꾸미고 있다는 사실을 알고 있었던 말인가?」

「나 말이야? 난 아무것도 모르고 있었어. 아까도 말했지만, 난 그냥 장난을 한번 해보려고 그랬던 거라고. 다른 뜻은 없었어. 그러고 보니 아마 나도 광대처럼 웃으면서 실은 진실을 말했던 모양이지?」

「오십보 백보 아닌가?」 카드루스가 말을 이었다. 「어쨌든 일이 크게 확대되지 않도록 아니면 적어도 다른 사건에 얽혀들지나 말도록 내가 할 수 있는 일은 다 해봐야겠어. 그것 때문에 우리한테 재난이 올 수도 있겠지만, 당글라르!」

「만약에 그 일로 재난이 생긴다면, 그건 진짜 죄를 진 사람이 당할 거야. 그리고 진짜 죄를 진 사람은 페르낭이지, 우린 아니잖아? 우리한테야 무슨 재난이 올 거란 말인가? 우린 아무 말 않고 가만히 있으면 되는 거라고. 그러면 폭풍은 벼락도 치지 않고 지나가 버릴 거야」

「아멘!」 하며 카드루스는 당글라르에게 작별 인사를 하고 멜랑으로 통하는 가로수 길을 향해 갔다. 머리를 흔들거리며 무엇인가 혼잣말을 중얼거리며 가는 품이 마치 몹시 바쁜 사람이 걸어가는 것 같았다.

「좋아!」 당글라르가 말했다. 「일은 내가 예상한 대로 되어가는군. 자, 이제 난 임시 선장이 된 거야. 그리고 만일 저 카드루스란 바보 자식이 불고 다니지만 않는다면 진짜 선장이 될 거고. 그런데 당테스를 석방하라는 판결이 나오게 된다면? 아니, 그렇지만」 당글라르는 미소를 띠며 중얼거렸다. 「그렇지만 재판은 재판이니까. 그걸 믿는 수밖에」

그리고 나서 그는 보트에 뛰어올라, 사공에게 파라옹 호로 가라고 명령했다. 아까도 말했지만 그는 거기서 선주와 만날 약속이 있었던 것이다.

## 검사 대리

그랑쿠르 거리, 메두사 샘 앞의, 퓌제가 건축한 귀족풍의 옛날 집들 중 한 집에서도 같은 날 같은 시간에 약혼 피로연이 있었다.

단지 저쪽 피로연에는 거기 모인 사람들이 서민층의 사람들, 뱃사람들과 군인들인 데 반해, 여기 모인 사람들은 마르세유에선 상류 사회에 속하는 사람들이었다. 그들은 나폴레옹 치하가 되자 관직을 그만두게 된 옛 사법관들과 프랑스 군대를 떠나서 콩데 군으로 들어간 옛날 무관들이었다. 그리고 병역을 대신해 줄 사람을 너덧이나 고용하고 있는데도, 오 년 동안의 유형으로 순교자가 되고, 십오 년간의 왕정복고로 신이 되어 버린 그 사람(나폴레옹을 말한다——옮긴이)을 증오하는, 아직 그 위치가 위태로운 가정에서 자라난 젊은이들도 있었다.

모두 식사중이었다. 오백 년 동안 종교적인 증오가 정치적인 증오로까지 변한 남프랑스 지방인 만큼, 그만큼 더 끔찍하고 생생하고 치열한 시대적 열기를 띠고 격렬하게 대화가 이어지고 있었다.

황제는 천이백만의 국민으로부터 서로 다른 십여 개국 말로 〈나폴레옹 만세!〉를 외치는 소리를 듣고 난 다음, 그리고 세계의 한 부분에 군림한 다음, 지금은 단지 오륙천 명의 인구를 통치하는 엘바 섬의 왕이 되어 있었다. 이 자리에 모인 사람들은 그를 프랑스로부터 그리고 왕위로부터 영원히 사라진 한 인간으로밖에 취급하지 않았다. 사법관들은 그의 정치적 실책을 일일이 들춰냈다. 군인들은 모스크바와 라이프치히에 관한 얘기들을 하고 있었다. 그리고 여자들은 황제와 조제핀의 이혼 문제에 대해 떠들고 있었다. 이 왕당파의 사회는 단순한 황제의 실각이 아니라, 주의(主義)의 멸망이라는 의미에서 즐거움과 승리감이 넘쳐흘렀고 마치 인생이 다시 시작되고 괴로운 꿈속에서 이제야 깨어난 듯한 기분들이었다.

생루이 훈장을 가슴에 달고 있는 한 노인은 자리에서 일어나 손님들에게 루이 18세의 건강을 축복하자는 제안까지 했다. 그 노인은 생메랑 후작이었다.

이 축배는 하트웰에 망명한 그 사람(루이 18세를 말한다——옮긴이)과 평화를 사랑하는 프랑스의 왕(역시 루이 18세를 말한다——옮긴이)을 그들 마음속에 동시에 회상시켜 주었다. 환호하는 소리가 높아지고, 잔을 영국식으로 높이 들었다. 여자들은 꽃다발을 풀어 상보 위에 꽃을 뿌렸다. 그것은 거의 시적인 감격이었다.

「그 사람들이 있다면」 생메랑 후작 부인이 말했다. 쌀쌀한 눈매에 얇은 입술, 그리고 귀족 티가 나는 그녀는 나이가 오십인데도 아직 우아한 모습을 잃지 않고 있었다. 그녀는 계속해서 말했다.「그 혁명가들도 뭐 생각나는 게 있겠죠. 그 사람들은 우리를 내쫓았지만, 이번엔 공포 정치 때 빵 한 조각 값으로 우리한테서 산 옛 성에서 그자들이 조용히 음모라도 꾸미게 내버려두세요. 그자들도 이젠 시인하겠죠. 진짜 충성이란 건, 우리들이 하는 것이었다는 걸 말이에요. 우리들은 왕조가 무너지는데도 거기에 집착했었으니까요. 하지만 그 사람들은 우리와는 반대였죠. 우리가 재산을 잃어버리고 있는 동안, 태양한테 절을 하고 재산을 모았단 말이에요. 이젠 그자들도 깨달을 거예요, 우리의 진짜 왕은 사랑하는 루이 왕이라는 걸요. 그런데 그 사람들의 왕은 그놈의 고약한 나폴레옹에 지나지 않았으니까요. 안 그런가, 빌포르 군?」

「용서하십시오, 부인. 실은 얘기를 잘 듣고 있지 않았습니다」

「가만히 두시오, 부인」 하고 축배를 들었던 노인이 말을 받았다.「이 사람들은 결혼할 사람들이니까. 자연히 정치 문제보다는 다른 할 얘기가 있을 거요」

「용서해 주세요, 어머니」 하고 한 젊고 아름다운 처녀가 말했다. 금발의 그 처녀의 눈은 마치 진주가 녹아 흐르는 수면 위에 떠도는 비로드 같았다.「어머니, 이젠 빌포르 씨하고 말씀하세요. 아까는 제가 잠깐 그 사람과 이야기를 하고 있었어요. 빌포르 씨, 어머니께서 무슨 말씀을 하시려나 봐요」

「아까는 잘 못 들었지만 다시 한번 말씀해 주시면, 언제라도 대답해 드릴 용의가 있습니다」 하고 빌포르가 말했다.

「용서해 주마, 르네야」 후작 부인은 그 싸늘한 얼굴에 놀랄 만큼 사랑이 넘치는 미소를 띠며 말했다. 여자의 마음이란 조금만 편견을 갖거나 예의를 갖출 필요가 있을 때는 몹시 메말라버리지만, 한편으로는 항상 풍부하고 아름다운 일면이 있는 법이다. 그것이 바로 신이 모성애에 부여한 일면인 것이다.

「용서해 주겠네…… 빌포르 군. 실은, 보나파르트 당 사람들은 우리 같은 신념도 없거니와 또 우리 같은 감격도 헌신도 없다고 했다네」

「아, 그러셨군요, 부인. 하지만 그 사람들은 그런 모든 것을 대신할 만한 다른 것을 가지고 있지요. 열광적이라는 점 말입니다. 나폴레옹은 서양의 마호메트죠. 신분이 낮지만 야심이 대단한 사람들에게는, 나폴레옹은 입법자나 군주일 뿐만 아니라 그 이상의 전형(典型), 다시 말하면 평화의 전형입니다」

「평화?」 후작 부인이 큰소리로 외쳤다. 「나폴레옹이 평화의 전형이라? 그럼, 로베스피에르는 뭔가? 마치 자네는 로베스피에르의 자리를 뺏어다가 그 코르시카 녀석(나폴레옹을 말한다──옮긴이)에게 주기라도 할 듯이 뵈는구려. 왕위를 빼앗은 녀석, 이렇게 말하는 걸로 그 인간에겐 충분하다고 생각되는데 말일세」

「아닙니다, 부인」 빌포르가 말했다. 「저는 사람들을 각기 자기 발판 위에 올려놓아 본 것입니다. 로베스피에르는 루이 15세 광장에서 단두대에 올라갔고, 나폴레옹은 방돔 광장에서 자기 기념비 위에 올라간 겁니다. 한쪽이 평등을 낮추어놓았는가 하면, 한쪽에선 평등을 높여놓은 셈이지요. 한쪽에서 왕을 단두대에까지 끌고 간 데 반해서, 또 한쪽에서는 평민을 왕과 똑같은 위치로 끌어올린 겁니다. 그건 말하자면」 빌포르는 웃으면서 덧붙였다. 「둘 다 욕된 혁명가들은 아니란 말씀입니다. 또 테르미도르 9일(1794년 7월 27일. 흔히 〈테르미도르 반동〉이라 불리는 쿠데타로 로베스피에르가 몰락한 날 —— 옮긴이)과 1814년 4월 4일(나폴레옹이 퇴위하고 은퇴를 승낙한 날 —— 옮긴이)이 다 프랑스에 있어서는 좋지 않은 날이며, 왕당(王黨)과 질서의 친구들에겐 축복할 수 없는 날임에 틀림없단 말씀입니다. 나폴레옹이 몰락하고 이젠 영원히 다시 일어날 것 같지도 않고 또 그렇게 되길 바라지만, 그런데도 그를 광신적으로 추종하는 사람들이 많은 까닭을 설명해 주는 겁니다. 부인, 모든 점에서 나폴레옹의 절반밖에 안 되는 크롬웰도 자기 추종자들을 가지고 있다는 건 어찌된 일일까요?」

「빌포르 군, 자네가 지금 한 말은 언뜻 봐선 어째 혁명의 냄새가 난다는 걸 아나? 하지만 내 용서하겠네. 내가 자코뱅 당원의 자식이 될 수는 없을 테고 또 그렇다고 이쪽 특유의 맛을 간직할 수도 없을 테니까」

「제 아버지는 자코뱅 당원이었습니다. 부인, 그건 사실입니다. 하지만 왕의 죽음에 찬성하진 않았습니다. 아버지는 당신들을 몰아냈던 그 공포 정치에 밀려났습니다. 그리고 하마터면 부인 아버님의 목이 달아나게 했던 바로 그 단두대에 올라갈 뻔했지요」

「그래요」 하며 후작 부인은 이렇게 피비린내 나는 추억에도, 얼굴빛 하나 변하지 않은 채 말했다. 「하지만 두 사람이

검사 대리

다 단두대에 올랐다 하더라도, 근본적으론 두 사람이 전혀 다른 생각을 갖고 있었을 걸세. 우리 집안은 망명한 왕들 편이었지만, 당신 아버님은 금방 새 정부와 손을 잡았다는 것만 봐도 알 수 있지. 그리고 자코뱅 당의 시민(프랑스 혁명 당시 개인을 칭하던 말이다——옮긴이) 누아르티에가 된 다음에, 누아르티에 백작은 또 상원의원이 됐거든」

「어머니, 어머니」하고 르네가 말했다.「이젠 그런 좋지 않은 추억은 얘기하지 않기로 약속하지 않으셨어요?」

「부인」하고 빌포르가 대답했다.「저도 생메랑 양과 같이, 제발 지난 일은 잊어주십사고 부탁드리고 싶습니다. 하느님의 뜻조차 힘이 안 되는 일들을 자꾸 끄집어내서 무엇하겠습니까? 하느님은 미래를 바꿔놓을 수는 있어도, 과거는 어찌할 수 없습니다. 그러니 신이 아닌 우리 인간들이 할 수 있는 일이란, 과거를 모르는 체하지 않는다면, 그 위에 베일을 씌워놓는 정도밖에 없지요. 자, 전 아버지와는 의견도 다를 뿐 아니라, 아버지 이름하고도 상관이 없습니다. 제 아버지는 전에 보나파르트 당원이셨고, 지금은 누아르티에라고 불립니다. 그런데 저는 왕당파요 이름도 빌포르입니다. 남아 있는 혁명의 수액(樹液)은 썩은 나무 밑둥에서 그대로 없어져 버리도록 내버려두십시오. 그리고 부인, 그 밑둥에서 떨어져 나올 수도 없고 또 완전히 떨어져 나오려고도 하지 않는 새싹만을 보십시오」

「브라보! 빌포르」후작이 말했다.「브라보! 대답 잘 했네. 나도 늘 안사람한테 지난 일은 잊어버려야 한다고 잔소리를 하는데 이 사람이 통 듣지를 않아. 그래도 자네 얘긴 들어주었으면 좋겠는걸」

「그래요, 좋아요」 후작 부인이 말했다.「과거는 잊어버립시다. 더 이상 들추지 않겠어요. 약속해요. 하지만 빌포르 군의 장래에 대해선 좀더 확실히 해두지 않으면 안 되겠어요. 빌포르 군, 이건 잊어선 안 돼요. 우린 폐하께 자네에 대해 책임을 지겠다고 말씀드렸고, 또 폐하께서도 우리가 드린 말씀을 믿으시고, (그녀는 빌포르에게 손을 내밀었다) 내가 당신 원대로 과거를 잊으려 하듯이 모조리 잊어버리셨어요. 단, 만약에 어떤 음모를 꾸미는 자가 당신 손에 걸리는 날엔, 당신도 그자들과 무슨 관련이 있는 것처럼 보이느니만큼, 당신에게 많은 시선이 쏠리리라는 점은 생각해야 해요」

「하지만 불행히도」 빌포르가 말했다.「제 직업이, 특히 지금 우리가 처해 있는 이 시대가 시대이니만큼, 엄격하게 굴어야 하지요. 그리고 저 또한 그럴 생각입니다. 벌써 여러 가지 처리를 해야 할 정치적 고소장도 들어와 있어요. 그것으로 제 입장을 증명해야 합니다. 그런데 불행히도 문제는 이제부터인걸요」

「어째서 그런 생각을?」 하고 후작 부인이 물었다.

「전 겁이 납니다. 지금 나폴레옹이 있는 엘바 섬은 프랑스하고는 코가 닿을 만큼 지척에 있습니다. 나폴레옹이 이쪽 해안에서 거의 눈에 뵈는 곳에 있다는 것은 그의 동지들에게 희망을 불어넣어 주고 있지요. 마르세유는 휴직 장교들로 꽉차 있습니다. 그 사람들은 날마다 아무것도 아닌 하찮은 구실로 왕당파에게 싸움을 걸고 있답니다. 상류 사회에선 밤낮 결투요, 서민층에선 살인 사건이 자주 생기는 것도 다 그런 데서 오는 겁니다」

「그렇소」하고 살비외 백작이 말했다. 그는 생메랑의 옛 친구이며, 또한 아르토와 백작의 시종이었다.「하지만 나폴레옹은 신성 동맹에서 쫓겨났소이다」

「그래요, 우리가 파리를 떠날 때 그것이 문제가 됐었지요」하고 생메랑 씨가 말했다.

「그런데 도대체 어디로 보내는 걸까요?」

「세인트헬레나로요」

「세인트헬레나라고요? 그건 왜요?」하고 후작 부인이 물었다.

「여기서 이만 리나 떨어져 있는 적도 저쪽에 있는 섬이지요」하고 백작이 대답했다.

「잘한다! 빌포르 씨 말마따나, 그런 사람을 제 고향인 코르시카와 지금도 제 의형제가 통치하고 있는 나폴리 사이에다, 그것도 제 자식한테 왕국을 하나 만들어주고 싶어하는 이탈리아의 바로 코밑에 두다니, 미친 짓이지」

「그런데 불행히도」빌포르가 말했다.「1814년 조약이 있지 않습니까. 나폴레옹을 건드리면 그 조약을 위반하는 게 돼서」

「그런 조약쯤 아무려면 어때」살비외 백작이 말하였다.「아니, 그 불쌍한 당기엥 공(公)을 총살했을 때 그래, 나폴레옹은 그 조약을 염두에 두었답니까?」

「그래요」후작 부인이 대답했다.「이렇게 하면 되겠군요. 신성 동맹은 유럽을 나폴레옹 손에서 구하고, 빌포르 군은 마르세유를 나폴레옹 당원들 손에서 구해 내는 거예요. 왕이란 군림을 하든가 안하든가 둘 중의 하나로 정해져 있는 거지요. 그리고 만약에 왕이 통치를 하게 되면 그 정부는 튼튼해야 하고, 대표자들은 강직해야 한단 말예요. 그것이 악을 방지하는 방법이죠」

「불행히도」 하고 빌포르는 웃으면서 말했다. 「검사란, 항상 악이 저질러졌을 때만 얼굴을 내놓게 마련이군요」

「그러니 검사는 악을 바로잡지 않으면 안 되지요」

「다시 한번 말씀드리지만 부인, 우리는 악을 바로잡는 게 아닙니다. 오히려 악에 복수하는 겁니다. 그뿐입니다」

「오! 빌포르 씨」 젊고 아리따운 여자의 말이었다. 그녀는 살비외 백작의 딸이자 생메랑 양의 친구였다. 「우리가 마르세유에 있을 동안에 아주 굉장한 재판을 한번 해보세요. 전 아직 중죄 재판이라는 걸 본 적이 없어서 그래요. 굉장히 재미있다고들 하던데」

「과연 굉장히 재미있다고 볼 수 있지요」 검사가 말했다. 「가짜 비극이 아니라, 진짜 연극이니까요. 남에게 보여주기 위한 괴로움과는 다릅니다. 가슴이 찢어지는 고통입니다. 거기 끌려 나온 남자는 그날의 막이 내리면 집으로 돌아가서 식구들과 저녁을 먹고 내일을 다시 시작하기 위해 조용히 자리에 눕는 것이 아닙니다. 그와는 반대로 사형 집행인이 있는 감옥으로 돌아가는 거지요. 무엇인가 가슴을 뛰게 하는 자극적인 것을 찾는 신경질적인 사람에게 그 이상의 구경거리는 없겠지요. 안심하십시오. 기회가 있으면 안내해 드리겠습니다」

「그런 끔찍한 소리를 하시다니! 그런데도 웃고 계시군요」 르네는 얼굴이 새파랗게 질려서 말했다.

「그럼, 어떻게 하란 말이오…… 그것도 일종의 결투인데…… 난 벌써 정치범이나 그 밖에 다른 죄수들한테 다섯 번인가 여섯 번 사형을 구형했는데…… 그런 나를 향해 지금 이 시간에도 몇 자루의 단도가 어둠 속에서 날카롭게 갈리고 있는지, 아니면 벌써 나를 노리면서 오고 있는지 누가 알겠소?」

「아이, 어쩌면!」 르네의 얼굴은 점점 어두워졌다. 「당신 진심으로 하신 말씀이에요, 빌포르 씨?」

「굉장히 심각하게 한 말이죠」 젊은 사법관은 입술에 미소를 띠며 말했다. 「아가씨께서는 호기심에서 보고 싶다는 재판이고, 나로 말하면 내 야망을 위해서 손을 대보고 싶은 재판이라는 것, 실은 이런 것들 때문에 일은 점점 더 심각해지는 겁니다. 이를테면 적이라면 그저 맹목적으로 달려드는 버릇이 몸에 배어버린 나폴레옹의 병사들이 탄환을 터뜨릴 경우, 또는 칼을 차고 돌진을 할 경우, 일일이 생각을 하면서 그런 행동을 하리라고 생각하시나요? 또 자기 자신의 적을 죽이는 경우라고 해서, 여태 한번도 보지 못했던 러시아 사람이나 오스트리아 사람 또는 헝가리 사람을 죽일 때와 비교해서 보다 더 마음을 쓰고 생각을 하며 상대방을 죽일 줄 아십니까? 그런데 필요한 건, 바로 그런 점입니다. 그런 게 없으면 우리들의 직업이라는 건 성립이 안 되지요. 나 자신도 피고의 눈에서 분노의 빛이 번득이는 것을 보면 용기가 나고 흥분하게 됩니다. 그렇게 되면 그건 이미 재판이 아니라 격투예요. 난 그 사람에게 덤벼듭니다. 그러면 그쪽에서도 대들지요. 그래서 싸움은 다른 모든 싸움의 경우와 마찬가지로 지든가 이기든가, 그 어느 쪽이든 간에 한 가지로 끝장이 나는 겁니다. 이게 바로 소송이란 거예요. 위험한 사람을 상대하게 될수록 나는 웅변조로 말하지요. 피고가 내 얘기를 듣고 미소를 띠면, 나는 얘기를 잘못했구나, 내 말이 약하고 힘이 없고 불충분했구나 하는 생각을 갖게 되지요. 하지만 내 벼락 같은 웅변과 움직일 수 없는 증거에 압도되어 피고의 얼굴이 새파랗게 질리는 걸 보면, 피고의 유죄를 확신하고 있는 검사로서, 내가 얼마나 득의만면할 것인가 한번 생각해 보세요. 그렇게 되면 피고의 머리가 아래로 푹 수그러집니다. 이윽고 목이 달아나게 된다는 얘기지요」

르네는 가벼운 외마디 비명을 질렀다.

「여간한 웅변이 아닌걸」 손님들 중에서 누군가가 말하였다.

「이런 시대에 없어선 안 될 사람이로군」 하고 또 다른 손님이 말했다.

「그렇지」 제삼의 손님이 말했다. 「빌포르 씨, 요전번 사건 때는 굉장하시더군요. 그, 자기 아버지를 죽였다는 남자 말이에요. 그 사람, 사형 집행인 손에 넘어가기도 전에 당신 손에 지레 죽은 거나 다름없었어」

「어머, 부모를 죽이다니!」 르네가 말했다. 「부모를 죽인 사람이야 아무래도 괜찮아요. 그런 사람들한테는 아무리 무서운 벌을 줘도 괜찮아요. 하지만 그 불쌍한 정치범들이……」

「르네! 그건 더 악질이지요. 왜냐하면 왕은 국민의 아버지니까 말예요. 그러니 왕을 뒤집어엎거나 죽이려는 것은 삼천이백만의 아버지를 죽이려는 것이나 마찬가지예요」

「아이, 그건 아무래도 좋아요, 빌포르 씨」 하고 르네가 말했다. 「하지만 제가 부탁드린 사람들은 관대하게 봐주시겠다고 약속하시죠?」

「염려 마세요」 하고 빌포르가 미소를 띠며 말했다. 그의 미소는 더없이 아름다웠다. 「논고(論告)는 같이 만들도록 합시다」

「얘야」 후작 부인이 말했다. 「넌 벌새나 스패니얼(스페인 개의 일종이다──옮긴이), 옷 걱정이나 하려무나. 그리고 네 남편 될 사람은 자기 할 일을 하게 놔둬라. 요새는 군인들이 쉬어서 재판관들이 없으면 안 될 세상이야. 그런 걸 두고 하는 의미심장한 라틴어 격언이 있지」

「군정(軍政)은 민정(民政)에게 자리를 내줄 시기이다 Cedant arma togae(키케로의 말이다──옮긴이)」하고 빌포르는 가볍게 머리를 숙이며 말했다.

「난 도무지 라틴어로는 말할 수가 없었는데」하고 후작 부인이 대답했다.

「난 당신이 의사였더라면 더 좋았을걸 하는 생각이 들어요」 르네가 말을 이었다. 「살육의 천사도 천사이긴 하지만 늘 무서운 생각이 들어요」

「착한 르네!」 빌포르는 사랑이 넘치는 눈길로 그 처녀를 바라보며 중얼거렸다.

「얘야」 후작이 말했다. 「빌포르 씨는 이 지방의 정치적, 도의적 의사가 되는 거란다. 그건 아주 훌륭한 역할을 하는 거야」

「그리고 그건 또 아버님이 저지르신 일을 잊어버리게 하는 하나의 방편이지」 고집을 꺾을 줄 모르는 후작 부인이 말을 받았다.

「부인」 빌포르는 쓸쓸한 미소를 띠며 말했다. 「제 아버님께선 지난날의 과오를 고치셨고, 또 저도 그걸 바랐다고 말씀드렸는데요. 그리고 아버지께선 이젠 종교와 질서의 열렬한 벗이 되셨다는 것도 말씀드렸습니다. 어쩌면 아버진 저보다도 더 열렬한 왕당파가 됐을 겁니다. 왜냐하면 전 단지 정열 때문에 왕당파가 된 데 지나지 않지만, 아버지께서는 후회를 하고 다시 되신 거니까요」 이렇게 말을 하고 나더니 빌포르는 자기의 능란한 말솜씨의 효과를 가늠하느라 손님들을 쳐다보았다. 그것은 마치 그런 말을 하고 나서 검사로서 법정을 둘러보는 것과도 같았다.

「그렇소, 빌포르」 살비외 백작이 말했다. 「그저께 내가 튈르리 궁전에서 궁내 대신한테 한 대답이 바로 그런 거였소. 자코뱅 당원의 아들과 콩데 군대 장교의 딸이 이렇게 이상하게 맺어진 데 대해서 좀 물어보더구먼. 대신이 잘 알아들었지, 이런 융합 정책이야말로 루이 18세의 정책이라는 걸 말이야. 그런데 폐하께선 우리도 모르는 사이에 우리 얘기를 다 들으시고는 이렇게 말씀을 하시지 않겠소. 〈빌포르는〉, 이보게, 폐하께선 누아르티에라는 이름으로 부르시지 않고 오히려 그 반대로 빌포르라는 이름에 더 힘을 주시더군, 〈빌포르는 꼭 출세를 할 거야. 그 사람, 젊은이가 벌써부터 생각이 깊은 데다 내 편이거든. 생메랑 후작 부처가 그 사람을 사위로 삼으려는 모양인데 난 잘됐다고 생각하네. 그쪽에서 자진해서 나한테 허락을 받으러 먼저 오지 않았더라면, 내 편에서 그 혼인을 권하려고까지 했었으니까〉」

「백작님, 폐하께서 그런 말씀을 하셨나요?」 빌포르는 기뻐서 펄쩍 뛰며 소리 질렀다.

「폐하께서 하신 말씀을 그대로 옮기지 않았소? 그리고 후작님이 솔직해지신다면, 내가 지금 얘기한 것이 지금부터 육 개월 전에 후작께서 당신과 따님의 결혼 문제를 말씀드렸을 때 폐하께서 하신 말씀하고 꼭 들어맞는다고 말할 거요」

「그건 사실일세」 후작이 말했다.

「아, 그렇다면 그 고마우신 폐하께서 하나부터 열까지 저를 돌봐주신 거로군요. 그러니 그분을 위해서라면 전 무슨 일이든지 할 수 있을 것 같습니다」

「좋은 얘기네」하고 후작 부인이 말했다. 「자네가 정말 마음에 들어. 지금 이 시간에 음모를 꾸미는 녀석이라도 있으면 오라고 하게. 내 혼을 내줄 테니」

「하지만 어머니」르네가 말했다. 「전 하느님께서 그런 말씀을 듣지 말아주십사고 기도하고 있어요. 빌포르 씨에게는 하찮은 도둑들이라든가 정도가 약한 파산자라든가 대단찮은 사기꾼들이나 그런 사람들만 주십사고 하느님께 기도하고 있어요. 그래야만 전 조용히 잠을 잘 수 있을 거예요」

「그건 마치」빌포르가 웃으면서 말했다. 「의사한테 편두통이라든가 홍역이라든가 벌에 쏘인 상처 따위로 피부가 아픈 환자들만 받기를 원하는 거나 같군요. 만일 당신이 내가 검사가 되길 바란다면 그와는 반대로 의사 같으면 명예를 걸고 치료를 해야 하는 그런 무시무시한 환자를 맡게 되길 바라주어야겠소」

바로 그때 마치 그러한 희망을 들어주기 위해서인 것같이, 그리고 마치 빌포르의 입에서 그런 소원이 나오기만을 기다렸다는 듯이, 하인이 하나 방 안으로 들어와서 빌포르의 귀에 대고 무엇인가 이르고 갔다. 빌포르는 실례한다고 말하며 식탁에서 일어났다. 그러더니 얼마 후에는 얼굴을 활짝 펴고 입술에는 가벼운 미소를 머금고 돌아왔다.

르네는 애정이 넘치는 얼굴로 그를 바라보았다. 푸른 눈에 단정한 얼굴, 그리고 그 얼굴을 둘러싸고 있는 검은 구레나

릇, 그는 정말로 우아한 미남이었다. 그녀는 지금이라도 그가 잠깐 동안 자리를 떴던 이유를 얘기해 주기만을 기다리며, 자기의 온 마음을 그의 입술에 걸고 있는 듯한 표정이었다.

「자」 빌포르가 말했다. 「당신은 조금 아까 의사를 남편으로 맞고 싶다고 그랬지? 그런데 나도 저 아스클레피오스(의약(醫藥)의 신을 말한다——옮긴이)의 제자들(1815년경에는 아직도 의사를 이렇게 불렀다——옮긴이)과 이 점만은 비슷하군. 절대로 개인 시간이라는 것이 없고, 심지어 당신 곁에 있을 때까지도, 그리고 약혼 피로연에서까지도 불려나가는 판이니까 말이오」

「왜 불려나가셨어요?」 처녀는 약간 불안한 빛으로 물었다.

「아, 완전히 손을 쓸 수 없게 된 환자가 생겼소. 이번 경우는 아주 중대한 일이 돼놔서, 환자가 병상에서 곧장 단두대로 가게 될 것 같아요」

「어머나!」 르네는 낯빛이 새파랗게 질리며 소리쳤다.

「어쩌면!」 거기 모였던 사람들이 입을 모아 말했다.

「뭔가 보나파르트 당원들이 꾸민 작은 음모가 발각된 것 같군요」

「설마?」 후작 부인이 말했다.

「여기 고소장이 있습니다」

그러고 나서 빌포르는 고소장을 읽었다.


　검사 각하. 왕실과 종교를 충실히 섬기는 소생은 다음과 같은 사실을 알려드리고자 합니다. 나폴리와 포르토페라조에 기항했다가 오늘 아침 스미르나에서 돌아온 파라옹 호의 일등 항해사 에드몽 당테스라는 자는, 뮈라에게서 약탈자에게 보내는 편지를 부탁받고, 약탈자로부터는 파리에 있는 보나파르트 당 본부로 보내는 편지를 위임받았습니다.

그가 죄를 지었다는 증거는 그를 체포하면 판명될 것인바, 그 편지는 그자 자신의 몸이나 그자의 아버지 집에서, 아니면 파라옹 호에 있는 그의 방에서 발견될 줄로 아뢰옵나이다.

「하지만」 하고 르네가 말했다. 「그 편지는 익명의 편지이고 또 당신에게 보낸 게 아니라 그냥 검사님 앞으로 돼 있지 않아요?」

「그렇소. 그러나 검사는 없소. 그래서 이 편지는 그의 비서의 손에 들어온 거요. 그 사람은 편지를 뜯는 게 의무니까. 그리고 이 편지를 뜯어본 이상, 나를 찾아야 했던 거겠죠. 그런데 내가 보이지 않으니까 그대로 체포령을 내렸던 거요」

「그럼 범인은 체포됐구먼」 하고 후작 부인이 말했다.

「범인이 아니라, 혐의자예요」 르네가 말했다.

「그렇습니다, 부인」 하고 빌포르는 말했다. 「그리고 조금 전에 르네에게 말한 바와 같이 그 문제의 편지가 발각만 되면 그는 중환자지요」

「그 불쌍한 사람은 도대체 어디 있어요?」

「내 집에 있지요」

「그럼, 가보게」 후작이 말했다. 「폐하를 위한 일이 기다리고 있는데 우리하고 있느라고 일을 게을리 해선 안 되네. 어서 가보게」

「오, 빌포르 씨!」 르네는 두 손을 모으며 말했다. 「관대하게 하세요. 오늘은 약혼식 날인데」

빌포르는 식탁 주위를 한바퀴 돌아 르네의 자리로 가까이 갔다. 그리고 그녀의 의자 등받이에 몸을 기대며「불안하게 해 드리고 싶지 않으니, 내 힘 자라는 데까지는 다 해보겠소」하고 말했다.「하지만 만약에 증거가 확실하고 고소의 내용이 사실이라면, 그런 보나파르트 당의 나쁜 뿌리는 어쩔 수 없이 뽑아버려야 할 것 같소」

르네는 뽑아버린다는 말에 몸이 오싹해졌다. 왜냐하면 이 뽑아버려야 할 뿌리엔 인간의 머리가 달려 있기 때문이었다.

「무슨 소릴!」하고 후작 부인은 말했다.「빌포르 군, 이 애 얘긴 듣지 말게. 이 애도 그런 일에 곧 익숙해질 테니까」

그리고 후작 부인은 자기의 메마른 손을 빌포르에게 내밀었다. 빌포르는 그 손에 키스를 하면서 르네를 쳐다보았다. 그의 눈은 르네에게 이렇게 속삭였다. 〈지금 내가 키스하고 있는 건, 그리고 이 순간에도 키스하고 싶은 건 바로 당신 손이오.〉

「왜 이렇게 예감이 나쁠까?」하고 르네는 중얼댔다.

「정말이지」후작 부인이 말했다.「넌 어째 그리 철부지 어린애 같으냐? 네 그 감상이나 변덕스러운 기분으로 나라의 운명 같은 것도 좀 생각할 줄 알았으면 좋겠구나」

「아이, 어머니도!」르네가 중얼거렸다.

「부인, 이 성의 없는 왕당파 아가씨를 용서해 주셔야겠습니다」하고 빌포르가 말했다.「전 검사 대리라는 직책을 엄격하게 수행할 생각이니까요」

그러나 이 법관은 후작 부인에게는 그렇게 말하면서도, 동시에 자기 약혼녀에게는 남몰래 흘끗 눈길을 주며 이렇게 속삭

였다. 〈염려 말아요, 르네. 당신의 사랑을 위해 관대하게 할 테니.〉

르네는 약혼자의 이러한 눈길에 부드러운 미소로 응답했다. 그리하여 빌포르는 하늘 같은 마음으로 밖으로 나갔다.

# 심문

 빌포르는 식당 밖으로 나오자마자 지금까지 짓고 있던 즐거운 표정을 벗어버렸다. 동포의 생명을 좌우하는 그 지고한 직분에 맞는 사람에게 어울리는 엄숙한 모습을 취하기 위해서였다. 그는 지금까지 마치 능숙한 배우가 그렇듯이 거울 앞에서 수없이 이와 같이 표정을 변화시키는 것을 연구해 왔던 것이다. 그러나 이번만은 눈살을 찌푸리고 얼굴에 그늘을 드리우는 일이 그에게는 사실상 고역이었다.
 사실 아버지의 정치 노선에 대한 회상, 그리고 아버지가 만약 거기에서 아주 발을 빼지 않는 한 자기의 장래는 망가지고 말 거라는 무서운 전망만 아니라면, 제라르 드 빌포르는 이제 앞길이 탁 트인 행복한 신분이 되어 있었다.
 그는 수중에 돈도 있는 데다가 스물일곱 살에 사법관이라는 높은 자리를 차지하고 있었다. 그는 또한 자기가 사랑하는 젊고 아름다운 여자와 결혼도 할 참이었다. 그러나 그것은 열띤 사랑은 아니었다. 오직 검사 대리다운 이성이 따르는 사랑이었다. 생메랑 양은 그 미모가 뛰어날 뿐만 아니라 그 당시 궁중에서도 가장 좋은 집안의 처녀였다. 자식이라고는 딸 하나밖에 없는 그녀 부모의 세력이 응당 사위에게로 쏠릴 건 뻔한 일인데다가, 처녀는 5만 에퀴라는 지참금을 가지고 시집을 올 예정이었다. 그래서 결혼 중매자들 사이에서는, 부모가 죽은 후엔 그 돈이 50만 에퀴로 불어날 수도 있으리라는 잔인한 말까지 나오고 있었다.

이러한 모든 요소가 하나로 어우러져서, 빌포르 앞에는 눈부실 만큼 화려한 행복이 보장되어 있었다. 그것은 눈을 지그시 감고 마음속으로 생활을 한참 들여다보고 나면 마치 태양 속의 반점까지도 들여다볼 수 있다고 생각되는 것과 마찬가지였다.

문 앞에서 그는 자기를 기다리고 있던 경관을 만났다. 그 음침한 남자를 보자, 그는 지금까지 있던 저 먼 하늘 높은 곳에서 홀연 우리가 지금 걷고 있는 물질 세계로 다시 떨어졌다. 그는 위에서 말한 대로 얼굴 표정을 꾸미고 경관에게로 다가갔다.

「자」 그는 말했다. 「편지를 읽어봤는데, 체포하길 잘했소. 이젠 범인과 음모 사건에 관해서 조사한 바를 전해 주시오」

「음모에 대해선 아직 아무것도 눈에 드러난 게 없습니다. 압수한 서류들은 한데 묶어서 봉해 가지고 책상 위에 놓아두었습니다. 피고는 고소장을 보시고 아셨겠지만 에드몽 당테스라고 범선 파라옹 호의 일등 항해사입니다. 알렉산드리아와 스미르나하고 솜 거래를 했습니다. 마르세유의 모렐 상사에 속해 있는 남자지요」

「상선을 타기 전에 해군에라도 있었던가?」

「아닙니다. 아직 나이 어린 사람인걸요」

「몇 살인데?」

「열아홉 살이나, 많아야 스물일 겁니다」

바로 빌포르가 그랑드뤼를 거쳐서 콩세유 거리의 모퉁이에 다다랐을 때 마치 그가 지나가기를 기다렸던 것처럼 보이는 한 남자가 그에게로 가까이 왔다. 모렐 씨였다.

「아, 빌포르 씨!」 검사 대리를 보자 그는 이렇게 소리쳤다. 「만나 뵙게 돼서 정말 반갑습니다. 아주 이상하고 당치도 않은 착오가 생긴 것 같군요. 저희 배의 일등 항해사 에드몽 당테스가 체포되었습니다」

「알고 있습니다」 빌포르가 말했다. 「그렇잖아도 지금 그걸 조사하러 가는 길입니다」

「오!」 모렐 씨는 청년을 향한 우정에 휩쓸린 채로 말을 계속했다. 「검사님께선 고소당한 사람을 모르실 테지만, 전 아주 잘 알고 있지요. 아주 유순하고도 청렴하며 상선을 타는 자기의 입장을 누구보다도 잘 알고 있는 사람이에요. 빌포르 씨, 진심으로 제 온 마음을 바쳐 그 사람을 부탁드리고 싶습니다」

빌포르는 지금까지 본 바와 같이 시(市)의 귀족 사회에 속해 있었다. 그러나 모렐은 서민층에 속한 사람이었다. 전자가 급진적 왕당파인 데 비해서 후자는 암암리에 보나파르트 당원으로 의심을 받고 있는 사람이었다. 빌포르는 경멸하는 듯이 모렐을 바라다보았다. 그리고 냉담하게 대답했다.
「아시겠지만 사생활에서는 부드럽고 상거래상으로는 청렴하며 직무에 정통한 사람이라도 정치적으론 큰 죄인이 될 수도 있습니다. 선주님도 그 점은 아시겠지요?」
그는 마치 그 경우를 선주 자신에게 적용시키기라도 하려는 듯이, 이 마지막 말에 힘을 주었다. 그리고 무엇인가 살피는 듯한 그의 눈초리는 자기 자신도 관용을 구해야 할 처지면서 지금 남을 위해서 중간에 나선 이 대담한 사람의 마음속 구석까지 꿰뚫어 보려는 것 같았다.
모렐 씨는 얼굴이 확 달아올랐다. 왜냐하면 정치적인 의견에 있어선 자기 자신도 그리 떳떳하다고는 생각되지 않았기 때문이다. 게다가 당테스가 원수(元帥)를 만났던 일, 그리고 황제가 당테스와 주고받은 몇 마디 이야기에 관해서 당테스한테서 솔직하게 들은 말은 그의 마음을 혼란스럽게 했다. 그렇지만 그는 필사적인 마음으로 덧붙여 말했다.
「제발 빌포르 씨, 여느 때처럼 공정하고 너그럽게 봐주셨으면 감사하겠습니다. 가엾은 당테스를 하루 속히 우리에게 돌려 보내 주셨으면 고맙겠습니다」
이 〈우리에게 돌려보내 달라〉는 말이 검사 대리의 귀에는 혁명적인 뜻으로 들렸다.
〈뭐라고!〉 그는 속으로 이렇게 중얼거렸다. 〈우리에게 돌려 달라고…… 선주가 저도 모르게 그런 집단적인 호칭으로 부르는 걸 보니 그 당테스라는 자는 카르보나리 당의 어느 파에라도 속해 있는 게 아닐까? 경관 말이 술집에서 체포했고 패거리가 많더라던데 누구인가 밀고한 게로군.〉 그러고 나서 소리를 높여「선주님」하고 대답했다.「안심하셔도 좋습니다. 만약에 피고가 무죄라면야 재판에 매달리실 필요도 없는 겁니다. 하지만 그와 반대로 만약 피고에게 죄가 있다면, 하도 어려운 시기이니 죄인을 벌하지 않는다는 건 말할 수 없이 나쁜 선례가 될 것입니다. 그러니 결국 난 내 임무를 다하는 수밖에 없습니다」

그러고 나서 재판소를 등지고 있는 자기 집 문 앞까지 온 그는 찬바람이 일게 예절을 갖추어 인사를 한 후 위엄 있게 집 안으로 들어갔다. 선주는 빌포르가 가버리자 처량하게 그 자리에 화석처럼 굳은 채 남아 있었다.

현관은 헌병과 순경들로 꽉 차 있었다. 그 한가운데에 잡혀 온 사나이가 그들의 감시와 증오에 불타는 시선에 싸인 채 침착하게 꼼짝도 않고 서 있었다.

빌포르는 현관을 지나면서 흘끗 당테스를 쳐다보았다. 그러고는 순경이 주는 서류 뭉치를 받아들더니,「그자를 데려와」하며 사라져버렸다.

흘끗 쳐다본 그의 시선이 그렇게 짧긴 했지만, 빌포르로서는 이제부터 심문하려는 남자에 대한 인상을 포착하기에는 충분했다. 넓고 탁 트인 이마에는 총기가 서려 있었고, 움직일 줄 모르는 시선과 찌푸린 눈시울에서는 용기가 엿보였으며, 반쯤 열린 두꺼운 입술에는 거짓 없는 솔직한 기개가 보였다. 그리고 그 입술 사이로는 상아처럼 흰 이가 두 줄 드러나 보였다.

이 첫인상이 당테스로서는 퍽 유리했다. 그러나 빌포르는 여태까지 깊은 기지에 찬 말로써, 설사 첫인상이 아무리 좋다 하더라도 금방 마음이 움직여서는 안 된다는 말을 수없이 들어왔다. 그리하여 그는 그 두 가지 생각의 차이는 생각해 보지도 않고 자기가 받은 인상에 그 교훈을 적용시켰다.

그는 자기 마음속에 스며들어 거기서부터 머릿속으로 넘어가려는 선량한 본능을 눌러버렸다. 그리고 거울 앞에 가서 위엄 있는 표정을 지은 다음, 음침하고 위협하는 듯한 자세로 테이블에 앉았다.

뒤이어 곧 당테스가 들어왔다. 청년은 여전히 얼굴빛이 창백했으나 침착했고 미소를 머금고 있었다. 그는 어색하지 않게 예의를 갖추어 재판관에게 인사를 했다. 그러고는 마치 모렐 선주의 집에 손님으로라도 온 듯 눈으로 앉을 곳을 찾았다.

그때 그의 눈은 처음으로 빌포르의 컴컴한 눈과 마주쳤다. 그것은 자신의 생각을 남에게 알리지 않으려고 눈을 불투명한 유리처럼 하고 있는 재판관 특유의 시선이었다. 그 눈을 보자 그는 자기가 음산한 법관 앞에 와 있음을 깨달았다.

「직업과 이름은?」 빌포르는 아까 들어올 때 순경에게서 받은 서류를 뒤적이며 이렇게 물었다. 그 서류들은 한 시간 동안 벌써 부피가 부쩍 늘어나 있었다. 저 부패한 스파이 제도는 그만큼 피고라고 불리는 불행한 사람들의 신상에 와서 금세 붙어버리는 것이었다.

「에드몽 당테스라고 합니다」 침착하고도 낭랑한 목소리로 그는 이렇게 대답했다. 「모렐 상사의 범선 파라옹 호의 일등항해사입니다」

「나이는?」 빌포르는 질문을 계속했다.

「열아홉입니다」 당테스가 말했다.

「체포됐을 땐 뭘 하고 있었지?」

「약혼 피로연을 열고 있었습니다」 당테스의 목소리는 약간 떨렸다.

그만큼 즐거웠던 순간과 지금의 이 우울한 광경과의 대조가 그에게는 괴로웠던 것이다. 그리고 지금 빌포르 씨의 어두운 얼굴을 보고 있자니 메르세데스의 환한 얼굴이 눈부시게 빛나는 것 같았다.

「약혼 피로연을 하고 있었다고?」 검사 대리는 자기도 모르게 몸을 떨었다.

「그렇습니다. 삼 년 전부터 사랑하고 있는 여자와 결혼을 하려고요」

평소에는 그렇게도 냉담하던 빌포르도 이 우연한 일치에는 적이 놀라고 말았다. 그래서 한창 행복한 순간에 잡혀온 당테스의 그 감동적이고 떨리는 목소리를 듣자, 그의 가슴속에서 동정의 마음이 눈을 떴다. 그 자신도 결혼을 하려던 참이었다. 그리고 자기도 행복했다. 그런데 꼭 자기와 마찬가지로 이미 행복에 손을 댄 한 남자의 기쁨을 무너뜨리는 자리에 그가 불려나와 자신의 행복까지 망가지고 말았던 것이다.

그는 이 이상한 유사성이야말로 자기가 생메랑 씨의 살롱으로 돌아가면 굉장한 효과를 나타낼 것이라고 생각했다. 그리고 당테스가 다른 질문들을 기다리고 있는 동안에 그는 미리 머릿속으로 마치 연설을 하고 있는 사람처럼 박수를 받기 위해 때로는 진짜 웅변같이 여겨지는 어구들을 만들어내는 데 도움이 될 아주 대조적인 말들을 생각해 보고 있었다.

그러한 작은 연설이 마음속에서 꾸며지자 빌포르는 그 효과를 상상하고 미소를 띠며 다시 당테스에게로 생각을 돌렸다.

「계속해 보지」하고 그는 말했다.

「뭘 계속하란 말씀입니까?」

「재판소에 분명히 밝힐 걸 말이야」

「하지만 재판소에 제가 어떤 점을 분명히 알려드려야 하는지를 가르쳐주십시오. 그럼 제가 아는 건 죄다 말씀드리겠습니다. 그렇지만」하고 이번엔 당테스가 미소를 띠며 덧붙여 말했다. 「미리 말씀드리겠습니다만, 전 대단한 건 모르고 있습니다」

「나폴레옹 밑에서 군에 복무했던 일이 있나?」

「제가 해군에 막 입대하려고 했을 때 이미 나폴레옹은 몰락해 버렸습니다」

「자네는 정치적 의견이 과격하다는 말을 들었는데」하고 빌포르가 말했다. 하지만 실은 누구한테도 그런 말을 들은 적은 없었다. 그런데도 빌포르는 마치 고발이라도 하고 있는 듯이 그런 질문을 아무렇지도 않게 해버렸다.

「제 정치적 의견이라고요? 제 의견 말씀입니까? 사실 말씀드리기 부끄럽습니다만, 전 아직 의견이랄 만한 것을 가져본 적이 없습니다. 아까도 말씀드렸듯이 전 이제 겨우 열아홉 살이에요. 전 아무것도 아는 거라곤 없습니다. 아무데도 쓸모가 없어요. 지금의 제 위치 그리고 앞으로의 제 지위가 만약 제가 탐내던 자리라면 그건 순전히 모렐 씨의 덕분이지요. 그러니 저 자신의 의견이라야, 그것도 정치적인 게 아니라 저 개인에 관한 겁니다만, 겨우 세 가지밖엔 없습니다. 아버지를 사랑하고 모렐 씨를 존경하고 메르세데스를 사랑하는 마음, 그저 이 세 가지뿐이지요. 제가 재판소에 밝힐 수 있는 건 이게 전부입니다. 하지만 그따위 얘긴 별로 소용없을 것 같은데요……」

 당테스가 이야기하는 동안에 빌포르는 그의 지극히 부드럽고 시원시원한 얼굴을 바라보고 있었다. 그리고 또한 이 남자를 알지도 못하면서, 르네가 아까 자기에게 피고를 관대히 보아달라고 하던 부탁이 머릿속에 다시 떠올랐다. 그는 범죄나 범인에 대해 얻은 지금까지의 경험으로 보아, 당테스의 말 한마디 한마디에 그의 무죄의 증거가 나타나고 있음을 알아차렸다. 과연 이 청년, 청년이라기보다는 차라리 이 소년, 단순하고도 솔직한 그리고 찾을래야 찾을 수 없는 가슴속에서 우러나오는 웅변을 하고, 자기가 행복한 까닭에 또 그 행복이 악인조차도 선인으로 만드는 까닭에, 지금 모든 사람에게 애정을 가지고 있는 이 청년은, 이렇듯 자기를 재판하는 사람에게까지 마음속에서 넘쳐나오는 따뜻한 친절을 쏟고 있었다. 빌포르가 자기에게 그렇게 난폭하고 엄격하게 대하는 데도 불구하고, 에드몽의 눈과 목소리와 몸짓에는 자기를 심문하는 상대방을 향한 애정과 호의의 빛만이 넘치고 있었다.

 〈그렇고말고!〉 빌포르는 혼자서 생각했다. 〈아주 얌전한 청년이니, 덕분에 르네가 한 부탁도 무리 없이 들어줄 수 있게 될 테고, 여러 사람 앞에서 유쾌하게 악수도 할 수 있겠군. 그런 다음엔, 구석에 가서 멋지게 키스도 할 수 있단 말이야.〉

 이런 즐거운 희망으로, 빌포르의 얼굴은 활짝 피었다. 그리고 그런 생각을 하며 당테스에게로 눈을 돌렸을 때, 재판관의 얼굴 위에 나타나는 움직임을 계속해서 지켜보고 있던 당테스는, 자기도 끌려 무심결에 빙긋 웃었다.

 「이봐, 적이라도 있었던 젠가?」 하고 빌포르가 말했다.

「적이라고요?」 당테스가 말했다. 「제 지위라는 게 보잘것없어서, 지위 때문에 적이 생길 일 같은 건 없습니다. 저의 성격으로 말하더라도, 다소 성급하긴 한 편입니다만 아랫사람한테 대해선 늘 성미를 누르려고 애쓰지요. 제 밑으로는 열여덟 내지 스무 명의 선원이 있어요. 그 사람들한테 물어보시면 아실 겁니다. 그리고 그 사람들이 저를 아버지로 부르기엔 제가 너무 젊습니다만, 손위 형처럼 저를 사랑하고 따른다고 말씀드릴 수는 있어요」

「그럼, 적은 없다 하더라도 자넬 시기하는 사람은 있을 테지. 자넨 나이 열아홉 살에 선장이 될 판이야. 그건 자네 처지에서 보면 굉장한 자리란 말이야. 그리고 사랑하는 여자와 결혼하려고 하고 있는데, 그것은 이 세상 많은 사람들 가운데선 흔치 않은 행운이지. 이렇게 복이 겹쳐서 굴러 들어왔으니, 그걸 시기하는 자들은 있을 법한데」

「검사님 말씀이 옳습니다. 검사님께선 저보다 세상 사람들을 더 잘 알고 계신 것 같아요. 그건 있음직한 일이지요. 하지만 저를 시기하는 사람들이 만약 제 친구들 사이에 끼여 있다 해도, 전 솔직히 말해서, 그 사람들이 누군지를 알아내고 싶진 않습니다. 알게 되면 어쩔 수 없이 미워하게 될 테니까요」

「그건 옳지 않은 생각이야. 자기 주위는 늘, 가능한 한 명백하게 보아두어야 해. 그리고 사실 자넨 상당히 훌륭한 청년으로 생각되는군. 그래서 내 재판소의 평소 규칙을 떠나서, 자네를 이렇게 내 앞에 불려오게 한 그 고소장을 보여주고, 사건을 밝혀내도록 도와줄 생각이라네. 자, 이것이 그 고소장이야. 이 필적이 누구 것인지 알아보겠나?」

이렇게 말하면서, 빌포르는 주머니에서 고소장을 꺼내 당테스 앞에 내밀었다. 당테스는 그것을 들여다보았다. 그리고 고소장을 읽었다. 당테스의 얼굴에 어두운 그림자가 드리워졌다. 그는 말했다.

「알아볼 수 없네요. 필적이 바뀌어버렸으니까요. 하지만 상당히 대담하게 씌어 있군요. 어쨌든 대단한 달필인데요. 전 당신 같은 분을 만나뵙게 된 걸 정말 다행스럽게 생각합니다」그는 고마운 듯 빌포르를 쳐다보며 이렇게 말했다.「왜냐하면 저를 시기하고 있는 이 사람은, 분명 제겐 진짜 적이니까요」

그리고 이러한 말을 하고 있는 청년의 눈에 스친 섬광을 본 빌포르는, 처음 그를 보았을 때 느껴지던 그 온순한 성품 뒤에 상당히 격렬한 힘이 숨어 있다는 사실을 깨달았다.

「자, 그럼 이제부터는」검사 대리가 말했다.「내가 묻는 말에 솔직히 대답해 주면 되네. 피고가 재판관을 대하듯 하지 말고, 위험한 처지에 놓인 사람이, 자기를 도와주려는 사람 앞에서 하듯이 말이야. 도대체 이 익명의 고소장에서 어느 점이 사실인가?」이렇게 말하면서, 빌포르는 당테스에게서 고소장을 도로 받아, 불쾌한 듯이 그것을 책상 위에 던져버렸다.

「전부 사실입니다. 그러나 하나도 맞는 건 없습니다. 진짜 사실은 이렇습니다. 선원으로서의 제 명예, 메르세데스에 대한 제 사랑, 그리고 아버지의 생명을 걸고 맹세합니다」

「얘기해 보게」빌포르는 큰소리로 말했다. 그러고 나서 다시 소리를 죽여,「만약 르네가 이런 걸 본다면 아주 좋아하겠지. 그리고 앞으로는 나를 사형 선고자라고 부르지 않을 거야」하고 되뇌었다.

「얘기하겠습니다. 나폴리를 떠나자, 르클레르 선장께서 뇌막염에 걸려 자리에 눕게 됐습니다. 배에는 의사도 없었지요. 그런데 선장께선 한시바삐 엘바 섬으로 갈 생각으로, 해안에서는 아무데서도 배를 대지 않으려고 하셨어요. 병은 점점 더 심해져서, 사흘째 되는 날 저녁에는 그만 선장님께서도 당신이 돌아가실 것 같은 생각이 드셨던지, 저를 곁으로 부르셨습니다. 〈당테스〉 하시더니, 〈자네의 명예를 걸고, 이제부터 내가 하는 말을 들어주겠다고 맹세해 주게〉 이렇게 말씀하시더군요. 그래 저는 〈맹세합니다, 선장님〉 하고 말했지요. 〈내가 죽고 나면 이 배의 지휘권은 일등 항해사인 자네 손에 있게 되니 자넨 배를 지휘해야 하는 거야. 그러니, 자넨 배를 엘바 섬으로 몰고 가서, 포르토페라조에서 일단 내리게. 거기서 대원수님을 만나 이 편지를 전하면 되는 거야. 그러면 아마 그쪽에서도 다른 편지를 줄 걸세. 그리고 어떤 일을 부탁할 거야. 내가 맡았던 이 사명을 나 대신 자네가 좀 해줘야겠어. 그리고 그 모든 명예도 자네가 지는 걸세〉 이렇게 말씀하시더군요. 저는 〈그렇게 하겠습니다, 선장님. 하지만, 선장님께서 생각하시는 것만큼 그렇게 쉽게 대원수님 곁으로 갈 수가 있을까요?〉 〈여기 반지가 있네, 이 반지만 있으면 만나뵐 수 있을 거야〉 하시더군요. 〈이것만 있으면 아무 문제 없이 통과될 걸세〉 이렇게 말하면서 선장님은 제게 그 반지를 주셨습니다. 그러시길 잘하셨지요. 그러고 나서 두 시간 후엔 혼수상태에 빠지셔서 그 이튿날 돌아가셨습니다」

「그래서 자넨 어떡했나?」

「시키신 대로 했지요. 누구라도 저 같은 입장에 있었더라면 그렇게 했으리라고 생각합니다만. 어쨌든 죽어가는 사람의 부탁은 신성하니까요. 더군다나 뱃사람들에겐 상관의 부탁이란 반드시 지키지 않으면 안 되게 되어 있습니다. 그래서 전 엘바 섬을 향해 돛을 올렸지요. 이튿날 그곳에 도착하자 선원들에겐 금족령을 내리고, 저 혼자 상륙했습니다. 제가 예상했던 대로, 대원수님을 만나는 데는 다소 복잡했습니다. 하지만 제가 신분 증명서 대신 그 반지를 보였더니, 어디서든 다 무난히 통과시켜 주더군요. 대원수님은 저를 만나주었습니다. 그리고 그 불행한 르클레르 씨의 임종에 대해서 이것저것 물으시더군요. 그리고 선장님께서 미리 말씀하셨던 대로 편지를 한 통 주시면서, 저더러 직접 파리에 가 전해 달라고 부탁했고요. 전 그러겠노라고 약속했습니다. 그것 역시 선장님의 유언을 지키는 일이었으니까요. 저는 이곳에 상륙하자, 배에서 할 여러 가지 일들을 신속히 처리한 다음에 약혼녀한테로 달려갔었죠. 그녀는 전보다도 더 아름답고 사랑스러워진 것 같았어요. 그리고 모렐 씨 덕분에 종교상의 모든 어려운 절차도 끝냈습니다. 그래서 마침내 아까도 말씀드렸습니다만, 약혼 피로연을 하고 있었어요. 한 시간만 있으면 결혼도 하게 되고, 그럼 다음날은 파리로 떠날 생각이었는데, 지금 검사님께서나 저나 마찬가지로 대수롭지 않게 생각하고 있는 이 고소장 때문에 이렇게 체포된 겁니다」

「알겠네, 알겠어」 빌포르가 중얼거렸다. 「그 얘긴 전부 사실인 것 같군. 그러니 만일 자네가 죄가 있다 하더라도 그건 부주의해서 그런 거야. 그런데 그 부주의라는 것마저도 자네 선장의 명령 때문이었다는 이유가 성립되는구먼. 엘바 섬에서 받았다는 편지를 이리 내주게. 그리고 명령이 있으면 곧 출두하겠다고 맹세해야 해. 그럼 친구들 있는 데로 돌아가도 좋아」
「그럼, 이젠 풀려나가는 겁니까?」 당테스는 기쁨에 넘쳐 큰 소리로 외쳤다.
「그래. 그러나 그 편지는 이리 내놓게」
「그 편지는 아마 검사님 앞에 놓여 있을 겁니다. 다른 서류들과 함께 경찰이 압수해 갔으니까요. 그 뭉치 속에 서류들이 섞여 있는 게 보이는군요」
「잠깐만」 검사 대리는 장갑과 모자를 집으려고 하는 당테스에게 말했다. 「잠깐, 그 편지는 누구한테로 가는 거지?」
「파리, 코크에롱 가의 누아르티에 씨한테로 가는 겁니다」
벼락이 친다 하더라도 이렇게 빨리, 이렇게 급작스럽게 빌포르에게 떨어질 수는 없었을 것이다. 그는 안락의자에 털썩 주저앉았다. 그리고 다시 반쯤 몸을 일으켜, 당테스에게서 압수한 서류 뭉치를 집어들었다. 그는 다급히 그것을 뒤져서, 그 무서운 편지를 빼내었다. 형언할 수 없는 공포에 사로잡힌 눈으로 그는 편지를 보았다.
「코크에롱 가 13번지, 누아르티에 씨!」 그는 점점 더 얼굴이 새파래지며 중얼거렸다.
「그래요」 당테스는 깜짝 놀라 대답했다. 「그분을 아십니까?」
「아니야」 빌포르가 날카롭게 대답했다. 「폐하께 충성하는 사람은, 음모자 같은 건 몰라」
「그럼, 그건 음모와 관계가 있는 건가요?」 하고 당테스가 물었다. 풀려나가는 줄 알았던 그는, 다시 처음보다도 더 큰 공포에 사로잡히기 시작했다. 「검사님, 어쨌든 전 아까 말씀드린 대로, 제가 가지고 있던 그 편지의 내용은 전혀 모르고 있었습니다」

「알겠네」 빌포르는 무겁게 말을 이었다. 「하지만 편지 겉봉에 씌어 있는 사람 이름은 알고 있겠지?」

「편지를 전하려면 그 이름을 알아야겠기에」

「이 편질 누구한테 보인 일은 없겠지?」 빌포르는 편지를 읽으면서 그리고 읽어갈수록 점점 더 얼굴빛이 새파래지며 물었다.

「아무한테도 보이지 않았습니다. 맹세합니다」

「그럼, 자네가 엘바 섬에서 누아르티에 씨에게 보내는 편지를 가지고 있다는 건 아무도 모른단 말이지?」

「저한테 그 편지를 준 사람 외엔 아무도 모릅니다, 검사님」

「다행이군. 그만해도 다행이야」 빌포르는 중얼거렸다.

빌포르의 얼굴은 편지가 끝나감에 따라 더더욱 어두워져만 갔다. 핏기 없는 입술과 떨리는 손, 그리고 불타는 듯한 그 눈을 보고 있던 당테스의 마음은 불안해서 어쩔 줄을 몰랐다.

편지를 다 읽고 난 빌포르는 두 손에 얼굴을 파묻고 한참 동안 견딜 수 없는 듯 그대로 있었다.

「아니! 웬일이십니까, 검사님?」 당테스가 조심스럽게 물어보았다. 빌포르는 대답하지 않았다. 그러나 잠시 후엔 새파랗게 질린 얼굴을 다시 들더니, 편지를 또 한번 읽었다.

「자네, 정말 이 편지의 내용을 모른단 말이지?」 하고 빌포르가 다시 물었다.

「맹세코 다시 말씀드립니다만, 전 그 내용을 모릅니다」 하고 당테스는 대답했다. 「그런데 도대체 어찌된 일이십니까? 기분이 좋지 않으신 것 같은데요. 초인종을 누를까요? 사람을 부를까요?」

「아니」빌포르는 벌떡 일어나며 말했다. 「움직이지 말고 가만히 있어, 아무 소리도 말고. 여기서 명령을 내리는 건 나이지, 자네가 아니란 말이야」

「검사님」당테스는 무안해서 이렇게 말했다. 「실은, 검사님을 도와드릴까 해서 그렇게 말씀드렸던 건데요, 다른 뜻은 없었습니다」

「난 아무것도 필요 없어. 잠깐 현기증이 났을 뿐이니까, 내 걱정은 말고 자넨 자신 일이나 걱정하게. 자, 대답이나 해」

당테스는 검사가 이렇게 예고한 신문을 기다리고 있었다. 그러나 그건 허사였다. 빌포르는 다시 안락의자에 주저앉아 싸늘한 손으로 이마를 짚었다. 이마에서는 땀이 흐르고 있었다. 그리고 다시 세번째로 편지를 읽었다.

〈아, 만약 저 친구가 이 편지의 내용을 알고 있다면〉하고 그는 중얼거렸다. 〈그리고 그 누아르티에가 이 빌포르의 아버지라는 걸 안다면, 난 마지막이야, 영원히 마지막이야.〉

빌포르는 수시로 에드몽을 쳐다보았다. 그것은 마치 가슴속에 감춰두고 입 밖에는 내지 않는 보이지 않는 비밀의 장벽을, 사뭇 그 시선으로 부숴버리기라도 하려는 것 같았다.

「의심할 여지가 없군!」그는 갑자기 이렇게 소리쳤다.

「아닙니다. 맹세합니다, 검사님!」하고 불행한 당테스가 외쳤다. 「의심나는 게 있으시거나, 수상한 점이 있으시면, 물어주십시오. 뭐든지 대답해 드리겠습니다」

빌포르는 몹시 애를 쓴 끝에 가능한 한 침착해 보이는 어조로 말했다.「이번 심문에서 사실은 굉장히 중대한 혐의가 나타났네. 그래서 아까 생각했던 것처럼 이대로 당장 놓아줄 순 없게 되었어. 자네를 풀어주려면, 그에 앞서 우선 예심 판사의 의견을 들어보지 않으면 안 되니까. 그러나 내가 자네한테 어떻게 대해 주었는지는 알고 있을 테지?」

「아, 알고말고요!」당테스가 소리쳤다.「정말 감사하게 생각합니다. 저한테는 재판관이라기보다는 차라리 친구처럼 대해 주셨으니까요」

「자, 그럼, 앞으로 당분간은 자네를 구류할 걸세. 가능한 한 속히 내보내 줄 생각이지만, 자네에 대한 혐의는 이 편지 때문에 생긴 거야. 자, 이걸 봐」

빌포르는 벽난로 쪽으로 가까이 갔다. 그리고 편지를 불 속에 던져버렸다. 편지가 타서 재가 될 때까지 가만히 서 있던 그는,「자 봐, 깨끗이 없어졌지」하고 말했다.

「오오!」당테스를 큰소리로 외쳤다.「당신은 공정한 것 이상입니다. 당신은 정말 친절하십니다」

「그런데 얘길 들어보란 말야」빌포르가 말을 이었다.

「이런 일까지 있었으니, 이제 나를 신용할 수 있다는 사실을 알았겠지, 안 그래?」

「네, 검사님 명령만 하시면 뭐든지 그대로 따르겠습니다」

「아니야」빌포르는 청년 가까이로 오며 말했다.「아니야, 내가 자네한테 하려는 말은 명령이 아니야. 알겠나? 그건 충고라네」

「말씀하십시오, 명령대로 따르겠습니다」

「난 자네를 오늘 저녁까지 이 재판소에 잡아둘 생각이야. 혹시 나 아닌 다른 사람이 신문을 하러 올지도 몰라. 그러면 나한테 지금 말한 그대로 다 얘기하게. 단, 편지 얘기만은 절대 비밀로 해야 돼」

「약속하겠습니다」

그것은 마치 빌포르가 사정이라도 하는 것 같았다.

「알겠지」 빌포르는, 아직도 종이 형태를 띠고 있는 잿더미로 시선을 보내며 말했다. 재는 불꽃 위에서 하늘하늘 춤을 추고 있었다. 「이제 편지는 없어진 거야. 그러니 그 편지가 있었다는 건 우리 둘 밖엔 아무도 모른단 말이야. 따라서 그 편지는 두 번 다시 자네 눈앞에 나타날 리가 없어. 그러니까 누가 편지 얘길 하더라도 부인하라고, 극력 부인해. 그러면 살아나는 거야」

「부인하겠습니다. 검사님, 염려 마십시오」 하고 당테스는 말했다.

「그럼 됐어!」 빌포르는 이렇게 말하면서 초인종의 끈으로 손을 가져갔다. 그러고는 잠깐 손을 멈추고, 「편지는 그것밖에 가지고 있지 않았겠지?」 하고 물었다.

「그것뿐이었습니다」

당테스는 손을 내밀었다.

「맹세합니다」

빌포르는 초인종을 눌렀다.

경관이 들어왔다.

빌포르는 경관 곁으로 가더니, 무엇인가 귀에 대고 수군거렸다. 경관은 그저 고개만 끄떡여 대답했다.

「이분을 따라가」 하고 빌포르가 당테스에게 말했다.

당테스는 머리를 숙였다. 그리고 빌포르에게 마지막으로 고맙다는 듯한 시선을 보내고, 밖으로 따라나갔다.

그뒤로 다시 방문이 닫히자, 빌포르는 맥이 쭉 빠졌다. 그리고 거의 정신 나간 사람처럼 의자에 주저앉았다. 그러고 나서 잠시 후에 「하느님, 맙소사!」하고 중얼거렸다. 「인생이니 운명이니 하는 것들은 다 무엇에 걸려 있는 것일까? ……만약 검사가 마르세유에 있었더라면, 그리고 만약 나 대신 예심 판사가 불려갔었더라면, 난 끝장이었는데. 이놈의 편지, 이놈의 빌어먹을 편지 때문에 난 깊은 물속에 빠지고 말았을 거야. 아! 아버지, 아버지! 당신은 이 세상에서 도대체 언제까지 제 행복을 훼방 놓으실 겁니까? 전 평생 이렇게 아버지의 과거와 싸워야만 한단 말인가요?」

그러더니 갑자기 뜻하지 않던 한 줄기 빛이 머릿속으로 스치고 지나간 것 같은 기분이었다. 그의 얼굴이 환하게 빛났다. 아직도 경련이 가시지 않은 입술에는 미소가 떠올랐다. 사나운 두 눈은 한 가지 생각에 집중되어, 움직일 줄을 몰랐다.

「그래」그는 말했다. 「나를 망쳐버렸을지도 모를 이 편지가 오히려 나에게 행운을 가져올는지도 몰라. 자, 빌포르, 일에 착수하자!」

그러고는 현관에 이미 피고가 없다는 사실을 확인하고 나서, 이번에는 검사 대리가 밖으로 나갔다. 그리고 약혼녀의 집을 향해서 조급히 걸음을 옮겼다.

## 이프 성

　현관을 지나가면서 경관은 두 사람의 헌병에게 눈짓을 했다. 그러자 헌병이, 한 사람은 당테스의 오른쪽에, 또 한 사람은 왼쪽에 와서 섰다. 검사의 방으로부터 재판소로 통하는 문이 열렸다. 그들은 컴컴하고 긴 복도를 따라 한참을 들어갔다. 그 복도를 지나가노라면, 몸을 떨 아무런 이유가 없는 사람까지도 몸이 오싹해진다.
　빌포르의 방이 재판소로 통해 있듯이, 재판소는 감옥으로 통해 있었다. 그것은 재판소에 붙어 있는 음침한 건물로서, 바로 앞에 서 있는 아쿠르의 종각(鐘閣)이 창을 활짝 열어젖히고 이상스러운 듯이 그것을 바라다보고 있었다.
　복도를 몇 번씩 돌고 나자, 당테스는 철창이 달린 문 하나가 열려 있는 것을 보았다. 경관이 쇠망치로 그 문을 세 번 두드렸다. 그 소리가 당테스에겐 마치 자기 가슴을 두드리는 소리처럼 울려왔다. 문이 열렸다. 두 사람의 헌병이 아직도 쭈뼛거리고 있는 당테스를 가볍게 밀어넣었다. 당테스는 그 무시무시한 문지방을 넘어섰다. 그러자 문이 요란한 소리를 내며, 그의 등뒤에서 닫혀버렸다. 그는 여태까지와는 다른 공기를 호흡했다. 독기를 머금은 무거운 공기였다. 그는 감옥에 갇혔던 것이다.

당테스는, 철창이 둘러쳐지고 빗장이 질러져 있긴 하나, 꽤 깨끗한 방안으로 밀려 들어갔다. 방의 모양새로 보아서는 그리 무서운 생각이 들지 않았다. 더군다나 그의 귀에는 그처럼 호의가 넘치는 검사의 말이 따뜻한 희망의 약속처럼 울려왔던 것이다.

당테스가 그 감방 안으로 끌려왔을 때는 이미 네시가 되어 있었다. 앞에서도 말했지만, 그날은 3월 초하루였는데 벌써 밤이 찾아들었던 것이다.

밤이 되자, 시각(視覺)이 희미해져 가는 대신, 청각이 예민해졌다. 어디서 조그만 소리만 들려와도, 그는 누군가가 자기를 놓아주려고 찾아오는 것만 같아서 벌떡 일어나 문 앞으로 다가가곤 했다. 그러나 그 소리는 결국 다른 방향으로 사라져 가고 말았다. 그러면 당테스는 걸상에 다시 주저앉곤 했다.

이윽고 밤 열시가 다 돼서, 당테스가 희망을 잃기 시작했을 때, 다시 발소리가 들려왔다. 그 소리로 보아 이번에는 분명 자기 방을 향해 걸어오고 있는 것 같았다. 과연 열쇠 구멍 속에서 열쇠가 돌아갔다. 빗장이 소리를 내며 벗겨졌다. 그리고 무거운 참나무 문이 열리자 갑자기 컴컴한 방안에 횃불 두 개에서 눈부신 불빛이 흘러 들어왔다.

그는 두어 걸음 앞으로 나가다가, 더욱 삼엄해진 이 무장을 보고는 그 자리에서 그대로 굳어버렸다.

「저를 데리러 오셨습니까?」 당테스가 물었다.

「그렇소」 그들 중 한 사람이 대답했다.

「검사 대리님한테서 오셨군요?」

「그런 것 같소」

「그럼 잘됐습니다. 따라가겠어요」 하고 당테스가 말했다.

검사 대리의 지시로 데리러 왔다는 생각에, 이 불행한 청년은 두려운 생각도 없어지고 말았다. 그는 마음을 가라앉히고, 발걸음도 가볍게 앞으로 나서며, 자기 스스로가 경호대의 한가운데로 가서 섰다.

마차 한 대가 길 쪽으로 난 문 앞에 서 있었다. 마부는 제자리에 앉아 있었다. 그 옆에는 경관이 앉아 있었다.

「마차는 저 때문에 와 있는 건가요?」 하고 당테스가 물었다.

「당신을 데리러 온 거야」 헌병 중의 한 사람이 말했다.

「자, 올라가」

당테스는 좀더 자세한 것을 알아보고 싶었다. 그러나 마차 문이 열리자, 누군가 자기를 밀어넣어 버렸다. 그는 반항 같은 것은 할 수도 없었고 할 생각도 채 못했다. 그는 순식간에 마차 한구석의 두 헌병 사이에 끼여 있었다. 나머지 두 사람의 헌병은 앞자리에 앉았다. 그러자 무거운 마차가 불길한 소리를 내면서 달리기 시작하였다.

죄수는 창으로 눈을 돌렸다. 창들엔 철장이 둘러쳐 있었다. 감옥이 마차로 변했다는 것뿐이었다. 단지 마차는 움직이고 있다는 점이 다를 뿐이었다. 그리고 움직이면서 알 수 없는 곳으로 그를 실어가는 것이었다. 겨우 손이 들어갈까 말까 한 좁은 창살 사이로, 당테스는 지금 마차가 케스리 가(街)를 지나고 생로랑 가와 타르미스 가를 지나, 부두 쪽으로 내려가고 있다는 사실을 알았다.

이윽고 마차의 창살과, 지금 자기가 가까이 와 있는 건물의 창살을 통해서, 당테스는 수하물 위탁소의 불빛이 반짝이고 있는 것을 보았다.

마차가 멎었다. 경관이 마차에서 내려 위병소 쪽으로 가까이 갔다. 열두엇의 군인들이 위병소에서 나와 줄을 지어 섰다. 당테스는 부두의 가로등 불빛에 그들의 총이 번쩍이는 것을 보았다. 〈저렇게 군인들이 경비하는 게 나 때문일까?〉 당테스는 속으로 이렇게 생각했다.

경관은 자물쇠가 채워진 마차 문을 열었을 뿐, 단 한마디의 말도 않았지만, 이러한 당테스의 의문을 풀어주었다. 왜냐하면 당테스는 두 줄로 선 군인들 사이로, 마차에서부터 해안까지 자기를 위해 길이 열려 있는 것을 보았기 때문이다.

그의 앞에 자리 잡고 있던 두 사람의 헌병이 제일 먼저 마차에서 내렸다. 그러고 나서 이번에는 그를 내려보냈다. 그 다음 양옆에 앉았던 두 헌병이 따라 내렸다. 모두들 세관의 뱃사람이 쇠사슬로 해안 바로 옆에 매어놓은 보트를 향해 걸어갔다. 군인들은, 당테스가 지나가는 것을 얼빠진 듯 이상하게 바라보고 있었다. 이윽고 그들은 당테스를 고물에 앉혔다. 헌병 네 사람이 여전히 그를 둘러싸고 있었다. 경관은 이물에 자리를 잡았다. 배는 한번 크게 흔들리더니 해안에서 떨어져 나갔다.

네 사람의 사공이 기운차게 피롱 쪽으로 배를 저었다. 배에서 외치는 소리가 나자, 항구를 걸어 닫고 있던 쇠사슬이 내려졌다. 그리하여 당테스는 푸리올이라고 불리는 항구 밖으로 밀려 나왔다.

당테스는 항구 밖으로 나오자 먼저 기쁨이 몰려왔다. 대기가 그대로 자유와도 같은 느낌이었다. 그는 지금 밤과 바다의 특이한 향내를 날개에 실어오는 산뜻한 미풍을 가슴 깊이 들이마셨다. 그러나 그는 곧 다시 한숨을 내쉬었다. 그는 지금 레제르브 앞을 지나가는 중이었다. 그는 그곳에서 바로 그날 아침에만 해도 체포되기 전까지 그처럼 행복했었다. 그 생기 있는 창문을 통해서 무도회의 즐거운 소음이 그의 귀에까지 들려왔다.

당테스는 두 손을 모아 하늘을 우러러보며 기도를 올렸다.

배는 계속 전진했다. 테트드모르를 지나, 배는 지금 파로의 작은 만 앞에 와 있었다. 배는 더욱 속력을 내는 것 같았다. 그것을 당테스로선 도무지 이해할 수 없었다.

「도대체 절 어디로 데리고 가시는 겁니까?」 하고 헌병 한 사람에게 물었다.

「좀 있으면 알게 될 거야」

「하지만……」

「아무것도 설명을 못하게 되어 있어」

당테스도 반쯤은 군인이나 마찬가지였다. 입을 봉하도록 명령받은 하급자에게 물어본다는 일은 어리석은 일일 것이다. 그래서 그는 입을 다물었다.

바로 그때, 아주 묘한 생각이 그의 머릿속을 스쳐갔다. 이런 배로 먼 길을 갈 수도 없을 테고, 게다가 지금 가는 쪽에는 정박할 만한 배도 보이지 않으니, 이건 필경 자기를 해안에서 아주 먼 지점으로 데려다가 거기서, 이젠 자유다, 하고 말해 줄 것이라는 생각이었다. 그는 결박되어 있지도 않았다. 수갑을 채우려는 눈치도 보이지 않았다. 그러한 점이 그에게는 좋은 징조로만 해석되었다. 더구나 그처럼 친절하게 대해 주던 검사 대리가 그 무시무시한 누아르티에라는 이름만 입 밖에 내지 않는다면, 두려워할 것은 아무것도 없다고 장담하지 않았던가? 그리고 빌포르 자신이 자기의 유일한 증거물인 그 위험한 편지를 자기 눈앞에서 없애버리지 않았던가?

그는 잠자코 생각하면서 기다리고만 있었다. 그리고 어둠에 단련되고 넓은 바다에 익숙한 뱃사람의 눈으로, 컴컴한 밤을 꿰뚫어보려고 애썼다.

등대가 반짝이는 라토노 섬을 뒤에다 두고, 계속해서 해안을 끼고 가던 배는, 카탈로니아 만의 정면에 다달았다. 그곳에 이르자, 죄수의 눈은 더욱 힘있게 어둠을 꿰뚫어보았다. 그곳은 메르세데스가 있는 곳이었다. 그에게는 그 어두운 해안에 여자의 모습이 뿌옇게 자꾸만 어른거리고 있는 것만 같았다.

메르세데스가 지금 이 순간 자기 애인이 삼백 보밖에 떨어져 있지 않은 곳을 지나가고 있다는 사실을 예측하지 못하란 법이 어디 있겠는가? 불빛이 하나, 카탈로니아 마을에서 반짝이고 있었다. 당테스는 그 불빛의 위치로 보아, 그것이 자기 약혼녀의 방에 켜진 불일 것이라고 생각했다. 이 작은 마을에서는 메르세데스만이 혼자 밤을 새우고 있는 것이었다. 소리를 크게 질러보면, 그 아가씨에게까지 들릴 수도 있었을 것이다.

공연히 부끄러운 생각이 들어, 그는 멈칫했다. 미친 사람처럼 소리를 지르는 걸 보면, 이 사람들이 어떻게 생각할 것인가? 그는 아무 소리 않고, 그 불빛만을 뚫어지게 바라보았다.

그사이에도 배는 계속해서 길을 가고 있었다. 그러나 이 죄수는 배 생각은 완전히 잊어버리고 있었다. 그는 메르세데스만을 생각하고 있었다.

방향이 갑자기 바뀌자, 불빛이 보이지 않게 되었다. 당테스는 몸을 돌렸다. 그는 배가 바다에 나와 있다는 사실을 깨달았다.

그가 자기 생각에 열중해서 쳐다보고 있는 동안에, 배는 돛을 올리고 노질을 멈췄다. 배는 이제는 바람에 밀려가고 있었다.

헌병에게 다시 물어보기는 싫었지만, 그는 다시 헌병에게로 다가가서, 그의 손을 잡으며 물어보았다.

「이보세요, 당신의 양심과 군인이라는 자격으로 제발 저를 불쌍히 여겨 대답을 좀 해주세요. 난 당테스 선장입니다. 나도 모를 반역죄로 고발당하긴 했어도 선량하고 충실한 프랑스 국민이에요. 날 어디로 데려가는 건지 좀 가르쳐주세요. 뱃사람으로서 맹세하건대, 그래야 나도 내 의무에 따르고 운명을 체념할 거니까요」

헌병은 귀를 긁적이며, 그의 동료를 쳐다보았다. 상대방은 이젠 얘길 해도 괜찮지 않겠느냐는 듯한 몸짓을 했다. 헌병은 당테스에게로 몸을 돌렸다.

「당신 마르세유 사람인 데다가 선원이라면서, 그래 우리한테 어딜 가는 거냐고 물어보나?」

「정말입니다. 맹세코, 어딜 가는 건질 모르겠어요」
「짐작도 못하겠소?」
「아무것도 못하겠어요」
「그럴 리가 있나!」
「정말입니다. 이 세상에서 제일 신성한 걸 두고 맹세합니다. 그러니 제발 대답 좀 해주세요」
「하지만 명령인 걸 어떡하겠나?」
「명령이라도 앞으로 십 분이나 반 시간이면 모르긴 하되, 한 시간이면 알 수 있는 걸 가르쳐주는 건데 뭘 그러죠? 그러기만 하면 지금부터 그때까지의 이 긴 불안을 내게서 덜어주는 건데요. 내가 얼마나 당신을 친구처럼 생각하는지 좀 봐주세요. 자, 이렇게 반항하려고도 도망치려고도 안하지 않습니까? 그럴 수도 없지만 말이에요. 자, 도대체 어딜 가는 거죠?」
「눈을 가린 것도 아니고, 마르세유 항구를 처음 떠난 사람도 아니니, 어딜 가는 건지 짐작이 갈 텐데」
「아무래도 짐작이 안 가는군요」
「자, 그럼, 사방을 한번 둘러보구려」
당테스는 몸을 일으켜, 지금 배가 향해 가고 있는 듯한 방향으로 시선을 보냈다. 이백 미터쯤 앞에 시커멓고 험한 바위가 우뚝 서 있고, 그 바위 위에는 음침한 이프 성이 삐죽 솟아 있는 것이 눈에 띄었다.
그 기괴한 모양과, 분위기 전체가 무서운 공포를 자아내는 이 감옥, 삼백 년 전부터 그 무시무시한 전설 때문에 마르세유를 유명하게 한 이 성이, 지금까지 한번도 생각조차 해보지 못했던 당테스의 눈앞에 돌연히 나타났다. 그것은 마치 사형수가 단두대를 보았을 때와도 같은 기분이었다.
「아니! 이프 성 아닙니까?」하고 그는 외쳤다. 「거긴 도대체 뭣 하러 가는 거죠?」
헌병은 미소를 지었다.
「설마, 날 가두려고 데리고 가는 건 아니겠죠?」하고 당테스가 말을 이었다. 「이프 성은 중대한 정치범만 가두는 정부의 감옥이 아닌가요? 그런데 나는 아무 죄도 짓지 않았다고요. 이프 성에 예심 판사라든가, 아니면 무슨 재판관 같은 사람이라도 있나요?」
「내 생각엔」헌병이 말했다. 「형무소 소장이 한 사람, 간수들하고 주둔 부대하고 무시무시한 벽밖에 없는 것 같은데. 자, 자, 어쨌든 그렇게 놀란 얼굴은 이젠 그만두시지. 내가 친절을 베풀어준 데 대한 사례가 마치 나를 놀리는 것 같은 생각이 드니 말야」
당테스는 헌병의 손을 으스러져라 하고 꽉 잡았다.
「그럼, 나를 이프 성에 처넣으려고 데려간단 말입니까?」하고 그는 말했다.
「그런 것 같소」헌병이 말했다. 「하지만 내 손을 이렇게 꽉 쥐고만 있으면 무슨 소용이 있소?」
「아무런 조사 하나 않고, 수속 하나 밟지 않고, 그래, 나를?」
「수속도 다 됐고, 조사도 끝났던데」
「그러면 그 빌포르 씨의 약속 같은 것도 무시해 버리고 말이오?」
「빌포르 씨가 당신한테 무슨 약속을 했는지 어쨌는진 모르겠소」 헌병이 말했다.「내가 알고 있는 건 우리가 지금 이프 성으로 가고 있다는 것뿐이오. 그러니 날 어쩌자는 거요? 이봐! 다들 이리 좀 오게!」

당테스는 번개같이 날쌔게 바다로 뛰어들려고 했다. 그러나 그를 지켜보고 있던 헌병이 벌써부터 그 낌새를 알아챘다. 그가 막 바다로 뛰어들려는 순간, 네 개의 억센 손이 그를 꽉 붙잡았다. 그는 미친 듯이 소리를 지르며 뱃전에 쓰러졌다.

「좋아!」헌병은 당테스의 가슴팍을 무릎으로 누르면서 소리쳤다.「좋아! 뱃놈의 약속이란 게 이런 거였구나! 잘 들어둬! 조금이라도 몸을 움직여만 봐! 머리통을 정통으로 쏴버릴 테니! 내 한번은 명령을 어겼지만, 다시는 그럴 일 없을 거야!」

이렇게 말하면서, 헌병은 실제로 소총을 당테스에게 겨누었다. 당테스는 총부리가 자기 관자놀이에 와 닿는 것을 느꼈다.

순간, 그는 반항함으로써, 자기에게 달려들어 대번에 자기 몸을 통째로 독수리의 발톱에 끌어넣은, 이 뜻하지 않은 불행을 끝장내야겠다는 생각이 그의 머릿속을 스쳤다. 그러나 그 불행이 전혀 뜻하지 않았던 것인 만큼, 당테스는 그 불행이 오래 지속될 것 같지는 않았다. 게다가 빌포르 씨의 약속이 다시 머릿속에 떠올랐다. 그리고 이렇게 헌병의 손에 배 안에서 죽는다는 것은 꼴사납고도 비참한 것같이 생각되었다.

그리하여 그는 미친 듯이 소리를 지르며, 뱃바닥에 쓰러져 무섭게 손을 물어뜯었다.

그와 거의 같은 순간에, 배가 무엇인가에 세게 부딪혀 흔들렸다. 뱃사공 중의 한 사람이 방금 뱃머리가 부딪힌 바위 위로 뛰어올랐다. 밧줄이 도르래에서 풀려나오는 소리가 들렸다.

그래서 당테스는 이제 다 와서 배를 매고 있다는 사실을 깨달았다.

과연 그의 팔과 옷깃을 꽉 잡고 있던 경비병들이, 그를 강제로 일으켜 억지로 뭍으로 끌어내렸다. 그러고는 성문으로 올라가는 층계 쪽으로 끌고 갔다. 총검이 꽂힌 단총(短銃)을 차고 있는 하급 헌병 장교가 그의 뒤를 따라왔다.

당테스 편에서도, 부질없는 반항은 하지 않았다. 느릿느릿 걸어가는 것도 반항을 하려고 해서가 아니라, 실은 기력이 없어서였다. 그는 정신이 얼떨떨해 술 취한 사람처럼 비틀거렸다. 가파른 언덕 위로 줄지어 늘어서 있는 군인들이 또 한번 그의 눈에 들어왔다. 그리고 발밑에 층계가 느껴져서, 그는 억지로 발을 올려놓았다. 그는 자기가 지금 문 하나를 통과했고, 그 문이 다시 그의 등뒤에서 잠기고 말았음을 깨달았다. 그러나 그 모든 일은 기계적으로, 확실한 실체를 분별하지 못하고 마치 안개 속으로 통하듯 일어났다. 바다조차도 이미 그의 눈에는 들어오지 않았다. 이제 바다는, 죄수들이 이 공간을 넘어뛰지 못한다는 두려움으로 바라보게 될 때의 그 무한한 고뇌를 자아낼 뿐이었다.

모두들 잠깐 걸음을 멈추었다. 그는 그동안 정신을 다시 가다듬으려고 주위를 살펴보았다. 그는 지금 사면이 높은 벽으로 둘러싸인 네모난 뜰 안에 서 있었다. 보초병들이 돌아다니는, 느리고도 규칙적인 발소리가 들려왔다. 성벽 안에서 반짝이고 있는 두서너 개의 불빛이 담 위에 비쳐 반사되었다. 보초병들이 그 불빛 앞을 지날 때마다, 그들의 총대가 번쩍 빛나는 것이 보였다.

그들은 거기서 십 분 가까이 기다렸다. 당테스가 이젠 도망을 못 가리라 생각한 헌병들은 그를 풀어주었다. 무슨 명령을 기다리고 있는 것 같았다. 명령이 왔다.

「죄수는 어디 있지?」 누군가가 물었다.

「여기 있습니다」 헌병들이 대답했다.

「날 따라오라고 그러쇼, 방까지 데려다줄 테니」

「자, 따라가!」 하고 헌병들은 당테스를 밀면서 말했다.

죄수는 안내인의 뒤를 따랐다. 안내인은 그를 마치 지하실 같은 방으로 데리고 갔다. 헐벗고 습기 찬 방의 벽은 마치 눈물로 김이 배어 있는 것 같았다. 의자 위에 놓인 등불 같은 것이, 이 무시무시한 방의 번들번들한 벽을 비추고 있었다. 등불의 심지가, 역한 냄새를 뿜는 기름 속에 잠겨 흐느적거렸다. 안내인의 모습이 불빛에 뚜렷이 드러났다. 하급 간수 같은 그 사람은, 허름한 옷에 천박한 얼굴을 하고 있었다.

「오늘밤은 여기서 자!」 하고 그는 말했다. 「밤이 늦어서 소장님도 주무시니 말이야. 내일 아침, 일어나서 당신에 관한 보고를 보고 나면, 아마 방을 바꿔주겠지. 그동안은 여기 빵하고, 이 항아리 속에 물이 있고, 저 구석에 짚더미가 있으니 거기서 자라고. 죄수한텐 그게 다니까. 그럼, 잘 자게나」

그러고는 당테스가 대답을 하기 위해 채 입을 열려고 하기도 전에, 그리고 빵은 어디다 두었으며 물항아리는 어디 있는지도 알아보기 전에, 그리고 침대로 쓰일 짚더미가 있다는 방구석으로 눈을 돌려보기도 전에, 간수는 등불을 들고 문을 도로 닫아버려, 여태까지 마치 번갯불처럼 물이 줄줄 흐르는 이 감방의 벽돌을 희미하게 비춰주던 불빛을 죄수에게서 앗아가고 말았다.

그는 이제 어둠과 침묵 속에 혼자 남아 있게 되었다. 그리고 확확 달아오르는 뺨 위로 냉기가 내려오고 있는 감방의 둥근 천장 아래, 그는 아무 소리도 못하고 침통하게 서 있었다.

새벽 빛이 동굴 속을 희미하게 비췄을 때, 간수가 다시 나타나서, 죄수를 지금 있는 감방에 그대로 두라는 명령이 있었다는 사실을 전해 주었다.

당테스는 어제 있던 곳에 그대로 있었다. 어젯밤에 서 있던 그 자리에, 마치 쇠로 만든 손이 그를 못박아 놓은 듯이 꼼짝도 않고 있었다. 다만 그의 깊은 눈만은 눈물에 젖어 부어 있어서, 눈이 보이지 않았다. 그는 꼼짝않고 땅만 내려다보고 있었다.

그는 지난밤을 그렇게 서서 한 잠도 못 자고 밤을 새웠던 것이다.

간수가 그의 곁으로 다가와서 그의 주위를 돌아보았다. 그러나 당테스는 그것조차도 깨닫지 못하는 것 같았다. 간수는 당테스의 어깨를 툭 쳤다. 당테스는 소스라치며 고개를 돌렸다.

「잠 안 잤나?」 간수가 물었다.

「모르겠어요」 당테스가 대답했다.

간수는 깜짝 놀라 그를 쳐다보며,

「배도 안 고픈가?」 하고 계속해 물었다.

「모르겠어」 당테스는 여전히 같은 대답이었다.

「뭘 바라는 거지?」

「소장을 만났으면 하는데」

간수는 어깨를 으쓱하곤 나가버렸다.

당테스는 눈으로 그의 뒤를 따랐다. 그리고 반쯤 열린 문으로 손을 내밀었다. 그러나 문은 도로 닫혀버렸다.

그러자 당테스는 가슴이 찢어지는 듯해서 길게 흐느꼈다. 가슴에서 넘쳐흐르는 눈물이 마치 시냇물처럼 쏟아져 내렸다. 그는 이마를 땅에 박고 쓰러졌다. 그리고 마음속으로 지금까지의 생애를 돌아보면서, 이렇게 젊은 나이에 이처럼 잔인한 벌을 받는 것은 대체 어떤 죄를 범해서인가를 스스로 반성해 보며, 오랫동안 기도를 올렸다.

그날 하루는 이렇게 해서 지나갔다. 그는 빵을 몇 입 뜯어먹고 물 서너 모금 마셨을 뿐이었다. 그는 어느 때는 가만히 앉은 채로 자기 생각에 몰두하다가는, 또 어느 때는 감방 안을 이리저리 왔다갔다하기도 했다. 그럴 때는 마치 쇠창살 속에 갇힌 사나운 짐승과도 같았다.

그중에서도 특히 이런 생각만 나면 가슴이 뛰었다. 그것은 자기가 배를 타고 오는 동안에 어디로 끌려가는 것인지도 모르면서, 그처럼 조용하게, 그처럼 얌전하게 따라오는 동안 얼마든지 바다에 뛰어들 기회가 있었을 것을, 하는 생각이었다. 일단 물에만 들어가면 헤엄도 잘 치겠다, 또 잠수도 마르세유에서 손꼽히는 명수였으니, 물속으로 몸을 감추어 경비병들의 눈을 피해 해안까지 닿았다가 도망쳐서, 어디든 사람이 없는 작은 만에 몸을 숨길 수도 있었을 것이다. 그러면 거기서 제노바나 카탈로니아 배를 기다렸다가, 이탈리아나 스페인으로만 가면, 거기서 메르세데스에게 편지를 띄워 그리로 오라고 할 수가 있었을 것이다. 생활 면으로 봐도, 그는 어느 나라에 가도 불안할 건 없었다, 어디서나 훌륭한 선원이란 그리 흔한 게 아니었으니까. 그는 이탈리아어는, 토스카나 출신이래도 곧이들릴 만큼 잘할 수 있었고, 스페인어는 비에유, 가스티유의 아이들만큼은 할 줄 알았다. 그는 메르세데스와 함께, 그리고 아버지도 모시고 행복하게 살 수 있었을 것 같았다, 아버지도 함께 그리로 모셔갔을 테니까. 그런데 그는 지금 한 사람의 죄수로서, 이 빠져나갈 길 없는 이프 성에 갇혀, 아버지가 어떻게 되었는지, 메르세데스는 어떻게 됐는지 전혀 모르고 있는 것이다. 이 모든 것이 빌포르의 말을 믿었던 탓이다. 그런 생각으로 그는 갖다 준 새 짚더미 위를 미친 듯이 뒹굴었다.

이튿날, 같은 시각에 간수가 또다시 찾아왔다.

「어때?」 간수가 물었다. 「어제보다는 마음을 좀 가라앉혔나?」

당테스는 대답하지 않았다.

「자! 자!」 다시 간수가 말했다. 「용기를 내야지! 뭐든지 내가 할 수 있는 걸로 필요한 게 있으면 말해 보지. 저 어서!」

「소장을 만나보고 싶다니까」

「뭐라고?」 간수는 안타까운 듯이 말했다. 「글쎄, 그건 안 된다고 말하지 않았나?」

「왜 안 된단 말이지?」

「감옥의 규칙에, 죄수는 그런 요구는 못하게 돼 있다고」

「그럼, 어떤 걸 요구할 수 있단 말야?」 하고 당테스가 물었다.

「돈을 낼 테니 식사를 좀 좋게 해달란다든지, 산책을 하겠다든지, 아니면 가끔 책을 달래서 읽어볼 수가 있지」

「난 책 같은 건 필요 없어. 산책할 생각도 없고, 식사도 괜찮아. 내가 바라는 건 단지 하나뿐이야. 소장을 만나보면 된다고」

「밤낮 똑같은 소리만 해서 날 귀찮게 굴면, 앞으론 먹을 것도 안 갖다 준다」하고 간수가 말했다.

「그래도 좋아! 먹을 걸 안 주면 굶어죽는 거지 뭐. 그럼 다 아냐?」

이 말을 할 때의 당테스의 억양으로 보아, 간수는 당테스가 죽는 것쯤은 조금도 두려워하지 않는 이처럼 느껴졌다. 그리고 계산상으로 따져보더라도, 간수에게는 죄수 한 사람당 근 10수 가량의 수입이 되기 때문에, 당테스가 죽으면 자기가 받을 손해를 생각해 보지 않을 수 없었다. 그래서 그는 목소리를 좀더 부드럽게 하고 말했다.

「이것 봐! 자네가 하는 말은 되지도 않을 소리야. 그러니 그건 이 이상 고집하지 않는 게 좋아. 여태까지 소장이 죄수의 청을 듣고 감방으로 죄수를 보러 온 예는 없었으니까. 얌전하게만 굴면, 산책 허가는 나오지. 그러면 어느 날엔가는 산책을 하고 있다가 소장이 지나가는 걸 만날 수가 있을 거야. 그때 물어보는 거란 말야. 소장이 대답을 하느냐 안하느냐는 그 사람 맘이지만」

「하지만 그런 우연이 생기려면 얼마나 이렇게 세월을 보내야 하지?」하고 당테스가 물었다.

「그렇군」간수가 말했다.「한 달, 석 달, 반 년, 한 일 년 걸릴까?」

「그건 너무 길어」당테스가 말했다.「난 당장 만나뵈야겠어」

「아, 아」간수가 말했다.「그렇게 되지도 않을 것만 생각하고 있으면 안 된다니까. 안 그러면, 이 주일도 못 가서 미쳐버릴걸」

「흥, 그럴까?」 당테스가 말했다.

「그래, 미쳐버릴 놈이나 할 짓이야. 미칠 때는 처음에 꼭 그렇거든. 전에도 여기서 그런 일이 있었으니까 말야. 자네가 여기 오기 전에 이 방에 있던 수도승 하나가, 자기를 놓아주면 소장한테 백만 프랑을 주겠다고 밤낮 그러더니, 결국은 미치고 말았거든」

「그 사람은 언제 이 방에서 나갔지?」

「이 년 전에」

「풀려나갔나?」

「아니, 토굴로 끌려갔지」

「이봐」 당테스가 말했다. 「난 수도승도 아니고, 미친 놈도 아니란 말야. 그렇지만 미칠는지도 모르지. 다만 지금 이 순간엔 불행히도 정신이 말짱하다고. 그러니 다른 청을 하나 하지」

「뭔데?」

「난 당신한테 백만 프랑을 준다는 말은 안하겠어. 그런 돈을 줄 수도 없으니. 하지만 이다음에 마르세유에 가게 될 경우, 카탈로니아에 가서 메르세데스라는 처녀한테 편지만 한 장 전해주겠다면, 100에퀴를 드리지. 편지랄 것도 없어, 단지 두 줄이면 되거든」

「그렇지만 만약 내가 그 두 줄을 가지고 가다가 들키는 날이면, 나는 모가지가 달아날 판인걸. 보너스하고 먹는 건 치지 않고도, 일 년에 1,000리브르 수입인데. 아니, 그래 내가 300리브르를 벌려고 1,000리브르를 놓칠 바보 같은가?」

「그럼, 좋아!」 당테스가 말했다. 「내 말 잘 들어! 만일 메르세데스에게 그 두어 줄의 편지를 전해 주지 못하겠다든가, 아니면 적어도 내가 여기 있다는 걸 알려주지 않겠다면, 알지, 문 뒤에 숨어 있다가 네가 이 방에 들어오면 이 의자로 대가리를 부숴놓을 테니, 그럴 줄 알아」

「뭐, 협박이야?」 간수는 한걸음 뒤로 물러서며 몸을 방어하는 몸짓으로 이렇게 소리쳤다. 「정말 돌았군. 그 중도 처음엔 꼭 이랬으니까. 이러다간 사흘 있으면 미치기 시작하겠는걸. 하지만 다행히 이 이프 성엔 토굴이 많으니까 괜찮아」

당테스는 의자를 들어 간수의 머리 위로 휘둘렀다.

「좋아, 좋아」 하고 간수는 말했다. 「정 그렇다면 소장님께 말해 두지」

「됐어!」 당테스는 이렇게 말하며 의자를 땅에 내려놓고 그 위에 앉았다. 머리는 축 늘어뜨리고 눈엔 핏발이 선 꼴이, 마치 정말 미치광이라도 된 것 같았다.

간수는 방을 나갔다. 그러더니 잠시 후에, 네 사람의 병정과 하사관 한 사람과 함께 되돌아왔다.

「소장의 명령이니, 죄수를 한 층 더 밑으로 내려보내시오!」 하고 간수가 말했다.

「그럼 토굴로?」 하사가 물었다.

「토굴로 말이오, 미친 놈은 미친 놈들끼리 둬야 하니까」

병사 네 사람이 와서 그를 붙잡았다. 당테스는 일종의 무기력한 상태인 채로 아무 저항도 하지 않고, 그들의 뒤를 따라나섰다.

그는 열다섯 계단 밑으로 끌려 내려갔다. 거기서 토굴 문이 열리자, 「사실이지, 미친 놈은 미친 놈들끼리 몰아넣어야지」

하고 중얼거리며 그 안으로 들어갔다.

　문이 다시 닫혔다. 당테스는 벽 같은 곳을 손으로 짚고 똑바로 앞으로만 갔다. 그러고 나서 한쪽 귀퉁이에 앉아 꼼짝도 하지 않았다. 눈이 차츰 어둠에 익숙해지자 주위에 있는 것들이 보이기 시작했다. 간수 말이 옳았다. 이제 조금만 있으면, 미치광이가 되고 말 것이었다.

## 약혼식 날 밤

 앞에서도 말한 바와 같이, 빌포르는 다시 그랑쿠르 광장으로 가는 길로 들어섰다. 다시 생메랑 부인댁으로 돌아와 보니, 그가 떠날 때 식탁에 모여 있던 사람들이, 살롱으로 옮겨 가서 차를 마시고 있었다.
 르네는 초조하게 그를 기다리고 있었다. 모여 있던 다른 사람들도 모두 마찬가지였다. 모두들 환성을 올려 그를 맞아들였다.
 「오! 목 자르는 명수, 국가의 기둥, 왕당파 브루투스로군!」 하고 누군가가 큰소리로 외쳤다.
 「무슨 일이야?」
 「또 공포 시대(프랑스 대혁명 당시를 말한다——옮긴이)가 위협해 오는 건가?」 다른 사람이 물었다.

「코르시카의 귀신(나폴레옹을 말한다──옮긴이)이라도 동굴 속에서 나왔나?」 세번째 남자가 물었다.

「부인」 빌포르는 장차 장모가 될 후작 부인에게로 가까이 가며 말했다. 「이렇게 자리를 떠서 죄송합니다. ……그런데, 후작님, 잠깐 말씀 좀 드렸으면 좋겠는데요」

「정말 중대한 일이라도 생긴 모양이지?」 후작은 빌포르의 얼굴에 드리워진 어두운 그늘을 눈치 채고 이렇게 물었다.

「매우 중대해서, 앞으로 며칠 동안 뵙지도 못하게 될 것 같습니다. 그러니」 빌포르는 르네 쪽으로 몸을 돌리며 말을 계속했다. 「얼마나 중대한 사건인지 짐작할 수 있을 줄 아오」

「어딜 가시나요?」 르네가 소리쳤다. 르네는 이 뜻하지 않은 소식을 듣자 가슴속의 격정을 감출 수가 없었다.

「안됐지만, 꼭 가야 할 일이오」 빌포르가 대답했다.

「도대체 어딜 가는 건가?」 후작 부인이 물었다.

「그건 재판상의 비밀입니다. 하지만 혹시 여기 계신 분 중에 누가 파리에 볼일이 있으시면 제 친구 한 사람이 오늘밤 파리로 떠나니, 부탁하시면 잘 봐드릴 겁니다」

모두들 서로 얼굴을 마주 보았다.

「얘기할 게 있다고 그랬지」 후작이 빌포르에게 말했다.

「네, 잠깐 방으로 가주셨으면 좋겠습니다」

후작은 빌포르의 팔을 잡고 밖으로 나갔다.

「자!」 후작은 서재로 들어서자 빌포르에게 물어보았다. 「무슨 일인데? 얘길 해보지」

「말할 수 없이 중대한 사건입니다. 지금 당장 파리로 떠나야만 할 사건이지요. 그런데 후작님, 이렇게 함부로 불쑥 여쭙게 돼서 죄송합니다만, 혹시 공채(公債) 가지고 계신 것 없으십니까?」

「재산은 전부 등록돼 있는데, 6,70만 프랑 가까이 될 거야」

「그럼, 그걸 파십시오. 파셔야 합니다. 안 그러면 파산하시게 될 겁니다」

「하지만 그걸 여기서 어떻게 팔란 말인가?」

「드나드는 중개인이 있겠지요?」

「있지」

「그럼, 그 사람한테 띄울 편지를 하나 저에게 주십시오. 단 한 시도 지체하지 마시고 곧 팔도록 하세요. 까딱하다간, 제가 도착할 땐 이미 늦어질는지도 모르겠어요」

「그래? 그럼 얼른 편지를 써야겠군」하고 후작이 말했다.

후작은 곧 탁자에 앉아 중개인에게 어떤 값에라도 공채를 곧 팔아버리라는 편지를 썼다.

「이제 이 편지를 써서 주셨으니」빌포르는 편지를 정중히 지갑 속에 넣으면서 말했다.「편지 하나를 더 써주셔야겠습니다」

「누구한테?」

「국왕께 말씀입니다」

「국왕께?」

「그렇습니다」

「그렇지만 내가 감히 폐하께 편지 같은 걸 쓸 수야 있나」

「그러니까 후작님이 직접 써주십사는 게 아닙니다. 살비외 씨에게 부탁드려 주십시오. 귀중한 시간을 없애면서, 폐하를 뵙는 데 필요한 여러 가지 절차를 밟지 않고도, 직접 제가 폐하를 뵈올 수 있도록 살비외 씨한테서 편지를 받았으면 해서요」

「하지만 자네에겐 튈르리 궁전을 맘대로 드나들 수 있는 사법 대신이 있지 않나? 거기서 소개를 받으면, 자넨 밤이고 낮이고 간에 폐하 곁엘 갈 수 있을 텐데?」

「그건 그렇죠. 그렇지만 전 제 손에 들어온 보고의 공을 남하고 나누고 싶지 않아서 그러는 겁니다. 아시겠지요? 사법 대신은 물론 저를 자기 밑으로 밀어젖히고, 사건의 공적을 제게서 뺏어갈 겁니다. 후작님, 한 가지만 꼭 말씀드리죠. 만약 제가 제일 먼저 왕궁에 가게만 되는 날이면, 제 일생은 그걸로 보장되는 겁니다. 왜냐하면 폐하께 일평생 잊으실 수 없는 충성을 바치게 될 테니까요」

「그래? 그렇다면 어서 가서 채비를 차리게. 난 살비외 씨를 부를 테니까. 그래서 자네한테 편지를 한 장 쓰도록 부탁하겠네. 그걸로 통행증이 될 거야」

「됐습니다. 그럼 얼른 서둘러주셔야겠습니다. 십오 분 후엔 역마차를 타야 하니까요」

「문 앞에다 마차를 잡아두게」

「부인께는 후작님께서 말씀을 잘 드려주시겠죠? 따님께도 하필이면 이런 날에 이렇게 떠나게 된 걸 몹시 유감스럽게 생각한다고 전해 주십시오. 부탁드리겠습니다」

「둘 다 이 방으로 오도록 할 테니, 인사를 하게」

「감사합니다. 그럼, 제 편지 잊지 말아주십시오」

후작은 초인종을 울렸다. 하인이 나타났다.

「살비외 씨한테 가서, 내가 좀 뵙자고 그런다고 해라」 그리고 이번엔 빌포르를 향해서,

「자, 그럼, 어서 가보게」하고 말했다.
「그럼, 곧 다녀오겠습니다」
 빌포르는 뛰어나갔다. 그러나 문 앞까지 달려온 그는, 검사 대리가 허겁지겁 달려가는 것을 사람들이 보면, 온 동네의 평화가 흔들릴지도 모른다는 생각이 들었다. 그는 다시 평소의 장중한 태도로 돌아갔다.
 집 문 앞에서, 그는 컴컴한 어둠 속에 마치 허연 유령 같은 것이, 꼼짝않고 자기를 기다리고 있는 것을 발견했다.
 그것은 카탈로니아의 아름다운 처녀 메르세데스였다. 에드몽의 소식이 궁금한 그녀는 밤이 되기를 기다려 마을을 빠져나와, 애인이 체포된 이유를 직접 들어보려고 왔던 것이다.
 빌포르가 가까이 오자, 그녀는 지금까지 몸을 기대고 있던 벽을 떠나, 빌포르의 앞을 막아섰다. 빌포르는 이미 당테스에게서 그의 약혼녀 얘기를 들었던 터라, 메르세데스가 자기 소개를 하지 않았건만, 곧 그녀를 알아보았다. 빌포르는 그녀의 미모와 그 위엄에 깜짝 놀랐다. 그리하여 메르세데스가 애인의 안부를 물어왔을 때, 그는 자기 쪽이 피고요, 그녀 쪽이 오히려 재판관 같다는 생각이 들었다.
「당신이 얘기하는 그 사람은」빌포르가 불쑥 이렇게 말했다. 「중범죄가 돼놔서 나로선 어떻게 해볼 수가 없소」
 메르세데스는 울음을 터뜨렸다. 그리고 빌포르가 그대로 지나가려고 하는 것을 다시 한번 붙잡았다.
「그럼, 지금 어디 있을까요?」메르세데스가 물었다. 「죽었는지 살았는지라도 알려면, 어디 가서 물으면 알 수 있을까요?」
「모르겠소. 이젠 나하곤 상관없으니까」빌포르가 대답했다.

그리고 그녀의 그 상냥한 눈길과 애원하는 듯한 태도가 거북스러워서, 그는 메르세데스를 밀치고, 마치 자기에게 닥쳐온 그 고통을 안으로 못 들어오게 하려는 듯이 문을 쾅 닫아버렸다.

그러나 고통이란 그렇게 해서 몰아낼 수는 없는 법이다. 그것은, 베르길리우스(로마의 시인——옮긴이)가 말하는 치명상과 마찬가지로, 상처를 입은 사람이 그 상처를 자기 몸에 달고 다니게 마련이다. 빌포르는 안으로 들어와 문을 닫았다. 그러나 응접실에 들어서자, 이번엔 다리가 후들후들 떨려왔다. 그는 흐느낌과 같은 긴 한숨을 내쉬었다. 그러고는 안락의자에 털썩 주저앉았다.

그러자 그의 병든 가슴속에서는 치명적인 상처의 첫 싹이 돋아났다. 그가 자기의 야심 때문에 희생시킨 청년, 죄 지은 자기 아버지를 구하기 위해 죄를 뒤집어씌운 그 죄 없는 청년이, 지금 창백한 얼굴로 위협하는 듯이 역시 창백한 그의 약혼자의 손을 잡고 지금, 빌포르의 눈앞에 나타나고 있었다. 그 청년의 뒤로는 양심의 그림자가 따라다니는 것 같았다. 그러나 그것은 고대의 운명적인 비극에 나오는, 미친 듯 분노하는 사람들처럼 그의 마음속의 병자를 펄펄 뛰게 하는 그런 것은 아니었다. 그것은 둔하면서도 괴로운 울림으로 때때로 가슴을 두드려 지난날의 행위를 생각나게 하며, 그 회상으로 마음을 멍들게 하고 살을 쩨는 듯한 아픔을 점점 더 심하게 하여, 결국은 죽음으로까지 몰고 가는 듯한 그러한 괴로움이었다.

이 사나이의 가슴속에는 아직도 다소 주저하는 마음이 있었다. 지금까지도 이미, 그는 여러 번 재판관 대 피고 사이의 격투라는 기분만으로 많은 피고들에게 사형을 구형해 왔다. 그리고 그가 그 무서운 웅변으로 법관들이나 배심원들의 마음을 움직여 죄수들을 처형했건만, 그 피고들은 그의 얼굴에 아무런 그늘 하나 남기지 않았었다. 왜냐하면 그 피고들은 사실상 죄가 있었기 때문이고, 아니면 적으나마 빌포르에게는 그들에게 죄가 있다고 믿어졌기 때문이다.

그러나 이번 일은 전혀 경우가 달랐다. 그는 이제부터 행복해지려는 한 죄 없는 사람에게 종신 금고형을 내려, 그의 자유를 끝장냈을 뿐만 아니라, 그의 행복까지도 박탈하고 말았던 것이다. 그는 이미 재판관이 아니라, 한 사람의 사형 집행인이었다.

이러한 데까지 생각이 미치자, 앞에서도 말한 바와 같은 둔한 울림이, 여태까지는 한 번도 경험해 보지 못했던 그 울림이, 가슴속에서 울려나와, 무엇인가 막연한 불안으로 가슴이 꽉차 왔다. 이와 같이 상처를 입은 사람은 본능적으로 심한 고통이 닥쳐오면, 상처가 다시 아물기도 전에 입을 벌리고, 피가 맺힌 상처 위에 손가락만 대도 손이 떨리지 않을 수가 없는 법이다.

그러나 빌포르가 입은 상처란 절대로 아물 수 없는 상처였다. 설사 아문다 하더라도, 그것은 먼저보다도 더 피를 흘리고 더 고통스럽게 다시 벌어져야만 할 상처였다.

만약 그 순간에 저 르네의 부드러운 목소리가 그의 귀에 은혜를 베풀어달라고 애원하며 울려왔더라면, 그리고 그 아름다운 메르세데스가 방안으로 들어와 이런 얘길 했더라면 어땠을까? 〈우리를 굽어보시고 우리를 심판하시는 하느님의 이름으

로, 제가 사랑하는 그 사람을 도로 돌려보내 주세요…….〉 그
렇다, 명백한 사리분별에 의해서 반쯤 수그렸던 그의 얼굴은
완전히 수그러지고 말았을 것이다. 그래서 그의 얼음같이 찬
손으로 자기 신상에 일어날 결과는 생각지도 않고, 필경은 당
테스를 석방하라는 명령서에 서명을 했을 것이다. 그러나 침묵
속에 잠긴 그의 방안에선, 아무 소리도 들려오지 않았다. 그러
다가 문이 열렸지만, 들어온 것은 그의 하인이었다. 하인은 빌
포르에게 와서 마차에 말을 매어놓았다고 말했다.

빌포르는 벌떡 일어섰다. 그것은 차라리 마음속의 갈등을
극복한 사람이 펄쩍 뛰는 것과도 같았다. 그러고는 책상으로
달려가, 서랍 속에 있던 돈을 전부 주머니에 쓸어넣고, 손을
얼굴에 갖다 대고, 무엇인가 끊임없이 혼자말을 중얼대며, 잠
시 동안 어쩔 줄을 모르고 방안을 빙빙 돌았다. 이윽고 하인이
와서 자기 어깨 위에 외투를 걸쳐주는 것을 깨달은 그는, 밖으
로 나가 마차 속으로 뛰어들었다. 그리고 짤막하게 그랑쿠르
가의 생메랑 씨 댁으로 가라고 명령했다.

불쌍한 당테스는 결국 이렇게 해서 유죄 선고를 받고 말았
던 것이다.

생메랑 씨가 약속한 대로 빌포르는 서재에 들어서자 거기서
후작 부인과 르네를 발견했다. 르네를 보자, 빌포르는 몸이 오
싹해졌다. 르네는 또 당테스를 석방시켜 달라고 조를 테니까.
그러나, 아! 이것이야말로 우리가 이기주의의 수치라고 말하
는 것이다. 그 아름다운 처녀의 마음을 사로잡은 것은 단 한
가지, 빌포르의 출발만이 마음에 걸렸던 것이다.

그녀는 빌포르를 사랑하고 있었다. 그런데 그 빌포르가 자

기의 남편이 되려는 바로 그 순간에 떠나려고 하는 것이었다. 빌포르는 돌아오는 날짜를 기약할 수가 없었다. 그래서 르네는 당테스를 동정하기는커녕, 죄를 저질러 사랑하는 사람과 자신이 헤어지게 만든 그 사람을 저주하고 있었다.

  메르세데스는 도대체 어떻게 해야만 했을까?

  가련한 메르세데스는 로주 가 길모퉁이에서 자기를 쫓아오고 있는 페르낭의 모습을 발견했다. 그녀는 카탈로니아 마을로 되돌아왔다. 그리고 절망에 빠져, 죽을 것만 같은 기분으로 침대 위에 쓰러졌다. 페르낭은 그 침대 앞에 무릎을 꿇고 앉아, 메르세데스의 차디찬 손을 꼭 쥐고 있었다. 메르세데스는 손을 뿌리칠 생각조차 하지 못했다. 페르낭은 그녀의 손에 불붙는 듯한 키스를 퍼부었다. 그러나 그녀는 그것조차도 느끼지 못했다.

  그녀는 그날 밤을 그렇게 해서 보냈다. 기름이 다하자, 등불도 꺼졌다. 불빛이 눈에 들어오지 않는 것과 마찬가지로, 어둠도 그녀의 눈엔 보이지 않았다. 그러고 나서 날이 밝았다. 메르세데스는 날이 밝는 것도 몰랐다.

  괴로움이 온통 그녀의 눈을 가려서, 그녀에게는 당테스밖엔 아무것도 보이지 않았다.

  「아니, 당신 여기 있었군요?」 이윽고 메르세데스가 페르낭 쪽으로 몸을 돌리며 말했다.

  「어제부터 쭉 옆에 있었는걸」 페르낭은 괴로운 듯 한숨을 내쉬며 대답했다.

  한편, 모렐 씨는 그대로 물러서진 않았다. 그는 당테스가 신문이 끝나 감옥으로 연행되어 갔다는 사실을 알았다. 그는 친구란 친구는 모조리 다 찾아가 보았다. 그리고 마르세유에서 세력층에 속하는 듯한 사람들도 다 만나보았다. 그러나 이미 당테스가 보나파르트 당원으로 체포되었다는 소문이 쫙 퍼져 있었다. 그 당시는 지극히 무모한 사람들까지도 나폴레옹이 다시 왕위에 오르는 것은 터무니없는 꿈이라고들 생각하고 있던 때라, 어딜 가나 그를 대하는 태도가 냉담하고, 겁을 먹거나 거절을 하는 판이었다. 그리하여 그는 암담한 마음으로 집으로 돌아오고 말았다. 그러면서도 한편으로는 일이 중대한 만큼 아무도 손을 쓸 수가 없을 것이라고 생각했다.

한편 카드루스는 말할 수 없이 불안하고 마음이 아팠다. 그러나 모렐 씨처럼 밖으로 나가서, 사실상 능력도 없지만, 그래도 당테스를 위해 무슨 수단이라도 부려볼 생각은 안하고, 까치밥나무 열매 술 두 병을 움켜쥐고 집안에 들어박혀 그 불안한 마음을 술로 잊어버리려고 애써 보았다. 그러나 지금 그가 빠져 있는 기분으로는 자기 양심을 잠재우기 위해서 술 두 병쯤으로는 너무 부족했다. 그러나 술을 더 구하러 나서기엔 또 너무 취해 있었고, 또 취기 때문에 그의 기억을 지워버리기엔 아직 충분히 취해 있질 않았기 때문에, 삐걱거리는 탁자 위에 빈 병 두 개만을 놓고, 팔꿈치를 괴고 가만히 틀어박혀 있을 수밖엔 별 도리가 없었다. 그리고 심지가 긴 촛불에 비치는, 호프만(독일 후기 낭만파 소설가——옮긴이)이 효과적으로 축축한 원고지 위에 씨뿌렸던 유령들이, 마치 환상적인 시커먼 가루처럼 춤을 추는 것을 바라보고 있었다.

당글라르만이, 불안해하지도 않고 괴로워하지도 않았다. 당글라르는 기쁘기까지 했다. 자기의 적에게 복수를 한 데다가, 떨어져 나갈까 봐 걱정되던 그 파라옹 호에서의 자기 위치가 확고해진 까닭이다. 그는 펜을 귀 뒤에다 꽂고 심장 대신에 잉크병을 들고 태어난 계산가의 한 사람이었다. 그에게는 이 세상에 있는 모든 것이 가감승제(加減乘除)에 지나지 않았다. 그리고 그에게 하나의 숫자는, 그것이 한 사람의 인간에 의해 줄어드는 전체 수를 높일 수 있는 경우엔, 인간보다도 훨씬 더 귀하게 여겨지는 것이었다.

그리하여 당글라르는 여전히 늘 자던 시간에 잠자리에 들어, 편안하게 잠이 들었다.

빌포르는, 살비외 씨의 편지를 받고 르네의 양쪽 뺨에 입을 맞추고 생메랑 부인의 손에도 키스를 하고 후작과 악수를 한 다음, 엑스 가도로 마차를 달렸다.

당테스의 아버지는 불안과 근심으로 다 죽게 되어 있었다. 당테스에 관해선 이미 우리가 잘 알고 있는 터.

## 튈르리 궁의 서재

마차를 세 번이나 갈아탄 덕분에 갈 길을 퍽 빨리 가고 있는 빌포르는, 지금 파리로 통하는 길을 달리고 있다. 그러나 빌포르 얘긴 잠깐 접어두고, 이제부터는 두서너 개의 살롱을 거쳐, 튈르리 궁 안에 있는 이 조그만 서재 안으로 들어가 보기로 하자. 아치 형의 창이 달린 이 방은, 나폴레옹과 루이 16세가 즐겨 사용했고, 지금은 루이 필립이 쓰고 있는 서재로서 유명하다.

루이 18세는 그 서재 안에서, 하트웰에서 가져온, 신분이 높은 사람들에게서 흔히 볼 수 있는 어떤 벽(癖) 때문에 유난히 아끼고 사랑하는 호두나무 테이블 앞에 앉아, 가벼운 기분으로 어떤 남자의 얘기를 듣고 있었다. 왕에게 얘기를 하고 있는 그 사람은, 쉰에서 쉰두 살쯤 되어 보이는, 머리카락이 희끗희끗하고 귀족적인 얼굴에, 세심한 옷차림을 한 사람이었다. 얘기를 들으면서 왕은 호라티우스의 책 여백에다 주(註)를 달고 있었다. 그 책은 비록 평판은 높으나 상당히 불확실한 그리피우스 판(版)이었는데, 왕의 명민한 철학적인 의견 중에는 여기서 따온 것이 많았다.

「뭐라고 그랬지?」 왕이 물었다.

「아무래도 불안한 생각이 든다고 말씀드렸습니다, 폐하」

「그게 정말인가? 자넨 그래, 꿈에 살찐 소 일곱 마리하고, 바짝 마른 소 일곱 마리라도 본 모양이지?」

「아니옵니다, 폐하. 그렇다면야 그건 칠 년의 풍년과, 칠 년의 기근을 알리는 일 외엔 아무것도 아닐 겁니다. 폐하와 같이 앞을 내다보실 줄 아시는 황제가 계신데, 기근 같은 거야 두려울 게 있겠습니까?」

「그럼 그것 말고 무슨 다른 재난을 걱정하는가, 브라카스?」

「폐하, 제 생각엔 분명 남프랑스 지방 쪽에서 폭풍이 일 것 같습니다」

「그것은」 루이 18세가 말했다. 「자네가 수집한 보고가 틀렸다고 생각되는데. 난 그와는 정반대로, 그쪽은 일기가 쾌청한 걸로 믿고 있으니까」

기지(機智)가 넘치는 사람이면서도, 루이 18세는 또 이렇게 가벼운 농담도 즐겨 했다.

「폐하」 하고 브라카스가 말했다. 「충실한 한 사람의 신하를 안심시켜 주시기 위해서, 랑그독, 프로방스 그리고 도피네 지방에 확실한 사람들을 보내시어, 이 세 지방의 인심에 대한 보고라도 받아보시면 어떻겠습니까?」

「귀머거리에게 노래를 들려주다 Canimus surdis(호라티우스 시의 한 구절——옮긴이)」 왕은 호라티우스의 글에 계속 주(註)를 붙이면서 말했다.

「폐하」 신하는 시를 어느 정도 이해한 듯한 표정을 짓기 위해, 얼굴에 미소를 띠며 말했다. 「폐하께서 프랑스의 정신을 믿고 계신 건 백 번 옳으신 일로 압니다. 그렇지만 어떤 절망적인 음모를 염려하는 저도 완전히 그르다고는 생각지 않습니다」

「그건 누가 그렇단 말인가?」

「보나파르트지요. 아니면 적어도 그 일당들입니다」

「브라카스, 자넨 자기 걱정을 늘어놓아 내 공부를 방해하려는 거로군」

「폐하께선 안심하고 계시기 때문에, 제가 잠을 못 자게 하시는 겁니다」

「잠깐, 잠깐만 기다려주게. 지금 목동이 끌고 가노라면 Pastor quum traheret(호라티우스 시의 한 구절——옮긴이)에 대해서 그럴 듯한 주석이 생각났어. 잠깐 기다리게. 그러고 나서 얘기를 계속하게」

잠시 침묵이 흘렀다. 그 사이에, 루이 18세는 가능한 한 작은 글씨로 호라티우스 글의 여백에다 새로운 주를 붙였다. 주를 붙이고 나서 말했다.

「계속하게나」 왕은, 남의 생각에 주를 붙인 것이, 마치 자기가 자기 생각을 하나 새로 해낸 듯이 만족한 기분으로 돌아와서 말하였다. 「계속해 보게나, 내 이제부터 들을 테니」

「폐하」 브라카스는, 빌포르의 공적을 가로챌 수 있다는 희망을 가지고 이렇게 말했다. 「여쭙기 황송하오나, 아뢰지 않을 수가 없어 말씀드리겠습니다마는, 제가 염려하고 있는 사실들이 전혀 근거가 없는 뜬소문은 절대로 아닌 줄로 압니다. 생각이 깊고, 또 제가 아주 신임하고 있는 사람으로서, 남부 지방 감시를 맡고 있는 사람이 하나 있는데, (공작은 이 말을 하면서 약간 망설였다) 그 사람이 제게 와서 하는 말이, 〈폐하의 신상이 심히 위태롭다〉는 겁니다. 그래서 이렇게 달려온 것입니다」

「집으로 인도하는 그에게 흉조가 따르도다 Mala ducis avi domum(호라티우스 시의 한 구절—옮긴이)」루이 18세는 다시 주를 붙이며 말했다.

「그런데도 폐하께선 이 문제에 대해서 제게 더 이상 고집하지 말라고 말씀하시럽니까?」

「그렇진 않아. 공작, 잠깐 손을 내밀어주게」

「어느 쪽 손 말씀입니까?」

「어느 쪽이든 맘대로. 자, 그 왼쪽 손 내밀지」

「이쪽 말씀이십니까, 폐하?」

「난 왼쪽이라는데, 자넨 오른쪽으로 찾고 있군 그래. 내 쪽에서 왼편이란 말일세…… 자넨 어제 날짜 경시총감의 보고를 곧 알게 될 걸세…… 저런, 바로 당드레가 마침 나타났구먼…… 그렇지, 당드레지?」루이 18세는 말을 하다가 말고, 방 안으로 들어온 신하를 향하여 이렇게 물었다. 그는 과연 경시총감이 왔다는 소식을 전하였다.

「그렇습니다, 폐하. 당드레 남작입니다」하고 그는 대답했다.

「그래, 참, 남작이지」왕은 눈에 띌까 말까 하는 미소를 띠며 말을 이었다. 「남작, 어서 들어오게. 들어와서, 공작한테 자네가 보나파르트에 대해서 알고 있는 최근 사실을 얘기해 주게나. 사태가 아무리 중하더라도 우리한텐 솔직히 얘기해야 해. 자, 엘바 섬은 정말 화산(火山)이던가? 정말 거기서 불을 뿜는 전쟁이 솟아날 건가? 전쟁, 무서운 전쟁이 bella, horrida bella?(베르길리우스, 「아에네이드」 중의 한 구절——옮긴이)」

당드레 남작은, 두 손으로 짚고 있던 안락의자 등에 기대서, 우아하게 몸을 흔들며 말했다.

「폐하께서는, 어제의 그 보고를 충분히 살펴보셨습니까?」

「봤지, 봤어. 하지만 공작한테도 직접 말해 주게. 그 보고의 내용을 모르니까. 나폴레옹이 지금 섬에서 뭘 하고 있는지 자세하게 설명해 주게」

「공작님」 남작은 공작에게 말했다. 「폐하의 신하들은 모두, 엘바 섬에서 온 최근 소식을 듣고 박수 갈채를 할 줄로 압니다. 보나파르트는……」

당드레 남작은 루이 18세를 쳐다보았다. 왕은 주를 붙이느라고 여념이 없어, 고개도 들지 않았다.

「보나파르트는」 남작은 말을 이었다. 「굉장히 권태로워하고 있습니다. 그는 매일같이 한나절을 종일 포르토롱곤의 광부들이 일하고 있는 걸 보면서 해를 보내니까요」

「그리고 기분 전환을 하기 위해서 몸을 긁적거리고 있고」 왕이 말했다.

「몸을 긁적거리다니」 공작이 말했다. 「무슨 뜻이온지요, 폐하?」

「그렇다니까. 공작, 자네 잊어버렸나? 그 위인, 그 영웅, 그

반신(半神)이 피부병에 걸려 있다는 걸? 프뤼리고라고」
「그뿐이 아닙니다, 공작님」 경시총감이 계속해 말했다. 「얼마 안 있으면 미치광이가 될 게 뻔합니다」
「미치다니?」
「미치기 시작했어요. 정신이 쇠약해졌습니다. 그래서 어느 때는 뜨거운 눈물을 뚝뚝 흘리며 울기도 하다가, 또 어느때는 큰소리로 껄껄 웃기도 하지요. 또 어느때는 바닷가에 나가서 몇 시간이고 바다에 돌을 던지며 시간을 보내죠. 그러다가 돌이 대여섯 개 물수제비를 뜨면, 그는 마치 마렝고나 오스테르리츠 전쟁에서 승리라도 거둔 듯 의기양양해집니다. 아시겠지만, 이게 다 미쳐간다는 징조가 아닙니까?」
「혹, 예지의 징조인지도 모르지. 남작, 예지의 징조인지도」 루이 18세는 웃으며 말했다. 「옛날 위대한 영웅들은 바다에 돌을 던지면서 휴양을 했으니까. 플루타르코스를 보게나, 그 아프리카 인 스키피온 전(傳)을」
브라카스는 이 무심한 두 사람 사이에서 생각에 잠겨 가만히 있었다. 빌포르는 자기가 가지고 있는 비밀의 공훈을 남에게 모조리 빼앗기고 싶지 않아, 실은 그에게 얘기의 전부는 털어놓지 않았던 것이다. 그러나 그것만으로도 브라카스를 심한 불안 속에 몰아넣는 데는 충분하였다.
「이봐, 당드레」 하고 루이 18세가 말했다. 「브라카스는 아직 납득이 안 간 모양인데, 보나파르트의 개종(改宗) 얘기도 해주지」
경시총감은 머리를 숙였다.
「보나파르트의 개종이라?」 공작이 중얼거렸다. 그리고 왕과 당드레가 마치 베르길리우스의 시에 나오는 두 목자(牧者)처럼 번갈아 나서는 것을 바라보고 있었다. 「아니, 보나파르트가 개종을 했습니까?」

「물론이지」

「적당한 주의(主義)로 바꾼 거지. 남작, 그 얘길 좀 들려주게나」

「공작님, 이렇게 된 겁니다」 경시총감은 아주 정중한 태도로 말했다. 「지난번에 나폴레옹이 열병(閱兵)을 한 일이 있답니다. 그런데 그때, 그의 말대로 하면, 두세 명의 늙은 병사가 프랑스로 돌아가고 싶다고 말했답니다. 그랬더니, 나폴레옹은 그 사람들에게 휴가를 주면서, 앞으로는 폐하께 충성하라고 일장 훈시를 하더라는 겁니다. 그건 나폴레옹 자신이 한 말입니다. 공작님, 그건 분명합니다」

「어떤가? 브라카스, 자넨 어떻게 생각하나?」

왕은 의기양양해서, 앞에 펼쳐진 두꺼운 주석본(註釋本)을 조사하던 손을 잠깐 멈추며 말했다.

「폐하, 경시총감 아니면 저 자신이거나, 어쨌든 저희 둘 중에 누군가가 잘못 알고 있는 겁니다. 하지만 폐하의 수호를 맡고 있는 경시총감이 잘못 알고 있을 수는 없는 일이니만큼, 아무래도 제가 과오를 범하고 있는 것 같습니다. 그러나 폐하를 대신해서, 제가 아까 말씀드린 그 사람에게 물어보고 싶습니다. 제발 폐하께서 그 영광을 그 사람에게 돌려주시면 감사하겠습니다」

「그러지, 공작이 후원하는 사람이라면 누구든지 만나보겠네. 하지만 손에 무기를 들고 만나봐야겠는걸. 경시총감, 아까 것보다 더 최근에 입수한 보고는 없을까? 그건 벌써 2월 20일자 보고니까 말이야. 그런데 오늘은 벌써 3월이거든」

「없습니다, 폐하. 그렇잖아도 시시각각으로 그걸 기다리고 있는 중입니다. 제가 어제 아침에 경시청에서 나오곤 아직 안 들어갔으니까, 제가 없는 동안에 혹시 무슨 소식이라도 왔는지 모르겠습니다」

「그럼 경시청엘 어서 가보게. 만약 없다면, 그럼」 루이 18세는 웃으며 계속했다. 「하날 만들어내지, 어차피 늘 그런 식으로 만들어지는 게 아닌가?」

「아니, 폐하!」 경시총감이 말했다. 「이 문제에 대해선 아무것도 꾸며댈 필요가 없는 겁니다. 저희들의 책상 위엔 날마다 아주 상세하게 기록된 고소장이 밀려듭니다. 그들은 지금 충성을 바치기 위해서가 아니라, 앞으로의 충성을 목표로, 무엇인가 좀 자기들을 알아달라는 불쌍한 사람들이지요. 그들은 우연에 기대를 걸고 그러는 거지만, 언젠가는 어떤 뜻밖의 사건이 일어나서, 자기들의 예언이 현실로 바뀔 때를 기다리고 있지요」

「좋아, 어서 가보게」 하고 루이 18세가 말했다. 「그리고 내가 자네가 돌아오길 기다린다는 사실을 잊지 말게」

「곧 돌아오겠습니다, 폐하. 십 분이면 돌아올 겁니다」

「폐하, 그럼」 하고 브라카스가 말했다. 「전, 제 심부름을 하는 사람을 찾아보겠습니다」

「잠깐만, 잠깐만」 루이 18세가 말했다. 「사실은 브라카스, 자네에게 문장(紋章)을 바꿔주고 싶네. 날개를 활짝 편 독수리 한 마리가, 발톱 사이에서 헛되이 도망쳐 나가려고 애쓰는 약

튈르리 궁의 서재 169

탈물을 꽉 그러잡고 있는 건데, 거기에다 파악 TENAX이라는 패를 붙여놓으려고 생각하고 있는데」

「알아들었습니다, 폐하」 브라카스는 안타까운 듯이 주먹을 깨물며 말했다.

「이 대목을 좀 같이 의논하고 싶은데, 숨이 넘어가도록 도망치다 Molli fugiens anhelitu. 이건, 사슴이 이리한테 쫓기는 대목인데, 자넨 사냥을 잘하고 또 수렵관(狩獵官) 아닌가? 그러니 이 Molli anhelitu를 어떻게 생각하나? 지금의 이 이중 타이틀에 대해서?」

「훌륭하다고 생각합니다, 폐하. 그런데 제가 부리는 사람이 꼭 지금 폐하께서 말씀하시는 그 사슴 같군요. 그 사람은 방금 역마차로 이백 리나 달려왔으니까요. 그것도 단 사흘 만에 말씀입니다」

「그건 사서 근심하고 고생도 한 것 같군. 공작, 지금 세상엔 서너 시간밖엔 걸리지 않는 전신기라는 게 있는 판이니, 조금도 숨을 헐떡거리지 않고도 될 텐데 말이야」

「아, 폐하, 그렇게 먼 길을 열심히 폐하께 유익한 의견을 여쭈려고 온 그 불쌍한 청년에게 너무 가혹하신 것 같습니다. 그 사람을 제게 소개해 준 살비외 씨를 봐서라도 그 청년을 후하게 대해 주십시오, 제발 부탁드립니다」

「살비외라니? 내 형님의 시종 말인가?」

「그렇습니다」

「참, 그 사람이 마르세유에 있지」

「그 사람한테서 편지를 받은 겁니다」

「그럼 살비외도 자네에게 그 음모 사건 얘길 썼던가?」

「아닙니다. 하지만 제게 빌포르라는 사람을 소개하면서 그 사람을 폐하께 보내달라고 청을 해왔습니다」

「빌포르라?」 왕은 소리쳤다. 「그 사람 이름이 빌포르란 말인가?」

「그렇습니다, 폐하」

「그 사람이 마르세유에서 왔는가?」

「네, 자신이 직접 왔습니다」

「왜 진작 그 이름을 대지 않았었나?」 왕은 불안한 빛을 얼굴에 나타내며, 이렇게 말했다.

「폐하, 전 폐하께서 그 이름을 모르실 줄 알았습니다」

「모르긴. 알고 있고말고. 브라카스, 그 사람은 진실하고 교양 있고, 게다가 야심이 대단하지. 아니, 자네도 그 아버지 이름은 알고 있지 않나?」

「그 사람 아버지를요?」

「그래, 누아르티에 말이야」

「자코뱅 당의 누아르티에 말씀입니까? 그 상원의원인 누아르티에 말씀이십니까?」

「맞았어, 바로 그 사람이야」

「아니 그럼, 폐하께선 그런 사람의 자식을 채용하셨단 말씀이십니까?」

「브라카스, 자넨 모르는 소리야. 빌포르는 야심이 대단하다고 아까도 말하지 않았나? 빌포르는 자기가 성공하기 위해선, 무엇이든지 희생시킬 수가 있는 사람이야, 심지어는 자기 아버지라도」

「폐하, 그럼 그 사람을 들여보낼까요?」

「당장 부르게. 지금 어디 있나?」

「저 아래 마차에서 분명 저를 기다리고 있을 겁니다」

「가서 데려오게」

「속히 가보겠습니다」

공작은 청년처럼 활발하게 밖으로 나갔다. 왕에게 바친 그의 열성이 그를 십년은 젊게 했다.

루이 18세는 혼자 남았다. 그는 다시 반쯤 펼쳐진 호라티우스의 글로 눈을 돌리며, 「마음이 정직하고 결심한 일에 강하게 집중하는 사람 Justum et tenacem propositi virum(호라티우스 시의 한 구절——옮긴이)」하고 중얼거렸다.

브라카스는 내려갔을 때와 똑같이 재빨리 다시 올라왔다. 그러나 궁의 출입구까지 왔을 때, 그는 왕의 권위를 생각하지 않으면 안 되었다. 빌포르의 먼지투성이 옷, 궁중의 옷차림과는 전혀 맞지 않는 그 복장은 브레제 씨의 예민한 신경을 자극했다. 브레제 씨는 이 청년이 그 꼴을 하고도 왕 앞에 나서겠다는 것을 보고 깜짝 놀랐다. 그러나 공작은 〈왕의 명령〉이라는 단 한마디로 온갖 난관을 다 헤쳐나갔다. 그리고 규율을 받들기 위해, 의전관(儀典官)이 여러 가지로 거들어주려는 것도 뿌리친 빌포르는 왕궁으로 안내되었다.

왕은 조금 전에 공작이 떠날 때 앉아 있던 바로 그 자리에 그대로 앉아 있었다. 문을 열자, 빌포르는 바로 왕과 마주하게 되었다. 젊은 사법관 빌포르는, 우선 우뚝 발을 멈추었다.

「들어오지, 빌포르」왕이 말했다.「들어와!」

빌포르는 절을 하고 나서, 몇 걸음 앞으로 나아갔다. 그리고 왕의 질문을 기다리고 있었다.

「빌포르」 왕은 말을 계속했다. 「여기 있는 이 브라카스 씨 말에 의하면, 자네가 무슨 중대한 말을 우리에게 할 것이 있다던데」

「폐하, 공작님 말씀이 옳습니다. 폐하께서도, 그 점을 인정해 주시기 바랍니다」

「우선 무엇보다도 먼저, 자네 생각엔 그 불상사라는 것이, 내가 여태까지 들어온 것만큼 과연 중대한 일이라고 생각하는가?」

「폐하, 전 일이 시급한 것으로 알고 있습니다. 그러나 제가 일찌감치 서두른 까닭으로, 일이 아주 손쓸 수 없을 지경은 되지 않으리라고 생각합니다」

「얘길 천천히 들려주지 않겠나?」 하고 왕이 말했다. 브라카스 씨의 안색을 변하게 하고, 빌포르에겐 목소리를 변하게 한 이 음모 사건에, 왕 자신도 마음이 쓰이기 시작했다. 「얘길 해보게. 맨 처음부터 시작하지, 난 매사에 순서가 있는 걸 좋아하니까」

「폐하」 빌포르가 말했다. 「저는 폐하께 충실한 보고를 드리겠습니다. 그러나 저는 지금 머릿속이 몹시 어지럽기 때문에, 혹 제 말씀에 석연치 않은 점이 있을지 모르겠사오니, 그 점 널리 양해해 주시기 바랍니다」

이렇게 슬쩍 말머리를 꺼내놓고 나서, 왕을 한번 흘끗 쳐다본 빌포르는, 얘기를 들어줄 그 준엄한 분의 호의에 일단 마음을 놓고 다시 말을 계속했다.

「폐하, 제가 이렇게 서둘러서 파리에 도착한 것은, 실은 제 관할 구역에서 제가 발견한 사실을 여쭈려고 온 것입니다. 그것은 날마다 저 하층 계급이나 군대에서 꾸며내는 대단치 않은 평범한 음모와 달리, 그야말로 진짜 반역, 왕위를 위협하려드는 폭풍우의 조짐을 발견한 까닭입니다. 폐하, 보나파르트는 세 척의 함선을 준비해 놓았습니다. 그는 지금 무엇인가 계획을 꾸미고 있는 겁니다. 그야 물론 어리석은 짓이겠지만, 그러나 어리석긴 해도 무시무시한 계획임에는 틀림없을 줄로 압니다. 지금쯤은 아마 엘바 섬을 출발했을 것입니다. 떠난다면, 어디로 떠나겠습니까? 그건 모를 일입니다. 그러나 분명 나폴리나 토스카나 해안, 아니면 프랑스에까지 상륙하려는 것일 겁니다. 폐하께서도 아시다시피, 엘바의 군주(나폴레옹을 말한다 ── 옮긴이)는 아직도 이탈리아, 프랑스와 관계를 맺고 있습니다」

「응, 그래, 그건 나도 알고 있어」 왕은 마음이 몹시 흔들린 듯이 말했다. 「아주 최근까지도 보나파르트 당의 회의가 생자크 가에서 열렸었다는 정보를 들었어. 그런데 얘기를 계속해 보게. 자넨 어떻게 그런 상세한 일들을 알게 됐는가?」

「마르세유 태생의 한 남자를 신문해서 알아냈습니다. 오래 전부터 전 그 사람을 감시해 오다가, 제가 떠나오던 날 체포했지요. 그 사나이는 거친 선원으로 제게는 어쩐지 보나파르트 당원 같은 생각이 들어 의심을 해왔는데 그가 비밀리에 엘바 섬엘 다녀왔습니다. 그 사나이는 그곳에서 대원수를 만나서 파리에 있는 보나파르트 당원에게 보낼 구두(口頭) 전갈을 부탁받았습니다. 그러나 전갈을 받은 상대자의 이름은 끝내 대지 않았습니다. 그런데 그 전갈이란 것이, 파리에 있는 당원에게 말해서 제정 복귀──폐하, 조서에 씌어진 대로 말씀드리는 겁니다──가까운 장래에 이루어질 제정 복귀를 위해, 민심을 포섭해 놓으라는 내용이었습니다」

「그래 그 사나이는 지금 어디 있나?」 루이 18세가 물었다.

「감옥에 집어넣었습니다」

「자네 생각엔 사건이 중대한 것 같은가?」

「굉장히 중대하다고 생각되었습니다. 그래서 실은 집안의 잔칫날, 바로 제가 약혼식을 하고 있는 도중에 이 사건이 별안간에 들이닥쳐서, 약혼자도 친구도 다 그대로 두고, 모든 일을 다른 날로 미룬 후에, 이 불안한 마음과 충성을 폐하께 말씀드리고자 여기까지 달려온 것입니다」

「아, 그랬던가?」 하고 루이 18세가 말했다. 「그런데 전에 자네는 생메랑 양 사이의 혼인 얘기가 있지 않았었나?」

「폐하의 가장 충실한 신하의 딸입니다」

「그래? 그러면 다시 음모 사건 얘기로 돌아가지, 빌포르」

「폐하, 저는 이 사건이 단순한 음모 이상의 것이 될까 봐 두렵습니다. 그것이 반역이 될까 봐 두렵습니다」

「그러나 지금 이 시기에 반역이란 건」 왕은 웃으면서 말했다. 「생각하긴 쉽지만, 그걸 목적한 바까지 끌어올리자면 이만저만 어려운 일이 아니지. 그건 내가 선조로부터 물려받은 왕위에 오른 것이 바로 어젯일이라서, 과거, 현재, 미래를 동시에 환히 내다볼 수 있으니까 하는 말이야. 최근 이십 개월 동안을, 대신들은 지중해 연안 지방의 감시를 엄하게 하기 위해서, 경비를 두 배로 늘렸어. 그러니 보나파르트가 나폴리에 상륙한다 하더라도, 그가 피옹비노까지 오기 전에, 동맹측에서 대비를 할 터이고, 또 보나파르트가 토스카나에 상륙한다면, 그는 바로 적지에 발을 들여놓는 셈이 되는 거라네. 그리고 또 설령 프랑스에 상륙한다손 치더라도, 그쪽의 사람 수라는 것이 몇 안 되는 데다 백성들에겐 미움을 사고 있으니 쉽게 물리칠 수 있을 거야. 안심하게, 빌포르. 그러나 왕으로서의 내 감사하는 기분은 기억해 두게」

「오, 당드레 씨가 오는군요」 하고 브라카스가 외쳤다.

과연, 바로 그때, 문어귀에 얼굴이 새파랗게 질려 부들부들 떨고 있는 경시총감이 나타났다. 그의 눈은 마치 현기증이라도 인 듯 당황해하고 있었다.

빌포르는 나오려고 한걸음 물러섰다. 그러나 브라카스의 손이 그를 꽉 붙들었다.

## 코르시카의 귀신

　루이 18세는, 이러한 경시총감의 당황하는 얼굴을 보자, 자기 앞에 놓여 있던 탁자를 와락 밀어젖혔다.
　「남작, 웬일인가?」 왕이 소리쳤다. 「몹시 당황하고 있는 것 같은데. 그렇게 당황하고 머뭇거리고 있는 건, 브라카스가 말한 것, 그리고 빌포르가 와서 다짐한 얘기와 무슨 관련이라도 있는가?」
　한편 브라카스는 급히 남작 곁으로 다가갔다. 그러나 신하로서 지금 이 정치가의 자존심을 상하게 하는 것이 두려웠다. 사실 이런 경우, 그에게는 이러한 사건으로 경시총감에게 창피를 주느니보다는, 차라리 경시총감에게 창피를 당하는 편이 이로웠던 것이다.
　「폐하……」 남작이 중얼거렸다.

「그래, 어찌된 일인가?」 루이 18세가 말했다.

경시총감은 어쩔 수 없이 절망적인 몸짓으로 루이 18세의 발밑에 와서 엎드렸다. 왕은 눈살을 찌푸리며 한걸음 뒤로 물러섰다.

「얘길 해야지」 왕이 말했다.

「오! 폐하! 이 얼마나 무서운 불행이오니까? 소인은 얼마나 불쌍한 놈입니까? 이젠 아무리 해도 영원히 위안이라곤 받을 길이 없는 몸이옵니다」

「총감」 루이 18세는 말했다. 「명령이야, 얘길 하게」

「폐하, 말씀드리겠습니다. 보나파르트가 2월 28일에 엘바 섬을 떠나, 3월 초하루에 상륙했습니다」

「어디에?」 왕이 날카롭게 물었다.

「프랑스입니다. 앙티브 근처에 있는 쥐앙 만(灣)의 조그만 항구에 도착했습니다」

「보나파르트가 프랑스에 와서, 앙티브 부근 쥐앙 만, 파리에서 불과 이백오십 리 떨어진 곳에 3월 초하루에 상륙했겠다…… 그런데 그 소식을 자네는 오늘, 3월 3일에 와서야 비로소 알았다니…… 남작, 자네가 한 말이 사실일 리가 없어. 보고가 잘못된 거겠지. 그렇지 않다면야, 자네가 미쳤음에 틀림없어!」

「불행히도, 폐하! 정말로 확실한 보고이옵니다」

루이 18세는, 분노와 공포에 싸여 형언할 수 없는 몸짓을 했다. 그러고는 마치 갑자기 무엇엔가 가슴과 얼굴을 얻어맞은 듯이 벌떡 자리에서 일어났다.

「프랑스엘 오다니!」 하고 왕은 소리쳤다. 「왕위를 빼앗은 자가 프랑스엘 오다니! 아니, 그럼 그자를 감시도 하지 않았었단 말인가? 아니면 그자하고 한 패가 되었었단 말인가?」

「오, 폐하」 브라카스가 큰소리로 외쳤다. 「당드레 씨가 배반을 할 까닭이 없습니다. 폐하, 저희들 모두 눈이 멀었었습니다. 그러므로 총감도 저희들처럼 눈이 멀었었던 것입니다. 그뿐입니다」

「하지만……」 하고 빌포르가 말했다. 그러더니 갑자기 입을 다물고, 「오, 폐하, 죄송합니다」 하고 몸을 굽히며 말했다. 「너무 흥분해서 그만 도를 지나친 것 같습니다. 용서하십시오」

「말해 보게, 대담하게 한번 얘길 해봐」 왕이 말했다. 「이러한 불행을 미리 알려온 건 자네뿐이야. 그러니 그 대책도 한번 생각해 봐주게」

「폐하」 빌포르가 입을 열었다. 「보나파르트는 남프랑스 지방에선 미움을 받고 있습니다. 그러니까 만약 그가 남프랑스 지방에 섣불리 들어선다 해도, 프로방스와 랑그독 지방 사람들에게 싸우도록 시키면 쉽사리 물리칠 수 있을 듯합니다」

「그럴 것 같습니다」 하고 이번엔 총감이 말했다. 「그러나 그는 지금 가프와 스스트롱으로 전진하고 있습니다」

「전진하고 있다, 전진하고 있다」 루이 18세가 말하였다. 「그럼, 파리를 향해 오고 있단 말인가?」

경시총감은 대답이 없었다. 그것은 그 사실을 완전히 시인하는 것이나 다름없었다.

「그럼, 도피네 지방은 어떻지?」 왕은 빌포르에게 이렇게 물었다. 「도피네도 프로방스와 마찬가지로 일어나 싸우게 할 수 있다고 생각되나?」

코르시카의 귀신

「폐하, 유감스럽습니다만, 불행한 사실을 말씀드리지 않을 수가 없겠습니다. 도피네의 인심은, 프로방스나 랑그독과는 전혀 거리가 먼 것 같습니다. 저 산악 지대의 주민들은 모두가 보나파르트 편입니다」

「아뿔싸!」 루이 18세는 입 속으로 중얼거렸다. 「보나파르트는 그걸 다 알고 있었던 거야. 그런데 도대체 그는 부하들을 얼마나 데리고 있나?」

「그건 알 수 없습니다」 경시총감의 대답이었다.

「아니, 모르다니? 그런 사정을 조사해 보는 걸 잊어버리고 있었더란 말인가? 하기야 그런 건 대수로운 일도 아니렷다」 왕은 신랄한 미소를 띠며 이렇게 말했다.

「폐하, 조사해 볼 도리가 없었습니다. 공문에는 다만 그 보나파르트가 상륙했다는 보고와, 그가 취한 노정만이 씌어 있었을 뿐입니다」

「그 공문이 어떻게 해서 자네 손에 들어왔는가?」 왕이 물었다.

경시총감은 고개를 떨어뜨렸다. 얼굴이 대번에 새빨개졌다. 「전신(電信)으로 왔습니다」 하고 입 속으로 중얼거렸다.

루이 18세는 한걸음 앞으로 나아갔다. 그러고는 나폴레옹처럼 팔짱을 끼었다.

「그렇지」 왕은 분노로 얼굴이 새파랗게 질려 이렇게 말했다. 「일곱 개 나라의 동맹군이 힘을 합쳐 보나파르트를 무너뜨렸다. 그래서 나는 이십오 년의 망명 끝에 하늘의 기적으로 다시 선조들의 왕위를 계승하게 됐지. 그 이십오 년 동안을 나는, 언젠가는 나의 것이 될 이 프랑스의 국민들과 사물들을 연구하고 조사하고 분석해 왔어. 그런데 이 내 소망이 다 이루어지자, 내가 내 손에 장악하고 있던 힘이 벌써 분열해서 나를 무너뜨리려 하고 있어」

「폐하, 천명에 속하는 일인 줄로 아옵니다」 총감은 이러한 타격이 운명이라기에는 충분한 힘이라고 생각하면서, 이렇게 중얼거렸다.

「그러니 적들이 우리를 아무것도 알지 못하고 과거에만 집착하고 있다고 하는 건 당연하지. 만약에 내가 그 사람처럼 배반당한 거라면, 그래도 참을 수 있는 일이야. 그런데 이건, 나 때문에 고위 고관 자리에 앉게 된 사람들, 내 일을 자기네 일보다도 더 소중하게 지켜주지 않으면 안 될 사람들, 내 운명이 곧 그들의 운명이며 내 앞에선 아무것도 아니며, 내 뒤로도 없을, 그런 사람들 속에서 무지와 무능 때문에 비참하게 멸망하다니! 아, 그래, 그대의 말이 백 번 옳아. 천명인가 보군」

이러한 무시무시한 저주를 들으면서, 경시총감은 그냥 고개만 숙이고 있었다.

브라카스는 땀이 흐르는 이마를 닦고 있었다. 빌포르는 마음속으로 미소를 지었다. 자기의 역할이 좀더 중요해지는 것을 느꼈기 때문이다.

「몰락하다니」 하고 왕은 지금 왕정이 직면하고 있는 이 심연을 첫눈에 보고 이렇게 말을 이었다. 「몰락하다니. 그런데 그 몰락을 전보로 알려오다니! 세상 사람의 웃음거리가 되어서 이렇게 튈르리 왕궁의 계단을 내려가느니보다, 차라리 형님 루이 16세처럼 단두대에 오르는 편이 얼마나 나은 일인가…… 세상 사람의 웃음거리가 된다는 게 프랑스에선 어떤 것인지 그대들은 모르고 있어. 그대들이 그걸 알고 있어야 하는 건데」

「폐하, 폐하」 하고 총감이 중얼거렸다. 「불쌍히 여겨주십시오……」

「이리 오게, 빌포르」 왕은 청년을 향해 말을 계속했다. 빌포르는 꼼짝않고 뒤에 서서, 한 왕국의 운명이 희미하게 흔들리고 있는 이 대화의 진전을 주시하고 있었다. 「이리 가까이 오게. 와서 이 사람에게, 이 사람이 모르고 있던 일을 자네가 어떻게 알아냈는지를 설명해 주게」

「폐하, 그 사람이 아무에게도 알리지 않은 은밀한 계획을 미리 짐작해 낸다는 것은 절대로 불가능한 일이었습니다」

「절대로 불가능하다고? 그렇지, 그건 굉장한 말이야. 불행히도 이 세상엔 위대한 인물들이 있듯이, 말에도 굉장한 말들이 있어. 그걸 나는 가늠해 봤지. 하나의 기관을 가지고 있고, 사무실과 부하들과 밀정이며 스파이를, 그리고 150만 프랑의 기밀비를 가지고 있는 총감이, 프랑스 해안에서 육십 리밖에서 무슨 일이 일어나는지를 알아내는 게 절대로 불가능한 일이란 말이지! 좋아, 여기 있는 이 사람은, 아무런 수단도 없는 사람이야. 단지 한 사람의 사법관에 불과할 뿐이지. 그런데도 전 경찰력을 손아귀에 쥐고 있는 총감보다도 더 사태를 잘 파악하고 있었어. 그러니 이 사람이 총감처럼 전신을 사용할 수 있는 권리만 쥐고 있었더라면, 아마 내 왕위까지도 구해 냈겠지」

총감의 시선이 몹시 분한 표정을 띠고 빌포르 쪽으로 향했다. 빌포르는 의기양양해서 겸손한 태도로 고개를 숙였다.

「이건, 브라카스, 자네한테 하는 얘기는 아니야」 루이 18세는 말을 이었다. 「자네가 비록 아무것도 발견해 내진 못했다

하더라도, 자넨 자네의 의심을 끝까지 잘 고집해 왔으니까. 다른 사람 같으면 빌포르의 폭로를 아무 뜻이 없는 걸로 생각해 버렸거나, 금전적인 야심 때문이려니 하고 여겨버렸을 테니까 말이야」

이 말은, 바로 한 시간 전에, 경시총감이 그렇게도 자신만만하게 하던 말을 빗대서 한 말이었다.

빌포르는 왕의 짓궂은 마음을 알아보았다. 다른 사람 같으면 이러한 찬사에 도취되어 버렸을 것이었다. 그러나 그는 총감의 실각(失脚)이 확정적이라는 사실을 느끼면서도, 경시총감이 평생의 적이 되는 것은 두려웠다. 사실, 총감은 그 완벽한 권력을 가지고 나폴레옹의 비밀은 알아내지 못했지만, 지금의 최후의 발악으로 빌포르의 비밀은 얼마든지 캐낼 수가 있었던 것이다. 그러기 위해서는 당테스만 신문해 보면 되는 것이다. 그리하여 그는 총감을 궁지에 몰아넣는 대신에, 도와줄 생각을 했다.

「폐하」 하고 빌포르가 말했다. 「사건이 너무 급작스럽게 진전되어서 폭풍우를 일으켜 사건을 막는 건 신 외엔 아무도 할 수가 없었습니다. 폐하께서 제 통찰력을 깊이 믿게 되신 것은 실은 순전히 우연에 지나지 않습니다. 그 우연을 저는 한 사람의 충실한 국민으로서 포착했을 뿐입니다. 폐하, 제 가치를 원래 이상으로 인정하지 말아주십시오. 앞으로도 폐하께서 저를 처음 생각하시던 대로 생각하실까 봐 걱정됩니다」

경시총감은 감동적인 시선으로 청년에게 감사의 뜻을 표시했다. 빌포르는 자기의 계획이 성공했다는 것을 깨달았다. 다시 말해, 그는 한편으로는 왕의 감사를 잃지 않으면서, 또 한

편으로는 만약의 경우에 기댈 수 있는 사람을 친구로 만들 수가 있었던 것이다.

「좋네」왕이 말했다.「자, 그럼 제군들」하고 왕은 브라카스와 경시총감 쪽으로 몸을 돌리며 말을 이었다.「그대들은 이제 필요 없으니 물러가도 좋다. 이제부턴 육군 대신의 수완이 남아 있을 뿐이야」

「다행히도, 폐하」브라카스가 말했다.「군대는 기대를 걸 수가 있습니다. 폐하께서도 아시다시피, 군대가 얼마나 우리 정부에 충성하고 있는지를 보고서는 말해 주고 있습니다」

「보고 얘긴 하지 말게. 이번에 나는 보고라는 걸 어느 정도까지 믿어야 좋을는지를 알았으니까. 그런데 보고라면, 남작, 그 생자크 가의 사건에 대해서 무슨 새로운 사실이라도 알게 되었는가?」

「생자크 사건이라면!」빌포르는 자기도 모르게 소리를 지르고 말았다. 그러더니 갑자기 소리를 죽이고,

「용서하십시오, 폐하」하고 말했다.「폐하께 충성하려는 마음이 지나쳐, 폐하를 존경하는 마음이 너무 가슴 깊이 박혀 있어, 폐하께 대한 존경심을 잊어버리는 게 아닌데, 예절을 잊어버리게 됩니다」

「얘길 하면 되지 않나」루이 18세가 다시 말을 받았다.「그대는 오늘 질문할 권리가 있네」

「폐하」경시총감이 말했다.「실은, 폐하께서 저 쥐앙 만의 무서운 불상사에 주의를 돌리고 계신 동안에 저는 그 사건에 관한 새로운 보고를 올리고자 온 것입니다. 그러나 그 보고는 폐하께서 아무런 관심도 갖고 계시지 않으시리라고 생각되

어서」

「아냐, 그렇진 않네. 나는 그 사건이 지금 우리가 당면하고 있는 이 문제와 직접 관계가 있는 것같이 생각되는데. 그리고 케넬 장군의 죽음은, 필경 우리에게 국내에서 커다란 음모가 꾸며지고 있음을 암시해 줄 것 같아」

케넬 장군이라는 말에, 빌포르는 몸서리를 쳤다.

「사실 그런 것 같습니다, 폐하」 총감이 대답했다. 「여러 가지 사정을 고려해 볼 때, 장군의 죽음은 처음에 생각하던 것같이 자살이 아니라, 암살을 당한 것 같다는 결론이 내려집니다. 케넬 장군이 자취를 감춘 것은, 아무래도 보나파르트 당원들의 클럽에서 나왔을 때인 것 같습니다. 바로 그날 아침에, 낯선 사나이가 찾아와서, 생자크 가에서 만날 약속을 했던 것입니다. 불행하게도, 그 사나이가 방안으로 들어왔을 때, 마침 장군의 머리를 빗겨주고 있던 하인이 생자크 가라는 말은 들었는데, 그 주소는 기억해 두지 못했답니다」

총감이 루이 18세에게 이러한 보고를 하고 있음에 따라, 그의 입술에 매달리고 있는 듯한 빌포르의 얼굴은 새빨개졌다가 다시 새파랗게 변해 갔다. 왕은 그를 돌아보았다.

「자네는 어떻게 생각하나? 자네도 내 생각과 같겠지, 빌포르. 보나파르트 파였을 줄 알았던 케넬 장군이, 사실은 완전히 내 편이었기 때문에, 보나파르트 당에 희생된 거라고 생각하지 않나?」

「그런 것 같습니다, 폐하」 하고 빌포르가 대답했다. 「그런데 그 이상에 대해선 모르고 계십니까?」

「그 약속을 청해 왔던 자의 단서는 잡고 있소」

「단서를 잡고 있다고요?」 빌포르가 되받았다.

「그렇소이다, 장군의 하인이 인상을 말했으니까요. 나이가 쉰에서 쉰둘쯤 된 사나이인데, 머리카락은 갈색, 짙은 눈썹 밑에 가려진 두 눈은 푸른색이고, 수염이 났더랍니다. 옷은 푸른 프록코트를 입고 있었는데, 단춧구멍에는 레지옹도뇌르 훈장의 장식을 달고 있었다는군요. 그런데 어제, 방금 내가 말한 인상과 꼭 같은 사람의 뒤를 밟다가, 그만 코크에롱 가와 쥐시엔 가 모퉁이에서 놓치고 말았소이다」

빌포르는 안락의자의 등받이에 몸을 기댔다. 경시총감이 이야기하는 대로 다리가 후들후들 떨리며 맥이 빠지는 것같이 느껴졌기 때문이다. 그러나 그 사나이가 뒤를 밟던 경찰의 손에서 달아나버렸다는 말을 듣고, 그는 숨을 돌렸다.

「그 사람을 찾아내도록 하게」 하고 왕이 경시 총감에게 말했다. 「지금 이 시기에 아주 필요했을 케넬 장군이 사실 우리가 생각하는 대로 암살을 당한 거라면, 그것이 보나파르트 당원의 짓이든 아니든 간에, 그 범인을 엄하게 처벌할 생각이니」

빌포르는 왕의 명령에서 받은 강한 공포심을 겉으로 드러내지 않기 위해서, 가능한 한 냉정한 티를 내지 않으면 안 되었다.

「모를 일이야!」 왕은 불쾌한 듯이 말을 이었다. 「경찰은 〈살인 사건이 일어났다〉고만 하면 할말은 다 한 줄로 알고 있고, 그리고 〈범인의 단서를 잡고 있다〉고만 하면, 할 일을 다 한 줄로 안다니까」

「폐하, 적어도 이번 경우만은 만족하실 수 있으시리라 생각합니다」

「좋아. 그럼 어디 두고 보지. 남작, 이 이상 더 오래 자네를 붙잡아두고 싶진 않네. 그리고 빌포르, 그대는 긴 여행에 피로할 텐데, 가서 쉬도록 하지. 아마 아버지 집에서 묵겠지?」

빌포르는 잠시 눈앞이 캄캄했다.

「아니옵니다, 폐하. 투르농 가의 마드리드 호텔에 묵고 있습니다」

「그래도 아버지를 만나는 봤겠지?」

「폐하, 파리에 오자마자 우선 브라카스 씨 댁으로 곧장 왔습니다」

「그래도, 만나볼 생각은 있겠지?」

「만나지 않을 생각입니다, 폐하」

「아, 잘 생각했어」 루이 18세는 꼬치꼬치 물어본 질문이, 아무 뜻 없이 한 일이 아니었다는 듯한 미소를 띠면서 이렇게 말했다. 「자네와 누아르티에 사이가 좋지 않다는 걸 깜빡 잊어버리고 있었군. 이것도 왕가를 위해서 치른 희생이로군. 그러니 내가 보상해 주지 않으면 안 되겠는걸」

「폐하, 폐하께서 베풀어주신 호의는, 그것만으로도 제 분수에는 넘치는 보상입니다. 그 이상 폐하께 감히 바랄 수 있는 일은 아무것도 없는 줄로 압니다」

「괜찮아, 자네 일에 관해선 잊지 않을 테니 안심하게. 어쨌든 (평소의 그 푸른 옷에 달린 생루이 십자가 훈장 옆, 노트르담 뒤카르멜에드생라자르 훈장 위에 붙어 있는 레지옹도뇌르 훈장을 떼어 빌포르에게 주면서) 우선」하고 말했다. 「이 훈장을 받아두게」

「폐하」 빌포르는 말했다. 「폐하께서 잘못 주시는 겁니다. 이 훈장은 무관에게 주시는 겁니다」

「그렇군」루이 18세가 말했다.「그렇지만 이건 이것대로 받아두게, 다른 걸 가져오게 할 시간이 없으니까. 브라카스, 빌포르에게 표창장을 수여하도록 부탁하네」

 자랑스러운 기쁨에 넘쳐 빌포르의 눈에는 눈물이 핑 돌았다. 그는 훈장을 받아 거기에 키스했다.

「그럼」하고 빌포르가 물었다.「이제부터 저는 무슨 일을 하면 되겠습니까?」

「충분히 쉬도록 하게. 파리에서 일을 해주진 못하더라도, 마르세유에서 유익한 일을 해주어야 한다는 것을 잊지 말고」

「폐하」빌포르는 머리를 숙이며 대답했다.「한 시간만 있으면 저는 파리를 떠나야 합니다」

「가보게」왕이 말했다.「혹 내가 자네를 잊어버리더라도 ── 왕이란 오래 기억하질 못하니까 ── 자네가 내 기억을 되살리도록 서슴지 말고 얘길 하게…… 남작, 육군 대신을 찾아오도록 명령을 내리지. 그리고 브라카스, 자네는 남아 있고」

「아, 빌포르 씨」튈르리 궁전을 나오면서, 경시총감은 빌포르에게 말했다.「당신은 좋은 문으로 들어갔군요. 이제 당신의 운은 탁 트인 겁니다」

「그게 오래갈까요?」빌포르는 이제 운이 다 끝난 총감에게 인사를 하며, 그리고 눈으로는 집으로 돌아갈 마차를 찾으며 중얼거렸다.

 마차 한 대가 해안을 따라서 달리고 있었다. 빌포르는 손으로 마차를 불렀다. 마차가 가까이 왔다. 빌포르는 마부에게 갈 곳을 일러 놓고, 마차 속에서 자리를 잡았다. 그러고 나서 대망의 여러 가지 벅찬 꿈에 잠겼다. 십 분 후에 빌포르는 집으로 돌아왔다. 두 시간 후엔 마차를 대기시키도록 일러놓은 다음에, 점심 식사를 가져오게 했다.

막 식탁에 자리를 잡으려 할 때, 초인종이 요란하게 울렸다. 하인이 문을 열어 나갔다. 빌포르는, 누군가 자기 이름을 부르는 소리를 들었다.

「내가 여기 온 걸 누가 벌써 알았을까?」하고 청년은 생각했다.

바로 그때, 하인이 되돌아왔다.

「뭐야?」빌포르가 물었다.「무슨 일이지? 누가 초인종을 눌렀어? 누가 날 보자는 거야?」

「모르는 사람인데, 이름은 대지 않습니다」

「뭐? 모르는 사람인데 이름을 대지 않더라고? 그런데 그런 사람이 날 뭣 때문에 만나자는 거야?」

「직접 뵙고 말씀드리겠답니다」

「나한테?」

「네」

「내 이름을 대던가?」

「정확하게 댔습니다」

「어떻게 생긴 사람인데?」

「저, 한 쉰 살쯤 된 분입니다」

「키가 작아, 커?」

「나리 키만 합니다」

「머리가 갈색이던가, 금발이던가?」

「갈색입니다. 진한 갈색입니다. 머리도, 눈도, 눈썹도 시커먼 분이에요」

「옷은?」빌포르는 날카롭게 물었다.「옷은 어떻게 입었지?」

「위에서 아래까지 단추가 달린 커다란 푸른 프록코트를 입었습니다. 그리고 레지옹도뇌르 훈장을 달고요」

「바로 그분이다」 빌포르는 얼굴빛이 새파랗게 질리며 중얼거렸다.

「암, 그렇고말고!」 하며 벌써 우리가 두 번이나 그 인상에 대해 말했던 당사자가 문 앞에 나타났다.

「격식이 많군! 아비를 문 밖에서 기다리게 하는 건 마르세유에서 하는 버릇이냐?」

「아버지!」 빌포르는 큰소리로 외쳤다. 「제 생각이 들어맞았습니다…… 혹시 아버지가 아닌가 했었는데」

「그럼 혹시 내가 아닌가 했었다면서」 방금 들어온 그 사나이는 지팡이를 한쪽 구석에 놓고 모자는 의자 위에 얹으며 말을 이었다. 「나를 그렇게 기다리게 한 건, 바른 대로 말해서 잘하는 짓은 아닌 것 같구먼」

「제르맹, 나가보게」 빌포르는 하인에게 말했다.

하인은 눈에 띄도록 놀란 표정을 지으며 밖으로 나갔다.

## 아버지와 아들

 누아르티에 씨, 지금 들어온 사람이 바로 그 사람이었는데, 그는 하인이 문을 닫고 나갈 때까지 그를 눈여겨보았다. 그리고 혹시 옆에서라도 엿들을까 걱정이 되는 듯 그가 나간 뒤에 다시 문을 열어보았다. 그러한 주의가 불필요한 짓은 아니었다. 그것은 제르맹이 그렇게 빨리 나가버린 것으로 보아 그 역시 우리 선조들을 망쳐놓은 죄악의 씨를 품고 있었음에 틀림없었기 때문이다. 누아르티에 씨는 손수 옆방 문을 닫으러 갔다. 문을 닫고 되돌아온 그는 이번에는 침실문을 닫고 빗장을 질러버렸다. 그러고 나서 그는 빌포르에게 와서 손을 내밀었다. 아버지의 일거일동을 놀란 눈으로 바라보고 있던 빌포르는 아직도 그 놀란 표정이 가시지 않은 상태였다.
 「웬일이냐, 제라르」 누아르티에 씨는 뭐라고 정확하게 표현할 수 없는 야릇한 미소를 띠며 청년을 바라보면서 이렇게 말했다.「날 만난 게 반갑지 않은 것 같은데, 웬일이냐?」

「그럴 리가 있습니까? 아버지」빌포르가 말했다.「반갑습니다. 하지만 이렇게 찾아오실 줄은 몰랐기 때문에 좀 얼떨떨합니다」

「하지만」누아르티에 씨가 자리에 앉으며 말했다.「그건 나도 그런 것 같은데. 아니 약혼식을 2월 28일 마르세유에서 한다고 알리더니, 3월 3일날 파리엘 와 있다니?」

「제가 온 것은, 아버지」제라르 빌포르는 누아르티에 씨 곁으로 다가서며 말했다.「언짢게 생각하실 일이 아닙니다. 실은 바로 아버님 때문에 온 거니까요. 그리고 제가 왔기 때문에 아버지는 아마 구원을 받으실지도 몰라요」

「그래?」누아르티에 씨는 여태까지 앉아 있던 안락의자 위에 아무렇게나 누우면서 말했다.「그래? 그럼 어째서 그런지 얘길 좀 해 보지, 재판관. 재미있겠는데」

「아버지, 아버지께선 생자크 가에 있는 보나파르트 당의 클럽 얘기 들으신 일 있으시죠?」

「53번지 말이지? 알고 있지, 내가 거기 부회장인걸」」

「아버지, 그렇게 태연하게 말씀을 하시다니 소름이 끼칩니다」

「무슨 소리냐? 산악당원들에게 추방당하고 꼴풀을 실은 마차에 숨어 파리를 빠져나와 로베스피에르의 스파이들에게 보르도 광야에서 쫓겨다닌 사람이 바로 나 아니냐, 무슨 일이 생겨도 끄떡없지. 자, 얘길 계속해 봐라. 그래, 생자크 가의 클럽에선 무슨 일이 있었느냐?」

「케넬 장군이 그 클럽으로 불려나왔지요. 그런데 저녁 아홉 시쯤 집에서 나간 장군이, 다음 다음날에는 센 강에서 시체로 발견되었습니다」

「그런 얘긴 누가 하더냐?」

「폐하께서 직접 하셨습니다」

「자, 그럼 난 너한테서 얘길 들었으니, 그 대신」 하며 누아르티에 씨는 말을 계속했다. 「너한테 소식을 하나 가르쳐주지」

「아버지, 저는 벌써 아버님께서 말씀하시려는 일을 알고 있는 것 같습니다」

「아! 그럼 넌 황제 폐하께서 상륙하신 걸 알고 있느냐?」

「조용히 좀 하세요. 아버지. 우선 아버님을 위해서 그리고 저를 위해서 제발 좀 잠자코 계세요. 물론 저도 그 소식은 알고 있었어요. 오히려 아버님보다도 먼저 알고 있었는걸. 저는 사흘 전부터 머릿속을 꽉 채운 이 걱정을 제게서 이백 리 밖으로 얼른 알리지 못하는 것만 안타까워 마르세유에서 파리까지 마차로 곧장 달려온 겁니다」

「사흘 전부터라니! 너 미쳤구나? 사흘 전엔 황제 폐하께선 상륙도 하시지 않았는걸」

「그런 건 아무래도 괜찮아요. 저는 그 계획을 알고 있었단 말입니다」

「그건 어떻게?」

「엘바 섬에서 아버님께 보낸 편지를 보고요」

「나한테?」

「네, 아버지께 보낸 편지요. 그 편지 심부름을 하는 사람의 가방 속에서 제가 발견해 냈지요. 그게 다른 사람 손에 들어가기라도 했다면 아버진 아마 지금쯤 총살당하셨을 거예요」
 빌포르의 아버지가 웃기 시작했다.
「하하, 왕정복고는 제정(帝政)으로부터 일처리 빨리 하는 법을 배우는 모양이로군…… 총살! 무슨 소리를 하고 있는 거냐! 도대체 그 편지라는 건 어디 있느냐? 어디다 떨어뜨리고 온 건 아니겠지?」
「태워버렸습니다, 단 한 쪽이라도 남게 될까 봐서요. 그 편지야말로 아버지의 사형 선고장이라니까요」
「그리고 네 장래도 망할까 봐 말이지」하고 누아르티에 씨는 냉정하게 대꾸했다.「그래, 그건 나도 알고 있다. 그래도 난 네가 보호를 해주니까 조금도 걱정은 안한다만」
「보호 이상의 일을 하고 있는 거지요. 아버지, 전 아버지를 구해 냈으니까요」
「저런! 제법 극적인데, 그건 또 어떻게?」
「아버지, 다시 생자크 클럽 얘기로 되돌아가세요」
「그 클럽에 경찰관들이 꽤 신경을 쓰는 모양인데, 그럼 왜 좀더 캐내질 못하고 있지? 금방 찾아냈을 텐데」
「여태 찾아내질 못했습니다. 단서는 잡고 있지요」
「으레 하는 소리야. 다 알고 있지. 경찰이 사건을 놓치는 날엔 으레 하는 소리가 단서를 잡고 있다는 거야. 그래서 정부에서 조용히 기다리고 있으면 경찰이 풀이 죽어가지고 와서 단서를 놓쳤다고 말하는 거지」
「그렇습니다. 그러나 시체를 찾아낸걸요. 케넬 장군은 살해되었습니다. 그리고 이런 건 어느 나라에서고 다 살인이라고 하는 거지요」

「살인이라고? 하지만 장군이 살해당했다는 증거는 없지 않느냐? 센 강엔 절망에 빠져 투신한 사람들이며 헤엄을 못 쳐서 빠져 죽는 사람들이 날마다 생기는데」

「아버지, 장군이 비관 자살을 한 것은 아니라는 건 아버지도 잘 알고 계시지 않아요. 그리고 일월엔 센 강에서 미역을 감지 않는다는 것도요. 그렇게 생각하시면 안 됩니다. 이 죽음은 분명 살인이라고 볼 수 있습니다」

「누가 그렇게 본단 말이냐?」

「폐하께서요」

「왕은 지극히 철학적인 사람이어서 정치 세계에는 살인 같은 게 없다는 걸 알고 있는 줄 알았는데. 정치 세계에선, 너도 나만큼 알고 있겠지만, 사람이 문제가 아니라 사상이 문제가 되는 거야. 감정이 아니라 이해 관계야. 정치 세계에선 사람은 죽이지 않아. 다만 장해물만을 제거하지. 그뿐이야. 넌 지금까지 일이 어떻게 된 건지를 알고 싶겠지? 자, 내 얘길 해주마. 사실은 케넬 장군은 믿을 만한 사람인 줄 알고들 있었다. 엘바 섬에서 추천해 보내왔으니까. 그래서 우리 중의 한 사람이 장군 집엘 찾아가, 생자크 가의 클럽에서 열리는 모임엘 오면 친구들도 만날 수 있을 테니 오라고 청했더란 말야. 그랬더니 왔어. 그래 거기서 엘바 섬에서의 출발이며 상륙 예정 등 모든 계획을 들려주었지. 장군은 모든 걸 다 듣고 모든 걸 다 알게 되어 더 이상 들을 게 없게 되자 하는 말이, 자기는 왕당파라는 거야. 모두들 서로 마주보았지. 모두들 맹세를 하게 했지. 장군도 맹세를 하였고. 그런데 맹세를 하는 품이 하도 성실치 못해서 그렇게 맹세를 하는 건 신을 속이는 것 같더란 말이다.

아버지와 아들

그래도 꾹 참고 장군이 자유롭게, 완전히 자유롭게 나가도록 내버려두었지. 그런데 집으로 돌아가지 않았단 말이야. 그게 어쨌단 말이냐? 우리한테선 떠났으니, 아마 길을 잘못 들어섰던 게지. 그뿐일 거야. 그런데 살인이라니! 별 소릴 다 하는구나. 검사 대리인 빌포르, 네가 그러한 어렴풋한 증거만으로 하나의 사건을 꾸며내다니. 내가 여태까지 네가 왕당파의 일원으로서 네 직무를 다해서 내 친구의 머리를 자르게 했을 때, 내가 언제 너한테〈애야, 너는 사람을 죽였구나〉하고 말해 본 일이 있었더냐? 난 오히려 너한테〈잘했어, 넌 당당하게 잘 싸웠어, 내일이 오면 복수를 하겠다〉고 했지」

「하지만 아버지, 조심하세요. 그 복수라는 걸 우리가 할 때엔 아주 무시무시한 거니까요」

「네가 무슨 소릴 하는지 모르겠구나」

「아버지는 나폴레옹이 다시 돌아온다고 믿으세요?」

「그렇다」

「아버지, 생각을 잘못 하셨습니다. 나폴레옹은 프랑스 안에는 십 리도 못 들어와서 야수처럼 쫓기고 몰려서 결국은 잡히고 말 겁니다」

「애야, 황제는 지금 그르노블을 향해 오고 계신다. 10일이나 12일엔 리옹에 도착하실 거야. 그리고 20일이나 25일엔 파리야」

「국민들이 들고 일어날 겁니다」

「환영을 하려고?」

「나폴레옹의 동조자들은 얼마 안 됩니다. 게다가 군대를 보낼 겁니다」

「그 군대가 황제를 보호하고 수도로 돌아온다는 걸 알아야지. 제라르, 넌 아직도 어린애로구나. 너는 황제가 상륙한 지 사흘이 지나서야, 〈나폴레옹, 소수의 추종자들과 함께 칸느에 상륙, 목하 추적중〉하는 따위의 전보를 받았으니, 그걸로 모든 걸 충분히 알고 있다고 믿고 있겠지. 하지만 그 황제가 어디 있는지 또 무엇을 하고 있는지는 모르고 있단 말야. 알고 있는 건 〈추적중〉이라는 것뿐이야. 그런데 이렇게 총탄 한번 터뜨리지 못하고 파리까지 추적해 오는 거란 말이냐」

「그르노블과 리옹은 충성심이 강한 도시입니다. 거기서 꽉 막히고, 넘어서지 못할 것입니다」

「그르노블은 열광적으로 나폴레옹에게 문을 열어줄 거다. 리옹은 시 전체가 그를 환영하러 나올 테고. 내 얘길 들어봐라. 우리도 너희들만큼 다 보고를 받아놓았고, 우리의 경찰력은 너희들의 경찰에 필적할 수 있단 말이다. 증거를 보여줄까? 이를테면 너는 이번 여행을 나에게 알리지 않으려고 했었어. 그런데도 네가 파리에 발을 들여놓은 지 삼십 분 후에, 나는 네가 도착한 걸 알았단 말이다. 너는 네 주소를 마부 외엔 아무에게도 말한 적이 없을 거다. 그런데 어떠냐? 내가 네 주소를 알고 있으니. 네가 막 식탁에 앉으려는 순간에 내가 이렇게 이곳에 나타났다는 게 그 증거가 아니겠느냐. 자, 초인종을 울려라. 그리고 식사를 일인분 더 가져오도록 해. 같이 먹자」

「그렇군요」 빌포르는 깜짝 놀라서 아버지를 쳐다보며 대답했다. 「정말, 자세히 알고 계신 것 같군요」

「홍, 그까짓 건 아무것도 아닌데 뭘. 권력을 손에 쥐고 있는 너희들은 돈으로 얻을 수 있는 수단밖엔 못 가지고 있지만, 우리처럼 권력을 기다리는 사람들은 헌신으로 얻을 수 있는 수단이라는 걸 가지고 있단 말이다」

「헌신이라고요?」 빌포르가 웃으며 물었다.

「그렇다, 헌신이다. 희망으로 불타는 야심을 점잖은 말로 그렇게 부르는 거다」

그러고 나서 빌포르의 아버지는 아들이 하인을 부르지 않는 것을 보고 직접 초인종 쪽으로 손을 뻗쳤다.

빌포르가 그의 팔을 막고, 「잠깐만요, 아버지」 하고 말했다. 「한 마디만 더」

「뭔데?」

「아무리 왕당파의 경찰이 무능하다 하더라도 경찰은 무서운 사실을 하나 알고 있습니다」

「뭔데?」

「케넬 장군이 사라진 날 아침에 장군의 집을 찾아갔던 사람의 인상착의입니다」

「아! 그걸 알고 있군, 그 경찰이? 그래, 인상착의가 어땠다더냐?」

「갈색 머리와 구레나룻, 눈은 흑색, 턱밑까지 단추가 달린 푸른 프록코트, 단춧구멍에는 레지옹도뇌르 훈장의 장식, 차양 넓은 모자에 등나무로 만든 지팡이」

「아니, 그걸 알고 있단 말이지?」 누아르티에 씨가 말했다. 「그럼 왜 그 사람을 잡지 않았다더냐?」

「어젠가 그저께 코크에롱 가의 길모퉁이에서 놓쳐버렸다더군요」

「너희들의 그 경찰이 멍텅구리라는 걸 너한테 말했잖냐?」

「그렇습니다. 하지만 얼마 안 가서 경찰은 그 사람을 꼭 찾아낼 겁니다」

「그래」누아르티에 씨는 무심한 태도로 주위를 둘러보며 말했다.「그래, 그 사람이 만일 미리 경고를 받지 않았더라면 말이다. 그러나 일단 경고를 받았으니」그는 미소를 띠며 덧붙여 말했다.「얼굴 모습과 옷차림을 바꿔버리는 거야」

그 말을 하더니 누아르티에 씨는 자리에서 일어나서 프록코트와 넥타이를 벗어던졌다. 그러고는 아들의 몸치장에 필요한 여러 가지 물건들이 준비되어 있는 테이블 쪽으로 가서 면도칼을 집어들고 얼굴에 비누칠을 했다. 그리고 지극히 침착하게, 경찰에겐 그렇게도 귀중한 자료가 되어 있는 그 위험한 구레나룻을 깎아버렸다.

빌포르는 두렵기도 한 반면 감탄을 금치 못하며 아버지가 하는 짓을 쳐다보고 있었다.

구레나룻을 깎고 나서 누아르티에 씨는 이번에는 머리 모양을 바꿔 빗었다. 검은 넥타이 대신에 열려 있는 트렁크 맨 위에 있던 색깔 있는 넥타이로 갈아 맸다. 단추 있는 푸른 프록코트 대신으로는 빌포르의 커다란 밤색 코트를 입었다. 그리고 거울 앞으로 가서 빌포르의 차양이 올라간 모자를 써보고는 그 모자가 자기에게 잘 맞는 것이 만족스러운 듯한 표정을 지었다. 등나무로 만든 지팡이는 벽난로 한 귀퉁이에 놓았던 대로 그냥 내버려두고, 조그만 대나무 단장을 억센 손에 쥐고는 윙윙 소리를 냈다. 그것은 멋쟁이 검사의 걸음걸이에 그의 중요한 특징인 경쾌한 풍채를 더해 주었다.

「어떠냐?」완전히 변장을 하고 나서, 누아르티에 씨는 아들을 돌아보며 말했다.「어때? 이래도 너희네들의 경찰이 나를 알아볼 수 있을 것 같으냐?」

「아니오」빌포르가 중얼거렸다.「못 알아보겠지요」

「자, 그럼, 제라르」누아르티에 씨가 말을 이었다.「거기 놓아둔 물건들은 남의 눈에 띄지 않게 잘 처리해 주었으면 한다」

「안심하세요, 아버지」하고 빌포르가 말했다.

「그렇다, 이젠 네 말이 옳다고 생각한다. 과연 너는 내 생명을 구해 준 거야. 그러나 염려 마라. 내 얼마 안 있어 너한테 은혜를 갚을 테니」

빌포르는 머리를 저었다.

「믿어지지 않느냐?」

「아버지 생각이 들어맞지 않기를 바라는 겁니다」

「너, 왕을 또 만날 거냐?」

「그럴 거예요」

「너는 왕의 눈에 예언자처럼 보이고 싶지 않으냐?」

「불행의 예언자란 궁중에서는 환영하지 않는 법이니까요」

「하긴 그래. 그러나 언젠가는 그 예언자의 말이 들어맞는 날이 온단 말이다. 그리고 제이의 왕정복고가 되는 날이면 너는 위대한 인물이 되는 거야」

「그러니 결국, 왕께 무슨 말씀을 드리라는 겁니까?」

「가서 이렇게 말해라.〈폐하, 폐하께선 프랑스의 현재 분위기, 도시의 사상, 군대의 정신 등에 대해서 속고 계신 겁니다. 파리에 계신 폐하께서 코르시카의 귀신이라고 부르는 사람, 느베르에서는 아직도 왕위 약탈자라고 불리는 그 사람은 이미 리옹에서는 보나파르트, 그르노블에서는 황제라고 불리고 있습니다. 폐하께서는 지금 그가 몰리고 쫓기어 도망다니고 있는 줄로 아시지만 그는, 실은, 그가 가지고 오는 깃발의 독수리처럼 빠르게 진군해 오고 있습니다. 굶주려 죽어가고 피로에 지쳐 탈주할 기회만 엿보고 있는 줄로 아시는 그의 군대는, 마치 눈덩이에 눈이 자꾸 불어나듯이 점점 더 그 수가 늘어가고 있습니다. 폐하, 떠나십시오. 프랑스를 진정한 주인에게 맡기십시오. 프랑스를 돈으로 사지 않고 획득한 자에게 맡겨버리십시오. 떠나십시오, 폐하. 폐하의 신상에 위험이 닥치는 것을 두려워해서가 아닙니다. 적은 상당히 강합니다. 틀림없이 동정을 베풀 겁니다. 그러나 성 루이의 자손에게, 아르코레, 마렝고, 아우스트리츠의 승리자(나폴레옹을 말한다──옮긴이)에게서 목숨을 구원받는대서야, 폐하의 위신이 상할 것이기 때문입니다〉 이렇게 말하란 말이야, 제라르. 아니면 차라리 아무 소리도 말든지. 이번 여행에 관해선 아무 얘기도 하지 마라. 네가 파리에 온 일이며 파리에서 한 일 같은 걸 자랑하지 말란 말이다. 그리고 네 직무로 돌아가는 거야. 부리나케 올라왔으면 또 서둘러서 돌아가야지. 마르세유에는 밤중에 도착해서 집에도 뒷문으로 해서 들어가도록 해라. 그래서 되도록이면 온건하고 겸손하게 굴어라, 나대지 말고. 특히 되도록 남을 해치지 말아야 한다. 왜냐하면 이번엔 내 장담해 두지만, 준열하게, 가차없이 행동할 테니까 말이다. 자, 그러니 가는 게 좋겠다. 그리고 제라르, 이 아비의 명령에 따른다면, 또는 그보다도 이 한 사람의 친구의 충고를 받들어줄 생각이라면, 우리는 너를 지금의 그 자리에 그대로 두겠다. 또 한번 정계가 바뀌어 네가 위로 올라가고 내가 다시 밑으로 내려갈 때, 또 한번 나를 구해 줄 수 있을 테니까. 자, 그럼 잘 가거라, 제라르. 요 다음에 또 여행을 할 땐 집으로 오너라」

이렇게 말한 누아르티에 씨는, 침착하게 밖으로 나갔다. 그처럼 어려운 얘기를 하는 동안에도 그는 한번도 평정을 잃지 않았던 것이다.

빌포르는 얼굴이 창백해져서 두근대는 가슴으로 창가로 달려가 커튼을 반쯤 젖혀보았다. 누아르티에 씨가 돌기둥 뒤에, 그리고 거리의 모퉁이에 잠복해 있는 두서너 명의 험상궂은 사나이들 사이로 침착하고도 태연스럽게 걸어가고 있는 것이 보였다. 잠복하고 있는 그 사나이들은 아마 검은 구레나룻에 푸른 프록코트 그리고 차양 넓은 모자를 쓴 사람을 잡으려고 엿보고 있는 것 같았다.

빌포르는 아버지가 뷔시의 네거리로 사라져버릴 때까지, 숨을 가쁘게 쉬며 창가에 그대로 서 있었다. 그러고 나서 그는 아버지가 버리고 간 물건들 앞으로 달려갔다. 그리고 검은 넥타이와 푸른 프록코트는 트렁크 제일 밑에 넣어두고 모자는 말아서 장 밑에 처넣었다. 등나무 지팡이는 꺾어서 세 도막을 내어 불 속에 집어던졌다. 그러고 나서 그는 모자를 쓰고 하인을 불렀다. 그리고 무엇인가 하인이 물으려는 것을 눈빛으로 저지했다. 호텔 숙박료를 계산하고 나서 빌포르는, 이미 준비를 다 갖추고 그를 기다리고 있던 마차에 뛰어 올랐다. 오는 도중 리옹에서 그는 보나파르트가 그르노블에 들어왔다는 소식을 들었다. 가는 길마다 술렁술렁한 공기 속을 뚫고 야망과 최초의 성공으로 가슴을 두근거리며 빌포르는 마르세유에 도착했다.

## 백일 정치

누아르티에 씨는 과연 훌륭한 예언자였다. 모든 일이 그가 말하던 대로 신속히 진행되었다. 엘바 섬에서 탈출한 나폴레옹의 귀환, 이 야릇하고 기적적인 귀환은 모르는 사람이 없었다. 그것은 전례가 없을 뿐만 아니라 아마 후세에도 유례를 볼 수 없는 일일 것이다.

루이 18세는 이 무서운 충격을 미약한 힘으로 막아보려고 애썼다. 사람을 별로 믿지 않는 그는, 사건에 대해서도 별로 믿으려 하지 않았다. 거의 자기 힘으로 재건한 왕국, 아니 왕국이라기보다 왕권 정치는 아직 확고한 터가 잡히기도 전에 흔들리고 말았다. 그래서 고루한 편견과 새로운 사상이 뒤얽혀 뚜렷한 격식이 없는 이 건물은, 황제가 한번 들이치자 무너지고 말았다. 그러므로 빌포르는 왕에게서 받은 것이라고는, 지금은 아무 소용이 없을 뿐만 아니라 위험하기조차 한 왕의 감사와, 레지옹도뇌르 무관 훈장밖엔 아무것도 없었다. 브라카스 씨는 왕이 권고한 대로 조심스레 표창장을 보내주었지만 빌포르는 그것이 남의 눈에 띄지 않도록 조심했다.

나폴레옹은 만약 누아르티에 씨의 보호가 없었더라면, 분명 빌포르를 파면시켰을 것이다. 누아르티에 씨는 그때까지 겪어온 수 많은 위험과 나폴레옹에게 바친 충성심으로 해서 백일정치(나폴레옹이 엘바 섬을 탈출하여 파리에 돌아왔다가 워털루 전쟁에 패하여 다시 프랑스에서 쫓겨날 때까지의 정치를 말한다—옮긴이)의 궁중에서 절대적인 권력을 행사하게 되었다. 그리하여 93년의 자코뱅 당원(1793년 프랑스 대혁명 당시의 한 정당을 말한다——옮긴이)이며 1807년에는 상원의원이 된 그는 이미 빌포르에게 약속한 대로 전에 자기를 감싸준 사람을 오늘에 와서 보호해 줄 수가 있었다.

나폴레옹의 두번째 몰락을 예견하는 것은 어렵지 않은 일이었으나 그보다도 빌포르가 제정 부활 기간에 그의 모든 권력을 기울인 것은 당테스가 하마터면 누설할 뻔했던 그 비밀을 말살시키는 데 있었다.

검사직만은 면직당했다. 보나파르트 당에 대한 충성이 미온적이었다는 혐의를 받은 때문이었다.

그러나 황제의 세력이 다시 확립되자마자, 말하자면 저 루이 18세가 떠나가버린 튈르리 궁전에 황제가 자리를 잡게 되자마자, 그리고 우리들이 빌포르의 뒤를 따라 독자 여러분에게 안내했던 그 작은 서재, 즉 그 호두나무 테이블 위에 루이 18세의 담배 케이스가 반쯤 빈 채로 열려 있던 그 작은 서재 안에서 황제가 수많은 명령을 사방으로 내리자마자, 마르세유에서는 사법관들의 태도야 어떻든 간에, 내란의 불티가 사방에서 튀어오르기 시작했다. 남프랑스 지방에서는 이러한 내란은 항상 쉽게 가라앉지 않았다. 집안에 틀어박힌 왕당파들을 포위하는 난장판을 벌이는가 하면, 위험 속을 헤치고 밖으로 나오는 그들을 향해 공공연하게 모욕을 주는 등, 복수의 감정은 하마터면 그 이상으로 번질 뻔했다.

정국이 급변하는 이 판국에서도, 앞에서 이미 기술한 바와 같이, 서민층의 한 사람인 저 점잖은 선주는 완전한 권력은 갖지 못했다. 오랜 세월을 두고 근면하게 일을 해서 재산을 모은 사람이라면 누구나 그렇듯이 모렐 씨는 신중하고도 약간 소심한 사람이었기 때문이다. 그리하여 과격한 보나파르트 파들은 그를 온건파라고 불렀지만, 소송을 일으킬 힘 정도는 가지고 있었다. 그것은 쉽사리 짐작할 수 있으리라고 생각하지만, 물론 당테스에 관한 문제였다.

빌포르는 상관이 실각했음에도 불구하고 자기만은 먼저 있던 자리에 그대로 머물러 있었다. 그리고 결혼은 약속만은 되어 있는 상태로, 좀더 좋은 시기가 올 때까지 연기하기로 했다. 만약 황제가 왕위에 오래 머무른다면, 제라르 빌포르는 다른 결혼 상대자를 찾아야만 했다. 그의 아버지가 신부감을 찾는 일을 도맡아 줄 것이다. 그러나 제이의 왕정복고가 다시 일어나서 루이 18세가 도로 프랑스로 돌아오게 된다면, 생메랑 씨의 세력은 그의 세력과 마찬가지로 배가 될 것이며, 따라서 그 결혼도 더할 나위 없이 합당한 결혼이 될 것이다.

그리하여 검사 대리는 임시로 마르세유의 일등 검사의 자리에 올라앉게 되었다. 그러던 어느 날 아침 빌포르의 방문이 열리면서 모렐 씨의 방문을 알려왔다.

다른 사람 같았으면 얼른 선주를 환영했을 것이 틀림없다. 그리고 서둘러 그를 환영하는 것은 그의 약점을 드러냈을 것이다. 그러나 빌포르는 뛰어난 인물이었다. 그는 매사에 경험은 많지 않았지만 직관력을 가지고 있었다. 그는 다른 손님이라곤 아무도 없었지만 단지 검사 대리란 남을 기다리게 하는 법이라는 이유 하나만으로 왕정복고 시대에 그랬던 것처럼 모렐 씨를 기다리게 했다.

모렐 씨는 빌포르가 풀이 죽어 있을 줄 알고 있었다. 그런데 막상 빌포르를 대하고 보니 그는 육 주일 전과 조금도 다름이 없었다. 침착하고 준엄하며, 교양 있는 사람과 서민을 가로막는 장벽 가운데서도 가장 뛰어넘을 수 없는 장벽인 냉정하고 예의 바른 모습이 그대로 엿보였다.

그는 빌포르가 자기를 보면 필경 움찔 놀라 몸을 떨리라고 확신을 하고 방안으로 들어갔었다. 그러나 책상 위에 팔꿈치를 괴고 자기를 기다리고 있는 이 검사를 보고는 오히려 선주 자신이 깜짝 놀라 몸을 떨었다.

그는 문 앞에서 발을 멈추었다. 빌포르는 그가 누구인지 잘 알아보지 못하는 듯이 선주를 쳐다보았다. 마침내 선주가 손에 들고 있는 모자를 뒤집었다 폈다 하는 동안에, 잠시 그를 살펴보며 말없이 쳐다만 보던 빌포르는 그제야 생각이 난다는 듯이
「아니, 모렐 씨 아니십니까?」하고 말했다.
「그렇습니다, 모렐이올시다」하고 선주는 대답했다.
「이리 가까이 오시지요」검사 대리는 여유 있게 손짓하며, 말

을 이었다.「무슨 일로 오셨는지 말씀을 해주시지요」

「생각이 안 나십니까?」하고 모렐 씨가 물었다.

「안 나는데요. 그건 그렇다 치고, 제 권한으로 될 수 있는 일이기만 하다면야 만족하실 수 있을 만큼 해드리겠습니다」

「순전히 검사님의 권한에 달려 있는 일입니다」하고 모렐 씨가 말했다.

「그럼, 말씀해 보십시오」

「검사님, 실은」선주는 입을 열게 되자 다시 마음이 가라앉았다. 그리고 자신의 제의가 정당하고 결백하다는 점에서 힘을 얻고 말했다.「기억하고 계시겠지만, 황제 폐하의 상륙이 알려지기 며칠 전 불쌍한 한 청년, 제 배의 일등 항해사였던 선원 때문에 제가 관용을 베풀어주십사 하고 검사님을 찾아뵌 일이 있었지요. 기억하고 계시겠지만, 그 청년은 바로 엘바 섬과의 관계 때문에 고소를 당했습니다. 그렇지만 그 당시에는 범죄가 되었던 그 관계라는 것이, 오늘에 와서는 오히려 상을 받을 만한 일이 되었습니다. 검사께선 그때는 루이 18세에게 충성을 다하고 계셨으니 그 사람을 용서해 주지 않은 건 검사로서의 당연한 의무였겠지요. 그러나 오늘은 나폴레옹을 섬기고 계시니 그 사람을 옹호해 주셔야만 될 줄로 압니다. 그것이 또한 의무겠지요. 그래서 저는 지금 그 사람이 어떻게 됐는가를 알아보러 온 것입니다」

빌포르는 자기 감정을 억누르려고 무척 애를 썼다.

「그 사람의 이름은?」하고 그는 물었다.「그 사람 이름을 가르쳐 주시겠습니까?」

「에드몽 당테스입니다」

빌포르에게는 그 이름을 이렇게 코앞에서 듣고 있느니, 차라리 결투 신청을 받고 스물다섯 발자국 떨어진 곳에서 상대방의 총탄을 맞는 편이 훨씬 더 마음 편한 일일지도 몰랐다. 그러나 빌포르는 눈썹 하나 까딱하지 않았다.

〈이런 식이라면〉하고 빌포르는 생각했다.〈그 청년을 체포한 것이 순전히 개인 문제 때문이었다는 비난은 안 받게 되겠지.〉

「당테스?」하고 그는 선주의 말을 되뇌었다.「에드몽 당테스라고 그러셨지요?」

「네, 그렇습니다」

빌포르는 옆에 있는 서류함 속에서 두꺼운 장부를 꺼내어 펼치더니, 이어 테이블 옆을 지나 소송 기록들이 있는 곳으로 갔다. 그러고는 선주 쪽을 돌아보더니,

「분명, 잘못 생각하신 건 아니겠지요? 선주님」하며 지극히 자연스럽게 물어보았다.

만약 모렐 씨가 좀더 섬세한 사람이고 또 이 사건에 관해 좀더 자세히 알고 있었더라면, 검사 대리가 이 문제는 전혀 자신의 소관이 아니라고 대답하려는 것을 보고 이상하게 생각했을 것이 틀림없다. 그리고 왜 빌포르에게 수감자 명부를 가서 찾아보라고 말하지 않았는가, 왜 감옥의 소장이나 현 지사 등에게 물어보라고 말하지 않았는가에 대해서도 이상하게 생각했을 것임에 틀림없다. 그러나 공연히 빌포르의 얼굴에서 공포의 빛만을 찾아내려던 모렐 씨는 공포의 빛이 전혀 비치지 않자, 이번에는 친절함밖에는 볼 수가 없었다. 빌포르의 작전이 막바로 들어맞은 셈이었다.

「아닙니다」 모렐 씨가 말했다. 「잘못 생각하진 않았는데요. 그 불쌍한 청년은 제가 십년 전부터 알고 지낸걸요. 제 집에 와서 일하게 된 지도 벌써 사 년이나 됩니다. 전에도 이렇게, 그 사람을 관대하게 처리해 달라고 부탁드리러 온 일이 있었어요. 그때는 저를 전혀 반겨주시지도 않았고, 대답도 퉁명스럽게 하셨지요. 아! 그 당시엔 왕당파 분들은 보나파르트 파 사람들에게 지독하게 대했으니까요」

「선주님」 하고 빌포르는, 재빠르게 평상시의 냉정한 표정을 지으면서 선주에게 대답하였다. 「네, 부르봉 왕가가 단순히 정당한 왕위 계승자일 뿐만 아니라 국민으로부터 선출된 것이라고 믿고 있던 그 시대엔 저도 왕당파의 한 사람이었지요. 하지만 우리 눈으로 직접 본 대로 황제 폐하께서 기적적으로 왕위에 다시 오르게 된 오늘날에 와서 난 내 생각이 틀렸었다는 걸 깨닫게 됐지요. 나폴레옹 황제의 천재가 승리를 거둔 겁니다. 정당한 군주란, 사랑을 받는 군주여야 하겠더군요」

「그럼요!」 모렐 씨는 평소의 그 담백한 성품으로 소리쳤다. 「그렇게 말씀을 해주시니 마음이 기쁩니다. 그러니 아마 에드몽 당테스의 신상에도 좋은 징조가 보일 것 같군요」

「잠깐만 기다려보세요」 빌포르는 다른 장부를 뒤적이면서 말했다. 「알았습니다. 선원이지요? 카탈로니아 처녀하고 결혼을 하려던 사람이죠? 아, 그렇군, 이제 생각나는군요. 그런데 굉장히 중대한 사건이로군요」

「아니, 어째서요?」

「아시죠? 그 사람 여기에서 나가자마자 재판소의 감옥으로 끌려간 걸요?」

「예, 그랬지요. 그래서요?」

「그래서 난 파리에 보고를 하고, 그 사람이 가지고 있던 서류들을 모두 보냈었죠. 나로선 그렇게 하지 않을 수가 없었으니까요…… 그런데 체포된 지 일주일 만에 납치를 당해 버렸어요」

「납치를 당하다뇨!」 모렐 씨가 소리쳤다. 「하지만 그 사람을 납치해다가 무엇에 쓰려고 그랬을까요?」

「아, 안심하십시오. 아마 생트 마르그리트 군도의 피뉴롤에 있는 프네스트렐로 데려갔을 겁니다. 소위 국외 추방이라는 겁니다. 그러니 얼마 안 있어 댁의 배의 선장이 되기 위해 슬쩍 돌아올 겁니다」

「언제라도 돌아와 주기만 하면 좋겠습니다. 그 사람의 자리는 그대로 비어 있으니까요. 그런데 왜 여태 돌아오질 않았을까요? 보나파르트 당의 재판소가 제일 먼저 해야 할 일이 왕당파 사람들 손에 투옥된 사람들을 구해 내는 것이 아닐까요?」

「모렐 씨, 너무 그렇게 경솔하게 비난하진 마십시오」 하고 빌포르가 대답했다. 「모든 일은 다 합법적으로 진행되어야 합니다. 수감 명령은 위에서 내려온 지령이었어요. 그러니 석방 명령도 또한 위에서부터 내려와야만 합니다. 그런데 나폴레옹 황제는 입성한 지 이제 겨우 두 주일밖에 안 됐으니, 사면장도 이제야 겨우 발송됐을까 말까 할 게 아닙니까?」

「하지만」 하고 모렐 씨는 물었다. 「우리 손으로 승리를 거두었으니, 수속쯤이야 빨리 해치우도록 무슨 수를 찾아낼 순 없을까요? 전 세력이 있는 사람들도 몇 사람 알고 있습니다. 그러니 판결 취소를 시킬 수도 있는데요」

「판결이란 게 없었는걸요」

「그럼, 수감자 명부라도」

「정치적인 사건에는 수감자 명부는 없습니다. 정부는 간혹 필요하면 아무 흔적도 남기지 않고 사람을 처치해 버리기도 하죠. 수감자 명부 같은 데 기록이 돼 있으면 후에 조사가 가능하기 때문이죠」

「혹 부르봉 왕조 시대엔 그랬을는지 모르지만, 지금이야……」

「그건 어느 시대든지 간에 마찬가집니다. 모렐 씨, 정부란 자꾸자꾸 바뀌지만, 다 비슷비슷한 겁니다. 루이 14세 때에 세워진 감옥 제도는, 다만 바스티유의 감옥이 없어졌을 뿐, 나머지는 그대로 오늘날까지 이어지고 있습니다. 황제 폐하는 감옥의 규정에 대해선 루이 14세보다도 더 매서우셨어요. 장부에 아무런 기록을 남기지 않고 갇힌 수감자 수가 얼마나 많다고요」

아무리 악의라고 믿으려 해도, 그렇게 친절한 태도를 보고는 마음이 달라질 수밖에 없었다. 그리하여 모렐 씨는 의심조차 품지 않았던 것이다.

「그럼, 빌포르 씨」하고 모렐 씨가 말했다. 「그 불쌍한 당테스를 빨리 돌아오게 하려면 어떡하면 좋을까요?」

「방법이라곤 단 한 가지뿐입니다. 사법 대신에게 탄원서를 내십시오」

「아, 그 탄원서라는 게 어떤 건지는 저도 알고 있습니다. 대신은 하루 이백 통이나 되는 탄원서를 받지만, 읽는 건 그중 네 통도 안 된답니다」

「그렇습니다」 빌포르가 말을 받았다. 「그래도, 나를 거쳐서 보낸 거고 내가 추천서를 써서 직접 내 손으로 보낸 탄원서라면 대신도 읽을 겁니다」

「하지만 그런 일을 맡아주시겠습니까?」

「아, 물론 맡아드리지요. 당테스는 그 당시엔 유죄였습니다만, 지금은 무죄입니다. 의무를 다하려고 투옥시켰던 사람을 석방시켜 주는 것도 내 의무임엔 틀림없으니까요」

그리하여 빌포르는, 거의 가능성이 없는 일이긴 하나, 그래도 혹시 조사를 하다가 자기가 완전히 망해 버리게 될 위험을 막기 위해 이렇게 선수를 쳤다.

「그럼, 대신에겐 어떻게 쓰면 될까요?」

「거기 앉으십쇼, 모렐 씨」 빌포르는 자기가 앉아 있던 자리를 선주에게 내주며 말했다. 「내가 불러드리지요」

「그렇게까지 해주시겠습니까?」

「그럽시다. 자, 지체할 시간 없어요. 지금까지만 해도 벌써 시간을 많이 허비한 셈이니까요」

「그렇군요. 그 불쌍한 것이 아마 기다리다 지쳐서 이젠 절망하고 있을 걸 생각해 보십시오」

빌포르는 그 죄수가 침묵과 암흑 속에서 자기를 저주하고 있을 것을 생각하니 몸서리가 났다. 그러나 이제 와서 그냥 물러서기엔 일이 너무 많이 진전되어 있었다. 당테스는 빌포르의 야망의 톱니바퀴 사이에 끼여 부서지고 말 것이다.

「자, 그럼 불러주십시오」 하고 빌포르의 안락의자에 앉아 있던 선주가 손에 펜을 들고 말했다.

빌포르는 탄원서를 받아쓰게 했다. 탄원서의 내용은 물론 훌륭한 동기에서 나온 당테스의 애국심과 보나파르트를 위해 그가 바쳐온 여러 가지 공로들을 과장해서 늘어놓은 것이었다. 그 탄원서 속의 당테스는, 나폴레옹의 복위를 위해서 가장 애를 많이 쓴 사람 중의 하나가 되어 있었다. 이러한 탄원서를 보게 되면 설혹 아직까지는 손해를 배상받지 못하고 있더라도, 대신이 즉각 용단을 내려줄 것은 뻔한 일이었다.

탄원서가 작성되자 빌포르는 큰소리로 그것을 다시 한번 읽어보았다.

「됐습니다」 하고 그는 말했다. 「그러니 이젠 모든 걸 제게 맡겨 주십시오」

「탄원서는 곧 보내질까요?」

「아예 오늘 보냅시다」

「검사님의 추천서도 붙여서요?」

「내가 추천서를 할 수 있는 한 잘 써서 보내면 선주님께서 이 탄원서에다 쓴 말이 다 진실이라는 걸 증명하게 되는 겁니다」

그러더니 이번에는 빌포르가 의자에 앉았다. 그리고 탄원서의 한 귀퉁이에다가 자기의 증명을 써넣었다.

「그럼, 이젠 어떡하면 되는 겁니까?」 모렐 씨가 물었다.

「기다리는 겁니다」 하고 빌포르가 대답했다. 「제가 모든 걸 다 맡을 테니까요」

이러한 보증은 모렐 씨에게 희망을 주었다. 그는 기쁜 마음으로 검사 대리의 집을 나왔다. 그러고는 당테스의 늙은 아버지에게 가서, 이제 곧 아들 얼굴을 보게 될 거라고 알려주었다.

한편 빌포르는 그 탄원서를 파리로 보내는 대신 그것을 소중하게 자기 수중에 넣어두었다. 당시의 유럽 정세며 사건의 움직임으로 추측해 볼 때, 다시 말하면 벌써부터 제이의 왕정복고를 상상해 볼 수 있는 이상, 이 탄원서는 당테스를 구원하기는 하겠지만, 훗날 자신을 아주 무서운 위험 속에 빠뜨리게 될 것이었다.

그러므로 당테스는 계속 감옥 속에 갇혀 있지 않으면 안 되었다. 감옥의 저 밑바닥에서 잊혀지고 만 그는, 루이 18세가 왕위에서 내려앉는 그 무서운 소리도 듣지 못했고, 그보다도 더 무시무시한 나폴레옹 제국이 무너지는 소리도 들어보지 못했다.

그러나 빌포르, 그 사람만은 모든 사태를 민첩한 눈으로 주의 깊게 보아왔다. 〈백일 정치〉라고 일컬어지는 그 짧은 나폴레옹 제정기에 모렐 씨는 두 번이나 와서 당테스의 석방을 부탁했다. 그러나 그때마다 빌포르는 모렐 씨에게 여러 가지 약속과 희망을 주어 그를 달래 보냈다. 이윽고 워털루 전쟁(나폴레옹이 몰락하게 된 전쟁이다——옮긴이)이 터졌다. 그러자 모렐 씨는 빌포르의 집에 다시는 나타나지 않았다. 선주로서의 그는 당테스를 위해 인간적으로 할 수 있는 일은 모두 다 해보았다. 그러나 지금의 제이왕정복고 하에서 또다시 그를 구해내려는 운동을 하고 나선다는 것은 공연히 자기 신상을 위태롭게 하는 짓이었다.

루이 18세가 다시 왕위에 올랐다. 마르세유의 추억이 깊은 회한에 뿌리박고 있는 빌포르는, 자진해서 공석으로 있는 툴루즈 검사의 지위를 차지하게 되었다. 새 부임지로 온 지 이주일 후에 그는 생메랑 양과 결혼했다. 색시의 아버지는 어느 때보다도 궁중에서의 세력이 강했다.

이리하여 당테스는 백일 정치 하에서 그리고 워털루 전쟁 이후에도 감옥에 갇혀 있었고, 사람들로부터 아니면 적어도 신으로부터 영원히 잊혀지고 말았던 것이다.

당글라르는 나폴레옹이 프랑스로 돌아오는 것을 보자, 자기가 당테스에게 가했던 일격이 자기에게 어떻게 되돌아올 것인지 알게 되었다. 그의 고소가 바로 들어맞았던 것이다. 그리하여 죄를 짓는 데는 어느 정도의 수완이 있으면서 일상 생활에 있어서는 별로 머리가 돌지 않는 사람들처럼, 그는 이 기이한 우연의 일치를 가리켜 〈신의 뜻〉이라고 불렀다.

더구나 나폴레옹이 파리로 돌아와, 그리고 그 목소리가 당당하고 힘차게 다시 울려오자 당글라르는 겁이 났다. 그에게서는 늘 당테스가, 모든 것을 알고 있는 당테스가, 모든 것에 대해 복수를 하려고 위협하며 힘있게 걸어오는 모습이 머리에서 떠나지 않았다. 그래서 그는 모렐 씨에게 해상 근무를 그만두겠다고 말했다. 그리고 모렐 씨의 소개로 어느 스페인 상인을 만나 3월 말경에 그 상사의 외교원으로 들어갔다. 그때가 바로 나폴레옹이 다시 튈르리 궁전으로 들어간 지 열흘이나 열이틀 후쯤 되었을 때였다. 그래서 마드리드로 떠난 다음에는 전혀 소식이 끊어지고 말았다.

페르낭은 아무것도 모르고 있었다. 당테스가 없어진 것만으로도 그에게는 충분한 일이었다. 도대체 당테스는 어떻게 되었을까, 하는 것따위는 알려고도 하지 않았다. 단지 당테스가 없는 그 기회를 타서 그는 여러 가지 궁리를 해보았다. 당테스가 없어진 동기를 꾸며대서 메르세데스를 속여볼까 하는 생각도 해보았다가 아주나 유괴의 계획을 세워보기도 했다. 그러나 수시로 그는 마르세유와 카탈로니아 마을이 한눈에 내려다보이는 파로 곶 끝에 앉아서 저 두 길 중 어느 한쪽에서 혹시 머리를 높이 쳐든 젊고 아름다운 청년이, 지금에 와선 무서운 복수의 사자가 된 그 청년이 성큼성큼 활발하게 걸어오는 것이나 아닌가 하며 마치 맹금(猛禽)처럼 꼼짝 않고 그 길을 슬피 바라다보곤 했다. 그러한 시간이 그에게는 가장 우울한 순간이었다. 그렇게 되면 페르낭의 계획도 꽉 막히고 마는 것이었다. 그는 총 한 방으로 당테스를 쏘고 그 살인을 장식하기 위해서 자기도 뒤따라 자살을 해버리리라고 생각하고 있었다. 그러나 페르낭의 생각은 틀린 것이었다. 페르낭은 결코 자살을 할 위인은 아니었다. 왜냐하면 그는 항상 희망을 가지고 살고 있었기 때문이다.

이러는 동안 많은 변동이 뒤덮이는 사이에, 나폴레옹 제국은 마지막 군대 소집을 시도했다. 그리하여 총을 들 수 있는 남자는 모조리 황제의 우렁찬 목소리에 응해 프랑스 국외로 달려갔다. 페르낭도 다른 사람들과 마찬가지로 집과 메르세데스를 두고 떠났다. 그러나 그의 마음은 혹시 자기가 떠난 뒤에 연적이 돌아와서 사랑하는 메르세데스와 결혼을 하지나 않을까 하는 우울하고도 무서운 생각으로 가득 찼다.

만약 페르낭이 정말 자살을 할 생각이 있었다면, 그것은 메르세데스에게서 떠날 때였을 것이다.

메르세데스에 대한 그의 친절, 그녀의 불행을 슬퍼하는 듯한 동정심, 메르세데스에게 사소한 희망의 기미만 보여도 곧바로 보살펴주려는 배려, 이러한 마음씨에 관대한 사람들이 늘 표면에 보이는 헌신을 보고 감동을 받듯이 메르세데스도 감동받지 않을 수 없었다. 그녀는 여전히 페르낭을 우정 어린 마음으로 사랑해 왔다. 이제 그 우정에는 또 다른 새로운 감정, 다시 말하면 감사의 정이 더해졌다.

「오빠」하고 메르세데스는, 징병 주머니를 페르낭의 어깨에 매어 주면서 말했다.「오빠는, 저한텐 단 하나밖에 없는 친구니 죽으면 안 돼요. 이 세상에서 외톨이가 되고 나면 난 어떡해요. 그럼 난 울며 지낼 거야. 그리고 오빠가 없어지면 난 정말 혼자 남게 되는 거예요」

출발할 때에 메르세데스가 한 이 말은 페르낭에게 희망을 불어넣어 주었다. 그리고 만약에 당테스가 돌아오지만 않는다면 메르세데스는 언젠가는 자기 것이 되리라고 생각했다.

메르세데스는 이 헐벗은 대지 위에 혼자 남게 되었다. 여태까지 이 대지가 이처럼 황량해 보인 적은 없었다. 지평선에는 광활한 바다가 보일 뿐이었다. 눈물을 철철 흘리며 저 무서운 얘기 속에 나오는 미친 여자처럼, 메르세데스가 카탈로니아의 작은 마을 주위를 끊임없이 방황하는 모습을 자주 볼 수 있었다. 어떤 때는 남프랑스의 뜨거운 태양 아래 동상처럼 우두커니 꼼짝 않고 서서 마르세유 쪽을 바라보기도 했다. 또 어떤 때는 바닷가에 앉아서 마치 자기의 고뇌처럼 그칠 줄 모르는 바다의 울부짓는 소리를 들으며, 이렇게 희망도 없이 계속해서 사람을 기다리며 고통을 받느니보다는, 차라리 이대로 앞으로 몸을 기울여 자기 체중에 이끌려, 깊은 바닷속에 잠겨 버리는 편이 낫지 않을까 하는 생각을 수없이 되풀이해 보기도 하였다.

그러면서도 메르세데스가 그러한 생각을 실천에 옮기지 못한 것은, 용기가 없었기 때문은 아니었다. 그녀에게 힘을 주고 그녀를 자살로부터 구해 준 것은, 실은 신앙이었다.

카드루스도 페르낭과 마찬가지로 소집을 받았다. 다만 그는 페르낭보다 나이가 여덟 살 위인 데다가 결혼을 한 몸이었기 때문에 삼차 소집 때 끌려나가 해안 지방으로 파견되었던 것이다.

당테스 노인은 아들을 만날 수 있으리라는 일말의 희망으로 기운을 지탱하고 있었으나 그 희망도 나폴레옹의 몰락과 더불어 무너지고 말았다.

아들과 헤어진 지 오 개월이 된 바로 그날, 그것도 아들이 체포된 시간과 거의 같은 시간에 그는 메르세데스의 팔에 안긴 채 마지막 숨을 거두었다.

모렐 씨는 당테스 노인의 장례 비용을 전부 치렀다. 그리고 병중에 노인이 진 자질구레한 빚들도 다 갚아주었다.

이렇게 노인의 뒤를 돌봐주는 데는 친절 이상의 무엇이 필요했다. 그것은 용기였다. 남프랑스 지방은 지금 한창 삼엄한 시기였다. 그래서 비록 임종을 맞이하고 있는 사람이라 할지라도, 당테스와 같은 위험한 보나파르트 당원의 아버지를 돌봐준다는 것은 그것만으로도 벌써 하나의 범죄를 저지르는 요인이 되고 마는 것이었다.

## 성난 죄수와 미친 죄수

 루이 18세가 복위한 지 약 일 년이 지난 어느 날, 형무소에는 검찰관의 순시가 있었다.
 당테스는 자기가 갇혀 있는 토굴 속에서 그 준비 때문에 사방에서 무엇인가가 구르고 긁히고 하는 소리를 들었다. 그것은 위에서는 굉장히 시끄럽게 들리겠지만, 저 아래 토굴 속에서는, 조용한 밤에 거미가 거미줄을 치는 소리와 천장에서 맺힌 물방울이 한 시간씩이나 걸려서 규칙적으로 똑똑 떨어지는 소리를 들을 수 있는 죄수들이 아니면 거의 들리지도 않을 만큼 조그맣게 들려왔다. 그는, 필경 저 살아 있는 인간들에게 무슨 변화가 생긴 거로구나 하고 추측했다. 이 무덤 속에서 하도 오래 살다 보니 그는 자기가 마치 송장처럼 생각되었던 것이다.
 과연 검찰관은 방과 토굴들을 하나하나 돌아보았다. 그리고 여러 명의 죄수들에게 이것저것 물어보기도 했다. 그들은 성품이 유순하든지, 아니면 어리석기 때문에 간수들의 눈에 든 죄수들이었다. 검찰관은 그들에게 식사는 어떤지, 또 요구할 것은 없는지를 물어보았다.

죄수들은 모두 식사는 형편없으며, 요구는 석방을 바랄 뿐이라고 입을 모아 대답했다.

그러자 검찰관은 그밖에 할말이 또 없느냐고 물어보았다.

그들은 머리를 저었다. 죄수들에게 자유를 바라는 것 이외에 다른 무슨 요구가 있을 것인가?

검찰관은 미소를 띠고 뒤를 돌아보며 소장에게 말했다.

「도대체 이렇게 아무 소용 없는 순시는 왜 하라는 것일까요? 죄수는 한 사람만 만나봐도 백을 만나본 거나 마찬가지이고, 한 사람 얘기만 들어보면 천 명의 말을 들어본 거나 다름없는 건데. 밤낮 똑같은 소리 아닙니까. 뻔하죠. 식사가 나쁘다, 난 죄가 없다 하는 얘기 말입니다. 여기 말고도 죄수가 또 있나요?」

「네, 위험하달까 미쳤다고 할까 하는 죄수들이 토굴 속에 있습니다」

「자, 그럼」 하고 검찰관은 몹시 지친 듯이 말했다. 「임무는 끝까지 다해야죠. 토굴로 내려가 봅시다」

「잠깐만」 하고 소장이 말했다. 「두 명만이라도 군인을 데리고 내려가십시다. 죄수들은 사형 선고라도 받고 싶어서인지, 가끔 쓸데없이 절망적인 행동을 하는 수가 있지요. 혹 무슨 사고라도 당하실까 봐서요」

「그럼 소장 생각대로 채비를 하시오」 하고 검찰관이 말했다.

그리하여 병사 두 사람이 불려왔다. 그러고서야 모두들 토굴 속으로 가는 층계를 내려가기 시작했다. 층계에 발을 내딛자마자, 지독한 구린내와 습기 때문에 눈이며 코며 숨이 한꺼번에 콱 막혀버릴 것 같았다.

「오!」 검찰관은 층계를 반쯤 내려가다 발을 멈추고 소리를 질렀다. 「이런 데엔 도대체 어떤 인간들이 살고 있소?」

「상당히 위험한 음모를 꾸민 놈입니다. 그래서 무슨 일을 저지를지 모르는 자라고 특별히 주의까지 붙여서 온 놈이지요」

「하나요?」

「물론입니다」

「언제부터 여기 있었소?」

「한 일 년 됐습니다」

「그래, 들어오자마자 곧 이 토굴 속에 집어넣었소?」

「아닙니다. 음식을 날라다 주던 간수를 죽이려 했기에 그 다음부터 여기다 가둬놨습니다」

「간수를 죽이려 했다고요?」

「네, 그렇습니다. 바로 지금 우리 앞에서 불을 밝혀주는 저 사람 말입니다. 그렇지, 앙투안?」 하고 소장이 물었다.

「네, 저를 죽이려고 했었습죠」 간수가 대답했다.

「그래? 그럼 그자는 미친 놈이로구먼?」

「그 자식은 아주 나쁜 놈이지요. 악마 같은 놈이에요」 하고 간수가 말했다.

「그럼 한마디 상부에 알려둘까?」 검찰관이 물었다.

「아니, 그럴 필요는 없습니다. 이미 충분히 벌을 받았으니까요. 게다가 지금은 미치광이나 다름없습니다. 지금까지의 경험으로 본다면 앞으로 일 년도 못 가서 아주 미쳐버리고 말 겁니다」

「그럼, 그자한테는 차라리 잘됐구면」검찰관이 말했다.「일단 아주 미쳐버리면 괴로운 건 잘 모를 테니 말이오」

보시다시피 이 검찰관은 다분히 인간적인 면이 있어서 박애적인 직무를 훌륭히 수행할 만한 인물이었다.

「옳은 말씀이십니다」하고 소장이 말했다「그런 걸 생각해 주시다니 검찰관님께선 이 방면에 연구가 깊으신 모양입니다. 그리고 실은 이 토굴에서 한 이십 보밖에 안 떨어진 곳에, 거긴 다른 층계로 내려가야 하는데요, 토굴 하나가 또 있죠. 그 속엔 늙은 수도승이 하나 있습니다. 그전에 이탈리아에서 무슨 당의 당수를 지냈다는데 1811년에 이리로 왔다가 1813년 말경부터 머리가 돌아서 이젠 외모도 아주 딴사람이 되어버렸지요. 우는가 하면 금세 웃고요, 또 비쩍 마르는가 하고 보면 다시 뚱뚱하게 살이 쪄 있지요. 아까 말씀드린 그 죄수보단 차라리 이쪽 늙은 죄수를 보시는 게 어떠실까요? 미쳐도 아주 재미있게 미쳐서 만나보셔도 과히 언짢으시진 않을 겁니다」

「둘 다 만나보겠소」하고 검찰관은 대답했다.「직무는 양심껏 해야 하니까」

이 검찰관에게는 이번 순시가 처음이었다. 그래서 상사에게 좋은 인상을 남기고 싶었던 것이다.

「그럼 우선 이리로 들어가 보십시다」하고 그는 말했다.

「좋도록 하십시오」소장이 대답했다.

그리고 나서 소장이 간수에게 손짓을 하자 간수가 문을 열었다.

육중한 자물쇠가 삐걱거리는 소리, 굴대 위로 녹슨 돌쩌귀가 돌아가는 소리며 쇠창살이 달린 좁은 환기창으로 새어드는 가는 햇살조차 말할 수 없이 기쁜 마음으로 맞게 되는, 이 토굴 한구석에 쭈그리고 앉아 있던 당테스는 번쩍 머리를 들었다. 두 사람의 간수가 들고 있는 불빛에 낯선 사람이 하나 비쳐왔다. 소장은 모자를 손에 들고 그 사람에게 이야기하고 있었고, 게다가 군인이 둘씩이나 그를 보호하고 있었다. 그러한 광경을 보자 당테스는 대뜸 모든 일을 짐작했다. 이제야 높은 사람에게 호소할 수 있는 기회가 왔구나 생각한 당테스는 두 손을 모으고 앞으로 달려나갔다.

　병사들은 곧 총검으로 그를 막았다. 분명 이 죄수가 악의를 품고 검찰관에게로 달려들려는 줄 알았기 때문이다.

　검찰관도 한걸음 뒤로 주춤 물러섰다.

　당테스는 자기가 무시무시한 인간으로 알려졌음을 직감했다.

　그래서 당테스는 할 수 있는 대로 온후하고 겸손한 표정을 시선에 드러내 보이면서, 거기 있는 모든 사람들을 놀라게 할 만큼 경건한 웅변으로 지금 자기를 방문한 사람의 마음을 움직여보려고 했다.

　검찰관은 당테스의 얘기를 끝까지 다 들었다. 그러고는 소장 쪽으로 몸을 돌리며, 「이 사람은 신앙으로 회복될 수 있을지도 모르겠군」 하고 낮은 목소리로 말했다. 「벌써 감정도 퍽 누그러져 있는데. 자, 무서운 것도 알고 있지 않소. 총을 갖다대니까 뒤로 물러나는데. 미친 사람 같으면 뭘 갖다대도 물러서진 않는 법이오. 이런 문제에 대해선 샤랑통(파리 교외의 유명한 정신 병원――옮긴이)에서 여러 가지 재미있는 사실을 본 일이 있소」

그러고 나서 다시 죄수 쪽으로 돌아서며 「결국 희망하는 게 무어지?」하고 물었다.

「전 제가 도대체 무슨 죄를 지었는지 알고 싶습니다. 저를 재판해 주십시오. 제 소송을 심판해 주셨으면 하는 겁니다. 그래서 만약 제가 유죄라면 총살해도 좋습니다. 그러나 만일 제가 무죄라면 저를 놓아주셔야 합니다」

「식사는 괜찮은가?」하고 검찰관이 물었다.

「네, 괜찮은 것 같습니다, 잘은 모르겠습니다만. 그건 대수로운 일이 아닙니다. 중요한 것은 불행한 죄수인 저 한 사람만을 위해서가 아니라 재판을 하시는 나리들과, 또한 우리를 다스리시는 임금님을 위해서라도, 죄없는 사람을 더러운 고소의 희생물로 만들어 자기를 괴롭히는 자들을 저주하면서 옥중에서 죽는 일이 있어서는 안 된다는 겁니다」

「오늘은 제법 겸손한데」하고 소장이 말했다. 「언제나 이렇진 않았었지. 간수를 때려죽이려던 때의 말투는 지금하곤 아주 딴판이었단 말이야」

「그렇습니다」하고 당테스가 말했다. 「이분에겐 정말 죄송한 마음으로 용서를 빌어야겠습니다. 언제나 친절하게 대해 주었으니까…… 하지만 하는 수가 없었습니다. 저는 미칠 것 같았었습니다. 미친 듯이 날뛰었었죠」

「지금은 괜찮단 말이지?」

「괜찮습니다. 하지만 감옥살이는 저를 엉망으로 만들어놓았습니다. 너무 오랫동안 이런 데 갇혀 있었으니까요」

「너무 오랫동안이라니? ……도대체 자넨 언제 체포되었

나?」 검찰관이 물었다.

「1815년 2월 28일 오후 두시입니다」

검찰관은 계산해 보았다.

「오늘이 1816년 7월 30일이니, 무슨 소리야, 잡혀 들어온 지 이제 십칠 개월밖엔 안 됐는데」

「십칠 개월밖에 안 됐다고요!」 당테스가 말했다. 「아, 나리께선 감옥살이 십칠 개월이라는 게 어떤 건지 모르고 계십니다. 그건 십칠 년입니다. 십칠 세기입니다. 더군다나 저처럼 막 행복이 손에 와 닿게 돼 있던 사람, 저처럼 사랑하는 여자와 막 결혼을 하려던 사람, 또 눈 앞에 화려한 생애가 막 펼쳐지려던 사람에게서 모든 것이 순간적으로 사라지고 만 것입니다. 활짝 갠 한낮으로부터 깜깜하고 깊은 밤 속으로 굴러떨어져서 일생이 그대로 무너져버리고, 사랑하던 사람이 아직도 자기를 사랑하고 있는지도 모르고, 또 늙으신 아버지가 아직 살아 계시는지 돌아가셨는지도 모르고 있습니다. 바닷바람이 몸에 배고 뱃사람의 자유로운 생활과, 대기와 광막한 공간과 무한 속에 단련된 사람에게 십칠 개월의 감옥 생활이란 건! 검찰관님, 이런 십칠 개월의 감옥살이란 사람의 입으로 표현할 수 있는 가장 흉악한 범죄에 과해진다 해도 너무 심한 일일 것 같습니다. 그러니 절 불쌍히 여겨주십시오. 저는 저를 위해서 관용을 청원하는 게 아닙니다. 공정함을 바랄 뿐입니다. 특사가 아니라 재판을 요구하는 겁니다. 저는 재판관들만 만나보면 됩니다. 피고에게 재판관을 거부할 수는 없지 않습니까?」

「좋아」 검찰관이 말했다. 「생각해 보지」

그리고 나서 소장 쪽으로 돌아서며 「정말 안됐구려」 하고 말했다.「이따가 올라가거든 이 사람의 수감자 명부를 좀 보여주시오」

「알겠습니다」하고 소장이 말했다.「그런데 이 죄수에 관해선 무시무시한 기록이 적혀 있을 겁니다」

「검찰관님」하고 당테스가 말을 이었다.「검찰관님 혼자서 마음대로 절 여기서 끌어내 주시지 못한다는 건 저도 알고 있습니다. 하지만 이러한 제 청원을 상부에 전달해 주실 수는 있으실 겁니다. 조사를 하도록 해주실 순 있을 거예요. 그래서 제가 재판에 회부되도록 해주실 수 있을 겁니다. 제가 바라는 건 재판뿐이니까요. 저는 제가 어떤 죄를 지었는지, 그리고 어떤 형에 처해져 있는지 그게 알고 싶은 겁니다. 왜냐하면 어떻게 된 건지 모르고 있는 거야말로 고통 중에 제일 괴로운 고통이기 때문입니다」

「불로 좀 비추시오」하고 검찰관이 말했다.

「검찰관님」당테스가 소리쳤다.「검찰관님 목소리로 보아, 검찰관님께서도 마음이 움직이신 것같이 생각됩니다. 그러니 제발 제게 희망을 가지라고 말씀해 주십시오」

「그런 말은 못하겠어」검찰관이 대답했다.「단 자네에 관한 기록을 조사해 보는 것만은 약속해 두지」

「아, 그렇다면 저는 자유가 되는 겁니다. 저는 살아나는 겁니다」

「그런데 누구 손에 체포되었나?」검찰관이 물었다.

「빌포르 씨한테 체포되었습니다」당테스가 대답하였다.

「그분을 만나주십시오. 그래서 그분과 의논을 해주십시오」

「빌포르 씨는 이미 일 년 전부터 마르세유에는 없는데. 지금은 툴루즈에 가 있어」

「아, 그랬군요. 그러니 내가 이대로 갇혀 있는 것도 무리가 아니로구나」하고 당테스는 중얼거렸다. 「나를 옹호해 주는 단 한 분인 그 사람도 이젠 멀리 가 있으니」

「빌포르 씨가 혹 자네를 미워할 만한 이유라도 있었던가?」 검찰관이 물었다.

「천만에요. 그분은 오히려 저한테 퍽 친절하게 대해 주셨는 걸요」

「그렇다면 그 사람이 자네에 관해서 써놓은 의견이라든가 내게 얘기해 주는 의견은 모두 믿어도 좋겠구먼!」

「물론입니다」

「그럼 좋아, 기다려봐」

당테스는 땅바닥에 무릎을 꿇고 두 손을 하늘로 쳐들었다. 그러고는 입 속으로 기도를 올리며, 지금 자기 감방으로 내려온 이 사람이, 마치 지옥에 떨어진 영혼들을 구하러 온 구세주라도 되는 듯이 하느님께 축복을 빌었다.

문은 다시 닫혀버렸다. 그러나 검찰관과 함께 내려왔던 희망은 그대로 당테스의 토굴 속에 묻혀버린 채 아무 소식이 없었다.

「곧 수감자 명부를 보시겠습니까, 아니면 그 수도승의 감방으로 가보시겠습니까?」하고 소장이 물었다.

「아주 감방을 다 훑어보고 맙시다」검찰관이 대답했다. 「환한 데로 일단 올라가면 다시 이 우울한 임무를 계속할 용기가 안 날 테니까 말이오」

「이번 죄수는 아까하곤 또 전혀 다르지요. 이 수도승의 광기는 옆방의 그 꼬치꼬치 따지는 죄수보다는 비위를 덜 상하게 하지요」

「어떻게 미쳤는데요?」

「참 묘하게 미쳤지요. 자기가 아주 막대한 보물을 가지고 있는 줄로 믿고 있습니다. 감옥에 들어온 그 첫해엔 만일 정부가 자기를 석방해 준다면 정부에 100만 프랑을 바치겠다는 거예요. 그 이듬해엔 200만, 삼 년째 되는 해엔 300만, 이렇게 점점 액수를 올리는 겁니다. 이곳에 갇힌 지가 올해로 오 년째입니다. 아마 검찰관님께도 비밀리에 할 얘기가 있다면서 500만을 드리겠다고 할 겁니다」

「허, 그것 참 재미있는데!」 검찰관이 말했다. 「그 백만장자의 이름은 뭐요?」

「파리아 신부라고 합니다」

「27호!」 하고 검찰관이 말했다.

「여기로군. 자, 열어보지, 앙투안」

간수는 시키는 대로 했다. 호기심에 찬 검찰관의 시선이 〈미치광이 신부〉의 토굴 속으로 쏠렸다.

모두들 그 죄수를 그렇게 불렀던 것이다.

방 한가운데에 벽에서 떨어져 나온 벽토 조각이 땅에 둥그렇게 원을 그리고 있고, 그 속에 옷이 너덜너덜해서 거의 벌거숭이가 다 된 사람이 하나 누워 있었다. 그는 그 원 속에 아주 선명한 기하학적인 선을 여러 개 그어놓았다. 그것은 마치 아르키메데스가 로마 마르세러스의 군인에게 죽임을 당했을 때처럼 무슨 문제를 풀려고 골몰해 있는 것 같았다. 그래서 문이 열리는 소리에도 움직이지 않고 있다가 단지 횃불이 낯선 빛으로 자기가 일하고 있는 축축한 땅바닥을 비췄을 때에야 비로소 알아차린 듯이 보였다. 그러자 그는 뒤를 돌아보았다. 그리고 깜짝 놀라 자기 토굴 속으로 내려오는 그 많은 사람들을 바라보았다.

노인은 벌떡 일어나더니 누추한 침대 밑에 던져져 있던 이불을 잡아 끌었다. 그러고는 이 낯선 사람들에게 좀더 단정한 꼴을 보여주려는 듯이 성급히 이불로 몸을 가렸다.

「뭐 희망하는 거라도 있소?」 검찰관은 똑같은 말을 되풀이해서 물었다.

「나한테 말이오?」 신부는 놀란 듯이 물었다. 「아무것도 바라는 건 없소」

「모르고 있구먼」 하고 검찰관이 말했다. 「난 정부의 관리요. 내 임무는 감옥에 나와서 죄수들의 희망을 듣는 거니까, 얘길 해보시오」

「아, 그래요? 그렇다면 얘기는 다르지」 하고 신부는 힘차게 외쳤다. 「잠깐 의논을 해보았으면 좋겠는데」

「그것 보세요」 소장이 낮은 목소리로 말했다. 「제가 아까 말씀드린 대로 아닙니까?」

「여보시오」 죄수가 말을 이었다. 「난 로마 태생인 파리아 신부요. 난 이십 년 동안이나 로스피그리오지 추기경의 비서로 있었는데 1811년 초에 알 수 없는 이유 때문에 체포된 거요. 그때부터 나는 이탈리아와 프랑스 당국에 자유를 요구하고 있는 중이오」

「어째서 프랑스 당국에 요구하는 거요?」 하고 소장이 물었다.

「그건 내가 피옹비노에서 체포됐기 때문이오. 밀라노나 프로방스와 마찬가지로 피옹비노도 지금은 프랑스 어느 주(州)의 수도가 됐을 테니 말이오」

검찰관과 형무소 소장은 웃으면서 서로 쳐다보았다.

「미안하지만」하고 검찰관이 말했다.「당신의 이탈리아 관련 지식은 하나도 새로운 게 없군」

「그건 내가 체포됐을 때 일이니까」하고 파리아 신부는 말했다.「황제 폐하(나폴레옹을 가리킨다──옮긴이)가 그 즈음에 태어난 태자를 위해 로마 왕국을 세웠으니까, 내 추측으론 아마 정복을 계속해서 이탈리아를 통일된 하나의 왕국으로 만들려던 저 마키아벨리와 세자르 보르지아의 꿈을 실현했으리라고 생각하는데」

「그런데」하고 검찰관이 말했다.「당신이 꽤 열성을 기울이고 있는 듯 보이는 그 거대한 계획이 하느님 덕분에 다행히도 뒤집히고 말았단 말이오」

「이탈리아를 강력하고 독립된 행복한 나라로 만들려면 그게 유일한 방법인데」하고 신부가 대답했다.

「그럴지도 모르지」검찰관의 말이다.「하지만 당신하고 이탈리아의 정치를 논하려고 여기 온 건 아냐. 아까도 물어보았지만, 식사라든가 잠자리 같은 것에 관해서 무슨 요구라도 있는지 물으러 온 거란 말이오」

「식사야 어느 감옥이나 다 마찬가지지」신부가 대답했다.「지독히 고약하단 말이오. 잠자리는 보시다시피 끈끈하고 비위생적이고. 하기야 토굴이란 건 이래야겠지만. 그렇지만 그런 건 다 문제가 아니오. 굉장히 중대하고도 흥미있는 일을 정부에 알려주고 싶다는 거라고」

「자, 이제 시작이로군요」하고 소장이 낮은 소리로 말했다.

「그러니 마침 잘 오셨소」신부가 말했다.「실은 지금 상당히 중요한 계산을 하고 있는 중에 당신이 와서 일을 방해하긴 했지만. 그런데 이 계산이 만약 성공만 한다면 아마 뉴턴의 법칙까지도 바뀔 거란 말이오. 그런데 잠깐 둘이서만 얘길 해볼 수 없겠소?」

「저것 보세요, 제가 뭐라고 그랬습니까?」하고 소장이 검찰관에게 말했다.

「사람을 잘 봐두었구려」검찰관이 미소를 지으며 말했다. 그러고 나서 파리아 신부 쪽으로 몸을 돌리며「그런데」하고 말했다.「당신이 요구하는 건 불가능하오」

「하지만 이보시오」신부가 말을 이었다.「만약 정부에 막대한 금액, 가령 오백만이라는 금액이 정부에 들어온다면?」

「과연」하고 이번에는 검찰관이 소장 쪽으로 몸을 돌리며 말했다.「금액까지 맞혔구려」

「그런데」신부는 검찰관이 나가려는 움직임을 보이자 이렇게 말했다.「꼭 우리 둘만 있어야 한다는 건 아니오. 소장과 같이 있어도 좋소」

「이보쇼」소장이 말했다.「미안하지만 우리는 벌써부터 당신이 하려는 얘기를 훤히 알고 있소. 또 그 보물 얘기겠지, 안 그렇수?」

파리아는 자기를 비웃고 있는 이 사람을 쳐다보았다. 만약에 공평 무사한 관찰자였더라면 그 눈에서 분명히 이성과 진실이 빛나고 있음을 알아보았을 것이다.

「검찰관님」 소장이 말을 계속했다. 「전 이 신부가 하려는 그 얘기를 똑같이 할 수 있습니다. 사오 년 동안 귀에 못이 박히도록 들어 왔으니까요」

「그러니 여보, 소장」 신부가 말했다. 「당신도 저 『성경』에 나오는, 눈이 있어도 보지 못하며, 귀가 있어도 듣지 못하는 사람들과 매한가지로구려」

「이봐요, 영감」 검찰관이 말하였다. 「정부는 부자란 말이오. 그래서 다행히도 당신 돈은 필요치 않아. 당신이 출옥하는 날을 위해 그 돈은 잘 간직해 두시구려」

「하지만 만약 내가 감옥에서 나가지 못하면 어떡하고?」 하고 그는 말했다. 「정의를 짓밟고 나를 그대로 이 토굴 속에 가둬놓았다가, 만약 내가 여기서 아무에게도 비밀을 전해 주지 못한 채 죽어버리는 날엔 그 보물은 그냥 잃어버리는 게 아니겠소? 그러니 정부가 그걸 이용하고 나도 이용하는 편이 낫지 않겠소? 그래, 육백만을 포기하지. 만일 나를 놓아준다면, 나는 그 나머지로 만족할 테요」

「정말이지」 검찰관이 목소리를 낮추며 말했다. 「만약 이 사람이 미쳤다는 사실을 처음부터 몰랐더라면, 말하는 품이 너무 확신을 갖고 있어서 정말인 줄 알겠는걸」

「진실이란 말이오」 파리아 신부는 죄수 특유의 예민한 청각으로 검찰관의 말을 하나도 빠뜨리지 않고 다 들었다. 「약속해도 좋소. 내가 말하는 장소로 날 데리고 가주면, 보는 앞에서 땅을 파볼 테니 만일 내 말이 거짓말이어서 아무것도 나오지 않으면 당신들 말대로 내가 미친 놈이니, 다시 이 토굴로 데려오면 되지 않소. 그렇게 되면 난 영원히 이 속에 갇혀, 앞으로는 당신이나 또 다른 어느 누구에게도 이런 청을 하지 않고 그 대로 죽어버릴 테니까」

소장은 웃었다.

「그런데 그 보물이라는 게 있는 곳은 먼가?」

「여기서 약 400킬로미터쯤 되는 곳이오」하고 파리아 신부는 말했다.

「그럴 듯하게 꾸며대는걸」하고 소장은 말했다. 「만일 죄수마다 간수들을 400킬로미터씩 산책시키려 들고 간수들도 그런 산책을 하고 싶어한다면, 죄수들이 그 틈을 타서 도망치기엔 안성맞춤이겠지. 그런 기회는 반드시 생길 테니까」

「그건 다 뻔한 수작이오」하고 검찰관이 말했다. 「새로운 고안도 못 된단 말이오」 그러더니 다시 신부 쪽으로 돌아서며 말했다. 「식사는 괜찮으냐고 물었는데?」

「이보시오」파리아가 대답했다. 「만일 내가 한 말이 진실이라면 나를 석방시켜 주겠다고 그리스도의 이름으로 맹세해 주구려. 그럼 보물이 묻혀 있는 곳을 내 가르쳐줄 테니」

「식사는 괜찮소?」검찰관이 다시 한번 물어보았다.

「그렇게 하면 아무 위험도 없을 거요. 그리고 내가 도망칠 기회를 만들려고 그러는 게 아니라는 것쯤은 알 수 있을 거요. 모두들 보물을 찾으러 간 동안 나는 그대로 감옥에 남아 있을 테니까」

「내가 묻는 것엔 대답이 없구먼」검찰관이 조급히 다그쳐 물었다.

「당신도 내가 하는 말엔 대답을 안하지 않소」하고 신부가 소리쳤다. 「그러니 당신도 내 말을 믿지 않으려는 다른 바보들

하고 똑같이 저주를 받아야 해! 내 돈 같은 것은 필요 없다는 거지. 그럼 내가 가지고 있을 테야. 나한테는 자유를 주지 않겠다는 거지. 그럼 하느님이 주실 거야. 자, 어서 가시오. 난 이제 할말이 없으니」

그러고는 신부는 이불을 걷어차 버리고 다시 석회 조각을 주워 그 원(圓) 속에 가서 앉았다. 그리고 그 안에서 선을 긋고 계산을 하기 시작했다.

「도대체 뭘 하고 있는 거요?」 검찰관이 밖으로 나가려다 물었다.

「보물을 계산하고 있는 거겠죠」 소장이 대답했다.

이렇게 비웃는 소장의 말에 파리아는 경멸이 가득 찬 눈길을 보냈다.

일행은 밖으로 나왔다. 그 뒤로 간수가 문을 닫았다.

「사실 보물 같은 걸 가지고 있는지도 몰라」 검찰관은 층계를 올라오면서 말했다.

「아니면 보물을 가지고 있었던 꿈을 꾸었는지도 모르죠」 하고 소장이 대답했다. 「그래서 이튿날 눈을 뜨자 미쳐버린 거겠지요」

「하긴 그래. 만약에 정말 그렇게 부자였다면 감옥에 끌려오지 않았을 테니까」 검찰관은 고지식하게 이렇게 말함으로써 뇌물이 거래되는 부패상을 단적으로 드러냈다.

파리아 신부와의 일은 이렇게 해서 끝났다. 신부는 그대로 감옥에 갇혀 있었다. 그리고 이번 방문이 있은 후로 그가 재미있게 미쳤다는 소문은 날로 더욱 높아져만 갔다.

만약에 칼리귤라나 네로 같은 보석에 사족을 못 쓰는 사람이라든가 불가능한 일을 찾아 해내려는 사람 같았더라면 아마도 이 불쌍한 사람의 말에 귀를 기울여, 그가 원하는 대로 바깥 대기(大氣)를 허용해 주고 그처럼 바라던 공간과 그처럼 비싼 값을 치르려던 자유를 주었을 것이다. 그러나 오늘날의 왕들은, 가능한 일에만 줄을 긋고 그 경계선 안에서만 매사를 유지할 생각으로, 대담한 의지 따위는 이미 가지고 있지도 않았다. 그들은 자기가 내리는 명령을 듣는 귀와 자기의 행동을 살펴보는 눈을 두려워하고 있다. 그들은 이미 자기들의 신성(神性)에 의한 우월함도 느끼고 있지 않다. 왕관을 쓴 인간, 이것이 전부일 뿐이다. 옛날에 그들은 스스로를 제우스의 아들이라고 믿거나, 아니면 적어도 그렇게 생각하고, 하늘에 있는 아버지의 위엄 있는 천품을 지니고 있었다. 하늘 위에서 일어나는 일이면 사람들은 그렇게 쉽게 비판하지는 않는 법이다. 그런데 오늘날에는 왕들이 인간들의 손이 쉽사리 미치는 곳에까지 밀려 내려온 것이다. 전제 정부는 감옥이나 고문의 결과를 명료하게 드러내는 일을 꺼려왔다. 그래서 심문의 희생자로서, 뼈가 부러지고 상처도 피투성이가 되어 감옥을 나오는 이는 그 예가 거의 없었다. 광기도 마찬가지였다. 정신적인 고문 끝에 감옥 안의 진흙 구렁 속에서 생겨난 광기라는 이 상처도 거의 언제나 처음 발생했던 장소에 그대로 묻혀버리고 마는 것이었다. 설혹 밖으로 나오게 된다 하더라도 어딘가 컴컴한 병원 속에 묻혀버려 의사들조차 지쳐 있는 간수의 손에서 넘겨진 그 이상한 잔해 속에서 그 본래의 인간이나 생각은 알아낼 도리가 없는 것이다.

파리아 신부는 옥중에서 미쳐 그 광기 때문에 지금은 종신

금고형을 선고받았던 것이다.

한편, 당테스로 말하자면 검찰관은 그와의 약속을 이행했다. 소장의 방으로 되돌아오자, 그는 수감자 명부를 가져오도록 했다. 문제의 그 죄수에 관한 기록은 다음과 같았다.

에드몽 당테스

과격파 보나파르트 당원. 나폴레옹이 엘바 섬에서 귀환하는 일에 적극 협조했음. 엄중한 감시하에 극비밀리에 감금할 것.

이 기록만은 여느 부분과는 다른 필적과 잉크로 씌어 있었다. 그런 점으로 보아 이 기록은 당테스가 수감된 후에 추가된 것이라는 사실이 분명했다.

죄상이 이렇게 명백한 이상 그것을 뒤집어놓을 도리는 없었다. 검찰관은 괄호 밑에다 〈사면(赦免)할 길 없음〉이라고 써넣었다.

그러나 검찰관의 방문은 당테스에게는 새로운 힘을 불어넣어 주었다. 그는 감옥에 들어온 이후로는 통 날짜 세는 것을 잊어버리고 있었다. 그러나 검찰관이 그에게 새로운 날짜를 가르쳐주었다. 당테스는 그것을 잊지 않고 있었다. 그는 자기 뒤에 있는 벽에다 천장에서 떨어진 석회 조각으로 〈1816년 7월 30일〉이라고 써놓았다. 그리고 그날부터 그는 매일 구멍을 하나씩 파서 시간 계산을 잊지 않으려고 했다.

여러 날이 지났다. 그 다음엔 몇 주가 지나고 또 몇 달이 흘러갔다. 당테스는 여전히 기다리고만 있었다. 그는 자유롭게 될 날이 올 때까지를 우선 이 주일로 잡아보았다. 검찰관이 이곳에 왔을 때 반쯤은 흥미를 가지고 있었던 것 같았으니, 그 정도로만 자기 일을 생각해 준다면 이 주일이면 충분할 것이라고 생각했다. 그 이 주일이 지나자 그는 검찰관이 파리로 돌아가기도 전에 자기 일에 전념하리라고 생각했던 것이 어리석었다고 스스로 생각했다. 그리고 파리로 돌아가는 것은, 그의 순시가 다 끝난 후가 아니면 안 된다. 그리고 순시는 한 달 내지 두 달은 걸릴 것이다. 그래서 이번에는 이 주일 대신에 마음속으로 석 달을 기한으로 정했다. 그 석 달이 지나자 그는 또 다른 이유를 생각해 냈다. 이번에는 육 개월로 정했다. 그러나 하루하루를 계산해서 그 육 개월이 또 지나가 버리자 그는 지금까지 열 달 반이나 기다려왔다는 사실을 깨달았다. 그 십 개월 동안 감옥에서는 아무런 변화도 없었다. 마음의 위로를 받을 만한 소식 하나 들려오지 않았다. 간수에게 물어보았자 언제나와 마찬가지로 입을 봉하고 대답해 주지 않았다. 당테스는 자신의 감각을 의심하기 시작했다. 지금까지 자기가 추억인 줄 알고 있던 것들이 실은 머릿속의 환각에 지나지 않았던 것이 아닐까, 그리고 감방에 나타났던 그 위안의 천사도 실은 단지 꿈이 날개를 펴고 내려왔던 것이 아닐까 하는 생각이 들기 시작했다.

그러고 나서 일 년 후에 형무소 소장이 바뀌어 버렸다. 전의 소장은 하므 요새의 소장으로 전임됐던 것이다. 그는 부하들을 여러 명 데리고 갔다. 그 중에는 당테스를 지키던 간수도 끼여 있었다. 새 소장이 왔다. 죄수 한 사람 한 사람의 이름을 일일이 기억하는 것이 귀찮다고 생각했는지 그는 죄수에게 번호만 대도록 했다. 가구가 딸린 이 무시무시한 호텔에는 방이 쉰 개나 있었다. 그 속에 살고 있는 사람들은 모두 그들이 거처하는 방의 번호로 불리게 되었다. 따라서 그 불행한 청년도 그의 이름인 에드몽이라든가 당테스라는 성으로 불리는 대신, 다만 34호로 불리게 되었다.

## 34호와 27호

　당테스는 감옥 속에 갇혀 잊혀지고 만 온갖 죄수들이 당해야 하는 불행의 단계를 모두 경험했다.
　처음에 그는 오만하게 그것을 감당해 나갔다. 그것은 희망의 연속이며 또한 무죄를 믿고 있는 마음으로 가능했다. 이윽고 얼마 후엔 자기가 정말 무죄인지 의심하게 되었다. 그것은 정신 착란이라고 하던 소장의 생각에 꼭 들어맞은 셈이었다. 마침내는 자존심의 절정에서 추락하고 말았다. 그는 기도를 올렸다. 그러나 그것은 신에게 올리는 것이 아니었다. 사람에게 하는 기도였다. 신이란 가장 막바지에 구원을 청하게 되는 법이다. 그런데 처음부터 주께 기원을 구해야 할 불행한 사람은 언제나 다른 모든 희망을 잃어버리고 난 뒤에야 비로소 주에게서 희망을 발견하는 법이다.

당테스는 어떻게 해서든지 이 토굴에서 나가 비록 더 깜깜하고 더 깊은 데라도 좋으니, 제발 다른 감방으로 보내달라고 청원을 했다. 변화란 비록 결과적으로는 손해가 돼버리는 경우라 할지라도, 그것이 변화임에는 틀림없기 때문이다. 그렇게 되면 당테스는 며칠 동안만이라도 기분 전환을 할 수 있을 것이다. 그는 산책과 바깥 공기와 책들과 악기 같은 것을 얻을 수 있게 해달라고 청했다. 그러나 그중 어느 하나도 허용되지 않았다. 그래도 그는 굴하지 않고 계속해서 요구를 내세워보았다. 그는 버릇처럼 간수가 새로 오기만 하면 다시 얘기를 했다. 새로 온 간수가 먼젓번 사람보다 더 말상대를 안해 줘도 좋았다. 그 사람이 설령 벙어리라 할지라도 다른 사람에게 말을 한다는 것이 그에게는 하나의 즐거움이었다. 당테스는 자기 자신의 목소리를 들어보려고 말을 거는 것이었다. 그는 혼자 있을 때 말을 해보려고 하면 무서운 생각이 들곤 했다.

당테스는 전에 자유로운 몸이었던 시절에, 가끔 죄수들의 감방을 생각해 보곤 무서워서 몸이 오싹해진 때가 여러 번 있었다. 그 속에 있는 부랑자들이며 강도들, 그리고 살인범들은 천박한 재미나 좇으며 무시무시한 우정을 나누고 있다고 생각했었다. 그런데 지금의 그는 차라리 그런 지저분한 방에 끼여 있는 편이 좋았을 것이라고까지 생각되었다. 그렇게 되면 아무 말도 해주지 않는 간수 외에 다른 얼굴들을 대할 수 있기 때문이다. 그는 부끄러운 옷을 걸치고 발에는 쇠고랑을 차고 어깨에 낙인이 찍힌 도형수(徒刑囚)들이 부러워졌다. 그 죄수들은 적어도 저희끼리의 사회를 가지고 있기 때문이다. 그들은 대기를 호흡하고 하늘을 볼 수 있다. 그러므로 그들은 참으로 행복하다고까지 할 수 있었다.

어느 날 그는 간수에게 누구든 한 사람만 같이 있게 해달라고, 비록 그 사람이 소문으로 들은 그 미치광이 신부라도 좋으니 함께 있게 해달라고 청을 했다. 간수란 인간은 무뚝뚝한 탈을 쓰고 있긴 하지만 언제나 그 밑에 어느 정도의 인정은 남아 있는 법이다. 이 간수도 얼굴에는 나타내지 않았지만, 마음속으로는 언제나 괴로운 감옥살이를 하고 있는 이 불행한 청년을 불쌍하게 생각하고 있었던 것이다. 그래서 그는 34호 죄수의 요구를 소장에게 전해 주었다. 그러나 소장은 마치 자기가 정치가이기라도 한 듯이, 매사에 용의주도했다. 이것은 분명, 당테스가 다른 죄수들을 모아서 무슨 음모라도 꾸미고, 그들의 도움을 빌려 도망이라도 하려는 것임에 틀림없다고 생각하고 그 요구를 거절해 버렸다.

이제 당테스는 인간으로서 바랄 수 있는 한도 안의 희망은 모조리 잃어버리고 말았다. 그제야 그는 앞에서도 말한 바와 같이 신에게로 얼굴을 돌렸다.

이 세상에 흩어져 있는 모든 경건한 생각, 운명에 짓밟힌 불행한 사람들이 주워 모으는 그런 생각이 지금 그의 마음에 다시 힘을 주었다. 그는 어렸을 때 어머니가 가르쳐준 기도를 생각해 냈다. 그리고 그 속에서 예전에는 모르고 있었던 의미를 발견해 냈다. 행복한 사람에게 기도란 다만 단조롭고 무의미한 것들의 집합에 지나지 않으나, 괴로운 날이 오게 되면 고통으로 인해 불행한 사람은 신과 이야기할 수 있는 이 숭고한 언어의 의미를 이해하게 된다.

그리하여 그는 기도를 했다. 열성적으로 아니 차라리 광적으로 기도를 했다. 목청을 높여 기도를 할 때도, 그는 이제 자기가 하는 말에 놀라지 않았다. 그러고는 일종의 황홀경에 빠져드는 것이었다. 그는 자기가 하는 말 한마디 한마디에서마다 신의 빛나는 모습을 보았다. 보잘것없이 망가진 그의 생활 속의 행동도 모두 전능한 신의 의사에 의한 것이라고 생각하며, 그것을 교훈으로 삼아 앞으로 해야 할 노력을 생각하고 있었다. 그래서 기도가 끝날 때가 되면 흔히 신을 향해서라기보다는 차라리 인간을 향해서 말할 때처럼 사리에 닿는 기도가 새어나오곤 했다. 〈우리가 우리에게 죄 지은 자를 사하여 줌과 같이, 우리의 죄를 사하여 주옵소서.〉

이렇게 열렬히 기도를 올리건만 당테스는 여전히 죄수로 지내고 있었다.

그러고 나니 그의 마음은 어두워졌다. 눈앞에 검은 구름이 몰려 왔다. 당테스는 단순하고 교육을 받지 못한 사람이었다. 그에게 있어서 과거는, 학문만이 걷어버릴 수 있는 어두운 베일로 덮여 있었다. 그에게는 감옥에서의 고독과 사상의 황무지 속에서 지나간 과거를 되살리고 사라진 민족을 다시 부활시키며 옛날의 도시들을 재건할 능력은 없었다. 그런 것들은 상상력을 가진 사람에 의해서만 위대하게 되고 시화(詩化)되어, 우리 눈앞에 마치 저 마르틴(영국의 화가(1789-1854) —— 옮긴이)의 바빌로니아 그림같이, 하늘에서 솟아나는 불빛을 받아 웅장하게 빛나는 것이다. 그러나 당테스로 말하자면, 그에게 있어 과거는 짧고 현재는 말할 수 없이 어두우며 미래도 또한 극히 애매할 뿐이었다. 밝은 광명 속에 보낸 십구 년의 생활을 이제부터는 아마도 영원한 암흑 속에서 떠올리지 않으면 안 될 것이다. 그러니까 거기에는 아무리 즐거운 것도 도움이 되지 않았다. 힘이 넘쳐흐르는 그의 마음, 무엇보다도 앞으로 올 장래를 향해 비약할 것만을 기대하고 있던 그의 마음이 지금은 새장 속에 갇힌 독수리처럼 갇혀버리고 말았던 것이다. 그리하여 그는 단지 한 가지 생각에만 집착하고 있었다. 그것은, 이렇다 할 뚜렷한 이유도 없이, 유례 없는 심한 운명에 의해 짓밟힌 행복에 대한 생각이었다. 그는 오직 그 생각에만 열중해서 여러 방면에서 이리저리 궁리해 보며, 마치 단테 『신곡』의 「지옥편」에서 잔인한 우골리노가 로제르 대주교의 머리를 물어뜯는 것처럼, 그 생각에 끈질기게 매달리는 것이었다. 당테스는 지금까지는 힘을 기반으로 한, 단지 일시적인 신앙밖엔 갖고 있지 않았다. 그리고 사람들이 성공을 한 다음엔 신앙을 잃어버리듯이 그도 신앙을 잃어버리고 말았다. 단, 그가 다른 사람들의 경우와 다른 점은, 그는 신앙을 이용하지는 않았다는 점이다.

　고통이 지나자 이번엔 분노가 뒤따랐다. 에드몽은 심한 폭언을 마구 내뱉어서, 간수도 질겁을 하여 뒤로 물러서곤 했다. 그는 또한 자기 몸을 감방 벽에 함부로 부딪쳤다. 모래 한 알, 지푸라기 하나, 그리고 바람 한 점마저도, 그런 대단치 않은 것조차도 불쾌하게 생각된 그는, 자기 주위에 있는 모든 것에 대해서 그리고 특히 자기 자신에 대해 화를 내며 분풀이를 하곤 했다.

　바로 그 즈음 그는 자기가 본 고소장, 빌포르가 그에게 보여주었고 자기도 만져봤던 그 고소장이 머리에 떠올랐다. 그 고소장에 쓰인 글의 한 줄 한 줄이 마치, 벨사살이 본 글자 〈세어지다, 달아지다, 나누어지다 mene, tekel, upharsin〉(『구약』의 「다니엘 서」 5장. 기이한 손가락이 벽 위에 썼다는 벨사살 왕의 멸망을 알리는 말――옮긴이)처럼 벽 위에서 불길처럼 번득였다. 그는 자기가 이렇게 깊은 구렁텅이에 빠져 있는 것은 신의 복수에 의한 것이 아니라, 실은 인간들의 증오 때문이라고 생각했다. 그는 누군지 모를 그러한 인간들에게 불타오르는 상상 속에 떠오르는 모든 형벌을 가하고 싶었다. 그에게는 아무리 무서운 형벌이라 할지라도 그런 자들에게는 너무나도 쉽고 간단한 일이라고 생각되었다. 왜냐하면 고통 뒤에는 죽음이 온다. 그리고 그 죽음 속에서는 안식은 얻지 못한다 하더라도, 적어도 안식과 비슷한 무감각한 상태를 얻을 수 있기 때문이다.

　적에게 죽음을 준다는 것은, 평안을 주는 것을 의미한다. 그러므로 잔인하게 벌을 주려면 죽음 이외의 다른 수단을 택하지 않으면 안 된다. 이런 생각에 이르는 동안 그는 저 침울하고 움직일 줄 모르는 자살이라는 생각에 빠지고 말았다. 불행의 내리막길에서 이러한 암담한 생각에 발을 멈추는 사람은 진실로 불행한 사람이다. 그것이야말로 바로 저 죽음의 바다인 것이다. 맑은 물결이 마치 창공과도 같이 활짝 펼쳐져 있으나, 그 속에서 헤엄치는 사람은 점점 발이 끈끈한 바다 속으로 끌려들어가는 것을 느끼게 되어, 결국은 그리로 빨려 들어가다가, 마지막엔 아예 삼켜져 버리고 마는 것이다. 일단 이렇게 붙들리고 나면 신의 구원이 없는 한 만사는 끝장나고 마는 것이다. 그리고 애를 쓰면 쓸수록 점점 더 죽음 속으로 깊이 빠져 들어가고 마는 것이다.

　그러나 이런 정신적인 고통은, 그 이전에 온 고통이나 그 이후에 올 형벌에 비하면 그리 무서운 것은 아니다. 그것은 현기증을 일으키는 것 같은 일종의 위안인 것이며, 그것은 눈앞에서 커다랗게 입을 벌린 심연을 보여주고는 있으나, 그 심연 밑에는 허무가 있다. 생각이 여기까지 미치자, 당테스는 그 생각에서 무엇인가 위안을 발견했다. 온갖 고뇌와 모든 고통, 그 뒤를 따르는 모든 환각의 행렬이, 지금은 죽음의 천사가 가만히 내려앉은 이 감방 구석에서 완전히 날아가 버린 것처럼 생각되었다. 당테스는 마음을 가다듬고 이제까지의 자기 생활을 돌이켜 보았다. 그리고 앞으로의 생활을 공포의 눈으로 내다보았다. 그는, 안식의 장소처럼 생각되는 그 중간 지점을 선택하기로 했다.

〈때때로〉하고 그는 생각했다. 〈먼 항해길에 올랐을 때 내가 아직 한 인간으로서, 그리고 자유롭고 힘이 있는 인간으로서 다른 사람들에게 명령을 내리고 또 그것이 실행되던 때에, 나는 하늘엔 구름이 끼고 바다는 파도가 일며 으르렁거리고, 마치 커다란 독수리가 두 날개로 수평선을 두드리듯 폭풍우가 하늘 끝에서 일어나는 것을 본 일이 있었다. 그러면 나는 내 배가 의지할 수 없는, 보잘것없는 피난처라고 생각했다. 왜냐하면 배는 마치 거인의 손 안에 있는 한 대의 펜처럼 가볍게 흔들리며 파르르 떨리고 있었기 때문이다. 이윽고 무서운 파도 소리와 함께 깎아지른 듯한 바위의 모습이 나타나면, 나는 죽음을 생각했다. 그리고 죽음은 나를 두렵게 했다. 나는 있는 힘을 다해 죽음에서 빠져나오려고 애를 썼다. 그래서 나는 신과 싸우기 위해 인간이 가질 수 있는 모든 힘과 선원으로서의 머리를 다 짜냈던 것이다. 그 당시만 해도 내가 행복했기 때문이다. 생명을 되찾는 것은, 행복을 되찾는 것이었기 때문이다. 그것은 또한, 죽음이란 내가 불러들인 것도 아니며, 내가 선택한 것도 아니었기 때문이다. 그리고 또한, 해초나 조약돌 위에서 자는 일이 괴롭게 여겨졌기 때문이다. 신의 형상으로 창조됐다고 믿고 있던 나는, 죽은 후에 내 몸이 갈매기나 독수리 떼의 밥이 된다는 일은 생각만 해도 견딜 수가 없었다. 그러나 오늘에 와선 문제가 완전히 달라지고 말았다. 내 생명을 사랑하도록 할 만한 것은 모조리 잃어버리고 말았다. 오늘에 와서 죽음은, 마치 유모가 잠을 재우려는 어린애에게 하듯이 미소를 띠고 있다. 그리고 지금 나는 스스로 자진해서, 죽으려고 생각하고 있다. 그리고 절망과 분노 속에 저무는 저녁 무렵 방안을 삼천 번, 바꿔 말하면 삼만 보 즉, 거의 십리 길을 왔다 갔다하다가 잠이 든 때와도 같이 얻어맞기라도 한 듯이 지쳐서 잠이 든다.〉

이러한 생각이 그의 마음속에 싹트기 시작하자 그는 지금보다 더욱 온순해지고 더욱 상냥해졌다. 그는 딱딱한 침대나 시커먼 빵에 대해서도 불평하지 않았다. 먹기도 덜 먹고 잠도 잘 안 잤다. 그리고 마치 닳아빠진 헌 옷이라도 버리듯이, 아무때고 생각만 있으면 버릴 수도 있을 것같이 생각되었다.

죽는 데는 두 가지 방법이 있다. 그중 하나는 간단히 죽는 방법이다. 손수건을 창살에 매놓고, 거기다 목을 매는 방법이다. 또 한 가지는 갖다주는 음식을 먹는 체하면서 안 먹고 굶어죽는 방법이다. 첫번째 방법은 당테스의 마음에 들지 않았다. 그는 이제까지 해적을 무서워하며 자라왔다. 해적들은 잡기만 하면 배의 활대에다 매달아 처형을 하는 것이다. 그러므로 목을 매는 것은 일종의 치욕스런 형벌이라고 생각되어 그 방법을 자기 자신에게 적용할 생각은 없었다. 그래서 그는 두 번째 방법을 택하기로 했다. 그리고 그날부터 실천에 옮겼다.

지금까지 얘기한 갖가지 변화 속에서 사 년 가까이 세월이 흘러갔다. 이 년째 되던 해가 끝날 무렵부터 당테스는 날짜를 계산하는 일을 그만두었다. 그리하여 일찍이 검찰관에 의해서 일깨워졌던 〈시간〉을 다시 망각하게 되고 말았던 것이다.

당테스는 〈죽어야지〉 하고 생각했다. 그리고 죽는 방법을 선택했다. 그는 죽음의 방법을 골똘히 생각해 보았다. 그리고 그는 이러한 결심이 혹시 깨지는 일이 없도록 그렇게 죽으리라고, 자신에게 굳게 맹세했다. 아침 식사와 저녁 식사가 들어오면, 음식을 모두 창밖으로 던져버리고, 다 먹은 척하리라 생각했다.

그는 자기가 결심을 한 대로 실행했다. 하루에 두 번 그는 하늘 밖엔 아무것도 보이지 않는 조그만 철창 밖으로 가져온 음식들을 던져버렸다. 처음에는 유쾌하게 던져버렸다. 그러나 얼마 안 가서는 한참 생각을 하다가 던지고, 결국 나중엔 아까운 마음으로 던져버렸다. 그 무서운 계획을 계속하기 위해서 그는 항상 자기 스스로에게 다짐하였던 그 맹세를 되새기지 않으면 안 되었다. 결국 그전엔 그렇게도 먹기 싫던 음식이, 지금은 날카로운 이빨을 드러낸 시장기 때문에 보기만 해도 먹음직스럽고 냄새만 맡아도 못 견디게 구수하게 느껴졌다. 어떤 때는, 음식이 든 그릇을 한 시간씩이나 손에 든 채로, 썩은 고기덩이를, 냄새가 고약한 생선을, 시커멓게 곰팡이가 슨 빵 조각을 뚫어지게 들여다보는 일도 있었다. 그것은 그의 마음속에서 아직도 싸우고 있고 때때로 그의 결심을 무너뜨리려고 하는 생의 마지막 본능이었다. 그러자 토굴 속도 그전처럼 그렇게 암담한 것같이 생각되지가 않았다. 그리고 자기의 처지도 그전보다는 좀 덜 절망적인 것같이 생각되었다. 그는 아직도 너무나 젊었다. 스물대여섯밖엔 안 되었던 것이다. 아직 앞으로 오십 년은 더 살 수 있다. 그것은 지금까지 살아온 생애의 두 배나 되는 세월이다. 이 긴 기간 사이에 어떤 사건이 생겨서 이 문이 열리고 이프 성의 벽이 무너져 자유의 몸이 될 수도 있을 게 아닌가! 그런 생각이 들자 그는 음식을 입에 갖다 댔다. 그러나 그는 스스로가 탄탈로스(리디아의 왕. 신들의 지혜를 시험해 보려고, 자기 아들을 죽여 그 사체를 가지고 신들에게 잔치를 베풀었다. 그래서 제우스의 노여움을 사서 영원히 굶주리게 됐다——옮긴이)가 되어가지고, 음식을 입에서 멀리했다. 맹세했던 기억이 다시 마음속에 떠올랐던 것이다. 그리고 순결한 성품 때문에 그 맹세를 어기고까지 자기를 비천하게 하는 일이 두려웠던 것이다. 그리하여 그는 엄격하고 매정스럽게 자기에게 남아 있는 얼마 안 되는 생명력을 소모해 버렸다. 어느 날인가는 들어온 저녁식사를 창밖으로 던지려 했으나 이미 일어설 기운도 없어지고 말았다.

  이튿날은 눈이 보이지 않았다. 겨우 들리기만 할 뿐이었다. 간수는 그가 심한 병에 걸린 줄로 생각했다. 에드몽 자신도 얼마 안 있어 죽게 되려니 생각하고 있었다. 그날은 그렇게 지나갔다. 에드몽은 몽롱한 마비 상태 속에 빠져드는 것 같았다. 어떤 안식 같은 기분마저 들었다. 위장이 쥐어뜯기는 듯하던 고통도 멎었다. 타는 듯하던 갈증도 가라앉았다. 눈을 감으면, 밤에 늪 지대 위를 달려가는 도깨비불처럼 반짝반짝하는 무수한 빛이 눈앞에 나타났다. 그것은 이른바 죽음이라고 부르는 미지의 세계를 비추는 황혼의 희미한 빛이었다. 그런데 그날 밤의 일이었다. 밤 아홉시쯤 되어 그는 자기가 몸을 기대고 있는 벽 안쪽에서 둔탁한 소리가 나는 것을 들었다. 이 감방 안에서는 무수한 더러운 벌레들이 별의별 소리를 다 낼 때가 있다. 그러나 이제 에드몽이 그런 하찮은 것 때문에 잠을 못 이루는 일은 없었다. 그런데 이번에는 단식으로 인해 감각이 예민해졌기 때문인지, 아니면 그 소리가 실제로 보통 때 나던 소리보다 더 크게 들려왔기 때문인지, 아니면 이러한 상태의 마지막 단계에 이르면 모든 것이 중대하게 생각되는 탓인지, 에드몽은 그 소리를 좀더 잘 들어보려고 머리를 들었다.

그것은 규칙적으로 무엇인가를 긁는 소리였다. 커다란 발톱으로 긁는 소리랄까, 강한 이빨로 갉는 소리랄까, 아니면 무슨 연장 따위로 돌을 뚫는 소리같이 들리기도 했다.

비록 쇠약해져 있긴 했지만 당테스의 머릿속에선 죄수들의 머리에서 잠시도 떠나지 않는 평범한 생각, 다시 말하면 자유라는 생각이 퍼뜩 떠올랐다. 모든 소리가 당테스의 귀에서 사라져버리려고 하던 바로 그 순간에 이 소리가 들려온 것은, 신이 그의 고통을 불쌍히 여겨 떨리는 그의 발을 무덤 앞에서 멈추게 하기 위해서 이 소리를 보내주었기 때문이라고 여겨졌다. 그의 친구 중의 한 사람이, 그리고 그가 죽을 만큼 항상 그리워하던 사랑하는 사람 중의 한 사람이, 지금 이 순간에 그를 위해 온 마음을 다해 서로 떨어져 있는 거리를 줄이기 위해 애쓰고 있지 않다고 누가 말할 수 있겠는가?

그러나 그럴 리가 없었다. 필경 에드몽이 잘못 생각하고 있음에 틀림이 없었다. 그것은 죽음의 문턱에서 떠돌아다니는 꿈에 지나지 않았다.

그러면서도 에드몽은 여전히 그 소리에 귀를 기울이고 있었다. 그 소리는 약 세 시간 동안이나 계속되었다. 그러더니 무엇인가 무너져내리는 소리가 났다. 그 다음엔 아무 소리도 나지 않았다.

몇 시간이 지나고 난 뒤에, 그 소리는 전보다도 더 강하게 더 가까이서 들려왔다. 당테스는 벌써 귀에 익어버린 그 소리에 흥미를 갖게 되었다. 갑자기 간수가 나타났다.

죽으려고 결심을 한 지 일 주일 전부터, 그리고 그 계획을 실행에 옮기기 시작한 지 나흘이 지나는 동안 에드몽은 이 사나이에게 단 한마디 말도 하지 않았었다. 그쪽에서 어디가 아프냐고 물어도 대답하지 않았고, 그쪽에서 너무 주의 깊게 자기를 쳐다볼 때는 벽을 향해 돌아앉아 버리곤 했었다. 그러나 오늘은, 간수가 그 둔탁한 소리를 들었을지도 모르는 일이었다. 그래서 그 소리를 수상하게 여겨, 지금은 희망처럼 생각되는 그 소리를, 희망이라는 생각만으로도 당테스의 생의 이 마지막 순간에 빛을 비추어주는 그 소리를 방해할지도 모를 일이었다.

간수는 아침 식사를 가져온 것이었다.

당테스는 침대에서 벌떡 일어나더니 일부러 목청을 높여 가져온 식사가 질이 나쁘다느니, 감방이 추워서 못 견디겠다느니, 그밖에도 가능한 모든 문제들을 들추어내며, 큰소리를 칠 만한 이유가 있다는 것을 내세우기 위해 투덜투덜 심술을 부렸다. 그래서 바로 그날따라 일부러 병든 죄수를 위해 수프와 새 빵을 청구해서 가져온 참을성 있는 간수의 기분을 상하게 했다.

그러나 다행히도 간수는 당테스가 헛소리를 하는 줄로 알고 있었다. 그는 보통 때도 늘 식사를 놓고 가는, 뒤뚱거리는 더러운 테이블 위에 음식을 놓고 밖으로 나갔다.

혼자 남게 된 에드몽은 다시 신이 나서 그 소리에 귀를 기울였다. 이제는 소리가 분명하게 들려와서 일부러 들으려고 애쓰지 않아도 쉽게 들을 수가 있었다.

이젠 의심할 여지가 없다고 그는 생각했다. 이 소리가 대낮에도 계속해 나는 걸 보니, 누군지 또 나처럼 불행한 죄수가 탈옥을 하려고 애를 쓰고 있음에 틀림이 없다. 오! 만약 내가 그의 곁에만 있다면 기꺼이 도와줄 수 있을 텐데!

그러나 별안간 항상 불행에 시달려, 인간의 기쁨에는 좀처럼 친숙해지지 못하는 그의 머릿속에서 이 희망의 여명 위로 어두운 구름이 스쳐갔다. 그러자 문득 그 소리는 소장이 일꾼들을 시켜 옆방을 수리하는 소리일지도 모른다는 생각이 떠올랐다.

그것을 확인하기란 쉬운 일이었다. 하지만 그걸 일부러 확인해 보기 위해 위험한 모험을 감행할 것인가? 간수가 오기를 기다려 그 소리를 들어보게 하고, 그때 간수가 그 소리를 들으면서 어떤 표정을 짓는가를 보면 간단히 아는 것이다. 하지만 그 정도의 만족을 얻는다는 것은, 아주 짧은 만족을 위해 몹시 귀중한 이익을 버리게 되는 결과를 낳는 것이 아닐까? 텅 빈 종과 같은 에드몽의 머리는, 불행히도 단 한 가지 생각으로 윙

윙 울려 아무것도 들리지 않았다. 완전히 쇠약해진 그는 머리가 마치 연기처럼 공중에 떠돌고 있어서 한 가지 생각에 주의를 집중시킬 수가 없게 되었다. 지금, 생각을 명료하게 하고 판단을 냉철하게 하는 방법은 단 하나밖엔 없었다. 그는 간수가 테이블 위에 놓고 간, 아직도 김이 오르는 수프로 눈을 돌렸다. 그는 몸을 일으켜 비틀거리면서 그리로 갔다. 그리고 그릇을 쥐고 입에다 갖다 대고는 무어라 말할 수 없는 편안한 기분으로 그 속에 있는 것을 다 마셔버렸다.

그러자 그는 그것만으로도 그 자리에 머물러 있을 힘이 생겼다. 그는 주리고 지쳐 있는 채로 구원을 받은 난파선의 조난자들이, 갑자기 너무 많은 음식을 게걸스럽게 먹고서 죽었다는 얘기를 들은 적이 있었다. 에드몽은 거의 입에까지 갖다 댔던 빵을 테이블 위에 도로 놓고, 다시 자리에 가서 누워버렸다. 에드몽에게 이미 죽으려는 생각은 없어져 버렸다.

이윽고 머릿속에 다시 빛이 환하게 비쳐오는 것이 느껴졌다. 막연하고 거의 손에 잡히지 않던 모든 생각이 이상한 바둑판 같던 머릿속에서 다시 제자리로 돌아오기 시작했다. 아마도 그 바둑판 속에는 한 칸이 여분으로 더 있어서, 그것이 인간을 동물보다 우월하게 만드는 것일지도 모른다. 그는 이젠 이성을 가지고 사물을 생각하고, 자기 생각을 확고하게 만들 수가 있었다.

그는 이렇게 생각했다.

〈시험을 해봐야겠다. 그러나 다른 사람은 아무도 끼어들게 해서는 안 된다. 만일 저쪽 사람이 보통 일꾼이라면, 내가 벽만 한번 두드려보면 안다. 그쪽에서는 곧 일손을 멈추고 도대체 누가 두드리는 것인지, 또 어째서 두드리는지를 알아내려고 애를 쓸 것이다. 그러나 그 일은 정당하게 하는 일일 뿐만 아니라, 위에서 명령을 받고 하는 것이기 때문에 곧 다시 일을 계속할 것이다. 그러나 만일 저쪽이 죄수라면, 내가 두드리는 소리에 놀랄 것이다. 그는 발각될까 봐 겁이 나서 일손을 멈추고, 밤에 모두가 자리에 들어서 잠이 들었다고 생각될 때에만 다시 일을 시작할 것이다.〉

에드몽은 곧 다시 일어났다. 이번엔 다리도 후들거리지 않고 어지럽지도 않았다. 그는 감방 한쪽 구석으로 가서 습기에 젖어 떨어져 내리려는 돌 한 조각을 집어들었다. 그리고 소리가 제일 잘 울려오던 자리를 두드려보려고 다시 제자리로 돌아왔다.

그는 똑, 똑, 똑, 세 번을 두드렸다.

처음으로 두드리는 소리에, 저쪽에서 나던 소리가 마치 마술에라도 걸린 듯이 딱 멎었다.

에드몽은 온 정신을 다 기울여 소리를 들어보려 했다. 한 시간이 지나고 두 시간이 지나도, 다시는 아무 소리도 들려오지 않았다. 에드몽은 벽 저쪽을 완전히 정적 속에 빠뜨리고 만 셈이다.

희망에 찬 에드몽은 빵을 몇 입 먹고, 물도 몇 모금 마셨다. 그랬더니 타고난 튼튼한 체력 덕분에, 지금은 거의 다시 그전처럼 몸이 회복되었다.

그날 하루가 다 지나가도록, 정적은 여전히 계속되었다.

밤이 되어도 다시 소리가 들려오지 않았다.

〈죄수로구나.〉 당테스는 말할 수 없이 기쁜 마음으로 이렇게 생각했다.

그때부터는 그의 머리가 흥분되기 시작했다. 생명력은 활발한 힘으로 기운차게 되살아왔다.

밤은 아무 소리도 없이 그대로 지나가 버렸다. 에드몽은 그날 밤 눈을 붙이지 못했다.

다음날이 되었다. 간수가 식사를 가지고 들어왔다. 그전에 들어왔던 식사를 다 먹어버린 에드몽은 새로 들어온 것도 다 먹어버렸다. 그러면서도 다시는 들려오지 않는 그 소리를 들으려고 끊임없이 귀를 기울이며 이젠 소리가 아주 끊어져 버린 것이나 아닌가 걱정을 했다. 그는 감방 안에서 십 리, 아니 이십 리는 되도록 왔다갔다하며, 몇 시간씩이고 환기창의 철장을 흔들어보았다. 그렇게 오랫동안 잊어버리고 있던 운동을 다시 시작해서, 팔과 다리에 탄력과 원기를 회복시켜, 마치 경기장에 들어가려는 것처럼 앞으로 닥칠 운명과 격투를 하기 위한 준비를 하고 있었다. 그러고는 이러한 적극적인 활동을 하는 사이사이에도 혹시 소리가 또 들려오지 않나 하여 계속해서 귀를 기울이곤 했다. 그리고 누군가가 자유를 얻으려고 시도하는 그 일이, 같은 죄수로서 자유로워지고 싶은 자신의 성급함 때문에 방해받게 되었다는 사실을 미리 짐작하지 못했던 자기의 경솔한 처사가 안타깝게 생각되었다.

사흘 낮, 사흘 밤, 일분 일분을 헤아리게 하는, 죽도록 괴로웠던 일흔두 시간이 지나갔다.

이윽고 사흘째 되던 날 저녁, 간수가 마지막으로 감방을 둘러보고 간 뒤에 당테스는 마지막으로 귀를 벽에다 갖다 댔다. 그랬더니 조용한 돌에 갖다 댄 그의 머릿속으로 나직하게, 거의 들릴 듯 말 듯하게 울리는 소리가 들려오는 것 같았다.

당테스는 어수선한 머릿속을 다시 안정시키려고 뒤로 물러나서 방안을 몇 바퀴씩 돌고 난 다음에, 귀를 아까 댔던 그 자리에 다시 갖다 댔다.

의심할 여지가 없었다. 벽 저쪽에서 분명 무슨 일인가가 일어나고 있었다. 저쪽 죄수가 자기가 하던 방법이 위험하다고 생각했기 때문에, 이번에는 다른 방법을 택하여 안전하게 일을 다시 시작하려고 끌 대신에 지레를 쓰고 있음에 틀림없었다.

이러한 발견으로 용기를 얻은 에드몽은, 저 지칠 줄 모르는 일꾼에게 힘을 보태주기로 결심했다. 그는 자기 침대를 옮기기 시작했다. 아무래도 그 침대 뒤에서 일이 진행되고 있는 것같이 생각되었기 때문이다. 그리고 무엇인가 벽을 부수고 습기찬 시멘트를 떨어뜨려 돌을 한 조각 떼어낼 만한 물건이 없는지 주위를 둘러보았다.

그러나 그럴 만한 물건은 하나도 눈에 띄지 않았다. 칼도 없었거니와, 날이 있는 거라곤 아무것도 없었다. 있는 것이라곤 단지 창문에 박혀 있는 철심뿐이었다. 그러나 이제까지의 경험으로, 그 철심은 단단하게 박혀 있다는 사실을 알고 있었으며, 지금 와서 그것들을 흔들어보려고 애쓸 필요조차도 없었다.

가구라고는 침대와 의자, 테이블, 물통과 물항아리가 하나씩 있을 뿐이었다.

침대에는 쇠막대기가 여러 개 붙어 있었지만, 그것은 나사못으로 나무에 꽉 박혀 있었다. 그 나사들을 뽑고 쇠막대기를 떼어내려면 아무래도 나사돌리개가 있어야만 했다.

테이블과 의자에는 아무것도 없었다. 전에는 물통에 손잡이가 달려 있었지만, 그것도 지금은 떨어져 나가고 없었다.

당테스에게는 단 한 가지 수단밖엔 없었다. 그것은 물항아리를 깨뜨려서 그 사기의 파편을 모나게 만들어 그것으로 일을 시작하는 것뿐이었다.

그는 항아리를 돌바닥 위에 떨어뜨렸다. 항아리는 산산조각으로 깨어졌다.

당테스는 날카로운 사기 조각을 두서너 개 골라 그것을 짚방석 밑에 감춰두었다. 그리고 그 나머지는 땅바닥에 흩어놓았다. 항아리가 깨지는 일쯤은 충분히 일어날 수도 있는 일인 만큼, 그것 때문에 의심받을 걱정은 없었다.

에드몽은 밤새도록 일을 했다. 그러나 어둠 속에서는 일의 진전이 더뎠다. 왜냐하면 어둠 속을 더듬어가며 일을 해야 했기 때문이다. 게다가 얼마 안 가서 세공이 안 된 이 도구는, 그보다 더 단단한 사암을 파내느라고, 이내 끝이 무디어지고 말았다. 그는 침대를 다시 제자리로 밀어놓고 날이 새기를 기다렸다. 희망과 함께, 인내심이 그에게 다시 생겼다.

밤새껏 그는 귀를 기울여, 누군지 모를 벽 저쪽의 광부가 지하 작업을 계속하고 있는 소리를 들었다.

날이 새자, 간수가 다시금 나타났다. 당테스는 그에게 지난밤, 항아리로 물을 마시다가 놓쳐서, 그만 항아리가 떨어져 깨지고 말았다고 말했다. 간수는 투덜거리면서 깨진 항아리 조각들을 가져가려고도 하지 않고 새것을 구하러 나갔다.

간수는 이내 돌아왔다. 그는 죄수에게 앞으로 조심하라고 일렀다. 그러고는 나가버렸다.

당테스는 전에는 문이 닫힐 때마다 서글픈 마음으로 들었던 자물쇠 소리를, 이번에는 말할 수 없이 기쁜 마음으로 들었다. 발소리가 멀어져 가고 있었다. 이윽고 그 소리가 사라져버리자, 그는 침대 쪽으로 달려가 그것을 옮겨놓고 나서 감방 안으로 들어오는 희미한 햇빛으로, 지난 밤에 해놓은 일이 아무 쓸모가 없음을 깨달았다. 그는 돌 가장자리를 둘러싸고 있던 석회 벽을 긁어내려고 했던 것인데, 사실은 단단한 돌 자체를 부수려고 헛되이 노력했던 것이다.

벽토는 습기가 차서 힘이 없었다.

당테스는 벽토가 조각조각 떨어져 나오는 것을 가슴을 두근거리며 들여다보았다. 그 부서진 파편들은 거의 가루와도 같았다. 그리하여 반시간쯤 지난 뒤에 당테스는 벽토를 거의 한 줌이나 긁어낼 수 있었다. 수학적으로 계산한다면, 아마 이런 일을 십일 년쯤 계속하면, 중간에 바위에 걸리게 되지 않는 한, 사방 두 자에 깊이 스무 자 되는 굴 정도는 팔 수 있을 것이다.

지금 당테스는 계속해서 이미 흘러가 버린 길고 지루했던 세월을, 희망과 기도와 절망 속에서 보낸 그 세월을, 왜 이 일에 이용하지 못했던가 하고 후회를 했다.

이 감방에 갇힌 지 어언 육 년이란 세월이 흘렀으니, 아무리 진전이 더딘 일이었다 하더라도, 하려고만 했더라면, 할 수 없는 일은 아니라고 그는 생각했다.

이러한 생각은 그에게 새로운 기운을 주었다.

사흘 동안 놀랄 만한 집중력으로 시멘트를 전부 떼어냈더니, 돌이 동그마니 드러났다. 벽은 자연석으로 쌓여 있었고, 그

중간중간을 튼튼하게 하기 위해 간지석이 박혀 있었다. 그는 지금 이러한 간지석 하나의 밑둥이 거의 다 드러나게 했던 것이다. 그러니까 이제부터는 그것을 흔들리게 하기만 하면 되는 것이다.

당테스는 손톱으로 파보았다. 그러나 손톱으로는 힘이 부족했다.

깨진 항아리의 사기 조각들을 사이사이에 끼우고 움직여서 그것을 지레로 사용해 보려 했더니 부서져 버리고 말았다.

이럭저럭 한 시간 가량이나 여러 가지 방법으로 시험을 해 보았으나, 모두 허사였다. 그래서 당테스는 이마에 땀과 고뇌의 빛을 띠며 일어섰다.

이렇게 처음부터 꽉 막혀서 일을 중단하고 말 것인가, 그리고 옆방 죄수가, 그도 필경은 지치고 말 테지만, 그 사람이 일을 성취하는 것을 무력하게 손 한번 까딱 않고 그대로 기다려야만 할 것인가!

바로 그때 머릿속에 생각이 하나 떠올랐다. 그는 선 채로 얼굴에 미소를 띠었다. 이마에 솟은 축축하던 땀도 저절로 말라 버렸다.

간수는 날마다 당테스의 수프를 양철 냄비에다 갖다주었다. 그 냄비에는 자기 수프도 들어 있었지만, 다음 방 죄수의 것도 들어 있다. 그것은 간수가 식사를 배급할 때 보면, 자기부터 시작하느냐 아니면 저쪽 방 친구부터 시작하느냐에 따라서, 어느때는 냄비가 꽉 찰 때도 있고 또 어느때는 그것이 반밖에 없을 때도 있는 것으로 보아 짐작할 수 있다.

그 냄비에는 쇠로 만든 손잡이가 달려 있었다. 그 손잡이를 손에 넣을 수 있다면, 그 대가로 십 년의 생명과 맞바꿔야 한다 하더라도 조금도 아쉽지 않았다.

간수는 냄비 속에 있는 것을 당테스의 접시에다 쏟아놓았다. 나무 숟갈로 그것을 다 먹은 후에, 당테스는 매일 쓰는 그 접시를 닦아놓았다.

그날 저녁 당테스는 접시를 문과 테이블 사이 바닥에 놓아두었는데, 간수가 들어오다가 접시를 밟아 가루로 만들어놓았다.

이번에는 당테스에게 아무 소리도 하지 않았다. 사실 접시를 바닥에 놓아둔 건 당테스의 잘못이었다. 그러나 발치를 보지 않고 디딘 것은 간수의 잘못이기도 했다.

간수는 혼자서 투덜대고 말았다.

그러고 나서 수프를 따를 만한 그릇을 찾느라고 주위를 살펴보았다. 그러나 당테스가 갖고 있는 거라고는 그 접시밖엔 없었다. 달리 어떻게 할 도리가 없었다.

「냄비를 그냥 두고 가슈」 당테스가 말했다. 「내일 아침 밥 가져올 때 가져가면 되지 않소」

게으른 간수의 마음에 드는 의견이었다. 그렇게 하면 또 올라갔다가 내려왔다가 다시 또 올라갈 필요가 없었다.

그는 냄비를 두고 갔다.

당테스는 기쁨에 넘쳐 몸을 떨었다.

이번에 당테스는 수프와, 감옥 안의 습관에 따라 수프에 곁들여 나오는 고기를 급히 먹어치웠다. 그러고 나서 간수가 마음이 변해 다시 내려오지 않는 것을 확인하기 위해 한 시간쯤 있다가 침대를 옮겨놓았다. 그리고 냄비를 가져다가 그 손잡이

끝을, 시멘트를 긁어낸 간지석과 그 주위에 쌓여 있는 돌들 사이에 끼워 지레 대신으로 썼다.

돌이 약간 움직이는 것으로 보아 일이 잘 되어간다는 것을 알 수 있었다.

과연 한 시간 후엔, 돌이 벽에서 떨어져 나왔다. 그랬더니 거기엔 직경이 한 자 반이 넘는 구멍이 생겼다.

당테스는 조심스럽게 벽토를 모아, 그것을 방 한구석으로 가져갔다. 그리고 깨진 항아리 조각으로 잿빛 바닥을 긁어, 바닥에 있는 벽토를 덮어버렸다.

그러고는 우연이랄까, 아니 그보다는 그가 생각해 낸 교묘한 계획을 실행하는 데 이렇게 귀중한 연장을 손에 넣은 이 밤을 충분히 이용하리라 생각하고는 억척스럽게 계속해서 굴을 팠다.

새벽이 되자 그는 돌을 다시 구멍 속에다 끼워놓고 침대도 도로 벽에 갖다 붙인 다음에 자리에 들었다.

아침 식사는 단지 빵 한 조각뿐이었다. 간수가 들어와서 빵 조각을 테이블 위에 놓았다.

「어떻게 된 거요? 다른 접시 하나 안 가져왔소?」 당테스가 물었다.

「안 가져왔어」 하고 간수는 말했다. 「자넨 뭐든지 다 부수는 작자니까. 물항아리도 깨뜨리고, 또 내가 접시를 깬 것도 자네 때문이란 말야. 죄수들이 다 그렇게 부수려든다면, 나라도 당해 내지 못할걸. 냄비 속에 수프를 담아서 그걸 그대로 둘 수밖에 없어. 그래야만 살림살이를 깨지 않을 테니까, 원」

당테스는 하늘을 우러러보았다. 그리고 담요 밑으로 두 손을 모았다. 쇠 손잡이가 자기 손에 남아 있게 된 것, 그것은 그의 마음속에 하늘에 대한 깊은 감사의 마음을 일깨워 주었다. 지금까지의 생애를 돌이켜볼 때 아무리 좋은 일이 갑자기 닥쳐왔다 하더라도 이렇게까지 고마운 마음이 솟구쳤던 일은 없다.

단지 눈에 띈 사실은, 자기가 일을 시작한 후부터는 저편 죄수가 일손을 멈추었다는 사실이었다.

그러나 그것도 개의할 문제가 아니었다. 그렇다고 해서 이쪽 일을 그만둘 것은 아니었기 때문이다. 만약 저쪽 죄수가 자기에게로 오지 않는다면 이쪽에서 그리로 갈 셈이었다.

하루 종일 그는 쉬지 않고 일을 계속했다. 저녁때가 되자 그는 새 연장 덕분으로, 벽에서 열 줌도 넘는 작은 돌과 벽토와 시멘트를 긁어냈다.

간수가 올 시간이 되자 그는 구부러진 냄비 손잡이를 열심히 다시 펴서, 그 그릇을 다시 제자리에 갖다 놓았다. 간수는 어느 때와 같은 분량의 수프와 고기, 아니 수프와 생선을 부어 주었다. 그날은 고기를 먹지 않는 날이었기 때문이다. 일 주일에 세 번은, 죄수들에게 고기를 먹이지 않게 되어 있었다. 당테스가 오래전부터 계속해서 날짜를 계산하고 있었다면, 그 또한 시간을 계산하는 한 방법이 되었을 것이다.

수프를 다 부어주고, 간수는 나가버렸다.

당테스는 이번에야말로 저쪽 사나이가 정말로 일을 중단한 것인지 아닌지를 알아보고 싶은 생각이 들었다.

그는 귀를 기울여보았다.

일이 중단된 이 사흘 동안과 마찬가지로, 주위에서는 아무

소리도 들리지 않았다.

당테스는 한숨을 내쉬었다. 저쪽 사나이는 분명 자기를 경계하고 있음에 틀림이 없었다.

그렇지만 그는 힘을 잃지 않았다. 그리고 밤새도록 일을 계속했다. 그러나 두세 시간 일을 계속하자, 그는 장애물에 부딪혔다. 쇠 손잡이가 그 이상 더 파헤쳐 나가지를 못하고, 평평한 표면만 긁고 있는 것이었다.

당테스는 손으로 그 장애물을 만져보았다. 그러자 손에 대들보가 닿는 것이 느껴졌다.

이 큰 대들보가 그가 파기 시작한 굴을 가로지르고 있었다. 아니 가로질렀다기보다는 완전히 가로막고 있었다.

이제는 위로 파 올라가든가, 아니면 밑으로 파 내려가지 않으면 안 되었다.

이러한 장애물이 있을 거라곤 불쌍한 당테스로서는 꿈에도 생각하지 못했었다.

「오, 주여!」 하고 그는 소리쳤다. 「그렇게 수없이 기도드렸습니다. 그리고 제 소망을 들어주실 것만을 기대하고 있었습니다. 주여! 제 생명에서 자유를 앗아가시고, 죽음의 평화를 거둬가시고, 그러고 나서 다시 저를 생활로 불러주신 주여! 제발 저를 어여삐 여기사, 절망 속에 죽게 하지 마옵소서!」

「주님과 절망을 동시에 말하는 자는 누군가?」 하는 목소리가 들려왔다. 지하에서 나는 그 소리는 희미하게 울려와서 당테스에게는 마치 무덤 속에서 나오는 소리처럼 생각되었다.

에드몽은 머리카락이 곤두서는 것 같았다. 그래서 무릎을 꿇은 채 뒤로 움찔 물러앉았다.

「아니, 사람 소리가 들리다니!」하고 그는 중얼거렸다.

지난 사오 년 동안 그는 간수 이외의 사람 소리를 들어본 일이 없었다. 그러나 죄수에게 있어서 간수란 인간 축에 들지 않았다. 간수란 참나무 문에 덧붙여진 살아 있는 문이었다. 간수란 쇠창살에 붙어 있는 육질의 창살일 뿐이었다.

「주님의 이름으로!」하고 당테스가 외쳤다. 「지금 말을 한 분, 목소리가 무섭긴 하지만 얘길 더 좀 해보세요. 댁은 누구십니까?」

「그런 말을 하는 당신은 또 누구요?」하고 그 목소리가 물었다.

「불쌍한 죄수입니다」하고 당테스는 거침없이 대답했다.

「어느 나라 사람인데?」

「프랑스 사람입니다」

「이름은?」

「에드몽 당테스」

「직업은?」

「선원입니다」

「언제부터 여기 들어와 있었소?」

「1815년 2월 28일부터입니다」

「죄명은?」

「전 죄가 없습니다」

「그런데 왜 고발됐지?」

「황제 폐하의 귀국을 위해 음모를 꾸몄다는 겁니다」

「아니! 황제 폐하의 귀국이라니? 그럼, 황제 폐하께서 지금은 제위에 계시질 않단 말인가?」

「1814년, 퐁텐블로에서 퇴위하시고 엘바 섬에 유형되셨습니다. 그런 일을 전혀 모르시다니, 댁은 언제부터 이곳에 계셨습니까?」

「1811년부터요」

당테스는 몸을 부르르 떨었다. 이 사람은, 그러니까 자기보다 사 년을 더 감옥에 갇혀 있었던 것이다.

「이젠 됐어. 더 이상 파지 마시오」 저쪽에서 굉장히 급하게 말했다.「그런데 지금 거기서 파고 있는 굴은 어느 정도 높이에 있는 건지 말해 주시겠소」

「지면과 같은 높이입니다」

「그 굴을 어떻게 감추고 있소?」

「침대 뒤에 감추고 있습니다」

「이 감방에 들어온 뒤로 침대를 옮겼던 일이 있소?」

「없었습니다」

「당신 방은 어느 쪽으로 향해 있소?」

「복도 쪽으로 향해 있습니다」

「그럼, 복도는?」

「안뜰로 가게 되어 있지요」

「아뿔사!」 그쪽에서 중얼거렸다.

「아니, 왜 그러십니까?」당테스가 물었다.

「내가 착각을 하고 있었어. 계획이 불완전했기 때문에, 그만 내가 생각하던 게 틀어졌단 말이오. 컴퍼스가 잘못되어서 이렇게 망쳐버린 거지. 설계상으론 선(線) 하나가 틀렸는데, 실제론 열다섯 자나 틀리게 되어버렸단 말이야. 그래서 난 당신이 굴을 파고 있는 그 벽이 성벽인 줄로만 알고 있었거든」

「그럼, 바다로 나가려고 하셨었나요? 그래서 만약 바다가 나온다면요?」

「뛰어내려서 헤엄치는 거지. 그래서 이 이프 성 주위에 있는 아무 섬에나, 이를테면 돔 섬이라든가 티불랭 섬이라든가 또는 해안에라도 좋으니까 닿을 수만 있으면 난 살게 되는 거요」

「거기까지 헤엄쳐 가실 수 있을까요?」

「하느님께서 힘을 빌려주시겠지. 그러나 지금은 만사가 다 틀어졌소」

「만사라니요?」

「그렇소. 당신이 파던 굴도 도로 잘 메우시오. 이제 일일랑 집어치우고 아무것도 하지 말고 내가 알려주는 소식이나 기다리시오」

「그런데 댁은 누구십니까? 누구신지 말씀해 주세요」

「난…… 난…… 27호요」

「저를 경계하고 계십니까?」 하고 당테스가 물었다.

에드몽의 귀에는 쓴웃음 같은 것이 천장을 뚫고 자기에게까지 올라오는 것처럼 느껴졌다.

「오, 진실한 기독교 신자예요」 그는 본능적으로 그 사나이가 자기를 버리려는 것을 알아채고 이렇게 소리쳤다. 「그리스도의 이름으로 맹세합니다. 무슨 일이 있어도, 이 사실을 간수들에게 가르쳐주느니, 차라리 죽음을 택하겠다고 맹세하겠습니다. 하느님의 이름으로 기원합니다. 제발 가지 말아주세요. 항상 그 목소리를 들려주세요. 안 그러시면, 맹세건대, 이제 기진맥진해 있는 저는, 이대로 벽에 머리를 부딪고 죽어버릴 겁니다. 그렇게 되면 그건 당신 때문이에요」

「아직 스물여섯도 못 됐겠군」 하고 그쪽 목소리가 중얼거렸다.「그 나이라면, 아직 사람을 배반할 줄은 모를 때지」

「배반은 안합니다. 맹세하겠습니다」하고 당테스가 한 말을 다시 되풀이했다.「아까도 말씀드렸지만, 또 말할 수 있어요. 당신을 배반하느니 차라리 제 몸을 갈기갈기 찢어버릴 겁니다」

「말 잘했소. 그리고 나를 퍽 신뢰하고 있는가 보구려. 실은 다른 계획을 하나 새로 세우고, 당신한테선 떠나려고 했소. 그런데 당신 나이를 들으니 안심이 되는구려. 내 다시 올 테니, 기다리시오」

「그게 언제쯤일까요?」

「기회를 봐야지. 내, 신호를 보낼 테니 기다리기나 하시오」

「하지만 절 버리진 말아주십시오. 절 혼자 내버려두지 말아주세요. 그쪽에서 제게로 와주시겠습니까? 아니면 제가 그리로 가도 좋습니까? 같이 도망치게 해주세요. 만일 도망을 못 칠 땐, 같이 얘기라도 했으면 좋겠어요. 당신은 당신이 좋아하는 분들 얘길 해주시고, 전 제가 좋아하는 사람들 얘길 하고요. 누구든 사랑하는 분이 계시겠죠?」

「난 이 세상에서 나 혼자뿐이야」

「그럼, 이제 저를 사랑해 주세요. 만약 당신이 젊으시다면 전 당신의 친구가 되겠습니다. 만약 나이가 많으신 분이라면 전 당신의 자식이 되겠습니다. 제게는 아직 살아 계시다면 한 일흔쯤 되셨을 아버님이 계십니다. 전 그분하고 메르세데스라는 처녀를 사랑하고 있습니다. 아버진 절 잊지 못하고 계실 것이 확실합니다. 그러나 메르세데스가 아직 저를 생각하고 있는지 잊어버리고 말았는지는, 하느님만이 알고 계시겠죠. 전에 제가 아버지를 사랑했듯이 당신을 사랑하겠습니다」

「좋네」 하고 죄수가 말하였다. 「그럼, 내일 다시 만나기로 하세」

그 말은 짧기는 했지만 당테스에게 확신을 주는 말투였다. 그는 그것만으로 만족했다. 그는 일어서서 벽에서 파낸 것들을 지금까지와 똑같이 조심성 있게 치운 다음, 침대를 다시 벽에다 갖다 붙였다.

그후로 당테스는 완전히 행복해졌다. 더 이상 외톨이가 아니라는 것만은 확실했다. 게다가 어쩌면 자유의 몸이 될지도 모른다. 최악의 경우에 그대로 감옥에 갇혀 있게 된다 하더라도 친구를 갖게 되는 것이다. 갇혀 있더라도 둘이 있으면 반은 자유가 되는 것이나 마찬가지이다. 입을 모아 같이하는 탄식은 거의 기도와도 같은 것이다. 그리고 둘이서 기도를 하면 그것은 거의 은총을 받게 되는 것이나 다름없다.

당테스는 하루 종일 기쁨으로 가슴을 두근거리며 감방 안을 왔다갔다했다. 때때로 이러한 기쁨으로 그는 숨이 막힐 것만 같았다. 그는 손으로 가슴을 꽉 누르고 침대 위에 올라앉았다. 복도에서 조그만 소리만 들려와도 그는 문 쪽으로 달려갔다. 누군지 모를 그 사람, 그러면서도 벌써부터 친구처럼 애정이 가는 그 사람과 헤어져야 할 일이 생기지나 않을까 하는 걱정이 머릿속을 스쳐갔다. 그래서 그는 마음속으로 결심했다. 만약에 간수가 침대를 끌어내서 구멍을 조사해 보려고 기웃거리기라도 하는 날엔, 물항아리 밑에 놓여 있던 돌로 머리를 깨버리겠다고 생각했다.

그렇게 되면 아마 자기는 사형을 받을 것이다. 그건 뻔한 일이었다. 그러나 저 기이한 소리로 다시 생명을 얻게 된 순간에 자기는 권태와 절망에 사로잡혀 죽으려고 했던 게 아닌가?

저녁때 간수가 왔다. 당테스는 침대 위에 올라앉아 있었다. 그렇게 하고 있어야 파다 만 굴을 가장 잘 가릴 수가 있다고 생각했기 때문이다. 그러다 그가 이 귀찮은 방문객을 이상한 눈으로 쳐다보았음에 틀림없었다. 왜냐하면 간수가 이런 말을 했던 것이다.「이봐, 또 미친 거 아냐?」

당테스는 대답하지 않았다. 목소리에 섞인 감동이 그의 감정을 드러나게 할까 봐 겁이 났던 것이다. 간수는 머리를 흔들면서 나가버렸다.

밤이 오자 당테스는 이 고요와 암흑을 이용하여 이웃 죄수가 또 자기와 얘기를 하러 올 줄로 알고 있었다. 그러나 그의 생각은 들어맞지 않았다. 당테스는 초조하게 기다렸건만 아무 소리도 들리지 않은 채 밤이 지나가고 말았다. 그리고 그 이튿날 간수가 아침 방문을 끝내고 나간 뒤 그가 막 침대를 벽에서 떼어놓았을 때, 그는 세 번 똑같은 간격으로 벽을 두드리는 소리를 들었다. 그는 급히 기어갔다.

「오셨습니까?」그는 말했다.「저예요」

「간수 나갔소?」하고 저쪽 목소리가 물었다.

「네」당테스가 대답했다.「이제 저녁때까진 오지 않습니다. 열두 시간은 자유예요」

「그럼, 내가 나타나도 된단 말이지?」

「네, 그럼요. 지체 마시고 당장 와주십시오, 제발 부탁입니다」

그러자 곧 당테스가 굴 속으로 반쯤 몸을 디민 채 양쪽 손으로 짚고 있던 곳 부근의 땅바닥이 발밑에서 무너지는 것같이 느껴졌다. 그는 움찔 뒤로 물러섰다. 그랬더니 동시에 무너진 흙더미와 돌들이 그가 파놓은 입구 밑으로, 방금 입을 연 굴 속으로 굴러내리는 것이 보였다. 그러자, 그 어두운, 깊이조차 알 수 없는 그 굴 밑에서 사람의 머리와 어깨가, 그리고 드디어 사람의 몸 전체가 매우 가볍게 나타났다.

## 이탈리아의 학자

당테스는 그렇게 오랫동안 기다리고 기다리던 새 친구를 한 팔로 감싸안고 창가로 데리고 갔다. 감방으로 스며드는 희미한 햇빛에 그의 모습을 완전히 비춰보기 위해서였다.

체구가 자그마한 남자였다. 머리는 나이 때문이라기보다는 고생 때문에 하얗게 세었고, 희끗희끗한 짙은 눈썹 밑에 숨어 있는 눈은, 사람을 꿰뚫어 보는 것 같았다. 수염은 아직도 검고 가슴까지 내려와 있었다. 주름이 깊이 파인 바짝 마른 얼굴과 특색 있는 강한 윤곽 선은 육체력보다는 오히려 정신력으로 견디는 데 익숙해 있는 사람이라는 인상을 주었다. 새롭게 나타난 이 사람은, 이마가 땀으로 흠뻑 젖어 있었다.

옷은 그 본래의 형태가 어떤 것이었는지 알아볼 수 없을 만큼 너덜너덜해져 있었다.

적어도 예순다섯은 되어 보였다. 그러나 어쩌면 그의 동작에 원기가 있는 것으로 미루어보아, 실은 오랜 감옥살이 때문에 실제 나이보다 훨씬 더 들어 보이는지도 몰랐다.

그는 감격하여 무릎 꿇은 청년을 사뭇 기쁜 마음으로 바라보았다. 지금까지 얼어붙어 있었던 그의 영혼은, 이 불붙는 듯한 당테스의 영혼과 마주치자 이내 따스하게 녹아버린 것 같았다. 노인은 자유를 만나게 될 줄 알았다가 제2의 감옥이 나와서 그 실망이 여간 크지 않았지만, 그래도 이 청년의 친절에 일종의 열의를 보이면서 감사를 표했다.

「자, 우선」하고 그는 말했다. 「자네한테 오는 간수의 눈에 내가 지나온 통로가 띄지 않게 할 방법을 생각해 봐야겠네. 이제부터 우리 둘이 편안하게 지낼 수 있으려면 지금까지의 일을 그들이 모르고 있어야 하니까」

그러더니 그는 굴 쪽으로 몸을 굽혔다. 그리고 돌을 들더니 굉장히 무거울 터인데도 번쩍 들더니 굴 속에 집어넣었다.

「돌을 아무렇게나 빼놓았군」그는 고개를 저으며 이렇게 말했다. 「그럼, 연장이 아무것도 없었나?」

「그럼, 당신은」당테스가 놀라서 물었다. 「연장 같은 게 있으십니까?」

「몇 개는 있지. 줄이 없을 뿐, 필요한 건 다 있어. 끌, 집게, 지레, 다 있지」

「오! 당신이 인내와 머리를 써서 만드신 그 물건들을 한번 봤으면 좋겠군요」

「자, 여기 우선 끌이 있네」

그는 너도밤나무 조각으로 자루를 맞춘, 강하고 예리한 칼날을 보여주었다.

「뭘로 이렇게 만드셨습니까?」당테스가 물었다.

「침대 못으로 만들었지. 이 도구로 여기까지 올 수 있는 길을 파 놓은 거야. 거의 쉰 자는 될걸」

「쉰 자요!」당테스는 일종의 두려움을 느끼면서 소리쳤다.

「작은 소리로 말하게, 감방 문까지 들리는 수가 있으니까」

「그래도, 저 혼자 있는 줄 아는걸요」

「그런 건 믿을 게 못 돼」

「여기까지 오시는 데 쉰 자나 팠다고 그러셨지요?」

「그렇지. 그게 이 방과 내 방과의 거리일 거야. 그런데 단지 나한테는 비례의 척도를 세우기 위한 기하학 도구가 없었기 때문에, 곡선의 계산이 맞질 않았단 말야. 마흔 자의 타원 대신에, 쉰 자가 되고 만 거야. 난, 아까도 말했지만, 바깥 벽으로 나가서 벽을 뚫고 바다로 뛰어내리게 될 줄 알고 있었거든. 난 지금 자네 방이 향해 있는 복도 밑을 빠져나가는 대신에, 이 복도를 따라서 그 옆으로 온 거야. 그러니 내 일은 다 틀어져 버린 거지. 이 복도는 보초들이 꽉찬 안뜰로 나 있으니까 말야」

「그건 사실입니다」하고 당테스가 말했다.「하지만 그 복도는 제 방의 한쪽 면밖엔 닿아 있질 않습니다. 그런데 이 방은 네 면이 있거든요」

「그야 물론이지. 하지만 하나는 바위로 된 벽이지. 그런데 그 바위를 뚫으려면 아마 연장을 다 갖춘 광부 열 사람이 십년은 걸려야 할 수 있을 거야. 또 한쪽은 소장 방의 토대하고 등을 맞대고 있을 거고. 그러니 아마 지하실로 떨어져내리게 될 테지. 지하실이야 물론 자물쇠가 채워져 있을 테니, 그대로

잡히고 마는 거지. 또 한쪽 벽은, 가만있자, 그건 어디로 나 있지?」

그쪽 면에는 총안(銃眼)이 나 있어서 그리로 햇빛이 새어 들어오고 있었다. 총안은 밖으로 나가면서 점점 좁아져서 어린애도 드나들 수 없게 된 데다가 철창이 세 겹으로 박혀 있어서, 아무리 의심이 많은 간수도 그리로 탈주한다는 일은 생각도 못하고 있는 형편이었다.

새로 온 노인은, 이런 질문을 하면서 탁자를 창 밑으로 끌고 갔다.

「이 탁자 위에 올라가 보게」하고 그가 당테스에게 말했다.

당테스는 시키는 대로 테이블 위에 올라갔다. 그리고 상대방의 의도를 헤아리며 등을 벽에다 기대고 두 손을 그에게로 내밀었다.

방 번호밖엔 알려주지 않은 이 사람, 당테스로서는 그 이름조차도 모르고 있는 이 사람은 마치 고양이나 도마뱀처럼 재빠르게, 그 나이라고는 생각도 못할 만큼 민첩하게 우선 탁자 위로 뛰어올랐다. 그러고는 탁자에서 당테스의 손 위로, 손 위에서 다시 그의 어깨 위로 올라갔다. 감방의 천장이 낮아서 서 있을 수가 없게 된 그는, 허리를 구부려 첫번째 줄 철창살 사이로 머리를 내밀었다. 그렇게 해서 아래까지가 모조리 내려다보였다. 얼마 있더니, 그는 급히 머리를 도로 움츠렸다.

「오! 오! 내 그럴 줄 알았어」

그러고는 당테스의 몸뚱이를 잡고 테이블 위까지 미끄러져 내리더니, 거기서 다시 바닥으로 뛰어내렸다.

「뭘 짐작하셨단 말씀입니까?」이번에는 당테스가 그의 곁으로 달려와서 불안하게 물었다.
그 늙은 죄수는 잠시 생각에 잠겼다.
「그래」 하고 노인이 말했다. 「자네 방의 네번째 벽은 바깥 복도로 면해 있어. 그 복도는 순찰 통로 같은 거라서 그리로 순찰대가 지나다니고 보초가 망을 보고 있어」
「그게 확실합니까?」
「군모와 총 끝이 보이더군. 그래, 들킬까 봐 얼른 머리를 움츠렸지」
「그래서요?」 하고 당테스가 말했다.
「그러니까, 이 방에서는 도망칠 수가 없다는 거야」
「그러면요?」 당테스는 심문이라도 하는 듯이 계속해 물었다.
「그러니, 이것도 주님의 뜻이야」 하고 노인이 말했다.
노인의 얼굴에 깊은 체념의 빛이 떠올랐다.
당테스는 그처럼 오랫동안 품어오던 희망을 초연하게 이렇게 체념해 버리는 노인을, 감탄과 함께 놀라움이 어린 눈으로 바라보았다.
「저, 이젠 누구신지 제게 말씀해 주시겠습니까?」 하고 당테스가 말했다. 「당신은 분명 제게 위안이 되고, 버틸 수 있는 힘을 주고 계세요. 왜냐하면 노인께서야말로 강한 사람들 중에서도 가장 강한 분으로 생각되니까요」
노인은 쓸쓸하게 웃었다.
「나는 파리아 신부일세」 하고 그는 말했다. 「1811년부터, 자네도 알다시피, 이렇게 이프 성에 갇혀 있지만, 그렇게 되기 삼 년 전부터 페네스토넬레 요새에 갇혀 있었다네. 그러다가 1811년에 피에몬테에서 프랑스로 옮겨졌지. 그때 내가 들은 바로는, 그 당시엔 언제나 그의 생각대로 되어가던 운명에 의해 나폴레옹은 황태자를 낳고, 그 요람 속의 황태자가 로마 왕이 될 것이었네. 조금 아까 자네가 말한 것은, 난 생각도 못했던 거라네. 그러니 그로부터 사 년 후에 나폴레옹이 무너진 거겠지. 그럼 프랑스는 지금 누가 통치하고 있나? 나폴레옹 2센가?」

「아닙니다. 루이 18세입니다」

「루이 18세라면, 루이 16세의 동생이로구먼. 하늘의 뜻이란 도무지 알 수가 없단 말이야. 전에 끌어올렸던 인간을 다시 쓰러뜨리고, 전에 쓰러뜨렸던 인간을 다시 끌어올리다니, 도대체 신의 섭리란 뭘까」

당테스는 이렇게 잠시나마 자기 자신의 운명을 잊고, 세상의 운명만을 생각하고 있는 노인을 계속해서 바라보고 있었다.

「그래, 그래」 하고 노인이 말을 이었다. 「영국의 경우와 꼭 같군. 찰스 1세 다음에 크롬웰이 나타나고, 크롬웰 다음엔 또 찰스 2세가 나왔단 말야. 그리고 또 아마 제임스 2세 다음엔 사위든가 친척이든가, 오렌지 공 같은 사람이 나타나겠지. 네덜란드의 주(州) 장관이 왕이 될 수도 있고. 그렇게 되면 국민에게 새로운 혜택이 돌아간단 말이야. 그럼 헌법이 생기고 자유가 오는 거야. 이봐, 자네도 그걸 볼 날이 올 걸세」 하고 당테스 쪽으로 돌아앉으며, 마치 예언자 같은 깊고 빛나는 눈초리로 그를 바라보았다. 「자넨 아직 그걸 볼 수 있을 나이야. 그걸 보게 될 걸세」

「네, 만약 여기서 나갈 수가 있다면 말입니다」

「아, 그렇지」 하고 파리아 신부가 말했다. 「참, 우린 죄수지. 난 가끔 그걸 잊어버릴 때가 있어. 내 눈은 나를 둘러싸고 있는 벽을 뚫고 내다볼 수가 있기 때문에, 난 가끔 내가 자유로운 몸이라고 착각할 때가 있어」
「그런데 노인께서는 왜 잡혀오셨나요?」
「나? 그건, 내가 1807년에 바로 나폴레옹이 1811년에 실현해 보려던 계획을 생각해 냈기 때문이야. 난 마키아벨리같이 이탈리아를 반항적인 무수한 작은 왕국의 집합체로 만들고 있던 제후들 가운데서, 이탈리아를 빈틈없고 강력한 하나의 대제국으로 만들어보고 싶었거든. 그래서 왕관을 쓴 멍텅구리를 내 세자르 보르지아(15세기 이탈리아의 권모술수에 능한 정치가 ──옮긴이)로 삼으려고 했는데, 그자가 내 뜻을 충분히 이해하는 체하더니 완전히 나를 배반했단 말이야. 내 생각은 또한 교황 알렉산데르 6세와 클레멘스 7세의 계획이기도 했지. 하지만 그 계획은 줄창 실패만 할 거야. 그 사람들도 계획은 했지만 실패했고, 나폴레옹도 이루질 못했으니까. 요는, 이탈리아는 저주받은 나라란 말일세」
그러고 나서 노인은 고개를 숙였다.
당테스로서는 어떻게 한 사람의 남자가 그런 일 때문에 자기의 생명까지 거는 위험한 모험을 할 수가 있는지 납득이 안 갔다. 사실 그는 나폴레옹을 만난 일도 있고 얘기도 해보아서 알고 있지만, 클레멘스 7세나 알렉산데르 6세는 전혀 누구인지 모르고 있었다.
「그럼, 노인께선 바로」 당테스는 간수의 의견, 말하자면 이프 성의 사람들 전체의 의견과 같은 생각으로 노인에게 물었다.「다들…… 병이 났다고들 하는 바로 그 신부님이 아니십니까?」

「모두들 미쳤다고 하는, 그런 말이겠지?」

「저야 어디……」 당테스가 미소를 띠며 대답했다.

「그래, 그래」 파리아는 쓴웃음을 머금고 말을 계속했다. 「그래, 미친 놈으로 통하고 있는 게 바로 나야. 오래전부터 이 감옥을 찾아 드는 객들을 웃겨주는 게 바로 나야. 그리고 앞으로 이 희망 없는 고통의 집에 아이들이라도 오는 일이 있다면, 그 아이들을 또 재미있게 웃겨주겠지」

당테스는 잠시 입을 다문 채 꼼짝도 안했다.

「그럼, 도망치는 건 단념하신 겁니까?」 하고 그는 노인에게 물었다.

「이젠 탈주는 틀렸어. 하느님께서 원치 않으시는 걸 시도한다는 건, 곧 하느님의 뜻을 거역하는 게 되니까」

「왜 그렇게 힘을 잃으셨나요? 대번에 성공하려는 건, 그거야말로 하느님께 너무 지나치게 요구하는 게 아닐까요? 이쪽으로 오신 것같이 해서 다른 방향으로 다시 한번 시작해 보실 수는 없을까요?」

「다시 시작하란 말을 하는데, 자넨 내가 여기까지 오느라고 얼마나 애를 썼는지 모르지 않나? 지금 내가 가지고 있는 그 연장들을 만드는 데 사 년이 걸린 걸 자네는 아나? 그리고 이 년이나 걸려서 화강암 같은 이 단단한 땅을 갉아내고 파낸 걸 아나? 꿈쩍도 안할 줄 알았던 돌들을 끌어내느라 그 엄청난 일 때문에 꼬박 며칠을 보냈을 때, 밤이 되어 가끔 돌처럼 딱딱해진 오래된 시멘트를 겨우 한 치 정도 긁어냈을 때, 내가 얼마나 기뻐했는지 그걸 자네가 안단 말인가? 그러고 나선 또 파낸 흙과 돌을 전부 감추느라고 층계의 천장을 뚫고, 그 속에 파낸

이탈리아의 학자 **277**

것들을 다 처넣어둔 걸 자네가, 자네가 알아? 그러다 보니 거기도 이젠 꽉차서 모래 한 줌도 둘 데가 없게 됐네. 그래서 이제야 내 일이 목적을 달성했구나 생각했었네. 그리고 내 힘도, 그 일을 다 해놓는 걸로 고작이라고 생각하고 있었지. 그러던 것이, 하느님께선 돌연 그 목적을 뒤로 물리치셨을 뿐만 아니라, 나를 어딘지도 모를 곳으로 데려다 놓으셨어. 아! 분명히 다시 한번 말하지만, 난 앞으로는 자유를 얻으려는 노력은 절대로 안하겠어. 왜냐하면 하느님의 뜻이, 내 자유가 영원히 사라지기를 바라시는 것이니까"

당테스는 고개를 떨구었다. 자기에게 친구가 생겼다는 기쁨 때문에 탈주할 수 없게 된 이 죄수의 쓰라린 마음을 동정할 여유가 없었음을, 차마 그 사람이 눈치 채게 할 수는 없었기 때문이다.

파리아 신부는 에드몽의 침대로 가서 앉았다. 에드몽은 그대로 서 있었다.

당테스는 탈옥 같은 건 생각도 못하고 있었던 것이다. 이 세상에는 정말 불가능한 것같이 생각되는 일들이 있어서, 그것을 시도해 볼 생각조차 못해 보고 본능적으로 피하게 되는 경우가 있다. 땅밑을 오십 자나 파고, 그 일을 하는 데 삼 년을 바치고, 설혹 그 일이 성공한대도 바다 위에 서 있는 깎아지른 절벽에 도달하게 되는 것이다. 그래서 만약 보초의 총에 맞지 않을 경우 오십 자, 육십 자 또는 아마 백 자는 될 높이에서 뛰어내리면, 떨어지다가 바위에 부딪혀 머리가 깨지게 되는 것이다. 이런 위험을 전부 이겨낼 수가 있다 하더라도, 이번엔 또 바다를 4킬로미터나 헤엄쳐 건너야 한다. 그것만으로도 충분히 체념할 만한 일이다. 그리고 당테스가 이러한 체념의 기분을 죽음으로까지 밀고 나갈 뻔했다는 것을 이미 말한 바 있다.

그러나 청년은, 지금 그렇게까지 정력을 기울여 생에 집착하고, 인간이 필사적인 결의를 가지고 있으면 어떤 일을 할 수 있는지를 그에게 보여준 한 노인을 보며, 마음속으로 반성하고 자기의 용기를 저울질해 보기 시작했다. 자기는 감히 해보려는 생각조차 못했던 일을 기도한 사람이 있었다. 그것도 자기보다 나이가 많고, 자기보다 힘도 약하고, 자기보다 솜씨도 없는 사람이 교묘한 재주와 인내로 이 믿어지지 않는 일에 필요한 모든 연장을 손에 넣었던 것이다. 결국 조그만 계산 실수로 실패하고 말긴 했지만. 하지만 어쨌든 이런 모든 일을 다른 사람은 해낸 것이다. 그러니 당테스에게도 불가능한 일이란 아무것도 없어야 한다. 파리아가 오십 자를 판다면, 그는 백 자를 팔 것이다. 쉰이 된 파리아가 그 일을 하는데 삼 년이 걸리지만 이제 그 나이의 절반밖에 안 된 당테스는 육 년이 걸린다 하더라도 해야 할 것이다. 신부이고 학자이며 또한 성직자인 파리아가, 이프 성에서 돔 섬, 라토노 섬, 또는 르메르 섬까지 헤엄쳐 갈 것을 두려움 없이 감행하려 했던 것이다. 그러니 선원 에드몽이, 바다밑으로 종종 산호를 따라 들어가던 그 대담한 잠수부 당테스가 4킬로미터쯤 헤엄쳐 가는 걸 주저할 것인가? 4킬로미터를 헤엄쳐 가려면 시간이 얼마나 걸릴까? 한 시간? 그것쯤은 아무것도 아니다. 그는 해안에 한번도 발을 붙이지 않고 몇 시간씩 바다 속에 있어 보지 않았던가! 아니, 아니, 당테스로서는 다만 누군가가 본을 보여주어서 기운만 내게 되면 그걸로 충분한 것이다. 다른 사람이 한 일, 또는 할 수 있는 일이라면 당테스도 반드시 해낼 것이다.

청년은 잠시 생각에 잠겼다.
「어르신께서 찾으시던 걸, 저도 알 것 같습니다」하고 그는 노인에게 말했다.

파리아는 소스라치게 놀라면서,「자네가?」하고 말했다. 그러고 나서 고개를 들었다. 그는 마치 당테스가 한 말이 만약 정말이라면 그의 절망은 오래가지 않을 것이라고 생각하는 듯했다.「자네가? 도대체 뭘 알겠단 말인가?」
「어르신께서 여기까지 오시느라고 뚫으신 굴은 바깥 복도와 같은 방향으로 뻗어 있지 않습니까?」
「그렇지」
「그런데 그 거리는 불과 열다섯 자밖엔 안 되겠죠?」
「기껏해야 그렇지」
「자, 그럼 굴 한가운데쯤에서부터 가로로 굴을 하나 더 파서 십자로를 만드는 겁니다. 이번엔 계산도 좀더 잘해 보시고요. 우리는 바깥 복도로 나가게 됩니다. 그래서 보초를 죽이고 탈주하면 됩니다. 이 계획을 성공시키는 데는 용기만 있으면 됩니다. 신부님께선 그 용기를 가지고 계십니다. 그리고 힘만 있으면 되지요. 전 인내성에 대해선 말하지 않겠습니다. 신부님께선 벌써 실제로 그걸 보여주셨고, 또 저도 한번 보여드릴 테니까요」
「잠깐」하고 신부가 말했다.「자넨 아직 내 용기라는 게 어떤 것인지, 또 내 힘이란 걸 내가 어떻게 써보려고 하는지 모르고 있네. 인내력으로 말하자면, 날마다 아침이면 전날 밤의 일을 다시 시작하고, 밤이면 낮에 하던 일을 다시 계속해 나가는 식으로, 나는 꽤 참을성이 있다고 생각하고 있지. 그러나 자, 이 얘길 잘 들어보게. 난 죄 없이 벌을 받아서는 안 될 사람이 갇혀 있을 때 자유를 주는 것이야말로, 주님을 섬기는 일이라고 생각했었네」

「그렇다면」 당테스가 물었다. 「사정이 달라졌다고 말씀하시는 겁니까? 저를 만나신 후부터는 신부님 자신에게 죄가 있기라도 한 것같이 생각되셨단 말씀인가요?」

「아니지, 난 다만 죄를 범하고 싶지 않을 뿐이야. 지금까지 난 내 상대는 다만 물건이라고만 생각해 왔었네. 그런데 지금 자네는 인간을 상대하라는 걸세. 난 벽을 뚫고 층계는 부술 수가 있었지만, 사람의 가슴을 뚫고 사람의 생명을 무너뜨릴 수는 없어」

당테스는 가볍게 놀란 표정을 지었다.

「아니」 하고 당테스가 말했다. 「자유의 몸이 되려는 때에 그런 사소한 일로 꼼짝을 못하시다니?」

「그럼 자넨 어떤가?」 하고 파리아가 물었다. 「자넨 어째서 밤에 탁자 다리로 간수를 때려죽이고, 그 옷을 입고 도망치려고 하지 않았었나?」

「그런 생각이 채 머리에 떠오르질 않아서」 하고 당테스가 말했다.

「그건 자네가 그런 죄를 짓는 걸 본능적으로 무서워하고 있었기 때문이야. 그런 일을 저지른다는 건 생각도 못할 만큼 무서워하고 있었단 말일세」 노인을 말을 이었다. 「설혹 그게 아주 쉬운 일이라 하더라도, 우리들의 자연적인 본능은 우리가 해도 좋은 범위 밖으로 빗나가지 않도록 항상 경고를 하고 있는 법이야. 날 때부터 피 보기를 좋아하는 호랑이를 보게나. 그게 성질이요 또 목적이기도 한 호랑이에게는, 조그만 구실만 있으면 충분하지. 냄새로 자기 주위에 먹이가 있다는 걸 알고는 곧 그 먹이에게로 뛰어가 와락 달려들어서 갈기갈기 찢어 놓는 거야. 그것이 호랑이의 본능이니까, 호랑이는 그 본능에 따르는 거지. 그러나 인간은 그와 반대로 피를 싫어해. 살인을 싫어하게 하는 건 사회 법규가 아니라, 자연의 법칙이란 말이야」

당테스는 당황했다. 그것은 과연, 자기도 모르는 사이에 자기 머릿속에, 아니 그보다는 자기 마음속에서 일어났던 일을 설명해 주었기 때문이다. 사람의 생각에는 머리에서 오는 것과 마음속에서 우러나오는 것, 두 종류가 있는 것이다.

「게다가!」 파리아는 말을 이었다. 「난 이럭저럭 십이 년간 감옥살이를 하는 동안에 머릿속으로 갖가지 유명한 탈옥 얘기를 다 생각해 봤지. 그러나 탈옥에 성공하는 경우란 극히 드물다는 걸 깨달았네. 제대로 된 탈옥, 성공리에 끝난 탈옥은 모두가 충분히 주의를 기울여 생각해 내고, 오랫동안 계획된 것뿐이야. 그렇게 해서 보포르 공작도 뱅센 성을 탈출했고, 뒤뷔쿠아 신부는 에베크 요새에서, 그리고 라튀드는 바스티유 감옥을 빠져나왔던 거야. 그 밖에 우연한 계기로 탈옥에 성공한 수도 있지, 그게 제일 좋은 경우지만. 어디 기회를 기다려보세. 기회가 오기를 기다렸다가, 그걸 이용해 봐야겠어」

「신부님은 기다리실 수가 있었습니다」 당테스는 한숨을 내

쉬며 말했다.「이 오랜 일이 신부님께서는 시종 하나의 일거리였죠. 마음을 딴 곳으로 돌릴 만한 일을 하지 않으실 때도, 신부님께선 희망이 있으시니까, 마음의 위안을 받아오셨군요」

「게다가」신부가 말했다.「난 그 일 하나에만 모든 힘을 쏟았던 건 아닐세」

「그럼, 무슨 일을 또 하셨었나요?」

「글도 쓰고 공부도 했지」

「그럼, 종이니 펜이니 잉크 같은 것도 얻어 쓰실 수가 있었나요?」

「아니」신부가 말했다.「전부 내가 만든 거지」

「종이니 펜이니 잉크를 다 손수 만드셨단 말씀이십니까?」당테스는 큰소리로 외쳤다.

「그럼!」

당테스는 감탄하며 노인을 쳐다보았다. 그러나 그에게는 아직 노인이 한 얘기가 믿어지지 않았다.

파리아는 당테스의 이러한 가벼운 의심을 눈치 챘다.

「내 방에 오면」하고 그가 말했다.「내가 쓴 걸 전부 보여주지. 그건 내 일생을 통한 사색이요, 연구요, 반성의 결과들이라네. 저 로마 콜로세움의 그늘이나 베네치아의 산마르코 성당 기둥 밑에서 그리고 피렌체의 아르노 강변에서 내가 생각하던 것들을, 이 이프 성에서, 사방을 꽉 에워싼 벽 속에서 간수들이 이렇게 실제로 쓸 여유를 주리라곤 생각도 못했지. 내가 쓴 책은『이탈리아의 통일 왕국 건설 가능성에 관해서』라는 거야. 4절판 한 권 분량은 넉넉히 될 걸세」

「그런데 그걸 어디다 쓰셨습니까?」

「셔츠 두 장에다가 썼지. 난 천을 매끄럽고 평평하게, 마치 양피지처럼 만드는 방법을 고안해 냈네」
「그럼 신부님께서는 화학자이신가요?」
「어느 정도는 그렇다고 볼 수도 있지. 나는 라부아지에(18세기 프랑스의 유명한 화학자──옮긴이)와도 친분이 있고」
「하지만 그런 책을 쓰려면 역사적인 연구를 하지 않으면 안 될 게 아닙니까. 책들은 가지고 계셨나요?」
「로마에서는 서재에 오천 권 가까이 책을 가지고 있었지. 그것들을 읽고 또 읽는 동안에 정성 들여 가려낸 백오십 권의 책만 있으면, 그것이 비록 인간의 지식을 완전히 요약한 것이라곤 할 수 없더라도, 적어도 인간이 알아야 할 만한 것은 모두 얻을 수 있다는 걸 알게 됐지. 그래서 나는 삼 년 동안 그 백오십 권의 책만을 자꾸 되풀이해서 읽었네. 그래서 내가 체포됐을 당시엔 그 책들을 거의 다 외고 있었으니까. 감옥에 들어와선 기억력을 더듬어서 그것들을 완전히 생각해 낼 수가 있었지. 지금이라도 투키디데스, 크세노폰, 플루타르코스, 티투스, 리비우스, 타키투스, 스트라다, 요르난데스, 단테, 몽테뉴, 셰익스피어, 스피노자, 마키아벨리, 보쉬에 같은 건 암송해서 들려줄 수 있네. 지금 열거한 이름들은 그중에서 가장 중요한 것들만 뽑은 거야」
「그럼, 여러 나라 말을 아시겠군요?」
「다섯 나라의 현대어를 하지. 독일어, 프랑스어, 이탈리아어, 영어, 그리고 스페인어. 그리고 고대 그리스어를 아는 덕분에 현대 그리스어도 이해하고. 그래도 말은 잘 못하겠어. 그래, 지금 그 공부를 하고 있는 중이야」

「공부를 하고 계시다고요?」 당테스가 말했다.

「응, 나는 지금 내가 알고 있는 말들의 어휘집을 만들었지. 그래 가지고 그것들을 배열해서 뜯어맞추고, 뒤집고 또다시 뒤집어서 내가 생각하는 바를 충분히 표현할 수 있도록 만드는 거야. 이럭저럭 내가 단어를 천 개는 알고 있으니까. 사전에 아마 십만 개는 들어 있겠지만, 엄밀히 말해서 내게 필요한 건 천 자면 되거든. 웅변은 안 되겠지만 내가 하고 싶은 말쯤은 훌륭히 통할 테니까. 그 정도면 내겐 충분하고」

더더욱 놀라게 된 에드몽은, 이 이상한 사람의 재능이 초자연적인 것처럼 생각되었다. 그리고, 어떻게 해서든지 이 사람이 당황할 만한 약점을 꼬집어 내고 싶어졌다. 그래서 그는 말을 이었다.

「하지만, 펜이 없는데 어떻게 그렇게 두꺼운 책을 쓰셨습니까?」 하고 물었다.

「아주 훌륭한 펜을 만들어냈지. 그 재료가 알려지기만 하면 모두들 보통 펜보다 그걸 더 좋아할걸. 가끔 고기를 금하는 날에 식사로 나오는 커다란 대구 대가리의 연골로 만든 거야. 그래서 수요일이나 금요일, 토요일이 오는 걸 언제나 즐거운 마음으로 기다렸지. 비축해 둔 펜이 자꾸자꾸 늘어난다는 희망에서 말야. 그리고 내 역사적인 연구는, 솔직히 말해서 내게는 가장 즐거운 일이거든. 과거로 거슬러 올라가노라면 현재를 잊어버릴 수가 있어. 자유롭게, 아무 속박 없이 역사 속을 거닐고 있노라면, 내가 죄수라는 생각을 잊어버리게 되니까」

「하지만, 잉크는요?」 하고 당테스가 말했다. 「잉크는 뭘로 만드셨나요?」

「전에는 내 감방 안에 벽난로가 있었지」하고 파리아가 말했다. 「그 벽난로를 내가 오기 얼마 전에 막아버렸단 말야. 하지만 오랜 세월 불을 피웠던 것이어서, 속에는 그을음이 꽉 끼어 있었어. 그 그을음을 일요일에 나오는 포도주 속에 섞어서 녹였단 말야. 그랬더니 훌륭한 잉크가 됐거든. 특별히, 사람의 주의를 끌어야 할 곳은 손가락을 찔러 가지고 그 피로 썼지」

「그럼, 그걸 언제 보여주시렵니까?」 당테스가 물었다.

「아무 때고 좋아」 파리아가 대답했다.

「오! 그럼, 지금 당장 보여주십시오」 청년이 외쳤다.

「그럼, 날 따라오게」 그는 땅속 굴로 들어가 자취를 감췄다. 당테스도 그의 뒤를 따랐다.

## 신부의 방

 몸을 구부려야 했지만, 그래도 당테스는 꽤 수월하게 땅 밑 통로를 지나 신부의 방으로 통해 있는 굴 맞은편까지 갔다. 거기까지 가니까 통로가 좁아져서 사람 하나가 겨우 기어서 들어갈 만한 넓이밖엔 안 되었다. 신부의 방엔 포석이 깔려 있었다. 신부는 가장 어두운 구석에 깔린 돌 한 장을 들어올리고 거기서부터 아까 당테스에게 한쪽 끄트머리를 보여준, 그 힘든 작업을 시작했던 것이다.
 방 안에 들어서자마자, 청년은 깊은 주의를 기울여 그의 방을 살펴보았다. 언뜻 보아서 그 방에는 아무데도 이상한 곳이라곤 없었다.
 「좋아」 하고 신부가 말했다. 「이제 열두시 십오분밖에 안 됐군. 그러니까 앞으로 몇 시간은 충분히 있지」

당테스는 주위를 둘러보았다. 시계가 어디 있기에 신부가 그처럼 정확하게 시간을 아는가를 알아보고 싶어서였다.

「창문으로 들어온 이 햇빛을 보게나」하고 신부가 말했다. 「그리고 벽 위에다 내가 그어놓은 선들을 보게나. 지구의 운동과 지구가 태양 주위에 그리는 타원형 운동이 결합된 이 선으로, 나는 시계보다도 더 정확하게 시간을 알 수 있지. 왜냐하면 시계는 고장이 나는 수가 있지만, 태양이나 지구가 고장나는 법은 절대로 없으니까」

당테스는 이 설명이 전혀 이해가 가지 않았다. 그는 언제나 해가 산 너머에서 떠올라서 지중해 속으로 떨어지는 것을 보면서, 그것은 태양이 움직이는 것이지, 지구가 움직이는 거라고는 생각되지 않았기 때문이다. 자기가 살고 있으면서도 깨닫지 못했던 지구의 두 가지 운동이 그에게는 거의 있을 수 없는 일이라 여겨졌다. 상대방의 얘기 하나하나에서 그는, 자기가 아직 어릴 적 구자라트나 골콘다를 여행했을 때, 금광이나 다이아몬드 광산을 파는 것을 보았을 때와 마찬가지로, 학문의 신비성을 발견했다.

「그럼」하고 그는 신부에게 말했다. 「빨리 신부님이 갖고 계신 그 보물을 보여주세요」

신부는 벽난로 쪽으로 갔다. 그리고 늘 손에 쥐고 있던 끌로, 전에 아궁이였던 자리를 메운 돌을 들어냈다. 그 속에는 상당히 깊은 구멍이 감춰져 있었다. 그 구멍 속에 아까 그가 당테스에게 말한 여러 가지 물건들을 감추어두었던 것이다.

「먼저 무엇부터 볼까?」신부가 당테스에게 물었다.

「이탈리아 왕국에 관한 논문을 우선 보여주세요」

파리아는 그 귀중한 장 속에서, 마치 파피루스 잎사귀처럼 둘둘 말린 헝겊 두루마리를 서너 개 꺼냈다. 그것은 폭이 네 치에다, 길이가 여덟 치가량 되는 헝겊 띠였다. 번호가 매겨진 그 띠에는, 당테스도 읽을 수 있는 글씨가 가득 씌어 있었다. 그것은 신부의 모국어인 이탈리아어로 씌어 있었기 때문에, 프로방스 태생인 당테스는 완전히 이해할 수가 있었다.

「자」 하고 신부가 당테스에게 말했다. 「이게 전부야. 한 일주일 전에, 육십팔 개째의 두루마리 끝에 〈끝〉이라고 써놓았지. 셔츠 두 장에, 내가 가지고 있던 수건이 죄다 이 책이 된 거야. 만약 내가 자유로운 몸이 되고, 이탈리아 내에 이것을 출판해 보려는 출판업자가 있다면, 내 명성은 단연 높아지는 거지」

「그렇습니다」 당테스가 대답했다. 「저도 그렇게 생각합니다. 그럼, 이번엔 이 책을 쓰실 때 사용했던 펜들을 좀 보여주십시오」

「자, 보게나」 하고 파리아가 말했다.

그는 청년에게 여섯 치쯤 되어보이는, 붓대만큼 굵고 짤막한 막대기를 하나 보여주었다. 그 끄트머리에 앞서 말한 연골 하나가 아직 잉크가 묻은 채로 끈으로 묶여 있었다. 펜은 보통 펜과 마찬가지로 끝으로 내려가면서 뾰족하게 되어 둘로 갈라져 있었다.

당테스는 그것을 살펴보았다. 그리고 이렇게 정확하게 펜을 깎을 수 있었던 도구는 무엇일까 하며 눈으로 그것을 찾아보았다.

「아, 그거」 파리아가 말했다. 「칼 말이지? 이건 내 걸작품이야. 이건 여기 있는 이 칼과 같이 낡은 쇠 촛대로 만든 거야」

나이프는 면도날처럼 잘 들었다. 그것은 칼로도 쓰이고 단도로도 쓰일 수 있는 이점을 가지고 있었다.

당테스는 이런 여러 가지 물건들을, 그전에 마르세유의 골동품 장에서 원양 항해선의 선장들이 남태평양에서 가져온, 토인들이 만든 도구들을 보았을 때와 마찬가지로 유심히 들여다 보았다.

「잉크는」 파리아가 말했다. 「아까 내가 잉크 만드는 얘길 하던 대로야. 필요에 따라서 만드는 거니까」

「하지만 한 가지 이상한 점이 있습니다」 하고 당테스가 말했다. 「이런 일들을 하시려면 낮에만 하셨어야 했을 텐데요」

「난, 밤에도 했네」 하고 파리아가 대답했다.

「밤에도라니요! 신부님께서는 고양이처럼 밤에도 물건이 보이십니까?」

「그렇진 않지. 하지만 하느님은 인간에게 본능만으론 부족한 부분을 돕기 위해서, 지혜라는 걸 주셨지. 자, 보게. 난 빛을 만들어냈거든」

「아니, 그건 어떻게요?」

「식사 때 가져오는 고기에서 지방층을 떼어내거든. 그걸 녹여가지고 일종의 딱딱한 기름을 얻는단 말이야. 자, 이게 내 초야」

이렇게 말하면서, 신부는 당테스에게 일종의 초 같은 걸 보여주었다. 그것은 장식용 등에 쓰이는 것과 같았다.

「그럼, 불은요?」

「여기 돌이 두 개에, 탄 헝겊이 있지」

「그럼, 성냥은요?」

「난 피부병에 걸려 있었지. 그래서 유황이 필요하다고 말했더니, 그걸 주더군」

당테스는 손에 들고 있는 물건들을 테이블 위에 내려놓았다. 그리고 노인의 지칠 줄 모르는 힘과 정신에 짓눌려 고개를 떨구었다.

「그것뿐이 아니야」 파리아는 말을 이었다. 「보물 전부를 한 구석에 감춰둘 수는 없으니까. 이건 도로 닫아두세」

그들은 포석을 제자리에 도로 끼웠다. 신부는 그 위에다 모래를 한 줌 뿌리고 나서, 흐트러졌던 흔적을 없애느라고 발로 밟아놓았다. 그러고는 침대 쪽으로 가서 침대를 끌어냈다. 침대 머리 뒤에 돌로 거의 완벽하게 가려진 구멍이 하나 있었다. 그 속에는 스물다섯 자에서 서른 자쯤 되는 끈으로 만든 줄사다리가 들어 있었다.

당테스는 그것을 살펴보았다. 줄사다리는 무슨 일을 당해도 끄떡없을 것처럼 튼튼했다.

「이런 희한한 걸 만드는 데 필요한 노끈은 어디서 나셨습니까?」

「우선 내가 갖고 있던 속옷 몇 장하고 침대 이불을 가지고 삼 년 동안 페네스토넬레의 감옥에 갇혀 있는 동안에 올을 풀었지. 이프 성으로 옮겨질 때 그때 풀어놓은 실들을 용케 가져왔단 말야. 그리고 여기서 또 일을 계속했지」

「하지만 침대 이불의 단이 없어진 걸 아무도 눈치 채지 못했던가요?」

「내가 다시 꿰매놓았거든」

「뭘로요?」
「이 바늘로 말야」
신부는 옷을 들추더니 몸에 지니고 있던 바늘을 당테스에게 보여주었다. 그것은 길고 뾰족하고 아직도 실이 꿰어져 있는 물고기뼈였다.
「그렇지」 하고 파리아는 말을 계속했다. 「처음에 나는 창살을 떼어내고 이 창문으로 도망을 치려고 했었네. 보다시피 자네 방 창보다는 좀 크지만, 도망칠 때엔 좀더 늘릴 수가 있을 거니까. 그러나 이 창이 안뜰로 나 있는 걸 알고 이 계획은 너무 모험적이라서 그만두기로 했던 거야. 하지만 난 뜻하지 않은 기회에, 아까 얘기한 것 같은 탈주를 하게 될 경우, 그런 우연한 기회가 생길 경우를 생각해서, 이 사다리를 잘 보관해 뒀지」
당테스는 사다리를 살펴보는 체하고 있었지만, 실은 완전히 다른 일을 생각하고 있었다. 어떤 생각이 머릿속을 스쳐갔다. 그것은, 이처럼 지혜롭고, 이처럼 재주있고, 또 이처럼 생각이 깊은 사람이라면, 자기 자신에게도 납득이 안 가는 자기의 불행을 분명 밝혀줄 것이라는 생각이었다.
「무슨 생각을 하고 있지?」 생각에 골몰하고 있는 당테스를 보고 아마 몹시 감동받아 그런 거라고 생각한 신부가 미소를 띠며 물었다.
「우선 이런 생각을 했습니다. 이런 지점에 도달하게 되기까지 신부님께서 얼마나 머리를 쓰셨을까 하는 것 말입니다. 만일 자유의 몸이었다면 어떤 일을 하셨을까요?」
「아마 아무것도 못했을걸. 아무리 터져나갈 것 같은 머리였더라도, 아마 하찮은 일로 다 발산해 버렸을 거야. 인간의 지혜 속에 숨겨져 있는 신비로운 광맥을 파내려면 불행이라는 게 필요한 거야. 화약을 폭발시키는 데는 압력이라는 게 필요하니까. 감옥 생활이라는 놈이, 사방으로 흩어져 떠돌고 있던 내 재능을 한 점으로 모아주었지. 그 재능들이 좁은 영역 속에서 서로 부딪쳤단 말야. 자네도 알겠지만 구름이 부딪쳐서 전기가 되는 거야. 전기에선 불이 생기고 불에선 광명이 생기는 거야」

「아니, 전 아무것도 모릅니다」 당테스는 자기의 무지에 낙담을 하며 이렇게 말했다. 「지금 말씀하신 이야기 가운데서도, 제게는 뭔지 전혀 모를 얘기가 있습니다. 신부님께선 그렇게 유식하시니 참 좋으시겠습니다」

신부는 미소를 지었다.

「조금 아까, 자넨 두 가지 일을 생각했다고 그랬지?」

「네」

「아직 한 가지밖에 얘길 안해 주었는데, 그래, 또 한 가지는 무언가?」

「또 하나는, 신부님께선 신부님이 살아오신 얘기만 제게 해주셨습니다. 그런데 신부님께서 제 신상에 관한 얘긴 모르고 계시다는 겁니다」

「자네 신상이란, 아직 너무 젊으니, 뭐 대단한 사건들이 있었을 리 없지」

「하지만 굉장히 불행한 일을 당했습니다」 하고 당테스가 말했다. 「제겐 당치도 않은 불행입니다. 그래서 가능하면 그 불행을, 그것을 내게 뒤집어씌운 사람에게 돌려주고 싶습니다. 그렇지 않고선, 지금까지도 가끔 신을 저주해 왔지만, 정말로 신을 저주하게 될 것 같습니다. 저는 맹세코 무죄입니다. 제가 사랑하는 두 사람, 아버지와 메르세데스의 생명을 걸고 맹세합니다.」

「자, 그럼」 신부는 숨겨놓은 구멍의 뚜껑을 닫고, 침대를 도로 밀어놓으면서 말했다. 「자네가 지내온 얘길 해보게」

당테스는 얘기를 시작했다. 얘기라야, 인도에 갔던 여행과 두세 번 근동(近東)에 갔던 여행 얘기에 불과했다. 이윽고 얘기는 그의 마지막 항해에 이르렀다. 르클레르 선장의 죽음, 선장으로부터 대원수에게 전해 달라고 부탁받은 소포며, 대원수와 만난 일, 또한 대원수로부터 누아르티에 씨에게로 가는 편지를 부탁받은 일 등을 이야기했다. 이윽고 마르세유 도착, 아버지와 만난 일, 메르세데스와의 사랑, 약혼 피로연, 그 다음으로 체포와 심문, 재판소에서의 구속, 계속해서 감옥에 끌려오게 된 얘기를 했다. 이곳에 온 후로부터 당테스는 아무것도 모르고 있었다. 얼마 동안이나 이곳에 갇혀 있는지조차도 몰랐다.

얘기가 끝나자 신부는 깊은 생각에 잠겼다.

「여기」 신부는 잠시 후에 입을 열었다. 「의미심장한 법률상의 자명한 이치가 있어. 그건 아까 내가 한 말하고 꼭 들어맞는 것인데, 날 때부터 아주 나쁜 마음을 가진 사람이 아닌 한 인간의 본성은 원래 죄를 싫어한다는 것일세. 하지만 문명은 우리 인간에게 욕망을 주고, 죄악을 주고, 후천적 욕심을 주며, 그 결과 종종 우리의 선량한 본능을 짓누르고, 우리를 악의 길로 이끌어가는 거야. 그래서 이런 격언이 나온 거지. 〈범인을 찾으려거든 우선 그 범죄로 이득을 볼 사람을 찾으라〉는 말이 그거야. 자네가 없으면 이득을 볼 사람은 누구지?」

「아무도 그럴 사람은 없습니다. 저 같은 거야 아주 미미한 존재니까요」

「그렇게 말하면 안 되네. 그 대답엔 논리와 철학이 모두 없어. 위로는 장래의 계승자에게 방해가 되는 왕으로부터 시작해서, 밑으로는 견습공에게 있어서의 방해자인 고용인에 이르기까지, 모두가 다 상대적인 관계를 가지고 있는 거야. 왕이 죽으면 계승자가 왕위에 오르지. 또 고용인이 죽으면 견습공이 1,200리브르의 봉급을 받게 되는 거야. 그 1,200리브르의 봉급이란 게, 견습공에게는 황실에서 쓰는 돈이나 마찬가지야. 그 돈이 그의 생활에 필요하기로는, 왕에게 있어서 1,200만 리브르와 다를 게 없지. 사람들은 저마다, 이 사회 계급의 가장 낮은 부류에서 가장 높은 계급에 이르기까지, 마치 데카르트가 말한 여러 가지 세계와 마찬가지로, 모두 자기 주위에 조그만 이해 관계의 세계를 가지고 있어서, 그 속에 소용돌이가 있고 모가 난 분자가 있는 법이야. 단, 이러한 세계란, 높은 곳에 있을수록 점점 더 커지는 거지. 그건 마치 나사를 거꾸로 세워 놓은 것과 같은 거야. 그리고 그 뾰족한 꼭대기에 균형을 유지하고 서 있는 거지. 자, 그럼 자네의 세계로 돌아가 볼까. 자넨 파라옹 호의 선장이 될 참이었다지?」

「네」

「그리고 예쁜 처녀와 결혼을 앞두고 있었다지?」

「그렇습니다」

「누구, 자네가 파라옹 호의 선장이 안 되는 걸 좋아할 사람은 없었나? 누군가가, 자네가 메르세데스와 결혼 안하게 되는 걸 좋아할 사람은 없었던가? 우선 내 첫번째 질문에 대답해 보게. 순서란 모든 문제에 있어서 열쇠니까. 누구, 자네가 파라옹 호의 선장이 안 되는 걸 좋아할 만한 사람이라도 있었나?」
「없었습니다. 전 배에서도 상당히 사랑을 받았으니까요. 만약 선원들이 선장을 뽑을 수 있었다면, 틀림없이 저를 뽑아주었을 겁니다. 단 한 사람, 저에게 원한을 품고 있는 사람이 있었습니다. 언젠가 그 사람과 제가 싸움을 하고 나서 제가 결투를 청한 일이 있었죠. 그런데 결투는 그쪽에서 응하질 않았습니다만」
「그래! 그 사람 이름이 뭐지?」
「당글라르입니다」
「배에선 무슨 일을 하고 있었나?」
「회계였습니다」
「만약 자네가 선장이 됐더라면, 그 사람을 그 자리에 그냥 두었겠나?」
「안 두었을 겁니다. 만약에 그런 일을 제 마음대로 할 수 있었다면 말입니다. 왜냐하면, 그 사람의 회계엔 아무래도 부정이 있는 것 같은 생각이 들었기 때문입니다」
「좋아. 그럼, 자네가 르클레르 선장과 마지막으로 얘기를 했을 때, 거기 입회했던 사람은 없었나?」
「없었습니다. 저희 둘뿐이었습니다」
「누군가, 그 얘기를 들었을 만한 사람은 없나?」
「글쎄요, 문이 열려 있었으니까…… 게다가…… 잠깐 기다려보세요…… 네, 네, 있었습니다. 선장께서 대원수께 보낼 소포를 제게 넘겨주셨을 때, 바로 그때, 당글라르가 지나갔었습니다」

「좋아」 신부가 말했다. 「이제 실마리가 잡혔어. 그럼, 엘바 섬에 정박했을 때 누구든 육지에 함께 내린 사람이 있었던가?」

「없었습니다」

「그리고 거기서 또 편지를 맡았다고 했지?」

「네, 대원수로부터」

「그래, 그 편지를 어떻게 했나?」

「서류함에 넣었습니다」

「자넨, 자기 서류함을 가지고 있었나? 공문서를 넣게 된 서류함을 어떻게 선원이 자기 주머니 속에 넣고 다닐 수 있었지?」

「맞습니다. 제 서류함은 배에 두었었죠」

「그럼, 배로 돌아와서야 편지를 서류함 속에 넣었겠군, 그래」

「그렇습니다」

「포르토페라조에서 배로 오는 동안은, 그 편지를 어떻게 했었지?」

「손에 들고 있었어요」

「그럼, 자네가 파라옹 호에 다시 올라왔을 때, 모두들 자네가 편지를 가지고 있는 걸 보았었겠구먼」

「네」

「당글라르도 보았겠군?」

「당글라르도 보았습니다」

「자, 그럼, 이제, 자네 기억을 전부 더듬어서 한데 모으는 걸세. 고소장에 뭐라고 씌어 있었는지 기억하겠나?」

「네, 그럼요. 제가 세 번이나 읽었는걸요. 한마디 한마디가 다 머릿속에 남아 있습니다」
「그럼, 한번 외어보게」
당테스는 잠시 생각을 가다듬었다.
「이런 것이었습니다」하고 당테스가 말했다.「고소장의 원문 그대로입니다」

검사 각하. 왕실과 종교를 충실히 섬기는 소생은 다음과 같은 사실을 알려드리고자 합니다. 나폴리와 포르토페라조에 기항했다가 오늘 아침 스미르나에서 돌아온 파라옹 호의 일등 항해사 에드몽 당테스라는 자는, 뮈라에게서 약탈자에게 보내는 편지를 부탁받고, 약탈자로부터는 파리에 있는 보나파르트 당 본부로 보내는 편지를 위임받았습니다.
그가 죄를 지었다는 증거는 그를 체포하면 판명될 것인바, 그 편지는 그자 자신의 몸이나 그자의 아버지 집에서, 아니면 파라옹 호에 있는 그의 방에서 발견될 줄로 아뢰옵나이다.

신부는 어깨를 으쓱했다.「뻔한 일인걸」하고 신부가 말했다.「그걸 대번에 짐작하지 못했다니, 자네가 너무 순진하고, 너무 선량했기 때문이로군」
「그렇게 생각되십니까?」하고 당테스가 외쳤다.「그렇다면 정말 파렴치한 일이로군요」
「당글라르의 보통때 필적은 어땠었지?」
「훌륭한 흘림체였지요」
「그 익명의 편지 필적은?」

「반대편으로 기울어진 글씨체였습니다」
신부는 미소를 지었다.
「일부러 필적을 속인 거로군」
「하지만 그렇게 생각하기엔, 굉장히 서투른 글씨체였습니다」
「그럼, 잠깐만」 하고 신부가 말했다. 그는 펜이라 하기 뭐하지만 그래도 그가 펜이라고 부르는 것을 집어, 잉크에 적셨다가, 종이 대용인 헝겊 위에다 고소문의 처음 두서너 줄을 왼손으로 썼다.

당테스는 움찔 뒤로 물러섰다. 그리고 흠칫 소스라치며, 신부를 쳐다보았다.

「아니, 이럴 수가!」 하고 그는 소리쳤다. 「이것은 그 고소장의 글씨와 아주 흡사하군요」
「왼손으로 고소장을 썼으니까 그렇지. 내 한 가지 깨달은 바가 있네」 하고 신부가 계속해 말했다.
「뭔데요?」
「오른손으로 쓴 필적은 여러 가지지만, 왼손으로 쓴 필적이란 다 비슷비슷하다는 점이야」
「그럼, 신부님은 전부 아시겠습니까? 전부 파악하셨나요?」
「얘길 계속하게」
「네, 네」
「그럼 두번째 질문으로 넘어가겠는데」
「물으십시오」
「누군가 자네가 메르세데스와 결혼을 못하게 되는 걸 바랄 사람이 있었나?」

「네, 그 여자를 사랑했던 청년이 하나 있었죠」
「이름은?」
「페르낭이라고 합니다」
「스페인 이름인가?」
「카탈로니아 사람입니다」
「그 사내가 편지를 쓸 수 있었다곤 생각되지 않나?」
「아니요. 그자는 저를 칼로 찌를 수는 있었을는지 모르지만, 그저 그 정도입니다」
「그래, 스페인 사람의 기질로 봐서 사람을 죽일 수는 있어도, 비겁한 짓은 못하지」
「게다가」 하고 당테스가 말을 이었다. 「그 사람은 고소장에 적혀 있는 얘기들을 전혀 모르고 있습니다」
「그 얘기 아무한테도 안했겠지?」
「안했습니다, 아무한테도」
「약혼녀한테도?」
「약혼녀한테도 안했습니다」
「그럼, 당글라르야」
「아, 이제야 저도 알겠습니다」
「가만있자…… 당글라르가 페르낭을 알고 있었나?」
「아니죠…… 아니, 알고 있었죠…… 이제야 생각납니다……」
「뭐가?」
「제가 결혼하려던 전전날, 둘이 팡피유 영감네 정자에서 테이블에 같이 앉아 있는 걸 보았습니다. 당글라르는 그때, 다정한 듯하면서도 빈정거리고 있었는데 페르낭은 새파랗게 질려서 어쩔 줄 모르고 있었어요」

「둘만 있던가?」

「아니요. 또 한 사람하고 같이 있었습니다. 그 사람은 저도 잘 아는 사람인데, 아마 그 사람이 그 둘을 소개해 줬을 겁니다. 카드루스라는 양복장이죠. 그런데 그 사람은 벌써 취해 있더군요…… 그런데 잠깐 기다리세요…… 잠깐만…… 어째 그걸 생각하지 못했을까? 그 둘이 술을 마시고 있던 테이블 옆에는, 잉크병과 종이와 펜이 있었어요. (당테스는 손으로 이마를 짚었다.) 아! 이런 더러운 놈들 같으니! 더러운 놈들!」

「그밖에 더 알고 싶은 게 있나?」하고 신부가 웃으며 말했다.

「네, 신부님께선 모든 것을 깊이 연구하시고 무슨 일이건 분명히 밝혀내시니까요. 제가 어째서 심문을 한 번밖에 안 받았는지, 어째서 저를 재판에 회부하지 않았는지, 그리고 또 어째서 이렇게 판결도 없이 형벌을 받고 있는지 가르쳐주십시오」

「오! 그건」하고 신부가 말했다. 「그건 문제가 좀 어려운데. 재판이란 건, 애매하게 알쏭달쏭하게 되어나가는 것이라서, 그 정체를 파악하기가 어렵다네. 지금까지의, 두 사람의 친구에 관한 건 어린애들 장난 같은 거였지. 하지만 이번 문제는 충분히 정확한 자료를 내게 가르쳐주지 않으면 안 되겠는걸」

「자, 그럼, 제게 물어주십시오. 사실, 제 신상에 관해서 신부님께서 저 자신보다도 더 분명히 들여다보고 계시니까요」

「누가 자넬 심문하던가? 검사던가, 검사 대리던가, 예심 판사던가?」

「검사 대리였습니다」

「젊던가, 나이가 들었던가?」

「젊었습니다. 스물일고여덟 정도였습니다」
「좋아. 그럼 아직 부패하진 않았으렷다. 하지만 벌써 야심만은 가졌을 나이지」 하고 신부가 말했다. 「자네한테 대하는 태도는 어떻던가?」
「엄격하다기보다는 오히려 친절한 편이었습니다」
「그 사람에게 자네 얘길 다 했나?」
「다 했습니다」
「그 사람 태도가 심문중에 변하거나 하지는 않던가?」
「잠시 태도가 변했던 일이 있었습니다. 저를 위험으로 몰아넣은 그 편지를 읽었을 때였지요. 마치 제 불행을 슬퍼해 주기라도 하는 것 같았습니다」
「자네의 불행을?」
「그렇습니다」
「자넨, 그 사람이 자네의 불행을 확실히 동정했던 것 같은가?」
「상당히 동정해 준다는 증거를 보여주었거든요」
「그건 어떻게?」
「저를 위험 속에 빠뜨리는 그 유일한 서류를 불태워 버렸어요」
「서류라니? 고소장을?」
「아니요, 편지를요」
「확실한가?」
「제 앞에서 태워버렸는걸요」
「그렇다면 문제는 다르지. 그 사람은 자네가 믿고 있는 것보다 훨씬 악랄한 사람인걸」

「그건 너무 끔찍한 말씀이십니다. 그럼 이 세상은 온통 맹수나 독사들로만 꽉 찼다는 건가요?」

「암, 그렇지. 게다가 두 발로 다니는 맹수나 독사들이, 진짜보다도 더 위험한 거야」

「자, 계속하시죠. 얘길 계속해 보지요」

「좋아. 그 사람이 편지를 태워버렸다고 그랬지?」

「네. 그러면서 이런 얘길 해주더군요. 〈당신한테는 증거품이라곤 이것 하나뿐이오. 그걸 이렇게 내가 없애버린 거요.〉」

「자연스럽게 한 짓 치고는 너무 훌륭한 행동인데」

「그럴까요?」

「그럼, 확실하지. 그런데 그 편지는 누구 앞으로 된 편지였지?」

「파리, 코크에롱 가 13번지의 누아르티에 씨에게로 가는 편지였지요」

「그 편지를 없앰으로써 검사 대리에게 뭔가 이익이 있는 것 같이 생각되지 않나?」

「글쎄요. 그 사람은 그렇게 하는 게 나를 위한 거라면서, 그 편지에 관해선 아무한테도 얘길 하지 말라고, 두세 번이나 다짐을 받았었거든요. 그리고 그 주소로 된 사람의 이름을, 절대로 입 밖에 내지 않겠다고 약속하라고 그러더군요」

「누아르티에?」하고 신부가 되뇌었다. 「누아르티에라? 난 그전 에트뤼리 왕비의 궁전에 있던 누아르티에라는 사람을 하나 알긴 하는데. 그 사람은 혁명 당시엔 자코뱅 당원이었지. 그런데 참, 그 검사 대리 이름은 뭐지?」

「드 빌포르입니다」

신부는 웃음을 터뜨렸다.

당테스는 어리둥절해서 그를 쳐다보았다.

「왜 그러십니까?」

「자네, 이 햇빛이 보이나?」 하고 신부가 물었다.

「그럼요」

「그래! 내겐 모든 게, 이 반짝이는 투명한 햇빛보다도 더 뚜렷이 보이네. 가엾게도, 이 사람아, 그래, 그 법관이 자네한테 친절한 걸로 알았다고?」

「네」

「그 의젓한 검사 대리가, 그 편지를 태워 없애버렸단 말이지?」

「네」

「사람 목숨을 파리 죽이듯 하는 그 정직한 나리가, 누아르티에라는 이름을 절대로 입 밖에 내지 말라고 약속시키더란 말이지?」

「네」

「자넨 불쌍하게도 눈이 멀었었군 그래. 지금 말한 그 누아르티에가 누군지 알겠나? 누아르티에는 바로 그 사람의 아버지야」

갑자기 당테스의 발밑에 벼락이 떨어지며 그곳에 심연을 파고 그 심연 밑으로 지옥이 입을 벌린다 해도, 이 뜻하지 않던 한마디가 무섭게 내리치면서 그를 짓누르는 힘보단 훨씬 약했을 것이다. 그는 마치 머리가 터져나가려는 것을 억지로 막는 듯이, 두 손으로 머리를 움켜쥐며 일어섰다.

「그 사람의 아버지라니, 아버지라니!」 하고 그는 외쳤다.

「그래, 그 사람 아버지야. 그 아버지 이름이 누아르티에 드 빌포르란 말야」 하고 신부가 말했다.

그 순간, 번개 같은 빛이 그의 머리를 스쳐갔다. 여태까지 이해가 안 되던 모든 일이 바로 그 순간에 환하게 드러났다. 심문을 할 때의 빌포르의 주저, 편지를 태워버린 일, 맹세를 하라고 윽박지르던 일, 위협하는 대신에 마치 동정을 구하기라도 하듯 애원하던 검사 대리의 목소리, 이 모든 것이 기억에 되살아났다. 그는 소리를 질렀다. 그리고 잠시, 마치 술 취한 사람처럼 비틀거렸다. 그리고 신부의 방에서 자기 방으로 통하는 입구까지 달려가며,「아, 혼자서 모든 걸 좀 생각해 봐야겠습니다」하고 말했다.

당테스는 자기 토굴로 돌아오자, 침대에 가서 쓰러져버렸다. 저녁때가 되어 간수가 왔을 때에도, 그는 앉은 채로 한군데만 바라보며, 얼굴을 굳히고 마치 석상처럼 입을 다문 채 꼼짝않고 있었다. 마치 몇 분 만에 흘러버린 듯 느껴지는, 깊은 생각에 빠져 있던 이 몇 시간 동안에 그는 무서운 결심을 하고 두려운 맹세를 했다.

사람의 목소리가, 당테스를 깊은 생각에서 깨어나게 했다. 파리아 신부의 소리였다. 자기 방에 간수가 다녀가자, 당테스와 함께 저녁 식사를 하려고 찾아왔던 것이다. 신부는 재미있는 미치광이로 인정받게 된 후로는, 여러 가지 특별 대우를 받게 되었다. 이를테면 약간의 흰 빵도 나오고, 일요일엔 포도주도 조그만 병으로 하나씩 나왔다. 그런데 그날이 바로 일요일이었던 것이다. 그래서 신부는, 빵과 포도주를 젊은 친구와 함께 나누려고 그를 초대하러 왔다. 당테스는 그의 뒤를 따랐다.

얼굴을 모두 전처럼 펴고, 다시 보통때의 모습으로 돌아왔다. 그래도 그 얼굴이 딱딱하게 굳어진 것으로 보아, 마음속으로는 단호한 결심을 하고 있음이 드러나 보였다.

신부는 그를 물끄러미 바라보았다.「자네가 알고자 하는 걸 도와서, 그런 얘길 해준 게 잘못이었구먼」

「그건 왜요?」당테스가 말했다.

「자네 마음속에, 여태까지는 없던 복수의 마음을 심어주었으니 말이야」

당테스는 미소를 지었다.「다른 얘길 합시다」하고 그는 말했다.

신부는 또다시 그를 잠깐 동안 바라보더니, 슬픈 듯이 고개를 저었다. 그러고 나서 당테스가 부탁한 대로 다른 얘기를 시작했다.

이 늙은 죄수의 이야기에는, 고생을 많이 한 사람들이 그렇듯 많은 교훈거리와 흥미거리가 다하는 법이 없었다. 그러나 그것은 결코 이기적인 것은 아니었다. 이 불행한 사람은, 자기의 불행에 관해선 한마디도 하지 않았던 것이다.

당테스는 노인의 말 한마디 한마디를 감탄하며 들었다. 그 중의 어떤 얘기들은 그가 여태까지 알고 있던 것, 다시 말하면 뱃사람에 관한 전문적인 얘기였다. 또 어떤 얘기들은, 그가 모르는 일들, 저 남극에서 항해자들을 비춰주는 오로라처럼 깨달음을 주는 빛으로 청년의 눈에 새로운 풍경, 새로운 지평을 열어주는 것 같은 얘기들이었다. 당테스는 만약 지식이 있어서, 도덕적으로나 철학적으로나 사회적으로나, 이처럼 깊이 경험을 닦고 즐길 수 있는 뛰어난 사람에게서 공부를 할 수 있다면 얼마나 행복할 것인가 하고 생각했다.

「저 같은 사람하고 얘기하시는 게 지겨워지시지 않기 위해서라도, 신부님께서 가지고 계신 지식을 좀 가르쳐주지 않으시겠습니까?」 하고 당테스가 말했다. 「물론 저같이 배운 것도 없고 아무 능력도 없는 친구를 가지시는 것보다는, 차라리 혼자 계시는 게 편하시리라는 건 저도 잘 알고 있습니다. 하지만 만약 저의 이 청만 들어주신다면, 탈옥 같은 건 이젠 얘기하지 않겠다고 약속하겠습니다」

신부는 웃었다.

「아, 아, 내 말을 좀 들어보게나」 하고 그는 말했다. 「인간의 지식이란 제한되어 있는 거야. 만약 내가 자네에게 수학이며, 물리학, 역사, 그리고 내가 할 줄 아는 서너 나라 언어를 가르쳐주면, 자네는 내가 알고 있는 걸 다 알게 되는 거야. 그러니 내 머릿속에 있는 걸 자네 머릿속에 넣어주는 데는 불과 이 년 정도밖엔 안 걸릴 거라네」

「이 년이오?」 당테스가 말했다. 「제가 그걸 이 년이면 다 배울 수 있다는 말씀이신가요?」

「그걸 응용까지 하려면 부족하겠지만 원칙만이야 이 년이면 되지. 배운다는 것과 안다는 건 다른 거니까. 이 세상엔 식자(識者)와 학자(學者)가 있거든. 식자를 만드는 건 기억력이고, 학자를 만드는 건 철학이거든」

「그럼 그 철학을 배울 수 있을까요?」

「철학이란 배워지는 게 아냐. 철학이란, 학문을 응용할 수 있는 천재만이 얻을 수 있는 지식의 총화야. 철학이란 눈부신 구름이지. 그리스도가 하늘로 올라가신 것이 바로 이 구름 위에 발을 디뎠기 때문이니까」

「그럼」 하고 당테스가 말했다. 「제일 먼저 무얼 가르쳐주시겠습니까? 얼른 시작했으면 좋겠어요. 전 학문에 목말라 있습니다」

「다 가르쳐주지!」 하고 신부가 말했다.

과연 그날 저녁이 되자 두 사람은 학업 지침을 꾸며, 그 이튿날부터 실천에 옮기기 시작했다. 당테스는 놀라운 기억력과 비상한 이해력을 가지고 있었다. 수학적인 그의 두뇌는 모든 것을 계산에 의해서 이해할 수 있게 해주었다. 한편, 선원으로서의 시적인 감성은, 무미건조한 숫자라든가 정확한 선에서 성립되는 너무나 물질적인 면을 고쳐주기도 했다. 게다가 그는 이미 이탈리아어와, 여러 번 동방으로 여행해서 알게 된 현대 그리스어도 조금은 알고 있었다. 이 두 언어로 그는 곧 다른 모든 말들의 구조를 이해하게 되었다. 그리하여 육 개월 후에는 스페인어와 영어와 독일어를 구사하기 시작했다.

그가 이미 파리아 신부에게 말한 것처럼, 공부에 정신이 쏠려 자유로워지려는 생각을 잊어버리게 되기도 했고, 그게 아니면 앞에서 본 바와 같이 약속을 꼭 지키려는 강직한 성격 때문이었던지 탈옥 얘기는 두 번 다시 입 밖에 내지 않았다. 당테스가 공부를 하는 가운데, 빠르게 나날이 지나갔다. 일 년 후에 그는 전혀 딴사람이 되어버렸다.

한편 파리아 신부로 말하면, 당테스가 본 바로는 비록 자기가 있는 것이 그의 감옥 생활에 기분 전환이 되기는 하지만, 나날이 침울해하는 것 같아 보였다. 끊임없는 한 가지 집념이 그의 마음을 차지하고 있는 것 같았다. 깊은 생각에 잠겨, 자기도 모르게 긴 한숨을 쉬는가 하면, 별안간 벌떡 일어나서 팔짱을 끼고 침통한 얼굴로 감방 안을 왔다갔다하기도 했다.
 어느 날, 신부는 이렇게 수없이 원을 그리며 방안을 왔다갔다하다가, 갑자기 소리를 질렀다.
「아, 보초만 없다면!」
「없애려고만 하신다면 없앨 수도 있겠죠」 당테스는 신부가 머릿속으로 생각하고 있는 것을, 마치 유리를 통해서 들여다 보듯이 이렇게 말했다.
「아, 그 얘긴 전에도 했지만」 신부가 되뇌었다. 「살인은 싫다네!」
「하지만 그런 살인이야 저지른다 하더라도, 그건 자기 보존 본능, 자기 방어 감정에서 나온 결과가 아닌가요?」
「아무튼 난 할 수 없어」
「그러면서도 그 생각을 하시는군요?」
「밤낮 하지, 생각이야 밤낮 한다고」 하고 신부가 중얼거렸다.
「그래, 방법이라도 생각해 내셨나요?」 당테스는 날카롭게 물었다.
「글쎄, 복도에다 눈멀고 귀먹은 보초를 갖다 놓기라도 한다면」
「눈멀고 귀먹게 할 수도 있습니다」 생각하는 바라도 있는 듯한 어조로 당테스가 대답하는 바람에, 신부는 깜짝 놀랐다.
「안 돼, 안 돼」 신부가 소리쳤다. 「그런 짓은 안 되네」
 당테스는 좀더 그 얘기를 하고 싶었다. 그러나 신부는 머리를 젓고 그 이상 대답하기를 꺼렸다.
 석 달이 지나갔다.

「자네 힘센가?」 어느 날 신부가 당테스에게 이렇게 물었다.

당테스는 대답은 않고 끌을 잡더니 그것을 말 편자처럼 구부렸다가 다시 펴놓았다.

「아주 막다른 경우가 아니면, 보초를 죽이지 않겠다고 약속하겠나?」

「명예를 걸고 약속하겠습니다」

「그렇다면」 신부가 말했다. 「우리 계획도 실행될 수 있을 거야」

「그 계획이 실현되려면 얼마나 시간이 걸릴까요?」

「적어도 일 년」

「저런! 그렇다면 일 년을 허송 세월 했군요」 당테스가 외쳤다.

「허송 세월이라고 생각하나?」 신부가 말했다.

「죄송합니다」 에드몽이 얼굴을 붉히며 말했다.

「조용히!」 하고 신부가 말했다. 「인간은 세상 없어도 하나의 인간에 지나지 않는 거야. 그리고 자네는 내가 알고 있는 사람 중에선 아주 훌륭한 사람이지. 자, 내 계획이라는 건 이런 거야」

신부는 당테스에게 자기가 그린 도면을 보여줬다. 그것은 신부의 방과 당테스의 방, 그리고 그 두 방을 연결하는 복도의 도면이었다. 복도 중앙에는, 마치 탄광에서 파놓은 것과 같은 좁은 굴이 있었다. 그 굴이 보초가 왔다갔다하는 땅밑으로 두 사람을 인도하게 되어 있었다. 거기까지 가면 거기서 커다란 굴을 판다. 그리고 복도 바닥의 포석을 하나 떼어낸다. 그 포석은, 때가 되면 그 위를 밟는 병사의 무게로 밑으로 떨어진

다. 그러면 병사는 굴 속으로 빠져들어가고 마는 것이다. 갑자기 떨어져서 정신이 없는 병사가 아무 저항도 못할 때, 당테스가 병사에게 달려든다. 병사를 묶고 입을 틀어막은 다음에, 둘이서 복도의 창을 빠져나와 줄사다리를 타고 바깥 성벽을 기어내려 도망하는 것이다.

당테스는 손뼉을 쳤다. 눈이 기쁨으로 번쩍이고 있었다. 틀림없이 성공할 수 있는 계획이었다.

그날로 두 사람은 일에 착수했다. 오랜 휴식 끝에 시작한 만큼, 그리고 두 사람 다 마음속 깊이 간직하고 있던 생각을, 성공하리라는 가능성을 가지고 시작했으니만큼, 일은 그만큼 더 열을 올려 진행되었다.

두 사람이 일을 멈추는 것은 각기 자기 방의 간수가 나타날 때에 대비하기 위해서, 자기 방으로 되돌아가지 않으면 안 될 경우뿐이었다. 게다가 이 두 사람은, 들릴 듯 말 듯한 약한 발소리에도 간수가 내려오는 것을 알아채기 때문에, 한 번도 뜻밖의 일로 당황하는 일은 절대로 없었다. 새 구멍에서 파내서, 먼젓번에 파놓은 굴을 가득 채우게 된 흙을 굉장히 조심스럽게 조금씩 조금씩 당테스의 감방과 파리아의 감방 창밖으로 날려버렸다. 조심스럽게 밖으로 뿌린 흙은, 바람에 날리어 흔적 없이 멀리 날아가 버렸다. 끌과 칼, 나무로 만든 지레를 온갖 연장 대신으로 사용한 이 일도, 시작한 지 벌써 일 년이 넘었다. 일을 하는 한편, 파리아는 당테스의 교육을 계속했다. 어느 때는 어느 한 나라 말로 하다가, 또 어느 때는 다른 나라 말로 얘기를 하며, 여러 나라와 위대한 인물들의 업적, 그뒤에 때때로 영광이라고 불리는 빛나는 흔적을 남겨놓고 있는 역사라는 것을 가르쳐주었다. 사교계, 그것도 상류 사교계의 일원이었던 신부는, 동작마다 일종의 비장한 위엄을 지니고 있었다. 날 때부터 동화(同化)의 재능을 가지고 있던 당테스는, 여태까지 자기에게는 없던 우아한 예절, 그것도 상류 계급 사람들의 사회와 접촉함으로써만 얻을 수 있는 귀족적인 품위를 몸에 지니게 됐다.

굴은, 열다섯 달 후에야 완성됐다. 출구는 복도 밑에 뚫어놓아서 보초가 왔다갔다하는 발소리를 들을 수 있었다. 이윽고 탈출에 안전을 기하기 위해, 달 없는 캄캄한 밤을 기다리고 있는 두 사람의 마음속엔, 이젠 단 한 가지 걱정밖엔 없었다. 그것은 탈출에 앞서 땅이 병사의 무게로 저절로 꺼져내리지나 않을까 하는 점이었다. 그러한 불의의 사고를 막기 위해, 그들은 주춧돌 밑에서 발견해 낸 조그마한 기둥을 하나 버티어놓았다. 당테스가 그것을 버티느라고 애를 쓰고 있을 때였다. 당테스의 방에서 줄사다리를 걸 쐐기를 뾰족하고 깎고 있던 신부가, 갑자기 괴로운 듯이 그를 부르는 소리가 들려왔다. 당테스는 황급히 방으로 돌아왔다. 신부가 방 한가운데 선 채로 얼굴이 새파랗게 질려 이마에 땀을 흘리며 두 손을 꽉 움켜쥐고 있었다.

「아니, 이게 웬일이십니까?」 당테스가 외쳤다. 「왜 그러세요?」

「빨리, 빨리!」 신부가 말했다. 「내 얘길 듣게나」

당테스는 파리아의 창백해진 얼굴과 푸르스름해진 눈언저리, 핏기 없는 입술, 곤두선 머리털을 보자, 너무 무서워서, 그만 손에 들고 있던 끌을 떨어뜨렸다.

「도대체 무슨 일이세요?」 에드몽이 소리쳤다.

「난 이젠 틀렸어!」 신부가 말했다. 「내 말을 들어보게. 무서운 병이, 아마 죽을 병이 나려나 봐. 발작이 일어나는구먼. 그걸 나는 알 수 있다네. 감옥에 들어오기 일 년 전에도 한번 이 병이 발병한 적이 있지. 이 병에는 한 가지 약밖에 없어. 내 얘길 해주지. 얼른 내 방에 가서 침대 다리를 들어보게. 그 다리 속에 구멍이 뚫려 있는데, 그 속에 빨간 액체가 반쯤 든 수정병이 있네. 그걸 가져오게. 아니 그보단 내가 여기 있다간 들킬지도 모르니, 내 몸에 아직 기운이 좀 남아 있는 동안에, 날 내 방으로 데려가 주게. 발작이 계속되는 사이에 무슨 일이 일어날지 모르니까」

당테스는 갑자기 닥친 이 큰 불행에도 불구하고, 정신을 바짝 차리고 이 가엾은 동지를 끌고 굴 속으로 내려갔다. 그리고 엄청나게 고생하며 굴 저쪽 끝까지 데리고 갔다. 그는 신부의 방에 들어서자, 신부를 침대에 눕혔다.

「고맙네」 신부는 마치 얼음물 속에서 나온 사람처럼 사지를 부들부들 떨며 말했다. 「결국 병이 난 거야. 난 강경증(強硬症)(외부 감각과 의사에 의한 동작이 완전히 중단되는 상태. 죽음과 다른 점은 겨우 부패가 시작되는지의 여부에 있다——옮긴이)에 걸리는 거야. 아마 손 하나 꼼짝할 수 없게 될 걸세. 신음 하나 못 내고. 아마 입에선 거품을 내뿜고 사지가 딱딱해져서 소리를 지를 거야. 그 소리가 밖에 들리지 않도록 해야 하네. 그게 중요한 거야. 왜냐하면 밖에서 그걸 알면, 필경 나를 이 방에서 옮겨갈 테니, 그렇게 되면 우린 영원히 헤어져야만 하는 거라네. 내 몸이 뻣뻣해지고 얼음같이 식어서, 이를테면 죽은 사람같이 되거든, 그땐 꽉 다문 이빨을 칼로 벌려 이 약을 여남은 방울 내 입에 흘려넣게. 그럼 아마 다시 살아날 걸세」
「아마라니요?」 당테스는 괴로운 듯이 큰소리로 외쳤다.
「부탁하네, 부탁해!」 신부가 외쳤다.「난…… 난……」
　발작이 너무 갑자기, 그리고 너무 강하게 닥쳐와서 이 불행한 죄수는 시작했던 말도 채 끝맺지 못했다. 바다 위로 폭풍우라도 몰려오듯이, 그의 이마 위로 어둡고 빠른 검은 기운이 스쳤다. 발작이 그의 눈을 홉뜨게 하고, 입을 뒤틀어놓고, 얼굴은 시뻘겋게 달아오르게 했다. 신부는 몸을 뒤틀더니 거품을 뿜으며 고함을 질렀다. 당테스는 신부가 시킨 대로 이불을 뒤집어씌워 그 소리를 막았다. 이런 일이 두 시간이나 계속되었다. 이윽고 신부는 커다란 덩어리처럼 꼼짝을 않고, 대리석보다도 더 창백하고 싸늘해지더니, 발도 짓밟힌 갈대보다도 더 처참히 찌부러져서, 마지막 경련으로 몸이 뻣뻣해지며, 점점 더 창백해져 갔다.
　에드몽은, 이러한 가사 상태가 시체를 침범하여 심장까지 얼어붙게 되기를 기다렸다. 그런 다음에 그는 칼을 들고는, 이빨 사이로 칼날을 넣어, 꽉 다문 신부의 턱을 간신히 아래위로 벌린 후에, 그 빨간 액체를 한 방울 한 방울 세어, 열 방울을 떨어뜨리고 기다렸다.
　한 시간이 지나도록 노인은 꼼짝도 하지 않았다. 당테스는 너무 늦게 손을 쓴 게 아닌가 하여 걱정되었다. 그리고 두 손으로 노인의 머리카락을 움켜쥐고 그 얼굴을 들여다보았다. 이윽고 노인의 뺨 위로 혈색이 가볍게 떠올랐다. 그리고 여태까지 홉뜬 채 움직이지 않던 두 눈에 시력이 되돌아오고, 입에서는 약한 숨이 새어나왔다. 그리고 노인은 몸을 움직였다.

「살아나셨군요! 살아나셨어요!」당테스가 외쳤다.

환자는, 아직 말을 못했다. 그러나 눈에 띄게 불안한 듯이 손으로 문 쪽을 가리켰다. 당테스는 귀를 기울였다. 간수의 발소리가 들려왔다. 벌써 일곱시가 다 되어가고 있었다. 그러나 당테스는 시간을 재볼 겨를이 없었던 것이다.

청년은 굴 속으로 뛰어들었다. 그리고 그 속으로 들어가, 머리 위로 다시 포석을 끼워놓고 자기 방으로 되돌아왔다.

잠시 후에, 이번에는 당테스의 방문이 열렸다. 간수는 여느 때와 마찬가지로, 당테스가 침대 위에 앉아 있는 모습을 발견했다.

간수가 나가고, 간수의 발소리가 복도에서 사라지자마자, 불안에 떨고 있던 당테스는 밥 먹을 생각도 잊고 온 길을 되돌아갔다. 머리로 포석을 들어올리고, 그는 신부의 방에 들어갔다.

신부는 의식이 회복되어 있었다. 그러나 여전히 꼼짝을 못하고 힘없이 침대 위에 누워 있었다.

「다신 못 보게 될 줄 알았더니」하고 신부가 당테스에게 말했다.

「아니, 왜요?」당테스가 물었다. 「그럼 돌아가시기라도 할 줄 아셨던가요?」

「그렇진 않아. 하지만 도망할 준비가 다 돼 있었으니까, 난 자네가 도망간 줄 알았거든」

당테스는 화가 치밀어 얼굴이 확 달아올랐다.

「신부님을 남겨두고요!」하고 그가 소리쳤다. 「제가 그럴 수 있으리라고 정말로 생각하셨어요?」

「지금이야, 내가 잘못 생각했다는 걸 알고 있지만」하고 신부가 말했다. 「아, 난 이젠 완전히 쇠약해지고, 기가 꺾이고, 기진맥진해져 버렸네」
「용기를 내세요. 다시 힘이 생길 겁니다」당테스는 파리아의 침대 곁에 앉아서, 그의 손을 잡으며 이렇게 말했다.
신부는 고개를 저었다.
「요전번 발작 때는」신부가 말했다. 「삼십 분밖엔 안 걸렸었어. 그리고 나선 배가 고파서 내가 혼자 일어났었지. 그런데 오늘은 다리도 오른쪽 팔도 움직일 수가 없었어, 머리도 띵하고. 이건 뇌일혈의 징조야. 요 다음번엔 전신을 못 쓰게 되거나 아니면 졸지에 죽어버릴 게야」
「아닙니다, 안심하세요, 돌아가시진 않으실 겁니다. 요다음 발작이 나실 때에는, 아마 자유로운 몸이 되어 계실 겁니다. 그러면 이번처럼, 아니 이번보다 더 용이하게 구해 드릴걸요. 그때는 병에 필요한 수단은 다 쓸 수 있을 테니까요」
「이봐, 잘못 생각하면 안 돼」하고 노인이 말했다. 「이번 발작으로 나는 종신 금고형을 받은 거나 다름없네. 도망을 가려면, 걸어야 하는 건데」
「그럼 일 주일쯤 기다리지요, 뭐. 한 달이고 두 달이고 좋습니다. 그동안에 원기가 회복되실 거예요. 탈옥 준비는 다 되어 있으니, 탈옥할 시간이야 아무때 하든 우리 마음이니까요. 신부님께서 헤엄을 치실 수 있다고 생각될 때, 그때 우리의 계획을 실천하면 되지 않겠습니까」
「난 이제 헤엄을 칠 수가 없게 됐네」하고 파리아 신부가 말했다. 「이 팔이 마비된 건, 오늘 내일로 낫는 게 아냐, 아주 평생을 못 쓰게 되는 거지. 이 팔을 한번 들어보게, 축 늘어질 테니」

 청년은 노인의 팔을 들어보았다. 팔은 아무 감각도 없이 축 늘어졌다. 그는 한숨을 쉬었다.

「이젠 알겠지, 에드몽?」하고 신부가 말했다.「내 말을 믿어야 하네. 난 내가 무슨 말을 하는지 알고 있으니까 말야. 처음으로 이 병에 걸린 후 난 밤낮 죽음에 대한 생각을 해왔어. 난 그때가 오기를 기다렸지. 이건 우리 집안의 유전이야. 아버지도 세번째 발작 때에 돌아가셨고, 할아버지도 그러셨지. 이 약을 내게 만들어준 의사가, 바로 그 유명한 의사 카바니스였지만, 그 사람도 내게 같은 운명을 예언했지」

「의사가 잘못 안 거예요!」당테스가 외쳤다.「신부님의 몸이 말을 안 듣는대도, 그건 제겐 문제도 되지 않습니다. 제가 신부님을 업고 헤엄쳐 가겠습니다」

「여보게」신부가 말했다.「자네는 선원이고 헤엄치는 데는 명수야. 그러니 그런 짐을 지고는 바다에서 오십 보밖에 못 간다는 걸 알고 있을 거야. 그런 꿈같은 생각은 아예 그만두게. 자네같이 총명한 사람은 빤히 알고 있는 일이잖나. 난 이제 자유의 날이 올 때까지 여기 남아 있겠네. 지금 형편으론 죽는 순간을 기다리는 수밖에 없지만 말이야. 그러나 자넨 여길 빠져나가야 하니, 떠나가도록 하게! 자넨 나이도 젊고 민첩하고 힘이 장사니 내 걱정일랑 말고 떠나게. 자네하고의 약속도 이젠 그만이네」

「알겠습니다」당테스가 말했다.「알겠습니다. 그럼, 저도 남겠습니다」그리고 자리에서 일어난 그는, 엄숙하게 노인에게로 자기 손을 내밀었다.「그리스도의 이름으로 맹세합니다.

신부님께서 돌아가시기 전엔, 절대로 신부님 곁을 떠나지 않겠습니다」

파리아는 이 품위 있고, 착실하며, 뛰어난 청년을 물끄러미 바라보았다. 그리고 가장 순수한 헌신의 뜻이 넘치는 그의 얼굴에서, 성실한 애정과 충실한 맹세의 빛을 읽었다.

「자, 그럼 호의를 받아들이겠네, 고맙네」하고 신부는 말했다. 그리고 나서 자기의 손을 내밀면서「이처럼 이해 관계를 떠나 헌신하니 자넨 보상을 받게 될 걸세」하고 말했다.「하지만 지금 내가 도망갈 수 없고, 또 자네도 도망갈 생각이 없는 이상, 복도 밑에 파놓은 굴을 막는 게 무엇보다도 중요한 일이네. 보초가 그 위를 걸으면, 그 파놓은 장소가 울리는 걸 알아챌 걸세. 그래서 감독관에게 일러 우리 둘을 갈라놓을 걸세. 어서 가서 그 일을 서둘러야 하네. 같이 하지 못해서 안됐네만, 하룻밤이 꼬박 걸려서라도 해놓아야 하네. 그리고 내일 아침 간수가 다녀간 뒤에나 이리로 오게, 중요한 얘기를 해줄 게 있어」

당테스는 신부의 손을 잡았다. 신부는 미소를 띠며, 그의 마음을 안심시켜 주었다. 그리고 나서 당테스는 노인에게 바친 존경과 복종을 마음에 다짐하며, 신부의 방을 나왔다.

# 보물

 이튿날 아침, 당테스가 신부의 방에 들어갔을 때, 신부는 침착한 표정을 짓고 앉아 있었다.
 감방의 좁은 창문 사이로 새어 들어오는 햇빛 아래서, 신부는 한쪽밖에 쓰지 못하게 된 그의 왼손에 종이 한 장을 펴들고 있었다. 종이는 오랫동안 가늘게 말려만 있어서 두루마리가 되어버려, 펴려고 해도 자꾸 되말려버렸다. 그는 아무 소리도 않고 그 종이를 당테스에게 보여주었다.
「이게 뭡니까?」당테스가 물었다.
「잘 보게」신부가 미소를 띠며 물었다.
「제 눈으론 암만 봐야」하고 당테스가 말했다. 「반쯤 탄 종이에 이상한 잉크로 고딕체의 글자가 적힌 것밖에 보이지 않는군요」

「이 종이는」하고 파리아가 말했다.「자넬 전부 시험해 봤으니, 지금에야 모든 걸 다 얘기하네만, 이 종이는 내 보물이야. 그리고 오늘부터 이 보물의 절반은 자네 것일세」

당테스의 이마에 식은땀이 흘러내렸다. 만나서 오늘이 되기까지 얼마나 오랜 세월이 지나갔던가! 그러면서도 이 신부가 미치광이로 몰리게 된 그 보물 얘기는, 얘기를 안하려고 일부러 피해 왔던 것이다. 본능적으로 예민한 에드몽은, 이렇게 가슴 아프게 울릴 얘기는 건드리지 않을 작정이었다. 한편 신부 쪽에서도 그 얘기는 일체 입 밖에 내지 않았었다. 그는 노인이 보물 얘기를 안하는 것을, 그가 다시 이성을 회복한 때문이라고 생각하고 있었다. 그런데 오늘, 그처럼 무서운 발작이 지난 뒤에, 파리아 신부의 입에서 나온 이 말은, 다시 무거운 정신착란이 시작되는 듯하다고 여기게 했다.

「보물이라니요?」당테스가 중얼거렸다.

파리아는 미소를 띠었다.

「그래, 여러 가지 점에서 볼 때 자넨 훌륭한 마음씨를 가진 사람이야. 그리고 자네가 지금 얼굴이 새하얘져서 떨고 있는 걸로 봐서, 지금 자네가 무슨 생각을 하고 있는지 난 알지. 괜찮아, 안심하게, 난 미치지 않았으니. 그 보물은, 당테스, 사실상 실제로 있는 거야. 만약 그것이 내 손에 들어오지 못하게 되는 경우엔, 자네 손에 들어가게 했으면 한다네. 모두들 나를 미친 놈으로 단정해 버리고, 내 얘길 들으려고도 믿으려고도 하지 않았었지. 그러나 내가 미친 놈이 아니라는 걸 아는 자네만은, 내 말을 들어주게. 그리고 내 말을 믿어도 괜찮다고 생각되거든 믿어보게」

〈저런!〉당테스는 속으로 중얼거렸다.〈결국 다시 미쳐버렸구나! 이런 불행이 또 닥쳐왔으니!〉

그러고 나서, 큰 소리로,

「신부님」하고 말했다.「발작 때문에 아마 퍽 피곤하신 모양입니다. 좀 쉬지 않으시겠습니까? 그 얘기는 하고 싶으시더라도 내일 해주십시오. 내일 듣겠습니다. 그리고 오늘은 간호만 하도록 해주세요. 게다가」하고 당테스는 미소 지으며 말을 이었다.「그런 보물 같은 게 지금 그렇게 우리한테 급한 일인가요, 뭐」

「아주 급하지, 에드몽!」노인이 대답했다.「내일이고, 모레고 다시 제삼의 발작이 일어날지 누가 알겠나? 그렇게 되면 모든 게 끝장나고 만다는 생각해 보게. 나는 열 가족을 부자로 만들 그 재산이, 나를 박해한 사람들 손에 들어가지 않을 거라고 생각하면서 때때로 쓰디쓴 기쁨을 맛보았었지. 그것이 복수같이 생각돼서 말이야. 그래서 나는 그 생각을 깜깜한 밤에 감방에서, 이 죄수 신세에 절망하면서, 천천히 되뇌어보았단 말이네. 그러나 지금 나는 자네를 통해서 이 세상이라는 걸 용서하고, 그리고 그런 자네가, 나이도 젊고 앞날도 창창한 자네가, 이 일을 알게 되면, 앞으로 얼마나 행복해질 것인지 생각해 보는 걸세. 그래서 손쓰는 게 늦을까 봐 걱정이 되네. 땅속에 파묻혀 있는 그 재산을 자네 같은 사람에게 맡기게 되지 못할까 봐 겁이 나는 거야」

당테스는 한숨을 쉬며, 고개를 돌렸다.

「자넨 내 말을 믿으려들질 않는군 그래」하고 파리아는 말을 이었다.「내 목소리를 들어봐도 믿어지질 않나? 자넨 증거가 필요한 게지. 자, 이 종이를 읽어보게, 아직 아무에게도 보여 준 일이 없지만」

「내일 읽어볼게요」 당테스는 더 이상 이 미친 영감과 상대하고 싶지 않아서 이렇게 말했다. 「그 얘긴 내일에나 하기로 약속돼 있는데요」

「그럼, 그 얘긴 내일에나 하지. 그래도 이 종이만은 오늘 읽어보게」

〈화를 내시게 해선 안 되겠군〉 하고 당테스는 생각했다.

그러고는 필경 무슨 사고 때문에, 타다가 반쯤밖에 안 남은 듯한 그 종이 쪽지를 받아들고, 읽기 시작했다.

이 보물의
그 가격
로마 화폐로
제2의 굴, 가장 깊은
그의 전 소유
로 하는 바이다.
1491년 4월 25일

「어때?」 파리아는, 당테스가 그 종이를 다 읽자 이렇게 물었다.

「하지만」 당테스가 대답했다. 「행(行)이 끊어져 있어서 말이 연결이 안 되는군요. 그리고 글자도 불에 타버려서 무슨 뜻인 줄 모르겠는데요」

「그건 자네가 지금 그걸 처음 읽어봐서 그래. 나는 며칠 밤을 새워가며 읽어내리고 문장을 하나하나 만들어내서, 거기 씌어 있는 말의 의미를 하나하나 완성하여 알아냈다네」

「그럼, 이 사라진 부분의 의미를 알아내셨단 말인가요?」

「그렇지. 자네 의견을 들어보세. 그런데 이 종이의 내력을 우선 얘기해 주지」

「쉬!」 당테스가 말했다. 「발소리가 나는데요…… 누가 오고 있어요. 전 가봐야겠습니다…… 안녕히 계세요」

당테스는, 상대방의 불행을 믿지 않을 수 없도록 하는 그 유래와 설명을 듣지 않고 피할 수 있게 된 것을 다행하게 생각하며, 좁은 굴 속을 뱀처럼 빠져나왔다. 한편, 파리아는 공포감에서 일종의 원기가 다시 되살아났는지, 포석을 발로 밟고는, 계속해서 그뒤를 감출 시간이 없어, 그 위에 거적을 덮어 버렸다.

소장이었다. 그는 간수에게서 파리아의 신상에 일어난 사건을 듣고, 어느 정도로 중태인지 직접 알아보려고 찾아왔던 것이다.

파리아는 앉은 채로 그를 맞았다. 아무 의심도 받지 않으려고 신경을 써서, 반은 죽은 사람같이 된 중풍 증세를 소장의 눈에 띄게 하지 않았다. 그는 소장이 자기를 불쌍히 여겨서 좀더 건강에 좋은 방으로 자기를 옮겨, 당테스에게서 떼어놓을까 봐 겁이 났던 것이다. 그러나 다행히도 그렇게 하진 않았다. 소장은, 자기 자신도 마음속으로는 호감을 가지고 있는 이 불쌍한 미치광이가, 실은 대단치 않은 가벼운 병에 걸렸다고 생각하자, 그대로 나가버렸다.

그동안에, 에드몽은 침대에 앉아 두 손으로 머리를 움켜쥐고 생각을 모아보려고 애썼다. 파리아를 안 후로 그에게는 파리아가 어느 모로 보나 상당히 이성적이며 위대하고 또 논리적인 인간으로 생각되었다. 그런데 모든 점에서 그처럼 총명한 사람이 어째서 그 한 점에 대해서만은 이치에 닿지 않는 것을 고집하고 있는지, 이해할 수 없었다. 파리아가 보물에 대해서 망상을 갖고 있는 것일까, 아니면 사람들이 모두 파리아를 잘못 이해하고 있는 것일까?

당테스는 하루 종일을, 파리아의 방에도 가지 않고 방안에 틀어박혀 있었다. 그는 파리아가 미쳤다는 확신을 갖게 될 시간이 되는 것을, 되도록이면 늦추어보려고 애썼던 것이다. 그것을 믿지 않으면 안 된다는 일은, 그에게는 무시무시한 일이었기 때문이다.

그러나 저녁때가 되어 늘 찾아오던 시간이 지났는데도, 당테스가 나타나지 않는 것을 본 파리아는, 청년과 자기를 가로지르고 있는 공간을 자기 쪽에서 뛰어넘어 보려고 했다. 노인이 병든 몸을 끌고 오느라고 몹시 애를 쓰며 나타나는 소리를 듣자, 에드몽은 몸이 떨렸다. 한쪽 다리밖에 쓸 수 없게 된 노인은, 이젠 대신 손을 쓰는 도리밖에 없었던 것이다. 에드몽은 노인을 자기 쪽으로 끌어올렸다. 노인은 당테스의 방으로 난 좁은 굴 입구로 혼자 나올 수조차 없었기 때문이다.

「끈덕지게도 자네를 쫓아다니는군」 하며 노인은 정에 넘치는 미소를 띠며 말했다. 「자넨 내 그 굉장한 보물 얘기에서 도망칠 수 있으리라고 생각한 모양인데, 안 될걸. 자, 얘기를 듣게」

당테스는 더 이상 물러날 수가 없음을 깨달았다. 그래서 노인을 침대 위에 앉히고, 자기는 의자를 그 옆에 끌어다 놓고 앉았다.

「나는 추기경인, 스파다라고 하는 귀족 가문의 마지막 사람의 비서이자 그 집에 자주 드나드는 친구였었네. 내가 이 세상에서 맛볼 수 있었던 모든 행복은, 다 그 사람 덕분이었지. 그 사람네 집안은 어찌나 부자였는지, 속담처럼 흔히 〈스파다 같은 부자〉라는 말도 생겼지만, 그 사람 자신은 결코 부자가 아니었다네. 그래도 그 사람은 세상 소문대로, 자기가 부유한 줄 알면서 살았었지. 내게는 그 사람 저택이 천국이었다네. 나는 그의 조카들을 가르쳤었는데, 그 사람들이 죽고, 그 사람 혼자 세상에 남게 되자, 나는 십년 동안이나 내게 베풀어준 호의에 보답하고자, 그의 모든 일들을 다 헌신적으로 도와주고 있었지. 그래서 곧 그 추기경의 저택에 대해 내가 모르는 것이라곤 없게 되어버렸지. 나는 가끔 그가 옛날 고서들을 들춰보며, 먼지 속에서 열심히 가문 대대로 내려오는 서류들을 찾는 것을 본 일이 있었어. 그러던 어느 날, 나는 그에게 무익한 노력의 결과로 너무 몸을 지치게 하시진 말도록 주의를 드렸었네. 그랬더니 그는 쓰디쓴 미소를 띠면서 나를 쳐다보시니, 로마 시의 역사를 기록해 놓은 책을 한 권 보여주더군. 그 책 속의 교황 알렉산데르 6세 전기의 제30장에 이런 구절이 씌어 있었어. 난 그게 생전 잊혀지질 않네.

〈로마뉴 대전(大戰)은 끝났다. 정복을 끝낸 세자르 보르지아(알렉산데르 6세의 아들——옮긴이)는 이탈리아 전체를 사들이기 위해서 돈이 필요했다. 한편, 교황(세자르의 아버지——옮긴이)도 당시 아직 실패를 거듭하고는 있었으나, 그러면서도 무서운 프랑스 왕, 루이 12세와 손을 잡기 위해 돈이 필요했다. 그리하여 무엇인가 거액을 얻어낼 만한 계획을 세우지 않으면 안 되게 되었다. 그러나 그것조차도 돈이 다 떨어진 가난한 이탈리아로서는 어려운 일이었다.

그때 교황은 한 가지 안(案)을 생각해 냈다. 그는 추기경을 둘 세울 결심을 했다. 그래서 로마의 명사들 가운데서도 특히 돈 많은 두 사람을 선정하기로 했다. 교황이, 이 시도의 결과로 얻은 것은 다음과 같은 것들이다. 우선 첫째로, 교황은 이 두 사람의 추기경이 여태까지 소유하고 있던 높은 관직을 팔 수가 있었다. 게다가, 이 두 명의 추기경 직도, 굉장히 비싼 값으로 팔 수가 있었던 것이다.

그밖에도 이 시도에서 생기는 이익이 하나 더 있었다. 그리고 그것은 곧 사실로 나타나게 되었다.

교황과 세자르 보르지아는, 우선 장차 추기경이 될 사람 둘을 찾아냈다. 그중의 하나는, 교황청 최고위 직을 네 개나 혼자 차지하고 있던 지오반니 로스피글리오지이고, 또 하나는 세자르 스파다, 즉 로마 사람 중에서도 가장 고귀하고 가장 돈 많은 사람 중의 하나였다. 두 사람은 모두 교황의 이러한 은총의 의미를 깨닫고 있었다. 그들은 둘 다 야심가였다. 세자르는, 곧 이어서 이 두 사람의 지위를 사려는 사람들을 몇몇 물색했다. 그 결과, 로스피글리오지와 스파다는 추기경직을 비싸게 사들였고, 다른 여덟 명이, 새로 추기경이 된 두 사람의 지위를 역시 비싼 값으로 사들였다. 그리하여, 교황의 금고 속에는 팔십만 에퀴라는 돈이 들어오게 되었다.〉

자, 그럼 이젠 그뒤의 얘기를 해보지.

〈교황의 무한한 은총을 입어, 추기경의 인수(印綬)를 받게 된 로스피글리오지와 스파다가, 이 은혜를 갚는 구체적인 방법으로서, 또한 그 행운을 로마에서 이룩하여 누리기 위해 로마로 옮겨오지 않으면 안 되게 된 것을 본 교황과 세자르 보르지아는, 그 두 추기경을 오찬에 초대했다.

　교황과 그 아들 사이에는 의견이 맞지 않는 점이 하나 있었다. 세자르는, 언제나 친근한 친구들에게 시험해 보던 방법 중에서 하나를 시도해 볼 생각이었다. 이를테면 우선 첫째가 저 유명한 열쇠다. 선택된 사람에게 그 열쇠를 주어서, 어떤 장롱 문을 열게 하는 것이다. 열쇠에는 직공의 부주의로 조그마한 쇠못이 하나 달려 있다. 열기가 힘들게 된 자물쇠를 억지로 열려고 들면, 그 조그만 못에 손이 찔리게 된다. 그리고 그 이튿날이 되면 그것 때문에 죽게 되는 것이다. 그밖에 또 사자 머리 반지라는 것이 있다. 세자르가 그것을 끼고 악수를 한다. 반지의 사자는 이러한 영광을 받는 손의 피부를 문다. 그리고 그 상처는 스물네 시간 후면 치명상이 되어버린다.

　그래서 세자르는 아버지에게, 추기경에게 장롱을 열게 하든지, 아니면 한 사람 한 사람에게 친절한 악수를 해주든지, 그 중의 어느 하나를 택하게 하자고 권했다. 그러나 알렉산데르 6세는 아들에게 이렇게 대답했다.

　'스파다, 로스피글리오지 추기경을 위해서라면, 오찬에 초대하는 것이 좋겠다. 그 비용쯤은 다시 들어올 것 같으니까. 그리고 세자르, 너는 잊어버리고 있는 모양인데, 소화가 안 되는 걸 먹으면 결과가 곧 나타난단 말이야. 못에 찔리는 거나 사자에 물리는 건, 다 하루이틀은 걸려야만 그 결과가 나타나

지만 말이야.'

세자르는 이 이치에 따르기로 했다. 그리하여 두 추기경은 오찬에 초대를 받게 되었다.

연회석은 이 추기경들도 소문을 들어 잘 아는 저 아름다운 저택, 산 피에르다레나 곁에 있는 교황 소유의 포도원 안에 준비되었다.

로스피글리오지는, 새로 얻게 된 그 당당한 관직에 마음이 들떠서, 오찬을 할 준비를 하고 싱글벙글하며 달려왔다. 그러나 스파다는 사람됨이 원래가 신중하여, 앞날이 촉망되는 사랑하는 청년 사관인 조카를 위해 붓을 들어 유언장을 썼다. 그러고 나서 그는 곧 조카에게 사람을 보내어, 포도원 근처에서 자기를 기다리도록 일러두었다. 그러나 하인은 아마 조카를 만나지 못했던 것 같다.

스파다는, 이러한 연회가 무엇을 의미하는지 전부터 알고 있었다. 현저하게 문화가 앞선 기독교가 로마에 침투해 들어온 이래로, '황제로부터 죽으라는 어명'을 전하러 오는 것은, 저 100인 부대(部隊)의 대장이 아니라, '교황께서 오찬을 나누시겠답니다' 며 입에 미소를 띠고 전해 오는 교황청의 비밀 사자(使者)라는 것을, 그는 알고 있었다.

스파다는 두시쯤 되어서, 산 피에르다레나 포도원을 향하여 떠났다. 교황은 그를 기다리고 있었다.

그가 포도원에 도착했을 때, 스파다는, 자기 조카가 화려하게 단장을 하고 우아한 모습으로 세자르 보르지아에게 융숭히 대접을 받고 있는 것을 보고 깜짝 놀랐다. 스파다는 얼굴빛이 새파랗게 질렸다. 빈정거리며 자기를 쏘아보는 세자르의 시선은, 모든 것을 미리 다 알고 있으며 함정을 이제 완전히 쳐놓았다고 말하는 것만 같았다.

식사가 시작되었다. 스파다는 조카에게 겨우 '내 전갈을 받아봤느냐?' 하는 말 외에는 아무 얘기도 할 수가 없었다. 조카는 못 받았다고 대답했다. 그러나 그 물음의 의미는 완전히 깨달았다. 하지만 때는 이미 늦었던 것이다. 그는 교황의 주관(酒官)으로부터 그를 위해 준비되었던 맛있는 포도주 한 잔을 이미 마시고 난 뒤였기 때문이다. 그때 스파다는 다른 한 명이 자기 쪽으로 와서 철철 잔에 넘치게 가득 술을 붓는 것을 보았다. 그로부터 한 시간 후, 의사는 두 사람에게 유독성 버섯 중독이란 진단을 내렸다. 스파다는 포도원 입구에서 죽었다. 조카는 집 문 앞까지 와서, 아내에게 뜻 모를 손짓을 하며 숨을 거두었다.

교황과 세자르는 고인의 서류를 찾는다는 명목 아래, 부리나케 유산을 차압해 버렸다. 그러나 유산이라곤 다음과 같은 편지 한 장밖엔 없었다.

> 나는 사랑하는 조카에게 내 문갑과 책들을 주노라. 그중에는 모서리 전부에 황금칠을 한 기도서가 있다. 정다운 백부가 남긴 기념물로 보관해 주기 바라노라.

모두들 사방을 뒤져봤다. 그리고 가구들도 모조리 뒤져보았다. 그런데 부자로 알려진 스파다가 실은 가장 가난하다는 데에 모두들 놀랐다. 보물이라곤 아무것도 없었다. 있다면 그건 서재와 실험실 속에 파묻힌 학문상의 보물뿐이었다.

그것이 전부였다. 세자르와 교황은 찾고 뒤지고 뒷조사를 했다. 그러나 아무것도 없었다. 있다 하더라도 정말로 아무것도 아닌 것들이었다. 귀금속류가 대략 1,000에퀴 정도, 그리고 화폐가 거의 그와 비슷한 정도였다 그러나 조카는 집에 돌아오자마자, 죽기 전에 아내에게 이런 얘기를 할 만한 여유는 있었던 것이다.

'백부의 서류들을 뒤져봐요. 진짜 유언장이 있을 테니.'

이 말에 유족들은 저 높은 사람들보다 한층 열심히 찾아보았다. 그러나 그것도 허사였다. 저택 뒤에는 건물 두 채와 포도원이 하나 남아 있었다. 그러나 당시는 부동산의 가치란 아무것도 아닐 때였다. 이 두 채의 건물과 포도원은 탐욕스러운 교황과 그 아들에게는 문제도 되지 않았기 때문에, 그대로 가족들에게 남겨지게 되었다.

그로부터 여러 달이 지나고, 또 여러 해가 흘러갔다. 교황 알렉산데르 6세는, 세상이 알다시피 실수로 독사(毒死)했다. 그와 같이 독에 걸린 세자르는 뱀처럼 되어, 독이 남긴 반점이 마치 호랑이 가죽처럼 피부를 변하게 했을 뿐, 죽음만은 모면했다. 마침내 그는 로마에서 쫓겨나, 역사에도 기록되지 않은 밤거리의 싸움에서 누구 손에 죽었는지도 모르게 사라지고 말았다. 교황이 죽고 또 그 아들이 추방당한 후에, 스파다 가(家)는 다시 추기경 시대의 호화로운 생활로 되돌아갈 것으로 생각하고 있었다. 그러나 그런 기색은 보이지 않았다. 스파다 가는 편안한 생활을 누리지 못한 채 전과 조금도 변함이 없었다. 그 음산한 사건은 그대로 영원한 수수께끼로서 남아 있었다. 그리고 자기 아버지보다도 더 교활한 세자르가, 두 추기경의 재산을 아버지에게서 몽땅 빼앗아갔다는 소문이 떠돌았다. 여기서 둘이라고 한 것은, 전혀 아무 경계도 안했던 로스피글리오지 추기경은 재산을 완전히 빼앗기고 말았기 때문이다〉」

「자, 여기까지는」 파리아가 웃으며 얘기를 중단했다. 「얘기가 엉터리인 것 같진 않지?」

「아닙니다」 당테스가 말했다. 「오히려 흥미진진한 연대기라도 읽는 것 같은 기분입니다. 그 다음 얘기를 계속해 주세요」

「계속하지. 스파다 일가도 점점 그 불운이 계속되어서 아주 익숙해졌지. 그러면서 또 여러 해가 지나갔어. 자손들 중에는 군인이 된 사람들도 있고 또 외교관이 된 사람들도 있었어. 또 어떤 이들은 신부가 되고 어떤 이들은 은행가도 되고 재산을 모은 사람도 있는가 하면, 아주 망해 버린 사람들도 있었지. 이윽고 이 집안의 마지막 사람이 된, 다시 말하면 내가 비서로 있던 그 스파다 백작 시대가 되었던 거라네.

나도 종종 백작이 재산과 지위가 균형이 맞지 않는다고 불평하는 소리를 들었지. 그래서 나는 남은 재산의 일부를 종신연금(終身年金)에 넣어두는 게 어떻겠냐고 충고를 해드렸어. 내 얘기를 들어주어서 그렇게 했더니, 수입이 배로 늘었더란 말이지.

그 유명한 기도서는 그대로 집안에 대대로 남아 있어서, 스파다 백작이 그걸 가지고 있었다네. 그것은 대대로 물려내려온 거야. 왜냐하면 단 하나의 유언장 속에 이상한 구절이 씌어 있었기 때문에, 마치 그것이 무슨 유골이기라도 한 듯이, 미신에 가까운 존경심을 가지고 가족들의 손으로 계속 보관돼 내려왔던 것이지. 그것은 고딕풍의 아름다운 그림으로 장식되고, 금장식이 묵직하게 둘러쳐진 책이어서, 무슨 의식 때에는 하인이 늘 그것을 받들고 추기경 앞에 서 있곤 했었지.

나는 한 가문의 문고에 보관되어 있는, 그리고 독살당한 추기경으로부터 전해 내려오는 증서, 계약서, 양피지에 기록된 공문서 등을 보고, 여태까지의 수많은 하인들과 집사와 또 수많은 비서들이 한 것과 마찬가지로 무섭게 많은 그 서류 뭉치들을 조사하기 시작했지. 나는 전심을 기울여 열심히 찾아보았지만, 아무것도 눈에 띄는 건 없더군. 그러나 나는 보르지아 가문에 관한 역사를 읽고, 또 그뿐만 아니라 정확한, 거의 일지(日誌) 비슷한 연대기를 하나 썼지. 그것은 추기경 세자르 스파다가 죽음으로써 보르지아 가의 재산에 혹시 무엇인가 불어난 것이라도 없는지 확인해 보기 위해서 쓴 거야. 그러나 나는 저 불행한 로스피글리오지 추기경의 재산이 들어가 있다는 것밖엔 발견을 못했다네.

그래서 나는 스파다의 유산이 보르지아 가의 것도 되지 않고, 또 그 일가의 것도 되지 않은 채 마치 신의 보호를 받고, 땅속에 잠들고 있는『아라비안 나이트』에 나오는 보물처럼, 주인도 없이 그대로 남아 있다고 거의 확신하게 되었네. 나는 수없이 뒤져보고 계산해 보았지. 삼백 년 동안 이어져온 그 집안의 수입과 지출을 수없이 계산해 보았던 말야. 그러나 아무 소용이 없었어. 난 아무것도 알아낼 수가 없었으니까. 그리고 스파다 백작은 여전히 가난에 쪼들리고 있었지.

이윽고 백작이 돌아가셨네. 유산 가운데는 가문(家門)에 관한 기록 외에, 오천 권의 장서와 그 유명한 기도서가 남아 있었지. 백작께선 그 모든 것에다가 로마 화폐로 1,000에퀴의 현금을 내게 물려주셨어. 조건은, 매년 미사를 올리고 또 백작 일가의 족보와 역사를 써달라는 것이었지. 나는 꼬박꼬박 그 약속을 지켰었어.

안심하게 에드몽, 이젠 얘기가 다 끝나 간다네.

1807년 내가 체포되기 한 달 전, 그리고 스파다 백작이 죽고서 보름 후인, 5월 25일의 일이었어. 이날을 어떻게 내가 기억하고 있는지는 곧 알게 될 걸세. 나는 서류들을 수천 번씩 읽고 또 읽어본 다음에, 또 한번 정리한 그것들을 읽고 있었지. 왜냐하면 그 집도 앞으로는 다른 사람의 손으로 넘어가게 되어서, 나는 내가 가지고 있던 만 이삼천 리브르의 돈과 장서, 그 기도서를 가지고, 로마를 떠나 피렌체로 가서 살지 않으면 안 되게 되었었거든. 나는 너무 연구에 몰두해서 몸이 지친 데다가, 또 점심먹은 것이 좋지 않아 두 손으로 얼굴을 감싸고 잠이 들어버렸네. 오후 세시경이었지.

눈을 떴을 때는 시계가 여섯시를 치고 있었어.

머리를 들어보았더니, 사방이 깜깜하더군. 불을 가져오라고 하려고 나는 벨을 울렸네. 그랬지만 아무도 나타나질 않더군. 그래서 나는 내 손으로 불을 켜보려고 마음을 먹었지. 이제부터는 철학자다운 그런 습관을 들여야겠기에 말이야. 한 손으로 거기 있던 초를 들었어. 그리고 마침 성냥갑에 성냥이 없기에, 또 다른 손으로는 난로 속에서 다 꺼져가는 불을 다시 돋우려고, 종이 한 장을 찾았단 말이야. 그러나 주위가 깜깜해서, 혹시 버린 종이를 집는다는 게 귀중한 것을 집게 될까봐, 잠시 망설이고 있었어. 그때 마음속에 떠오른 것이, 곁에 있는 탁자 위에 얹혀 있는 기도서 속에, 마치 서표(書標)인 양 접힌 채, 몇 세기 동안 상속자들의 존경심으로 언제나 그 자리에 끼인 채 남아 있는, 윗부분이 노랗게 바랜 헌 종이였다네. 그래서 나는 더듬더듬 그 종이를 찾았네. 그 종이가 손에 잡히자, 그것을 돌돌 말아 다 꺼져가는 불꽃에 갖다 대어 불을 붙였지.

그런데 내 손가락 밑에서 마치 요술에 걸린 것처럼 불길이 올라옴에 따라서, 하얀 종이에 노란 문자가 나타나 종이 위에 떠오르더란 말이야. 나는 무서운 생각이 들었어. 그래서 손으로 종이를 움켜쥐고 불을 끄고 초를 직접 난롯불에 갖다 붙였어. 나는 말할 수 없는 이상한 감동 속에서, 그 구겨진 종이를 다시 펴보았네. 그랬더니 거기에는, 이상한 잉크로 씌어 있어 보이지 않다가, 강한 열과 접촉이 있을 때 비로소 글자가 겉으로 나타난다는 것을 알았어. 삼 분의 일 이상이 불꽃에 타버린 후였지. 그것이 바로 오늘 아침 자네가 읽은 이 종이란 말이야. 한번 다시 읽어보게 당테스, 자네가 다시 읽고 나면 내가 문맥이 끊어진 문자와 뜻이 확실치 않은 곳을 보충해서 설명해 주지」

여기서 파리아는 말을 끊고, 그 종이를 당테스에게 내밀었다. 당테스는, 마치 녹이 슨 것처럼 불그스름한 잉크로 씌어진 다음의 말들을 열심히 되읽었다.

1498년 4월 25일, 교
로부터 오찬에 초대를 받았는
에게 직(職)을 팔고서도 흡족하지 않

의 재산을 압수하고, 독살당
보글리오 두 추기경의 전철을 밟게 하
나 아닌가 두려
다에게 다음의 사실을 적
즉, 그가 나와 함께 가본 적
몬테크리스토 섬의 동
여러 가지 지금(地金), 금화, 보석류, 다이아
노라. 이 보물의 소재를 아는 사람은 나
로 말하면, 로마 화폐로 대략 이백
면, 동쪽 작은 만(灣)에서 똑바로 세
며, 동굴 안에는 두 개의 입구가 있다. 보
구석에 있다. 나의 조카를 나의 유일한 상
를 그에게 주어, 그의 전 소유
1498년 4월 25일
세

「자」하고, 신부는 말이 이었다. 「이번에는 이것을 읽어보게」이렇게 말하면서 당테스에게 역시 몇 줄인가 짧게 적힌 두 번째 쪽지를 보였다.
　당테스는 그것을 받아 읽었다.

황 알렉산데르 6세 폐하
바, 혹시 돈으로써 나
아, 생각 끝에 나
한 크라파라와 벤티

려는 것이
워, 이에 나의 상속자인 조카 귀도 스파
어두고자 하노라.
이 있는 지점, 다시 말하면,
굴 안에 나는 나의 소유인
몬드, 보옥류를 묻어놓았
만 에퀴이며, 이를 찾으려
어, 스무번째 되는 바위를 들 것이
물은 제2의 굴, 가장 깊은
속인으로 정하여, 이 보물 전부
로 하는 바임.
자르 스파다

파리아는 타는 듯한 눈으로 당테스를 지켜보고 있었다. 「자, 그럼」 하고 당테스가 마지막 줄을 읽은 것을 보자, 파리아가 이렇게 말했다.
「두 부분을 갖다 서로 맞춰보고, 어디 혼자서 생각해 보게나」
당테스는 하라는 대로 했다. 두 단편을 맞춰보니, 다음과 같은 전문(全文)이 나타났다.

1498년 4월 25일, 교……황 알렉산데르 6세 폐하……로부터 오찬에 초대를 받는……바, 혹시 돈으로써 나……에게 직(職)을 팔고서도 흡족하지 않……아, 생각 끝에 나……의 재산을 압수하고, 독살당……한 크라파라와 벤티……보글리오 두 추기경의 전철을 밟게 하……려는 것이……나 아닌가 두려……워, 이에 나의 상속인인 조카 귀도 스파……다에게 다음의 사실을 적……어 두고자 하노라.……즉, 그가 나와 함께 가본 적……이 있는 지점, 다시 말하면……몬테크리스토 섬의 동……굴 안에 나는 나의 소유인……여러 가지 지금(地金), 금화, 보석류, 다이아……몬드, 보옥류를 묻어놓았……노라. 이 보물의 소재를 아는 사람은 나……이외에는 없으며, 그 가격으……로 말하면, 로마 화폐로 대략 이백……만 에퀴이며, 이를 찾으려……면, 동쪽 작은 만(灣)에서 똑바로 세……어 스무번째 되는 바위를 들 것이……며, 동굴 안에는 두 개의 입구가 있다. 보……물은 제2의 굴, 가장 깊은……구석에 있다. 나의 조카를 나의 유일한 상……속인으로 정하여, 이 보물 전부……를 그에게 주어, 그의 전 소유……로 하는 바이다.

1498년 4월 25일

세……자르 스파다

「어때? 이젠 알겠나?」하고 파리아가 말했다.

「이것이 저 추기경 스파다의 이름인가요? 이게 바로 그렇게 오랫동안 찾던 유언인가요?」에드몽은 아직도 잘 믿어지지 않는 듯, 이렇게 물었다.

「그렇지, 암 그렇고말고」

「누가 이걸 이렇게 그전대로 맞춰놓았죠?」

「내가 그랬지. 남아 있는 단편들을 모아, 종이 길이에서 글의 행의 길이를 계산해 내고 뜻을 알 만한 걸 가지고 모를 데를 추측해 냈지. 마차 위에서 비쳐드는 약한 빛으로, 땅속 길을 더듬어나가듯이 말이야」

「그럼, 이런 확신을 얻게 되자 어떻게 하셨죠?」

「난 곧 떠날 생각이었어. 그리고 이탈리아 왕국 통일에 관한 내 대 저서의 첫부분을 정리해 가지고, 즉시 출발했지. 그러나 그 당시 이탈리아 경찰은 그뒤 나폴레옹이 아들을 낳게 되면서부터 갖게 된 생각과는 정반대로, 이탈리아 각 주(州)를 분열시키려고 했었기 때문에, 나를 주목하고 있었다네. 그래서 내가 피옹비노에서 배를 타려고 할 때, 경찰에 붙들렸지」

「자, 이젠」 파리아는 거의 아버지와 같은 눈으로 당테스를 바라보며 말을 이었다. 「자, 이젠 자네도 내가 알고 있는 걸 다 알고 있는 셈이야. 만약 우리가 같이 도망칠 수 있다면, 이 재산의 반은 자네 거라네. 그리고 만약 내가 여기서 죽고 자네 혼자만 여길 빠져나가게 된다면, 보물은 전부 자네 것일세」

「하지만」 당테스는 망설이면서 물었다. 「하지만 이 보물에는 이 세상에 우리보다 더 정당한 소유자가 있는 건 아닐까요?」

「아니, 아니, 안심하게. 스파다 가는 이 세상에서 완전히 없어지고 말았네. 게다가 난 그 집안 최후의 사람인 스파다 백작의 상속자란 말이야. 백작은 내게 그 이상한 기도서를 물려줌으로써, 그 속에 들어 있는 것까지 내게 준 거란 말일세. 암, 암, 안심해도 되지. 만약 우리가 이 보물을 발견만 하는 날이면 아무 걱정 없이 그걸 우리 맘대로 할 수 있는 거라네」

「하지만 그 보물이라는 게, 자그마치······」

「로마 화폐로 이백만 에퀴, 우리나라 돈으로 천삼백만 정도지」

「그럴 수가!」 당테스는, 너무나 막대한 금액에 놀라서 이렇게 말했다.

「그럴 수가, 라니! 그건 또 뭔가?」하고 노인이 말했다. 「스파다 가는 15세기에 가장 세력 있던 오래된 가문의 하나야. 게다가 그 시기에는 투기도 없었고 공업도 없을 때였지. 그러니 그런 황금이나 보석들이 저장되어 있었다는 것은 하나도 이상한 일이 아니야. 지금도 아직 대대로 내려오는, 값이 백만이나 나가는 다이아몬드나 보석들을 곁에 두고도 세습 재산이라고 해서 손도 못 대고 굶어죽는 로마의 오래된 가문들이 얼마든지 있는 판인데」

에드몽은 꿈을 꾸고 있는 것 같았다. 그는 믿어지지 않는 심정과 기쁜 마음 사이에서 헤매고 있었다.

「내가 그렇게 오랫동안 자네에게 비밀을 지켜왔던 건」 파리아는 이렇게 말을 이었다. 「우선 자네를 시험해 보기 위해서였네. 그리고 그 다음으론 자네를 놀라게 해주고 싶었기 때문이야. 만약에 그 강경증(強硬症) 발작이 일어나기 전에 도망칠 수가 있었더라면, 난 자네를 몬테크리스토 섬으로 데리고 갔을 거야. 이젠」 노인은 한숨을 내쉬며 말을 이었다. 「자네가 날 데리고 가야 할 판일세. 어때, 당테스, 나한테 고맙다고 안하겠나?」

「신부님, 그 보물은 신부님 겁니다」 하고 당테스는 말했다. 「그건 신부님 혼자의 것입니다. 제겐 아무런 권리도 없는 거예요. ……저는 신부님의 친척도 아닌걸요」

「자넨 내 아들이야, 당테스!」 노인은 외쳤다. 「자넨 내가 감옥살이를 하는 동안의 내 아들이야. 난 결혼할 수 없는 신분이었지. 신은 자네를 내게 보내주심으로써, 아비가 될 수 없는 사람이자 자유가 없는 죄수인 나를 동시에 위로해 주신 걸세」
 이렇게 말하면서, 파리아는 지금은 한쪽밖에 쓸 수 없게 된 그 팔을 청년에게로 내밀었다. 청년은 눈물을 흘리며, 그의 목을 얼싸안았다.

## 세번째 발작

그처럼 오랫동안 신부의 명상의 대상이 되었던 그 보물이, 지금 자신이 친아들처럼 사랑하고 있는 사람의 장래의 행복을 보장하게 되자, 신부에게는 그 가치가 배로 커졌다. 신부는 날마다 그 보물의 액수에 대해서 상세하게 설명하며, 지금 세상에서 사람이 천삼백만 내지 천사백만이나 되는 돈을 가지고 있으면 친구들에게 얼마만큼의 좋은 일을 해줄 수 있는지 당테스에게 설명해 주었다. 그러나 당테스의 얼굴은 더욱 어두워졌다. 마음속에, 전에 다짐했던 그 복수의 맹세가 다시 떠올랐기 때문이었다. 그는 또한 지금 세상에 천삼백만 내지 천사백만이라는 돈을 가지고 있으면, 그것이 적에게 어느 정도의 해를 끼칠 수 있는 것인지도 생각해 보았다.

신부는 몬테크리스토 섬을 모르고 있었다. 그러나 당테스는 그 섬을 알고 있었다. 그는 전에 종종 코르시카 섬과 엘바 섬 사이에 있는 피아노자에서 25마일 떨어진 그 섬 앞을 지난 적이 있었다. 게다가 한번은 그 섬에 기항하기도 했었다. 그 섬은 당시, 그전에도 그랬고 또 지금도 그렇지만, 완전한 무인도였다. 거의 원추형(圓錐形)의 바위섬으로 화산 폭발 때문에 생긴 대변동으로 인해서, 저 심연으로부터 바다 위로 솟아올라온 것만 같았다.

당테스는 파리아에게 섬의 지형을 설명해 주었다. 파리아는 보물을 찾아내기 위한 방법에 관해서, 당테스에게 여러 가지 주의할 점을 일러주었다.

그러나 당테스는 노인만큼의 감격은 없었다. 무엇보다도 그 사람만큼 믿어지지가 않았던 것이다. 그러나 파리아가 미치지 않았다는 것만은 확실하게 믿을 수가 있었다. 그리고 파리아를 미친 사람으로까지 생각하게 하였던 그 굉장한 발견에 이르기까지의 방법에 이르러서는, 노인에게 대한 존경심을 더욱 깊게 하였다. 그러나 설령 그 보물이 정말로 존재하고 있었다고 하더라도, 과연 지금까지도 그것이 존재하고 있는지는 믿을 수가 없는 일이었다. 그래서 그 보물이 꾸며낸 것이 아니라 하더라도, 그것은 이젠 없어지고 만 것으로밖엔 생각되지 않았다.

그러나 운명은, 이 두 죄수에게서 그들의 마지막 희망을 빼앗고, 둘 다 종신형에 처해져 있다는 사실을 깨닫게 하려는 듯, 또다시 새로운 불행이 되어 닥쳐왔다. 그것은 벌써 오래전부터 무너질 것만 같던, 바다로 면한 복도가 개축된 일이었다. 토대가 튼튼히 고쳐졌고, 당테스가 반쯤 메워놓았던 구멍도

무지막지하게 큰 바위로 메워져 버렸다. 독자들도 기억할 줄 알지만, 신부가 청년에게 일러주었던 그 주의가 아니었더라면, 그들의 불행은 더욱 커졌을 것이다. 왜냐하면 탈주 계획이 이미 밝혀져, 두 사람은 꼼짝없이 헤어져야만 했을 것이기 때문이다. 그래서 두 사람에게는 새로운 문이, 더 튼튼하고 더 가혹한 문이 굳게 닫혔을 것이다.

「보세요」 청년은 부드러운 슬픈 빛을 띠고 파리아에게 말했다. 「신은 우리에게서, 제가 신부님께 바치는 헌신적 행위라고 부르시는 선행마저도 빼앗아가려 하는군요. 저는 영원히 신부님 곁을 떠나지 않겠다고 약속했습니다. 그러나 이젠 제가 스스로 약속을 어기려 해도 어길 수 없는 몸이 되어버렸습니다. 제게 있어서 보물이라는 것은 바로 신부님뿐입니다. 저희는 둘 다 이곳을 빠져나갈 수가 없습니다. 그러니 제게 있어서 진짜 보물은, 저 몬테크리스토의 컴컴한 바위 밑에서 저를 기다리는 게 아닙니다. 바로 신부님이 제 앞에 계시다는 거지요. 간수가 있더라도 하루 대여섯 시간씩이나 신부님과 같이 있을 수 있다는 겁니다. 제 보물이란, 신부님께서 제 머릿속에 불어넣어 주신 지식의 빛입니다. 신부님께서 제 기억 속에 심어주신 말들, 그리고 언어학적인 가지를 쳐서 그 속에서 움터오르는 말들입니다. 신부님께서 가지고 계신 그 깊은 학식, 또 명료한 원리에 귀납시킴으로써, 그처럼 알기 쉽게 제게 가르쳐주신 여러 가지 학문, 그것이야말로 제 보물입니다. 신부님께선 그것으로 저를 부유하게 만드시고, 저를 행복하게 해주신 겁니다. 저를 믿어주세요. 그리고 마음을 가라앉히세요. 그런 것이야말로, 제겐 아침 바다에 떠도는 구름처럼 육지인 줄 알고 가까이 가면 갈수록 엷어지고 증발하고 사라져버리는 저 황금통이나 다이아몬드 상자보다 훨씬 더 귀중한 것입니다. 될 수 있는 대로 오랫동안 신부님 곁에 있는 것, 감동적인 목소리로 제 마음을 풍성하게 장식해 주시고, 제 영혼을 강하게 해주시며, 만약 제가 이 다음에 자유의 몸이 된다면 위대하고 무서운 일이라도 해낼 수 있도록 제 몸을 단련시킨 것이며, 제가 처음 뵈었을 때 저를 사로잡고 있던 절망의 그림자조차 보이지 않을 만큼 일을 충실하게 해낼 수 있는 것이야말로 제게는 행복입니다. 그것은 절대로 가공의 것이 아니에요. 제가 얻을 수 있는 이 진실한 행복은 바로 신부님 덕택입니다. 그리하여 지상의 어떤 군주도, 그것이 비록 세자르 보르지아라 할지라도, 그걸 제게서 뺏어갈 수는 없을 겁니다」

이렇게 해서 두 사람의 죄수에게는 그뒤의 며칠 동안이 비록 행복한 날은 아니라 하더라도, 최소한 빨리는 지나갔다. 그처럼 여러 해 동안 보물에 대해서 침묵을 지켜오던 파리아는, 이제는 앞으로 닥칠 여러 가지 경우를 얘기해 주었다. 그 자신이 미리 예언했던 대로, 오른팔과 왼쪽 다리는 완전히 마비되고 말았다. 그는 보물을 자기 자신이 가질 수 있으리라는 희망을 거의 잃어버리고 말았다. 그러나 청년을 위해서 그는 끊임없이 자유나 탈옥을 생각하고 있었으며, 그러한 일을 즐거워하고 있었다. 이후에라도 혹시 편지가 없어지거나 잃어버릴 경우에 대비하여, 신부는 당테스에게 억지로 그것을 다 외게 했다. 그리하여 당테스도 편지의 첫 마디부터 마지막 한 자까지 다 외게 되었다. 그리고 나서 당테스는 그 편지의 두번째 부분을 찢어버렸다. 이렇게 해놓으면, 만일 첫번째 부분이 발견되어 몰수당하는 경우가 있더라도, 글의 참뜻은 짐작하지 못할 것이기 때문이다. 어떤 때는 당테스에게 몇 시간씩 여러 가지 주의를 주었다. 그것은, 당테스가 자유의 몸이 되었을 때 꼭 그에게 도움이 될 주의였다. 이를테면 자유롭게 될 그날, 그때, 그 순간부터는 오직 한 가지 생각만 해야 한다는 것이었다. 그것은, 방법은 어떻든 간에 몬테크리스토 섬에 가서, 사람들의 의심을 사지 않을 만한 적당한 구실로 그곳에 혼자 남아 있을 것, 그러고 나서 일단 그곳에 혼자 있게 되면, 특이한 동굴을 찾아내어 지적된 장소를 뒤져보아야 한다는 것이었다. 지적된 장소란, 앞에서도 말한 바와 같이 제2의 입구에서 가장 떨어진 구석을 말한다.

  이러는 동안에 빠르다곤 할 수 없다 하더라도, 그래도 견딜 만하게 시간이 흘러갔다. 앞에서도 말했듯, 파리아는 수족의 자유를 회복할 수 없었다. 그러나 두뇌의 명석성은 다시 회복되어, 그는 당테스에게 지금까지 상세하게 가르쳐준 정신적인 지식 외에도 조금씩 조금씩 죄수로서 할 수 있는 끈기 있고도 숭고한 일, 무(無)에서 어떤 물건을 만들어낼 수 있는 법을 가르쳐주었다. 그리하여 그들은 계속해서 일에 전념하였다. 파리아는 자기가 늙은 것을 잊기 위해, 그리고 당테스는 지금에 와선 거의 다 사라져버린 자신의 과거, 그러면서도 어둠 속에서 방황하는 먼 불빛처럼 기억 저 구석에서 떠들고 있는 그 과거를 잊기 위해, 그들은 일을 했다. 이렇게 해서 모든 것이 불행 속에서도 흔들리지 않고 마치 신의 눈길 아래에서 기계적으로 고요히 흘러가는 생활처럼 지나갔다.

  그러나 표면적으로는 이렇게 평온한 생활을 하면서도, 실은 청년과 노인의 속마음에는 수없이 억제된 욕망과, 수없이 참고 누르는 한숨이 그늘져 있었다. 그것은 파리아가 혼자 남아 있게 되었을 때, 그리고 에드몽이 자기 방으로 되돌아왔을 때, 비로소 표면에 드러나곤 했다.

어느 날 밤, 당테스는 자기 이름을 부르는 소리가 들려온 것 같아서 자리에서 벌떡 일어났다.

그는 눈을 뜨고 깊은 암흑을 꿰뚫어보려고 애썼다.

자기 이름이, 아니 그보다는 자기 이름을 부르려고 애쓰는 호소하는 듯한 소리가 들려왔다.

불안으로 이마에 땀을 흘리며, 그는 자리에서 일어났다. 그 호소하는 듯한 소리는, 분명 자기 옆방인 노인의 감방에서 들려오고 있었다.

「설마!」 당테스는 중얼거렸다. 「혹시……?」

그는 침대를 옮겨놓고 돌을 끌어내어 구멍 속으로 뛰어 들어갔다. 그래서 맞은편 끝에까지 가 닿았다. 포석은 들려져 있었다.

앞에서도 말한, 저 깜박거리는 이상한 불빛에 창백한 노인의 얼굴이 비쳐왔다. 노인은 선 채로 침대의 나무를 붙잡고 있었다. 얼굴 모양이, 전에 본 일이 있는 그 무서운 증상, 맨 처음 보았을 때 그처럼 놀라게 하던 그 증상 때문에 일그러져 있었다.

「오!」 파리아는 체념한 듯이 이렇게 말했다. 「자네도 알겠지? 이제는 아무것도 말할 필요가 없네」

에드몽은 비통한 소리를 질렀다. 그리고 정신없이 문 쪽으로 달려가서 소리를 질렀다.

「사람 좀 살리시오!」

파리아에게는, 아직도 당테스의 팔을 붙잡고 제지할 힘이 남아 있었다.

「쉬! 조용히!」하고 노인은 말했다. 「안 그러면 다 망하는 걸세. 이제부턴 자네 일만을 생각해 보아야 해. 이 감옥살이를 견딜 만하게 하든가, 아니면 탈옥을 생각하든가 말이야. 내가 여기서 한 일들을 자네 혼자 다해 내려면 몇 해가 걸릴는지 몰라. 게다가 우리 둘이 한 일을 간수가 아는 날엔 순식간에 모든 것이 다 틀어져 버릴 게야. 좀더 마음을 가라앉혀야 하네. 내가 없어지더라도 이 감방은 빈 채로 오래 가진 않을 거야. 또 다른 불행한 사람이 내 자리에 들어올 거란 말일세. 자네처럼 젊고 튼튼하고 끈기 있는 사람이 오겠지. 그럼 아마 자네의 탈옥을 도와줄 수 있을 걸세. 나는 오히려 자네 일을 훼방하는 셈이지만, 이제부터는 자네 몸에 매달려, 자네가 행동하는 걸 막기만 하던 이 산 송장이 없어지는 거야. 신은 분명 자네를 위해 무엇인가를 해주시려는 거야. 자네에게서 거두어간 것 이상의 것을 다시 돌려주실 걸세. 그래, 나에게는 이제야말로 죽을 때가 온 거야」

에드몽은 다만 두 손을 맞잡고 이렇게 소리치는 수밖에 별도리가 없었다.

「오, 신부님! 그런 말씀은 제발 마세요」

그리고 그는 이 뜻밖의 놀라움에 잠시 잃었던 힘과, 노인의 말로 꺾였던 용기를 되찾았다.

「오…… 전에도 한번 신부님을 구해 드렸으니, 이번에도 한번 더 구해 드리겠습니다」

이렇게 말하면서 그는 침대 다리를 들어올리고 그 속에서 빨간 액체가 아직도 삼 분의 일쯤 남아 있는 약병을 꺼냈다.

「이것 보세요」 하고 그는 말했다. 「아직도 이 영약(靈藥)이 이렇게 남아 있지 않아요? 자, 어서 어서 이번에는 어떻게 하는 것인지 제게 일러주십시오. 무슨 별다른 방법이라도 있나요? 어서 얘기해 주세요」

「이젠 틀렸네」 파리아는 고개를 저으며 대답했다. 「하지만 그런 건 아무래도 괜찮아. 신은 자기가 창조한 인간――그 인간의 마음속에 그처럼 생명에 대한 사랑을 뿌리 깊게 박아놓은 그 인간이, 때론 그렇게 괴로워도 그 귀한 생명을 언제까지라도 보존해 보려고 애쓰기를 바라고 있는 걸세」

「네! 그래요, 그래요」 하고 당테스가 외쳤다. 「그러니 제가 구해 드리겠습니다!」

「그럼, 한번 해보게. 몸이 점점 싸늘해져 가는군. 피가 머리로 올라가는 것 같으이. 이가 딱딱 부딪히고 마치 뼈가 다 버그러져 나가는 것같이 무섭게 떨리면서 전신이 뒤흔들리기 시작하는구먼. 오 분 안으로 발작이 일어날 거야. 그러면 십오 분 안에, 내 몸은 시체가 될 걸세」

「아!」 당테스는 가슴이 메어 소리쳤다.

「지난번처럼 하면 될 거야. 다만, 그때처럼 그렇게 오래 기다리진 않아도 되겠지. 지금 생명의 모든 탄력이 완전히 소멸해 버리고 말았다네. 그리고 죽음이」 하며 노인은 마비된 팔과 다리를 보이면서 말을 이었다. 「나머지 절반 일만 하면 되는 거야. 열 방울 대신에, 열두 방울을 내 입에 흘려넣어도, 난 살아나질 못할 걸세. 그러면 나머지를 다 부어넣게. 자, 나를 침대 위에 눕혀주게. 이 이상 서 있을 수가 없어서 그러네」

에드몽은 노인을 안아다가 침대 위에 눕혔다.

「그런데」 파리아가 말했다. 「자넨 내 이 비참한 생활에 유일한 위안이었네. 하늘은 내게 자네를 좀 때늦게 보내 주셨지만, 자넨 내게 있어서는 말할 수 없이 귀중한 선물이었네. 나는 그래서 하늘에 감사하고 있지. 자네와 영원히 헤어지게 되는 이때, 나는 자네에게 모든 행복과 부귀가 마땅히 돌아오길 기도하겠네. 내 아들 당테스, 나는 너를 축복하겠다!」

청년은 무릎을 꿇고 노인의 침대에 머리를 박았다.

「하지만 이 임종에 즈음하여 내가 하는 말을 잘 들어두게. 스파다의 보물은 틀림없이 존재하고 있네. 신은 지금 나를 위해 거리와 방해물을 거두어가신 거야. 내게는 그것이 제2의 동굴 밑에 있는 게 보이네. 내 눈은 깊은 땅속을 뚫고 그 많은 보물에 눈부시네. 만약에 자네가 용케 탈출해 나간다면, 모든 사람이 미친 놈으로 알던, 이 불쌍한 신부가 실은 미친 놈이 아니었다는 걸 기억해 주기 바라네. 몬테크리스토 섬으로 달려가게. 우리의 재산을 이용해 보게. 그래, 그걸 이용하게. 자넨 너무 고생을 많이 했어」

몸이 한번 심하게 떨리는 바람에, 노인은 말을 그쳤다.

당테스는 고개를 저었다. 노인의 눈이 뻘겋게 충혈되어 있었다. 마치 핏줄기가 와락 가슴으로부터 얼굴로 올라온 것 같았다.

「이젠 안녕히!」 경련을 일으키듯 당테스의 손을 꼭 잡고서 중얼거렸다. 「이젠 안녕히!」

「오! 아직 안 됩니다. 안 돼요!」 당테스가 소리쳤다. 「오! 신이여, 저희를 저버리지 마소서! 신부님을 구해 주소서! 제게 힘을 빌려주소서……」

「조용히! 조용히!」 빈사의 노인이 중얼거렸다. 「만일 자네가 날 살려냈을 경우, 따로 떨어지게 되어선 안 될 테니, 조용히 하게!」

「그렇군요. 아! 안심하세요. 제가 구해 드리겠습니다. 더군다나 상당히 고통스러우신 것 같지만, 저번보다는 덜 한 것 같은걸요」

「오! 잘못 생각하면 안 되네! 내가 괴로워할 힘이 그때만 못하기 때문이야. 자네 나이 때엔, 목숨에 자신을 갖게 되지. 자신을 갖는다는 것과 희망을 갖는다는 게 젊은이의 특권이야. 그러나 늙은이들은 죽음을 보다 분명히 보거든. 아! ……왔어…… 이젠 틀렸어…… 눈이 안 보이는군…… 정신이 없어지고…… 당테스…… 손을…… 잘 있게…… 안녕히……」

그리고 마지막 노력으로 몸을 일으키며 온 힘을 다 모아서,

「몬테크리스토 섬!」 하고 말하였다. 「몬테크리스토 섬을 잊지 말게!」

그러고 나서 그는 다시 침대 위에 쓰러졌다.

이번 발작은 무서웠다. 사지가 뒤틀리고 눈꺼풀이 부풀어오르고 피거품을 문 채 육신은 전혀 움직일 줄 몰랐다. 조금 아까까지의 그 총명한 사람은 간 데가 없고 지금은 이런 고통만이 침대 위에 남아 있었다.

당테스는 램프를 들었다. 그리고 머리맡에 불쑥 튀어나와 있는 돌 위에 그것을 놓았다. 램프는 이상하고 환상적인 반사

로, 노인의 일그러진 얼굴과 뻣뻣하게 굳은 몸을 비춰주고 있었다.

그는 열심히 들여다보며, 그 영약을 쓸 시기를 용감하게 기다리고 있었다.

때가 왔다고 생각되자, 그는 칼을 들어 이를 벌렸다. 지난번보다는 벌리기 쉬웠다. 그리고 나서 이빨 사이로 약을 한 방울 한 방울 세며 열 방울이 떨어져내리기를 기다렸다. 병 안에는 지금 흘려넣은 양의 약 두 배쯤이 남아 있었다.

그는 십 분을 기다렸다. 십오 분 기다렸다. 반 시간이나 기다렸다. 그러나 노인은 꼼짝도 안했다. 긴장으로 이마에 식은 땀을 흘리며, 당테스는 떨면서 심장의 고동으로 시간을 재고 있었다.

마침내 마지막 시험을 해보아야 할 때가 왔다고 생각했다. 그는 약병을 자줏빛이 된 파리아의 입술로 가져갔다. 턱은 벌려 있었으므로 벌릴 필요도 없이 그대로 병 안에 있던 약을 다 쏟아넣었다.

약은 전기와 같은 효과를 나타냈다. 갑자기 몹시 떨리며 노인의 전신이 뒤흔들렸다. 보기에도 무섭게 두 눈이 번쩍 열리었다. 마치 소리를 지르는 것처럼 한숨을 내쉬더니, 떨리던 몸이 차츰차츰 다시 움직이지 않게 되었다.

눈만은 뜬 채로 있었다.

반 시간, 한 시간, 그리고 한 시간 반이 지나갔다. 그 무서운 한 시간 반 동안을 당테스는 노인의 몸 위로 몸을 구부려, 손을 심장에 갖다 대고 있었다. 몸이 점점 차가워지고, 점점 둔하고 깊은 심장의 고동이 사라져가는 것을 느꼈다.

마침내 아무것도 살아남아 있는 건 없어지고 말았다. 심장의 마지막 고동도 멎었다. 얼굴은 창백해지고 눈은 뜬 채였다. 그러나 그 시선에는 빛이 없었다.

아침 여섯시였다. 해가 뜨기 시작하여, 그 창백한 햇빛이 감방 안으로 스며들어, 다 꺼져가는 램프의 불빛을 희미해지게 하고 있었다. 죽은 사람의 얼굴 위에도 이상한 빛이 반사되어, 때때로 아직 살아 있는 사람 같아 보였다. 이렇게 밤과 낮이 싸우고 있는 동안 당테스는 아직도 혹시나 하는 생각을 하고 있었다. 그러나 낮이 완전히 승리하게 되자, 그는 시체와 함께 혼자 있다는 사실을 깨달았다.

그러자 어쩔 수 없는 깊은 공포가 당테스를 엄습해 왔다. 그는 이미 침대 밖으로 늘어져 있는 노인의 손을 잡고 있을 수가 없었다. 그는 또 여러 번 감겨주려고 해도 그냥 떠 있는, 노인의 그 고정된 허연 눈도 쳐다볼 수가 없었다. 그는 램프의 불을 끄고 그것을 조심스레 감춘 후에 머리 위로 포석을 되도록 잘 다시 맞춰놓은 다음에, 그 방에서 도망쳐 나왔다. 무엇보다도 우선 시간이 되었기 때문이다. 이제 곧 간수가 올 것이다.

이번에는, 간수는 당테스부터 찾아왔다. 그리고 그의 방에서 나가면 파리아의 감방으로, 식사와 시트를 가지고 갈 참이었다.

당테스는 사건이 일어난 것을 알고 있는 기색을 전혀 보이지 않았다. 간수가 나갔다.

그러나 당테스는, 저 불행한 노인의 감방에서 도대체 어떤 일이 일어나고 있는지 알아보고 싶어서 몹시 초조해졌다. 그래서 그는 땅 속 굴로 들어가, 마침 간수가 놀라서 소리를 지르며 구원을 청하는 소리를 들을 수 있었다.
이윽고 다른 간수들이 달려왔다. 계속해서 무겁고 규칙적인 군인들의 발걸음, 근무 시간이 아닌 때까지도 변함이 없는 저 군인 특유의 발걸음 소리가 들려왔다. 군인들 뒤에 소장이 따라왔다.
에드몽은 침대 위에서 시체를 움직이는 소리를 들었다. 소장의 목소리가 들려왔다. 그는 노인의 얼굴에 물을 끼얹으라고 명령했다. 물을 끼얹어도 죄수가 살아나지 않는 것을 보자, 그는 의사를 찾아 데려오라고 명령했다.
소장은 나갔다. 그리고 조롱하는 웃음소리에 섞여, 동정하는 듯한 몇 마디 말이 당테스의 귀에 들려왔다.
「그래, 그래」 그중 한 명이 말했다. 「이 미치광이는 자기 보물을 찾으러 갔군. 그래, 여행 잘하쇼!」
「수백만금을 가졌대도 수의(壽衣) 한 벌 살 돈 없을걸」 하고 다른 사람이 말했다.
「허!」 세번째 목소리가 들렸다. 「이프 성의 수의는 비싸지도 않은데 말씀이야」
「아마도」 처음 사람이 말했다. 「신부님이니 누군가 호의를 베풀겠지」
「그럼 명예스럽게도 자루를 받게 되겠군」
에드몽은 귀기울여 한마디도 놓치지 않고 들었다. 그러나 무슨 얘기인지 잘 알아들을 수 없었다. 곧 목소리가 멀어지는 것이, 간수들이 방을 떠나가는 듯했다.
그 동안 당테스는 감히 신부의 방에 들어갈 수 없었다. 주검을 지키는 경비가 있을지 몰랐던 것이다.

그는 그래서 말없이 움직이지 않으며 숨을 가다듬고 있었다.
한 시간이 다 지나갈 무렵, 고요한 속에 작게 소음이 일더니 곧 커졌다.
의사와 여러 명의 사관들을 데리고, 소장이 다시 나타난 것이었다.
잠시 침묵이 흘렀다. 필경 의사가 침대로 가까이 가서 시체를 살펴보고 있었을 것이다.
이윽고 질문이 시작되었다.
의사는 죄수를 무너뜨린 병에 관해서 설명했다. 그리고 이미 죽었다는 진단을 내렸다.
몇 마디 질문과 대답이 아무렇지도 않은 듯이 오고 갔다. 그걸 듣고 있자니, 당테스는 화가 났다. 모든 사람들이 그 불쌍한 신부에게 대해 자기가 품고 있는 애정의 몇 분의 일이라도 지니고 있을 줄 알고 있었기 때문이다.
「그렇게 애길 하니, 참 안됐군요」 소장은 노인이 아주 죽었다는 의사의 단정에 대해서 이렇게 대답했다.
「얌전하고, 반항 않고 돌긴 했어도 재미있는 사람이었는데. 더군다나 감시하기 아주 쉬운 죄수였어요」
「오!」 하고 간수가 말했다. 「감시 같은 건 안해도 이 노인만은 탈주할 계획도 않고 오십 년이라도 이 안에 그대로 있을 사람이었습니다」
「그런데」 다시 소장이 말을 이었다. 「선생께선 확신하고 있겠지만, 선생의 지식을 믿지 못해서가 아니라, 내 책임상 하는 말인데, 이 죄수가 분명히 죽었다는 걸 좀 급히 확인해 주셔야겠습니다」

잠시 동안 완전히 고요했다. 당테스는 그 동안에도 계속해서 귀를 기울이며, 이것은 의사가 또 한번 시체 검진을 하고 있는 것이려니 생각했다.

「안심하셔도 좋습니다」 의사가 말했다. 「죽었습니다. 제가 책임지겠습니다」

「그러나」 하고 소장은 집요하게 말했다. 「아시겠지만, 이런 경우에도 검진만으로는 안 되게 되어 있어서요. 겉으로 그렇더라도 법률에 규정되어 있는 수속을 끝내 주셔야겠습니다」

「쇠를 달궈오라고 그러십시오」 하고 의사가 말했다. 「사실 그건 전혀 필요 없는 걱정이지만」

쇠를 달구라는 명령을 듣고, 당테스는 몸이 오싹해졌다.

분주한 발소리와, 삐걱거리며 닫히는 문 소리, 그리고 방안을 왔다갔다하는 소리가 나더니, 이윽고 얼마 후에 간수가 한 사람 들어오며 이렇게 말했다.

「숯불과 쇠를 가져왔습니다」

잠깐 동안 침묵이 흐른 뒤에, 살이 지지직 타는 소리가 들려왔다. 그리고 속이 뒤집히는 역한 냄새가 벽 뒤에까지 풍겨왔다. 당테스는 벽 뒤에서 공포 속에 그 소리를 듣고 있었다.

「어떻습니까? 정말 죽었지요?」 하고 의사가 말했다. 「이렇게 발뒤축을 태워보면 확실히 압니다. 이 불쌍한 미친 영감도 이걸로 이젠 병도 낫고 감옥에서도 해방된 셈이죠」

「노인 이름이 파리아라는 성이 아니었던가요?」 소장을 따라온 사관 한 사람이 물었다.

「그렇습니다. 자기 말에 의하면, 그 이름은 옛날 성이라는 거죠. 게다가 여간 박식하질 않았고 그 보물 얘기만 빼놓고는, 모든 면에서 이치가 다 분명한 사람이었죠. 그러나 일단 보물 얘기만 나오면, 솔직히 말해서 도무지 걷잡을 수가 없는 노인이었어요」

「우리 학계에선 편집광(偏執狂)이라고 부르는 병자입니다」 하고 의사가 말했다.

「이 죄수 때문에 성가신 일은 없었나?」 소장은 신부에게 식사를 날라다 주던 간수에게 물었다.

「없었습니다」 하고 간수가 대답했다. 「없었습니다. 전혀 없었습니다. 오히려 어떤 때는 여러 가지 얘기를 해주어서 아주 재미있었습지요. 한번은, 안사람이 병이 났을 때 이 노인이 처방을 내주어서 병이 나은 일도 있었습지요」

「저런」 하고 의사가 말했다. 「동업자에게 걸려든 줄은 미처 몰랐는데요, 소장님」 의사는 웃으면서 덧붙여 말했다. 「그렇다면 그런 자격으로 이 죄수를 대우해 주셨으면 좋겠습니다」

「그러죠. 안심하십시오. 될 수 있는 대로 새 부대에 정중하게 싸겠습니다. 그만하면 됐지요?」

「그것도 지금 소장님 입회하에 해야겠습지요?」 하고 간수가 물었다.

「물론이지. 그런데 어서 서둘러야 해. 하루 종일 이 방에만 있을 수는 없으니까」

또다시 왔다갔다하는 소리가 들려왔다. 얼마 후에 헝겊이 끌리는 소리가 당테스의 귀에까지 들렸다. 침대의 용수철 소리가 났다. 무거운 짐을 들어올리는 듯, 무거운 발소리가 돌바닥 위에서 났다. 그러더니 그 짐을 내려놓는지 침대가 또 한번 삐걱거렸다.

「그럼 오늘밤으로」하고 소장이 말했다.

「미사는 안 드리는 겁니까?」하고 사관 한 사람이 물었다.

「안 돼요」하고 소장이 말했다. 「실은 어제 감옥의 목사가 일 주일쯤 여행을 하겠다고 해서 내가 보증을 했단 말이오. 가없게도 이 노인이 조금만 서둘렀던들, 기도쯤은 드려줄 수 있었을 텐데」

「흥, 무슨 소릴!」하고 의사는 그 직업의 사람들에게서 흔히 볼 수 있는 불경한 태도로, 「이 사람도 신부니까, 하느님께서 그 직업을 고려해 주시겠죠. 신부를 지옥에 보내는 그런 심술은 부리지 않을 겁니다」

이 불손한 농담에 모두들 와 웃음을 터뜨렸다.

그러는 동안에도 시체를 싸는 작업은 그대로 계속되고 있었다.

「그럼, 오늘밤에」작업이 끝나자, 소장이 이렇게 말했다.

「몇시에 말씀입니까?」간수가 물었다.

「열시나 열한시쯤」

「시체를 지켜야 할까요?」

「그럴 필요 없어. 살아 있을 때와 똑같이 방을 잠가만 두면 돼」

그러고 나서 사람들의 발소리가 멀어져 갔다. 목소리도 작아져 갔다. 자물쇠를 채우는 시끄러운 소리와 빗장이 득 긁히는 소리가 문에서 났다. 고독의 고요보다도 더 무거운 고요가, 죽음의 고요가, 어디에고 청년의 얼어붙은 영혼 속에까지 스며 들어왔다.

이윽고 그는 천천히 머리로 포석을 들어올렸다. 그리고 살펴보듯 방안을 둘러보았다.
방은 텅 비어 있었다. 당테스는 굴 속에서 나왔다.

## 이프 성의 묘지

　침대 위에 창 틈으로 스며 들어오는 뿌연 햇빛 속에 거친 천으로 된 부대가 길게 놓여 있는 것이 희미하게 보였다. 구겨진 부대로는, 길고 경직된 형태가 어렴풋이 드러나 있었다. 그것이 파리아의 마지막 수의로, 간수들 말마따나 아주 싸구려 수의였다. 이렇게 해서 모든 것이 끝난 것이다. 당테스와 그 늙은 친구 사이에는 이미 육신으로 하는 이별은 끝난 것이다. 죽음 저 너머를 꿰뚫어보려는 듯 커다랗게 열려 있는 그 눈도 이미 볼 수가 없게 되었다. 자기를 위해 비밀을 둘러싸고 있던 베일을 벗겨주던 그 근면한 손도 이제는 잡아 볼 수가 없게 되었다. 자기가 그처럼 열심히 따르던, 그 귀중하고 친절한 친구였던 파리아는, 이젠 기억 속에나 남아 있을 수밖에 없었다. 당테스는 그 무서운 침대 머리에 앉아 어둡고 괴로운 슬픔에 잠겨버렸다.

외톨이, 그는 다시 외톨이가 되었다. 그는 다시 침묵 속으로 떨어졌던 것이다. 다시 허무와 맞서게 되고 말았다.

오직 혼자였다. 그를 지상에 붙들어 매놓았던 단 한 사람의 모습도 이미 볼 수가 없게 되었고 그 목소리도 들을 수가 없게 되었다. 이렇게 된 바에는 파리아처럼, 비록 저 음침한 고통의 문을 지나가야 할 위험이 있다 하더라도, 신에게 인생의 수수께끼를 풀러 가는 편이 차라리 낫지 않을까?

일찍이 파리아가 쫓아내 주고, 파리아 때문에 잊혀지고 있었던 자살에 대한 생각이, 지금은 마치 망령처럼 파리아의 시체 옆에서 다시 떠오르고 있었다.

〈만일 내가 죽을 수가 있다면〉 하고 그는 생각했다. 〈난 파리아가 가는 곳으로 가야지. 그리고 분명 다시 그를 만나게 될 거야. 그런데 죽는다면 어떻게 죽는다? 〈여기 있다가 누구든지 들어오기만 하면, 달려들어 목을 조르면 되지. 그러면 바로 단두대로 가게 될 테니까.〉

그러나 마치 저 무서운 폭풍우 속에서처럼, 무서운 괴로움 속에서도 심연은 두 개의 높은 파도 속에 있는 것이다. 당테스는 이 불명예스러운 죽음의 생각에서 뒤로 물러섰다. 그리고 그 절망에서부터 급히 생명과 자유를 향한 강한 욕구로 옮겨갔다. 〈죽다니! 그건 안 될 소리다!〉 그는 소리쳤다. 〈여태까지 살아왔고 그렇게 고생을 많이 해왔는데 지금 와서 죽다니, 그럴 필요는 없다. 죽는다…… 그래, 몇 해 전에 죽을 결심을 처음으로 했을 때 죽었다면 또 괜찮아. 그러나 지금 와서 죽는다는 건, 이 비참한 내 인생을 더욱 비참하게 하는 데 불과해.

아니야, 난 살고 싶어, 끝까지 싸워보고 싶어. 안 돼, 난 내게서 빼앗긴 그 행복을 다시 찾아내고 싶다고. 죽기 전에 내게 못할 짓을 한 인간들에게 복수해야 한다는 것을 잊고 있었어. 그리고 또 보상을 해주어야 할 친구들도 있다는 걸 잊어버리고 있었다. 그러나 지금 같아선, 난 아주 잊혀지고 말 거야. 파리아같이 되기 전엔 이 감방에선 나가지 못하게 될 거야.〉

그러나 생각이 여기에 미치자, 당테스는 갑자기 눈을 똑바로 뜨고 마치 돌연 무슨 생각이 떠오른 듯이, 그리고 그 생각이 무서운 것이기라도 한 듯이, 몸을 꼼짝않고 가만히 앉아 있었다. 그는 일어서서, 마치 현기증이라도 나는지 손으로 이마를 짚었다. 그러고는 방안을 두세 번 돌고 나더니, 다시 침대 앞에 와서 우뚝 멈춰 섰다.

〈아! 아!〉 그는 중얼거렸다. 〈도대체 누가 이런 생각을 내 머릿속에서 불어넣어 주었을까? 하느님, 당신입니까? 여기서는 시체밖엔 빠져나갈 수가 없어. 그래. 죽은 시체 노릇을 하는 거야.〉

이렇게 생각하면서 그 결심을 번복할 겨를도 없이, 이러한 절망적인 결심을 깨뜨릴 시간적 여유를 두지 않으려는 듯이, 그는 그 보기 흉한 부대 위로 몸을 굽혀, 파리아가 만든 단도로 부대를 열고 시체를 끌어내어 자기 방으로 날랐다. 그리고 시체를 자기 침대에 눕힌 다음, 자기가 늘 머리에 쓰고 있던 헝겊 조각을 머리에 씌워놓고 자기 담요를 덮어놓았다. 마지막으로 그는 파리아의 차가운 이마에 입을 맞추고, 사고 능력이 없어져서 무서워 보이는, 아직도 그냥 열려 있는 눈을 감겨주고, 저녁때 간수가 식사를 가져왔을 때 늘 하던 버릇대로 자고 있는 것처럼 보이게 하기 위하여 머리를 벽 쪽으로 돌려놓았다. 그리고 나서 다시 굴 속으로 들어가, 벽 쪽으로 침대를 끌어놓고 파리아의 방으로 돌아왔다. 그리고 감추어두었던 실과 바늘을 꺼내어, 부대 속이 벌거벗은 시체로 보이게 하기 위해 입고 있던 누더기를 벗어던졌다. 그리고 갈라놓은 부대 속으로 들어가, 시체가 누워 있던 자리에 자리를 잡고, 찢어진 데를 안에서 꿰맸다.

그때 만약 불행히도 누가 들어왔더라면, 아마도 그의 심장 뛰는 소리가 들렸을 것이다.

당테스에게는 저녁에 간수가 올 때까지 충분한 여유가 있었다. 그러나 그는 그동안 소장의 마음이 변해서 시체를 가져갈까 봐 걱정되었다.

그렇게 되면, 그의 마지막 희망도 무너지고 마는 것이었다.

그러나 어쨌든 간에 그의 계획은 이미 결정된 것이다. 그는 이렇게 하려고 생각하고 있었다.

만약 시체를 운반하는 도중에, 무덤을 파는 사람들이 부대 속에 죽은 사람이 아니라 산 사람이 들어 있다는 걸 알아채게 된다면, 그들이 자기라는 것을 알 시간의 여유를 주지 않고 삽시간에 단도로 부대를 위에서 아래까지 죽 째고 그들이 놀라는 틈을 타서 도망치리라. 만일 그들이 나를 잡으려 들면, 칼을 휘두르리라.

또 만약 묘지까지 운반되어 구덩이 속에 부대를 내려놓으면, 그대로 흙을 덮도록 내버려두어야 한다. 그러면 밤이니까 인부들이 돌아가기만 하면, 곧 부드러운 흙을 파헤치고 도망가면 된다. 제발 흙이 들어올리기 어렵도록 무겁지만 않았으면.

그러나 만일 예상과 달리 흙이 너무 무거우면 그대로 숨이 막혀 죽는 것이다. 그렇게 되면 그래도 할 수 없다, 만사는 끝나는 것이다.

당테스는 전날부터 아무것도 먹지 않았다. 그러나 아침이 되어도 배가 고프다는 생각은 안 들었다. 그리고 지금도 배가 고픈 걸 모르고 있었다. 지금 상황이 너무나 절박하기 때문에 다른 일은 생각할 겨를이 없었던 것이다.

당테스에게 닥쳐올 첫번째 위험은, 일곱시에 저녁 식사를 가져온 간수가 사람이 바뀐 것을 눈치 채지나 않을까 하는 것이었다. 그러나 다행히도 어느 때는 사람꼴이 보기 싫어서, 아니면 피곤해서, 간수가 와도 침대에 그냥 누워 있었던 일이 전에도 여러 번 있었다. 그럴 때면 간수는 으레 빵과 수프를 테이블 위에 놓고 아무 소리 없이 나가버리곤 했었다. 그러나 오늘따라, 간수가 평상시처럼 아무 소리도 안하는 것이 아니라, 당테스에게 말을 걸고 아무 대답이 없는 것을 알고 침대 가까이 가보면, 모든 것이 들통나고 말 것이다.

저녁 일곱시가 가까워 오자, 당테스의 불안은 극도로 심해지기 시작했다. 그는 한 손은 가슴에 대어 뛰는 심장을 누르고, 또 한 손으로는 관자놀이에서 흘러내리는 이마의 땀을 닦고 있었다. 때때로 전율이 온몸에 흘렀다. 심장을 얼음 같은 바이스(연장의 하나임——옮긴이)로 죄는 것 같았다. 그냥 이대로 죽을 것만 같았다. 시간은 시시각각으로 흐르고 있었으나, 성안에는 아무런 변화도 없었다. 당테스는 그 첫번째 위험은 모면했다는 사실을 깨달았다. 이것은 분명 길조(吉兆)였다.

이윽고 소장이 정해 준 시간이 가까워오자, 층계에서 발걸음 소리가 울렸다. 에드몽은 때가 왔구나 생각했다. 그는 있는 용기를 다 내어 숨을 죽였다. 그와 동시에, 숨을 죽이는 것처럼 동맥에서 뛰는 맥박까지도 누를 수 있었으면 하고 생각했다. 발소리는 문 앞에 오더니 멎었다. 발소리가 두 개인 것으로 보아 자기를 데리러 온 인부가 두 사람이라는 것이 짐작되었다. 그 추측은, 사람들이 들것을 내려놓는 소리로 더욱 확실해졌다.

문이 열리자 희미한 불빛이 당테스의 눈에 비쳤다. 그를 싸고 있는 부대를 통해서, 그는 두 개의 그림자가 침대 가까이로 오고 있는 것을 보았다. 세번째 그림자는 손에 등불을 들고 문 가에 있었다. 침대 가까이 온 두 사람은 각기 부대의 양쪽 끝을 잡았다.

「말라빠진 영감이 무겁긴 꽤 무거운데」 그중의 하나가 머리 쪽을 들면서 이렇게 말했다.

「뼈는 해마다 반 리브르씩 무게가 는다니까」 발 쪽을 든 사나이가 말했다.

「달았나?」 첫번째 사나이가 물었다.

「공연히 무겁게 할 건 없잖아? 거기 가서 달지」 상대방이 대답했다.

「자네 말이 맞아. 자, 그럼 가세」

〈달긴 뭘 단다는 걸까?〉 하고 당테스는 생각했다.

그들은 이 가짜 시체를 침대에서 들것으로 옮겨놓았다. 에드몽은 죽은 사람처럼 보이려고 가능한 한 몸을 빳빳하게 폈다. 들것에 실렸다. 이윽고 등불을 밝혀든 사나이가 앞장서

장례 행렬이 층계 위로 올라갔다.
 갑자기 신선하고 거친 밤바람이 온몸에 스며들었다. 북풍이로구나 하고 당테스는 생각했다. 그는 불현듯 기쁨과 불안이 동시에 넘쳐와 감격했다.
 들것을 든 사나이들은 한 이십 보 걸어가더니, 들것을 땅에 내려놓았다.
 그중의 한 사나이가 저쪽으로 갔다. 당테스는 포석 위에 울리는 그의 구두 소리를 들었다.
 〈도대체 여기가 어딜까?〉 당테스는 생각했다.
 「아무래도 가볍진 않은데!」 들것 끝에 걸터앉으면서, 당테스 곁에 남아 있던 사나이가 말했다.
 당테스는 우선 도망갈 생각부터 났다. 그러나 용케 그 생각을 억눌렀다.
 「불 좀 밝혀, 이 녀석아!」 저쪽으로 간 사나이가 말했다. 「안 그러면 알 수가 있어야지」
 듣다시피 그리 점잖은 말투는 아니었지만, 등불을 든 사나이가 그 명령을 따랐다.
 〈뭘 찾는다는 걸까?〉 당테스는 생각했다. 〈아마 삽이겠지.〉
 저쪽에서 만족한 듯이 소리를 질렀다. 인부가 찾고 있던 것을 발견했다는 표시였다.
 「게다가 꽤 힘든걸」 또 다른 사나이가 말했다.
 「암」 상대는 대답했다. 「하지만 죽은 사람이 좀 기다리기로 손해날 거야 있나」
 이렇게 말하면서 그는 당테스 곁으로 가까이 왔다. 당테스는 자기 옆에다 무거운 물건을 내려놓는 듯 쿵 하는 소리를 들었다. 그와 동시에 밧줄로 자기 발을 아플 정도로 꽉 묶는 것이었다.

「어떻게 됐어? 달았나?」아무것도 안하고 있던 인부가 물었다.

「응, 단단히 달았네」상대방 인부가 대답했다.「염려 없어」
「자, 그럼 가세」
들것이 들리자 다시 길을 계속 갔다.
약 오십 보쯤 걸어가더니 다시 발을 멈추고 문을 하나 열었다. 그러고 나서 다시 길을 계속했다. 당테스의 귀에는 성이 서 있는 바위 밑으로 파도가 와서 부서지는 소리가 들렸다. 그 소리는 앞으로 갈수록 점점 더 분명하고 크게 들려왔다.

「날씨 한번 고약하네!」하고 한 사나이가 말했다.
「이 밤에 바닷속에 들어가긴 좋지 않겠는데」
「그렇지, 이 영감 흠뻑 젖겠는걸」하고 상대방이 말했다. 그러고는 둘이서 웃음을 터뜨렸다.

당테스는 그들의 농담을 분명히 이해할 수가 없었다. 그러면서도 머리털이 곤두섰다.

「됐어, 이젠 다 왔네」첫번째 사나이가 말했다.
「좀더 가야 해」또 다른 사나이가 말했다.「지난번 놈도 도중에 걸려서, 바위에 으깨지지 않았나? 그래서 그 이튿날 소장한테 혼이 나고서도」

더 위로 네댓 걸음 올라왔다. 당테스는 그들이 자기 머리와 발을 양쪽에서 마주 잡고 흔드는 것을 느꼈다.

「하나아」인부들이 말했다.
「두울」

「셋!」

그와 동시에 당테스는 자기가 허공에 내던져진 것을 알았다. 그리고 상처 입은 새처럼 공중을 가로질러 아래로 아래로 떨어져 가고 있다는 것을 깨달았다. 그는 가슴이 얼어붙는 듯한 공포를 느꼈다. 빨리 떨어지게 하느라고 무엇인가 무거운 것이 매달려 아래로 끌려 내려가는데도, 그 떨어지는 시간이 그에게는 한 세기는 되는 것 같았다. 이윽고 무시무시한 소리와 함께, 그는 차가운 물속으로는 화살처럼 떨어져 내렸다. 물속에 떨어지면서 동시에 그는 소리를 질렀다. 그러나 그 소리조차도 물속에 잠기고 말았다.

당테스는 바닷속에 던져지고 말았던 것이다. 그리고 발에 매달아놓은 36킬로그램의 무거운 추 때문에, 그는 점점 더 밑으로 밑으로 끌려 내려갔다.

바다가 곧 이프 성의 묘지였던 것이다.

## 티불랭 섬

당테스는 정신을 잃어 거의 질식해 버릴 것만 같았다. 그러나 숨을 죽일 정도의 기력은 남아 있었다. 그리하여 앞에서 말한 바와 같이, 어떤 상황에 부딪히더라도 미리 마음의 준비가 되어 있었으므로, 오른손에 날을 세운 채 쥐고 있던 단도로 재빨리 부대를 가르고는, 팔을 내밀고 이어서 머리를 내밀었다. 발에 매달아놓은 것을 벗겨버리려고 애를 쓰는데도, 몸은 계속해서 자꾸 밑으로만 끌려 들어가고 있었다. 그는 몸을 웅크려 발을 묶어놓은 끈을 찾았다. 그리고 있는 힘을 다해, 막 숨이 막히려는 찰라에 끈을 잘라버릴 수 있었다. 그러자 그는 세차게 발길질을 하며, 자유로이 수면에 떠올랐다. 그러는 동안에, 발에 매달렸던 추는 끝을 모를 저 깊은 바닷속으로, 하마터면 그의 마지막 수의가 되고 말 뻔했던 그 거친 부대를 이끌고 그대로 가라앉아 버렸다.

당테스는 겨우 숨을 한번 들이마셨을 뿐, 곧 다시 물속으로 가라앉았다. 우선 남의 눈에 띄지 않으려는 염려 때문이다.

두번째로 다시 물 위에 떠올랐을 때에는, 처음에 떨어졌던 장소에서 적어도 오십 보는 떨어진 곳에 와 있었다. 머리 위로는 폭풍이 다가오는 듯 시커먼 하늘이 보였다. 그 하늘 위로 바람이 급히 구름을 몰아가고 있어서, 때때로 한 점 별이 빛나는 푸른 하늘이 조각조각 드러나 보였다. 눈앞에는 으르렁거리는 캄캄한 바다가 펼쳐져 있었다. 파도가 마치 폭풍이 다가오는 듯 부글부글 끓어오르기 시작했다. 뒤에는, 바다보다도, 하늘보다도 더 시커먼, 마치 위협을 하는 망령인 양 거대한 화강암이 우뚝 서 있어, 그 컴컴한 바위 꼭대기가 마치 먹이를 낚아채려는 듯 팔을 뻗치고 있는 것 같았다. 그리고 제일 꼭대기에 서 있는 바위 위에는 불빛이 반짝이고 있어서, 두 개의 사람 그림자가 보였다.

당테스에게는 그 두 개의 그림자가 불안한 듯이 바다 위로 몸을 구부리고 있는 것 같아 보였다. 사실 그 인부들은, 그가 허공에서 떨어져 내리면서 지른 소리를 분명 들었을 것이다. 당테스는 다시 물속으로 들어갔다. 그리고 상당히 오랫동안 물속에서 헤엄을 쳤다. 그것은 전에 많이 해본 일이었다. 그래서 파로만(灣)에서는 언제나 주위에 모여든 많은 사람들의 격찬을 받았었다. 그럴 때마다 그는 마르세유에서 가장 수영을 잘하는 남자로 불렸었다.

다시 수면으로 올라왔을 때에는, 이미 불빛도 보이지 않았다.

이제는 방향을 정해야 했다. 이프 섬을 둘러싸고 있는 섬들

티불랭 섬  **369**

중에서 가장 가까운 섬이 라토노와 포메그였다.
그러나 그 섬들은 모두 사람이 살고 있는 섬들이었다.
돔의 작은 섬도 마찬가지였다. 그러니까 가장 안전한 섬이라면, 티불랭과 르메르 섬이었다. 그리고 둘 다 이프 섬에서는 십 리쯤 떨어져 있었다.
당테스는 그 두 섬 중의 어느 하나든 간에 가 닿아야겠다고 생각했다. 그러나 시시각각으로 깊어져만 가는 이 암흑 속에서 그 섬을 어떻게 찾아낸단 말인가?
바로 그때, 플라니에 등대가 별처럼 반짝이는 것이 눈에 띄었다.
저 등대를 향해 똑바로 가면 티불랭 섬은 그 왼쪽에 있다. 왼쪽으로 조금만 가면 가는 길에 바로 그 섬을 만나게 될 것이다.
그러나 앞서도 말한 대로, 이프 섬에서 그 섬까지는 적어도 십 리는 되었다.
감옥에서 파리아는 그가 지쳐서 늘어져 있는 것을 보면, 늘 이런 얘기를 되풀이했었다.
「당테스, 그렇게 늘어져 있으면 안 돼. 탈출하려고 할 때 체력이 든든히 받쳐주지 않으면, 물에 빠져 죽고 말 걸세」
무겁고 거센 물결 밑에서, 이 말이 당테스의 귀에 울려왔다. 그는 급히 헤엄쳐 수면에 오르자, 자기가 정말로 기운을 잃어버렸는지 아닌지를 확인해 보려고 물결을 헤쳐보았다. 그리고 억지로 활동이 금지되었던 저 감옥 생활 속에서도 여전히 힘과 민첩한 움직임을 잃지 않았다는 사실을 깨닫자 기뻤다.
그리고 아주 어렸을 적에 물속에서 놀았던 때와 마찬가지로, 지금도 자기가 사뭇 물을 지배하고 있다는 생각이 들었다.
 게다가 공포라고 하는 빠른 추격자가, 당테스의 힘을 배는 증대시켜 주었다. 파도 위에 몸을 굽혀, 혹시 무슨 소리가 나지 않나 귀를 기울였다. 파도 꼭대기로 올라오기만 하면 그는 눈에 들어오는 한의 수평선을 재빨리 살펴보며, 깊은 암흑 속을 꿰뚫어보려고 애썼다. 다른 파도에 비해 좀 높은 파도가 올 때마다, 그것이 자기를 추적하는 배가 아닌가 하는 생각했다. 그래서 더욱 힘을 내어 헤엄을 쳐서 이프 섬에서 멀어져 갔다. 그러나 그런 일을 자꾸 되풀이하는 동안에, 점점 힘이 빠지고 있었다.
 그래도 그는 계속 헤엄쳤다. 지금은 벌써 저 무시무시한 성도 밤 속에 어느 정도 가라앉아 분간할 수도 없게 되었다. 그러나 계속해서 성이 있다는 느낌만은 사라지지 않았다.
 한 시간이 흘러갔다. 그동안에도 당테스는 전신을 파고드는 자유를 향한 갈망에 부풀어, 계속해서 정해 놓은 방향으로 헤엄쳐 나갔다.
 〈자〉그는 생각했다. 〈벌써 한 시간이나 헤엄쳐 왔다. 그러나 바람이 반대로 불어서 속도가 사 분의 일은 늦어졌을 거야. 하지만 방향만 잘못 잡지 않았다면, 지금 티불랭까지 그리 멀리 떨어져 있지는 않을 거야…… 그런데 만약 방향을 잘못 잡은 거라면 어떡하지?〉
 온몸에 소름이 끼쳤다. 몸을 잠시 쉬려고 그는 물 위로 뜰 생각을 했다. 그러나 바다가 점점 더 거세어져서, 자기가 생각하던 것도 불가능하게 됐다는 것을 이내 깨달았다.
 〈이젠, 해보는 데까지 해보는 수밖엔 없겠군. 팔이 떨어지

도록 아프고 온몸에 경련이 일 때까지 가보자. 그래봤자 바닷속으로 가라앉게 될 뿐이겠지.〉

그리하여 있는 힘을 다해 절망적으로 헤엄치기 시작했다.

갑자기 지금까지도 어둡던 하늘이 더 어두워지며, 짙고 무겁고 빽빽한 구름이 자기를 향해 몰려드는 것 같았다. 바로 그때, 그는 무릎에 심한 통증을 느꼈다. 상상력은 헤아릴 수 없이 빠른 속도로, 아차, 총에 맞았구나, 이제 곧 총탄이 터지는 소리가 들려오겠구나, 하는 생각을 불러일으켰다. 그러나 총소리는 울려오지 않았다. 당테스는 팔을 뻗어보았다. 무엇인가 부딪히는 것이 있었다. 한쪽 다리를 끌어당겨 짚어보았더니, 땅이 짚어졌다. 그는 지금까지 구름인 줄 알고 있던 것이 무엇인지를 알았다.

자기 앞 이십 보쯤 떨어진 곳에, 뜨겁게 타올랐을 때 그대로 화석이 된 화로처럼, 기괴한 바윗덩어리가 우뚝 서 있었다. 티불랭 섬이었다.

당테스는 일어서서 몇 걸음 앞으로 나갔다. 그리고 하느님께 감사하며, 지금에 와선 이전의 그 어떤 포근하던 침대보다도 더 보드라워 보이는 화강암 꼭대기에 드러누웠다.

그러고 나서 바람이 불고 폭풍우가 몰려오고 비가 퍼붓기 시작했는데도, 그는 완전히 지쳐서 몸은 늘어졌어도 마음은 뜻하지 않던 행복을 분명하게 의식하며 달게 잠을 잤다.

한 시간 후에, 에드몽은 요란한 천둥소리에 눈을 떴다. 폭풍우가 미친 듯이 휘몰아치며, 우렁차게 공중에서 내리치고 있었다. 때때로 새파란 번개가 마치 불을 뿜는 뱀처럼 하늘에서 내려오며, 흡사 무한한 혼돈의 파도인 양 서로 마주 출렁이는 파도와 구름을 비춰주었다.

  당테스는, 뱃사람의 눈으로 가늠했기 때문에, 제대로 섬에 와 닿았던 것이다. 그는 두 섬 중의 첫째 섬, 즉 티불랭 섬에 상륙했던 것이다. 그는 이 섬이 헐벗고 그대로 노출된, 어디 몸둘 데라고는 하나도 없는 곳이라는 것을 알고 있었다. 그러나 폭풍우가 가라앉으면 다시 바다로 나가, 르메르 섬까지 헤엄쳐 갈 수 있을 것이다. 그 섬도 메마르긴 마찬가지였지만, 보다 넓었고, 따라서 몸을 숨길 여지가 더 있었기 때문이다.

  앞으로 불쑥 튀어나온 바위가 하나 있어서, 당테스는 우선 그곳을 피난처로 삼았다. 그가 그 밑으로 몸을 피하자, 그와 때를 거의 같이하여, 폭풍우가 미친 듯이 불어닥치고 말았다.

  당테스는 자기가 몸을 피하고 있는 그 바위가 머리 위에서 흔들리는 것을 느꼈다. 파도는 그 거대한 피라미드의 기슭에 부서지며, 당테스가 있는 곳까지 물을 튀겼다. 몸만은 안전했지만, 이 심한 진동 속에서, 눈이 핑핑 도는 한가운데에서, 그는 일종의 현기증을 느꼈다. 섬은 그의 발밑에서 떨며 당장에라도 닻을 내린 배처럼 닻줄을 끊고 이 광대한 회오리 속으로 몸을 끌어넣을 것만 같았다.

  그때, 그는 이십사 시간 동안 아무것도 먹지 않았다는 사실이 생각났다. 배가 고프고 목이 탔다. 당테스는 손과 얼굴을 내밀어, 바위 구멍 속에 떨어진 빗물을 마셨다.

  그가 다시 몸을 일으켰을 때였다. 마치 신의 눈부신 왕좌(王座) 밑까지 하늘을 열어젖히려는 듯, 한줄기 섬광이 주위를 환하게 비추었다. 그 빛으로, 르메르 섬과 크루아질 곶 사이 그가 있는 곳에서 1킬로미터쯤 떨어진 곳에, 마치 파도 꼭대기에서 심연 속으로 미끄러져 들어가는 유령인 양, 파도와 폭풍에 휩쓸리고 있는 조그만 어선이 눈에 띄었다. 잠시 후에 유령 같은 어선은 무서운 속력으로 다가오며, 다른 파도 위에 나타났다. 당테스는 소리를 지르려고 생각했다. 배를 탄 사람들에게 위험을 알려주기 위해, 무엇인가 높이 흔들 헝겊 조각이 없나 찾아보았다. 그러나 그쪽에서도 위험을 알고 있었다. 한번 불이 번쩍 하자, 청년은 네 사람이 배의 마스트와 용층줄에 매달려 있는 것이 보였다. 다섯번째 사나이는 부러진 키의 손잡이를 붙잡고 있었다. 저쪽 사람들도 자기를 보았음에 틀림없었다. 왜냐하면 획획 몰아치는 돌풍에 실려, 절망적으로 내지르는 소리가 당테스에게까지 들려왔기 때문이다. 마치 갈대처럼 꼬인 돛대 꼭대기에는 찢어진 돛이 펄럭펄럭 바람에 나부끼고 있었다. 그러자, 갑자기 여태까지 돛을 비끌어매고 있던 끈이 끊어져 나갔다. 그리고 돛은 시커먼 구름 위에 떠오른 커다란 새들처럼 어두운 하늘 속을 날아가고 말았다. 그와 동시에 무시무시한 소리가 났다. 그리고 다 죽어가며 외치는 소리가 당테스의 귀에까지 들려왔다. 그는, 마치 스핑크스처럼 바다에서 솟은 바위에 매달려, 다시 번쩍 빛나는 번갯불에 부서진 작은 배를 보았다. 그리고 부서진 배 조각 사이에서는 절망적인 얼굴을 하고 있는 사람의 머리와, 하늘로 뻗친 팔들이 보였다.

이윽고 모든 것이 다시 어둠 속에 잠겼다. 그 무서운 광경은 번갯불이 비치는 동안에만 보였다.

당테스는 자기 자신이 바닷속에 떨어질 수 있다는 위험은 생각도 못하고, 미끈미끈한 바위로 급히 기어 올라갔다. 그는 사방을 바라보며, 귀를 기울였다. 그러나 아무것도 보이지 않고, 아무런 소리도 들리지 않았다. 부르짖는 소리도 들리지 않고, 사람이 살기 위해 애쓰는 모습도 보이지 않았다. 폭풍우만이, 그 거대한 신의 소유물인 푹풍우만이 여전히 바람과 함께 으르렁거리며, 파도와 물결을 일으키고 있을 뿐이었다.

바람이 차츰 가라앉기 시작했다. 하늘은 서쪽으로 큰 회색 구름을, 다시 말하면 폭풍은 퇴색한 구름들을 흘려 보내고 있었다. 푸른 하늘이 여느 때보다 유난히 반짝이는 별과 함께 다시 자태를 드러냈다. 이윽고 동쪽에, 불그스름한 긴 띠가 수평선 위에 굽이치는 암청색 파도를 드러냈다. 파도는 춤추고 있었다. 문득 한 줄기 광채가 파구(波丘)를 달리는가 싶더니, 거품이 이는 파구를 황금색 갈기털로 바꾸어버렸다.

날이 새었던 것이다. 당테스는 이 장대한 광경 앞에서 마치 이런 광경을 처음 보는 듯, 입을 다물고 가만히 서 있었다. 사실 이런 모습은 이프 성에 갇힌 후로는 완전히 잊고 말았었다. 그는 성 쪽으로 돌아섰다. 그는 땅과 바다를 한꺼번에 휘둘러보았다.

그 음산한 건물은 마치 감시하고 명령하는 듯, 끄떡없이 당당한 위세를 보이며 파도 한가운데에 우뚝 솟아 있었다.

아마 새벽 다섯시쯤 되었을 것이다. 바다는 계속해서 잔잔해지고 있었다.

〈앞으로 한두 시간만 있으면〉 하고 당테스는 생각했다. 〈간수가 내 방에 들어가서 그 불쌍한 노인의 시체를 발견하여 금세 알아채고 이번에는 나를 찾겠지. 찾아봐도 없으니까, 곧 경보를 울리겠지. 그래서 그 굴을 찾아낼 테지. 그러고는 나를 바다에 던진 사람들, 분명 내가 소리 지르는 걸 들은 그 인부들을 조사해 볼 거다. 이내 무장한 군인을 가득 태운 배가 탈 옥수의 뒤를 추격할 테지. 멀리 가진 못했을 줄 알 거야. 여기 저기 해안에서 대포 소리가 나겠지. 벌거벗고 배고파하는 방랑자가 오면 재워선 안 된다는 경고를 하기 위해서. 마르세유의 탐정과 경관들은 급보를 받고, 해안을 뒤질 테고. 한편 이프 섬 형무소 소장은 바다 쪽을 뒤질 테지. 그렇게 되면 바다에선 쫓기고 육지에선 포위당할 테니, 난 어떻게 될까? 배가 고프고 추운 데다가 목숨을 건져낸 그 단도마저 헤엄치는 데 방해가 되기에 내버렸으니. 누구든지 나를 발견해서 20프랑의 상금을 받고 경찰에게 인도하면 그만이다. 이젠 기운도 빠지고 생각도 안 나고 어떡해야 좋을지 결심도 서질 않는군. 하느님, 제가 한 고생이 충분한지 아직 충분치 못한지 좀 보아주소서. 그리고 저 자신이 여태까지 한 것 이상을 저를 위해 베풀어주실 순 없는지 굽어살펴 주시옵소서.〉

당테스가 이젠 기운도 빠지고 머릿속도 텅 비어, 일종의 혼돈 상태에서 불안하게 이프 섬 쪽을 바라보며 이렇게 열심히 기도를 올리고 있을 때, 포메그 섬 끝에서 라틴 돛을 수평선에 펄럭이고 물결을 가르면서, 나는 갈매기 같은 조그만 배 한 척이 나타났다. 뱃사람의 눈이 아니면, 어둑어둑한 바다 위에 나타난 그 배가 제노바의 작은 범선이라는 것을 알아볼 수 없었을 것이다. 배는 마르세유에서 오는 것이었다. 뾰쪽하게 생긴 뱃머리가 햇빛에 반짝이는 물거품을 둘로 갈라 불쑥 내민 뱃전에 편안하게 길을 헤쳐주며, 먼 바다를 향해 달리고 있었다.

「아!」 하고 당테스는 외쳤다. 「심문을 받고서 탈주자라는 게 드러나 마르세유로 다시 끌려가는 게 무섭지만 않다면, 삼십 분이면 저 배까지 갈 수가 있을 텐데! 어떡하면 좋을까? 가면 뭐라고 대답한다? 말을 어떻게 꾸며대야 저자들이 속아 넘어 갈까? 저자들은 전부 밀수업자들이다. 그러니까 반 해적이나 마찬가지지. 연안 항해라는 구실로 연안을 더럽히는 자들이다. 아무 이익도 없는 선행을 하기보단, 나를 팔아먹으려고 할걸. 기다려보자. 하지만 기다린다는 게 불가능해, 배가 고파 죽겠으니 몇 시간만 지나면 남아 있는 힘마저 다 없어지고 말걸. 게다가 여기까지 순찰할 시간도 가까워온다. 아직 경보가 나지 않았으니, 아마 의심은 안 할 수도 있어. 어젯밤에 난파한 그 작은 배의 선원이라고 말하면 될 거야. 그렇게 꾸며대도 알 수 없을걸. 그 배의 선원은 모조리 물속에 가라앉아 버렸으니, 누가 와서 거짓말이라고 할 사람도 없을 거야. 그래, 그렇게 해보자」

 이렇게 중얼거리면서, 당테스는 그 작은 배가 부서진 장소를 둘러보았다. 그리고 그는 몸을 떨었다. 삐죽하게 올라온 바위 끝에, 난파한 배의 선원의 모자가 그대로 걸려 있었다. 바로 그 옆에는 용골의 파편이 바다 위를 떠다니고 있었다. 바다는 나무 토막들을 섬의 밑바닥으로 밀어냈다 다시 끌어왔다 하며, 마치 힘없는 당목(撞木 : 사원에서 종이나 짐을 치는 나무 막대——옮긴이)처럼 희롱하였다. 당테스는 이내 결정을 내렸다. 그는 다시 바다로 뛰어들어 모자 있는 쪽으로 헤엄쳐 가서, 그것을 머리에 쓰고 주위에 있는 나무를 하나 잡아 매달렸다. 그리고 배가 가고 있는 듯한 쪽으로 쫓아갔다.「이젠, 살았다」하고 그는 중얼거렸다. 살았다는 확신이 힘을 주었다.

이윽고 그는 범선이 역풍(逆風)을 받으며, 이프 섬과 플라니에 등대 사이를 비스듬히 달리고 있는 것을 보았다.

잠시 동안 그는 혹시 그 배가 해안으로 가까이 가지 않고, 코르시카나 사르디니아 같은 곳으로 향하기 위해 먼 바다로 나가지나 않을까 걱정되었다. 그러나 곧 배가 움직이는 모양으로 보아, 이탈리아로 가는 배들처럼 이 배도 자로스 섬과 카라스레뉴 사이를 빠져나가려는 것임을 알아챘었다.

그러는 사이에도 배와 당테스와의 거리는 눈에 띄지 않는 동안 가까워져만 갔다. 배는 해안을 끼고 나아가면 지금 당테스로부터 약 1킬로미터 정도 되는 위치에 와 있었다. 그는 물결 위로 몸을 내밀고 조난 신호로 모자를 흔들었다. 그러나 배에서는 아무도 그를 보지 못했다. 배는 뱃머리를 돌리고 또다시 다른 방면으로 향하기 시작했다. 그는 소리를 질러 불러볼까 생각해 보았다. 그러나 눈어림으로 거리를 계산해 보아도, 바닷바람에 흘러가고 파도 소리에 묻혀 소리가 배까지 들리지 않으리란 것을 깨달았다. 바로 그때, 기쁘게도 나무 위에 올라타야겠다는 생각이 들었다. 지금처럼 몸이 쇠약해 가지고는 범선에 가 닿을 때까지 바다 위에서 몸을 지탱해 낼 수가 없을 것 같았다. 그리고 흔히 그러하듯, 만약 범선이 자기를 보지 못하고 지나가 버릴 경우 다시 해안까지 되돌아올 수도 없을 것 같았다.

당테스는 있는 힘을 다해 물 위로 거의 일어서다시피 했다. 그리고 모자를 흔들며, 조난당한 선원들이 지르는 비통한 소리로 마치 바다의 정령(精靈)이 탄식하듯 외쳤다.

이번에는 그쪽에서 당테스를 보았고 또 그 소리를 들었다. 범선은 진행을 멈추고 당테스 쪽으로 뱃머리를 돌렸다. 그와 동시에 그쪽에서 바다에 보트를 띄울 준비를 하는 것이 보였다.

잠시 후에 보트는 두 사람을 태우고 두 자루의 노로 바다를 헤치면서 그에게로 다가왔다. 그러자 당테스는 이젠 필요 없게 되었다고 생각한 나무를 흘려 보내고, 저쪽에서 자기를 맞으러 오는 길의 반은 자기편에서 도와보려고 용기를 내어 헤엄쳤다.

그러나 그는 기운이 거의 다 떨어진 것을 미처 알아차리지 못했던 것이었다. 그때서야 비로소 그는 그 나무가 얼마나 중요한 것이었는지 깨달았다. 그러나 그것은 이미 백 보나 떨어져 있는 곳을 떠내려 가고 있었다.

팔은 뻣뻣해지기 시작하고 다리는 이미 잘 움직이지 않았으며, 동작은 점점 더 굳어지고 불규칙해졌다. 가슴은 숨이 콱콱 막혔다.

그는 소리를 크게 질렀다. 두 사람의 선원은 더욱 힘을 기울여 노를 저었다. 그중의 한 사람이 이탈리아어로 외쳤다.

「기운을 내!」

그 소리가 그의 귀에 다다랐을 때는 이미 파도를 탈 힘을 잃은 뒤였다. 파도는 그의 머리 위로 덮치더니 그를 물거품 속에 삼켜버렸다.

그는 익사하는 사람처럼 아무렇게나 되는 대로 절망적으로 첨벙거리며, 다시 물 위로 떠올랐다. 그리고 세번째로 소리를 질렀다. 목숨을 건질 수 없게 만드는 무거운 덩어리가 아직도 발에 매달려 있기라도 한 듯이, 점점 바닷속으로 빠져 들어가는 것을 느꼈다.

머리 위를 파도가 덮치며 지나갔다. 바닷물 사이로 검은 작은 구름들이 있는 푸른 하늘이 보였다.
다시 한번 기를 써서, 바다 위로 떠올랐다.
그때 누군가가 머리털을 움켜잡는 것 같았다. 그 다음부터는 아무것도 눈에 보이지 않았다. 아무 소리도 들리지 않았다. 그는 정신을 잃었던 것이다.
다시 눈을 떴을 때, 그는 자기가 범선의 갑판에 누워 있는 것을 깨달았다. 배는 항해를 계속하고 있었고, 그는 우선 배가 어느쪽으로 가는지 살펴보았다. 배는 이프 섬에서는 점점 멀어져 가고 있었다.
당테스는 완전히 기운이 빠져 있었다. 기뻐서 환성을 울렸다는 것이, 괴로워서 한숨을 짓는 것같이 들릴 정도였다.
조금 전에도 말했지만, 그는 갑판 위에 누워 있었다. 선원 한 사람이 모피로 그의 사지를 마사지하고 있었다. 또 한 사람은 아까 자기에게〈기운을 내라〉고 소리치던 사람 같았는데, 그의 입에다 물통 속에 있는 것을 흘려넣고 있었다. 세번째 사나이는 뱃길 안내인 겸 선장인, 나이 많은 뱃사람이었는데, 일종의 자기 본위에서 우러난 동정심을 가지고 당테스를 들여다보고 있었다. 설혹 내일은 자기한테로 닥칠지 모르나, 적어도 어제만은 자기들이 용케 면할 수 있었던 불행을 마음속에 되새겨보는 듯했다.
물통 속에 들어 있던 럼 주 몇 방울에, 쇠약해졌던 청년의 심장은 다시 생동하기 시작했다. 한편 그의 앞에서 무릎을 꿇고 선원이 모피로 계속 마사지를 해준 덕분에 팔다리는 다시 탄력을 회복했다.

「댁은 누구시오?」 선장이 서투른 프랑스어로 물었다.
「전」 당테스는 서투른 이탈리아어로 대답했다. 「몰타 섬의 선원입니다. 시라퀴즈에서 왔습니다. 포도주와 파노린을 싣고 왔었지요. 그런데 어젯밤에 모르지오 곶에서 돌풍을 만났어요. 저기 저 바위에 부서져버렸지요」
「그래, 어디서 헤엄을 쳐왔소?」
「저 바위에서부터요. 다행히 그 바위에 매달려 있었어요, 저의 배의 선장께선 그만 바위에 머리가 부서졌습니다. 다른 친구들 셋도 다 물에 빠지고, 살아남은 거라곤 저 하나뿐입니다. 그런데 댁의 배가 보였지요. 저 사람 하나 없는 외딴 섬에 혼자 오래오래 남아서 기다리게 될까 봐 목숨을 걸고 부서진 배의 나무 토막을 붙잡고 여기까지 온 겁니다. 감사합니다」 당테스는 말을 이었다. 「덕분에 살아났습니다. 댁의 선원이 제 머리를 잡아올렸을 땐, 전 아주 기진해 있었습니다」
「그게 나였소」 솔직하고 꾸밈새 없는 얼굴에다 시커멓고 긴 구레나룻이 온통 뺨을 덮고 있는 선원이 말했다. 「마침 건져냈으니 다행이오. 당신은 그때 막 가라앉는 참이었소」
「그래요」 당테스는 그에게 손을 내밀었다. 「그래요. 한번 더 감사드리겠습니다」
「원 별소릴!」 하고 그 선원이 말했다. 「처음엔 좀 망설였지. 수염이 여섯치나 되고 머리털이 한 자나 되어, 당신 꼴이 보통 사람이라기보단 꼭 산적 같으니 말이야」
당테스는 그때, 자기가 이프 성으로 간 후로는 머리도 잘라본 적도, 수염도 깎아본 적도 없었다는 것이 생각났다.
「아 참, 그렇군요」 하고 그는 말했다. 「신변이 위태로웠을 때, 노트르담델피드라그로타에서 머리도 수염도 십년 동안은 깎지 않겠다는 맹세를 했었지요. 오늘이 그 맹세가 끝나는 날인데, 하필이면 그 기념일에 물에 빠져죽을 뻔했군요」

「그래, 이제부턴 어떻게 해주면 좋겠소?」 선장이 물었다.

「아!」 하고 당테스가 대답했다. 「편하실 대로 해주십시오. 제가 타던 배도 가라앉아 버리고 저의 선장님도 돌아가셨습니다. 저도 보시다시피 목숨만은 건졌습니다만, 완전히 알몸이 아닙니까? 그래도 다행히 전 솜씨 있는 선원이니까, 앞으로 제일 먼저 도착하는 항구에 아무데나 내려주십시오. 언제든지 상선의 일자리는 구할 수 있을 것 같으니까요」

「자네, 지중해는 잘 알고 있나?」

「지중해야 어렸을 때부터 배를 타고 다녔죠」

「그럼 정박지로 어디가 좋은지 알고 있겠구먼?」

「아무리 까다로운 항구라도 웬만한 데는 눈을 감고도 드나들 수 있지요」

「그럼 선장님, 말씀하세요」 당테스에게 기운을 내라고 소리치던 그 선원이 선장에게 말했다.

「이 친구 얘기가 정말이라면야, 우리와 같이 있는 걸 막을 사람이 누가 있겠습니까?」

「그래, 이 사람 얘기가 정말이라면 말야」 선장의 다소 미심쩍은 듯한 얼굴로 말했다. 「하지만 사람이란 궁지에 빠졌을 땐 약속을 굳게 해도, 막상 떠날 땐 하나도 지키질 않고 가버리는 법이야」

「전, 제가 말로 하는 것 이상으로 실천에 옮기겠습니다」 당테스가 대답했다.

「아, 그래?」 선장이 웃으면서 말했다. 「그럼, 어디 두고 볼까?」

「두고 보세요.」 당테스가 몸을 일으키며 말했다. 「어디로 가시는 길인데요?」

「리보르노로.」

「그렇다면 왜 육지를 끼고 가느라고 귀중한 시간을 허비하십니까? 좀더 바람을 타고 가시지 않고요.」

「리옹 섬에 부딪히니까.」

「그렇다면 20브라스 이상 떨어져서 가면 될걸요.」

「그럼, 어디 키를 부탁해 볼까?」 선장이 말했다. 「솜씨를 보여주게.」

청년은 키 있는 곳으로 가서 앉자, 키를 가볍게 움직여서, 배가 말을 잘 듣는지 확인해 보았다. 배는 썩 예민한 편은 아니었지만, 생각하는 대로는 움직여주었다.

「활대, 아딧줄!」 하고 그는 말했다.

승무원인 네 사람의 선원이 각기 제자리를 찾아갔다. 선장은 그들이 하는 것을 보고 있었다.

「끌어라!」 당테스는 계속해 말했다.

선원들은 비교적 정확하게 당테스의 명령에 따랐다.

「단단히 붙들어매라!」

이 명령도 최초의 두 명령과 마찬가지로 실행되었다. 배는 육지를 끼고 가던 것을 바꾸어, 리옹 섬을 향하여 갔다. 당테스가 미리 말한 대로, 섬을 우현 20브라스에 두고 지나쳤다.

「브라보!」 선장이 외쳤다.

「브라보!」 선원들도 따라서 외쳤다.

모두들 눈이 휘둥그레져 청년을 바라보았다. 청년의 눈에는 다시 총기가 빛나고, 몸에는 없을 것 같던 기운이 넘쳐났다.
「어떻습니까?」당테스는 키를 놓으며 말했다.「적어도 이 항해중만이라도, 어느 정도 도움이 되어드릴 수 있을 것 같네요. 리보르노에 가서 제가 소용없게 되거든, 거기다 그대로 떨어뜨려 주십시오. 그리고 처음 몇 달 동안 받을 봉급에서, 그때까지의 제 식비와 제게 빌려주실 옷값을 제해 주십시오」
「좋아, 좋아」하고 선장이 말했다.「자네 편에서도 마음에 맞으면, 어떻게 잘 생각해 보지」
「남자 한 사람 값이면 됩니다」당테스가 말했다.「다른 친구들한테 주시는 대로 주시면, 그걸로 다 된 겁니다」
「그건 안 되지」당테스를 바다에서 끌어낸 사나이가 말했다.「자넨 우리보다 더 잘 아니까 말이야」
「쓸데없이 웬 참견이야? 자네하고 그게 무슨 상관이 있단 말인가, 자코포?」하고 선장이 말했다.「자기가 좋아하는 급료로 약속하는데, 뭐 어떻단 말이야?」
「그건 그렇습지요」자코포가 말했다.「그저 한마디해 본 거죠」
「그럼 말 참견 말고 여벌 옷 가지고 있거든, 이 사람에게 바지와 윗도리를 빌려주지 그래? 벌거벗고 있으니 말이야」
「여벌은 아니지만, 셔츠하고 바지는 있습니다」하고 자코포가 대답했다.
「그거라도 빌려주십시오」하고 당테스가 말했다.「고맙습니다」
자코포는 승강구로 미끄러지듯 내려가더니, 이내 옷가지를 가지고 올라왔다. 당테스는 이루 말할 수 없이 기쁜 마음으로 그 옷을 입었다.

「그럼, 다른 건 또 뭐 필요한 거 없나?」

「빵을 좀 주십시오. 그리고 아까 마시던 그 맛있는 럼 주도 한 모금 주세요. 아무것도 안 먹은 지가 꽤 됐으니까요」

과연 먹지 못한 지 사십 시간이 다 되었다.

빵이 왔다. 그리고 자코포는 술통을 당테스에게 내주었다.

「키를 좌현으로!」 하고 선장은 조타수 쪽을 돌아보며 소리쳤다.

당테스는 물통을 입에 갖다 대면서, 그쪽을 흘끗 바라보았다. 그러나 물통을 막 기울이려는 순간 선장이 소리쳤다.

「아니, 저것 좀 봐! 이프 성에 무슨 일이 있어났나 본데」

과연 당테스의 주의를 끌던 가벼운 하얀 구름이 지금 이프 성 남쪽 포대(砲臺)의 총안(銃眼) 위를 둘러싸며 피어오르고 있었다.

얼마 안 있어, 멀리서 포성이 범선까지 들려왔다.

선원들은 머리를 들어 서로 얼굴을 마주 보았다.

「왜 그러지?」 선장이 물었다.

「죄수가 지난밤에 도망친 걸 겁니다」 하고 당테스가 말했다. 「그래서 경보를 발사한 거예요」

선장은 이런 말을 하면서 물통을 입으로 가져간 청년을 쳐다보았다. 그러나 청년은 물통 속에 들어 있던 술을 아주 태연하고 만족한 듯이 맛보고 있었다. 그래서 혹시 선장의 마음속에 의심이 떠올랐다 하더라도 머릿속을 스치고는 이내 사라져 버리고 말았다.

「럼 한번 굉장히 독한데요」

당테스는 셔츠 소매로 이마에 흐르는 땀을 닦으며 말했다.

「어떻든 간에」 선장은 당테스 쪽을 쳐다보며 중얼거렸다. 「설령 저놈이 탈옥수라 해도, 괜찮아. 대단히 용감한 놈을 얻게 됐으니 말이야」

피곤하다는 핑계로, 당테스는 키 있는 데 가서 앉겠다고 말했다. 조타수는 일을 교대하게 된 것이 좋아서, 눈으로 선장의 눈치를 살폈다. 선장은 키를 새 친구에게 맡겨도 좋다는 뜻으로 머리를 끄덕였다.

그 자리에 앉은 당테스는 마르세유 쪽을 똑바로 바라보았다.

「오늘 며칠입니까?」 이프 섬은 잊고서 그의 옆에 와 앉은 자코포에게 당테스가 물었다.

「2월 28일이지」 자코포가 대답했다.

「몇 년?」 당테스가 또 물었다.

「아니, 몇 년이냐고? 지금이 몇 년인지 모른단 말인가?」

「그렇다니까요」 청년이 대꾸했다. 「몇 년이죠?」

「아니, 지금이 몇 년인지도 잊어버렸단 말이야?」

「글쎄 잊어버렸단 말입니다. 어젯밤에 어찌나 되게 당했던지」 당테스는 웃으며 말했다. 「혼이 달아날 뻔했는걸요. 그때 기억력도 엉망이 되어버렸어요. 정말 몇 년 2월 28일이죠?」

「1829년이야?」 자코포가 대답했다.

그러니까 지난 십사 년 동안을 하루같이 당테스는 감옥 속에 틀어박혀 있었던 것이다. 열아홉 살에 이프 섬에 들어가 서른셋에 그곳을 나온 것이다.

쓰디쓴 미소가 당테스의 입술 위에 떠올랐다. 그는 순간, 자기를 죽은 줄 알고 있을 메르세데스는 그동안 어떻게 되었을까 하고 생각했다.

그러자 이번에는 자기에게 그처럼 참혹하고 긴 감옥살이를 시킨 세 사람의 사나이가 떠올라, 눈에 증오의 빛이 타올랐다.

그는 당글라르, 페르낭 그리고 빌포르를 향한, 벌써 감옥에서부터 결심해 온 그 달랠 길 없는 복수의 맹세를 다시 다짐해 보았다.

그 맹세는 이미 한갓 헛된 위협만은 아니었다. 왜냐하면 지중해에서 아무리 민첩한 범선이라도, 지금 돛을 달고 리보르노를 향해 달리는 이 작은 범선은 절대로 따라잡을 수 없었기 때문이다.

# 밀수업자

 당테스는 배에 오른 지 아직 하루도 되지 않았지만, 상대방이 어떤 사람들인지 벌써부터 알고 있었다.

 파리아에게서 배우지도 않았건만, 이 쥔아멜리 호(號)──이것이 이 제노바 범선의 이름이었다──의 의젓한 선장은 지중해라고 불리는 이 커다란 호수 주위에서 쓰이는 여러 나라 말들을 거의 다 알고 있었다. 그는 아라비아어로부터 남프랑스어에 이르기까지 죄다 구사한다. 그리하여 선장은 항상 지루하고, 때로는 무례하기까지 한 통역의 힘을 빌리지 않고도, 어떤 때는 해상에서 만난 배라든가 어떤 때는 해안에 배치해 놓은 작은 배들, 아니면 이름도 없고 나라도 없고, 이렇다 할 일도 없는 사람들, 언제나 항구 가까이 있는 부두의 포석 위에서 건들거리면서 이상한, 남이 알 수 없는 수입으로 마치 하느님에게서 직접 얻어먹고 사는 사람들처럼, 얼른 보아서는 아무런 생활 수단도 없으면서 생활을 이어가는 사람들을 상대로 거리낌없이 얘기를 주고받았다. 당테스가 탄 배가 밀수업자들의 배라는 것은 짐작하고도 남음이 있었다.

이런 이유 때문에 선장은 당테스를 배에 태우는 데 있어 어느 정도 경계했던 것이다. 해안의 세관 관리들은 선장을 잘 알고 있었다. 세관 나리들과 선장 사이에는 항상 피차에 만만치 않은 속임수가 오가고 있었다. 그러므로 선장은 처음에 당테스를 보자 우선, 이자는 필시 세관에서 보낸 밀정으로, 이런 교묘한 수단을 써서 자기네들의 장삿속의 비밀을 염탐해 내려는 것이라고 생각했다. 그러나 육지 근처를 지나면서 당테스가 그처럼 멋지게 고비를 잘 넘기는 것을 보자, 그는 완전히 당테스를 신용했다. 계속해서 이프 성의 꼭대기에서 마치 모자의 깃털처럼 가벼운 연기가 피어오르고 대포 소리가 멀리까지 울리는 것을 듣자, 그는 잠시 방금 배에 태운 이 사나이가, 마치 임금이 드나들 때와 마찬가지로 예포(禮砲)로 환영을 받는 사람이 아닌가 하는 의심을 했다. 사실 그런 생각은 이 남자가 세관 관리가 아닌가 하던 생각보다는 덜 불안했다. 그러나 이 두번째 의심도, 이 신참자의 태도가 너무나 태연한 것을 보고는, 첫번째 생각과 마찬가지로 이내 사라지고 말았다.

그러니 선장이 당테스의 신분을 모르고 있는 사이에, 이쪽에서는 상대방이 어떤 인물이지 곧 알아냈던 것이다. 선장과 동료들이 제아무리 사방에서 죄어 들어와도, 그는 마음을 단단히 닫고 절대로 속내 이야기는 하지 않았다. 그는 마르세유만큼이나 잘 알고 있는 나폴리나 몰타에 관해서 여러 가지 세세한 점을 이야기했다. 놀랄 만큼 확고한 기억력으로, 그는 맨 처음에 얘기한 대로 언제나 같은 말을 되풀이하였다. 그래서 선장도 상당히 예민한 사람이긴 했지만, 에드몽에게는 속아 넘어가고 말았다. 그렇게 되기까지에는 당테스의 부드러운 말씨와 항해 지식, 특히 그 교묘한 속임수의 힘이 컸던 것이다. 게다가 이 선장이라는 제노바 사람은, 흔히 머리 좋은 사람들이 그렇듯이, 자기가 알지 않으면 안 될 것 외엔 알려고 하지 않고 또 자기가 믿어서 이로울 것 이외의 것은 믿으려고도 하지 않는 그런 유의 사람인 것 같았다.

이러한 상호 관계 속에서, 그들은 리보르노 항(港)에 도착했다.

에드몽은 거기서 한 가지 시험을 해보지 않으면 안 될 일이 있었다. 십사 년 동안 사라졌다 나타난 지금, 과연 자기 모습이 그대로 남아 있는지 어떤지를 알고 싶었던 것이다. 청년 시절의 자기의 인상은 아직도 꽤 뚜렷하게 머릿속에 남아 있었다. 그는 지금 한 사람의 어른이 된 자기를 보고 싶었다. 배에 있는 친구들 눈에는, 그는 확실히 한 사람의 성인으로 통하고 있었다. 리보르노에는 전에도 여러 번 들렀던 일이 있어서, 그는 산페르디난도 가(街)의 이발사 한 사람을 알고 있었다. 그는 머리와 수염을 깎으려고 그 집으로 들어갔다.

이발사는 그 긴 머리에 시커멓고 텁수룩한 수염을 한, 마치 티치아노(16세기의 유명한 이탈리아 화가——옮긴이)의 그림에 나오는 훌륭한 사람들의 얼굴을 연상케 하는 이 사나이를 놀란 눈으로 바라보았다. 그렇게 수염과 머리를 길게 하는 것은 이미 그 시대의 유행은 아니었다. 오늘날 같았으면 이처럼 육체적으로 훌륭한 장점을 가진 사람이, 그걸 모두 잘라버리겠다는 소리를 이발사가 들었더라면 깜짝 놀랐을 것이다.

그러나 리보르노의 그 이발사는 아무 말 않고 일을 시작했다.

이발이 끝나서, 턱에서 수염이 다 없어지고 머리 길이도 보통으로 잘렸을 때, 그는 거울을 가져오라고 하여 자기 얼굴을 들여다보았다.

앞에서도 말한 바와 같이, 그는 서른세 살이 되어 있었다. 그리고 십사 년 동안의 감옥 생활은 그의 얼굴에 굉장한 정신적인 변화를 가져왔다.

이프 성에 처음 들어갔을 때의 당테스는, 인생에의 첫 걸음도 순조로웠고, 따라서 장래도 예전대로만 생각하여 자연히 기대를 걸고 있던 행복한 청년의, 모난 부분이 없고 얼굴에는 웃음이 가시지 않는 환한 모습을 하고 있었다. 그렇던 것이 지금은 완전히 변해 있었다.

갸름하던 얼굴은 홀쭉해지고, 웃음을 머금고 있던 입에는 굳은 결심을 드러내는 꿋꿋하고 동요되지 않는 선이 잡혀 있었다. 눈썹은 단 한 가지 생각에 잠긴 듯 깊은 주름살 밑에서 활처럼 구부러져 있었다. 눈에는 깊은 슬픔이 어려 있었고, 그 슬픔 속에서는 때때로 염세(厭世)와 증오의 암담한 빛이 솟구치고 있었다. 햇빛과 광명을 오랫동안 접하지 못했던 그의 얼굴에는 윤기가 없었고, 검은 머리카락으로 둘러싸여, 마치 북방인 같은 귀족적인 아름다움마저 보이고 있었다. 뿐만 아니라 그가 얻은 심오한 학문은 얼굴 전체에 안정된 예지(叡智)의 빛을 드러내고 있었다. 게다가 원래가 꽤 큰 키이긴 했지만, 몸 전체에서 항상 모든 힘을 자기에게 모으는 사람에게서 볼 수 있는, 저 생기 있는 힘이 넘쳐났다.
　신경질적이고 날씬한 우아한 모습 대신에, 둥글고 근육이 울뚝불뚝한 단단한 모습으로 변해 있었다. 목소리로 보더라도, 그동안의 기도와 흐느낌과 저주로 본래의 목소리가 변하여 때로는 이상하리만큼 부드러워졌다가, 또 때로는 거칠고 거의 쉰 듯한 소리로 바뀌었다.
　그리고 항상 어두컴컴하지 않으면 깜깜한 속에만 있어 버릇해서, 그의 눈은 마치 하이에나나 이리의 눈처럼 밤에도 사물을 분별해 낼 만한 시력이 생겼다.
　에드몽은 거울 속에서 자신의 모습을 들여다보며 미소를 지었다. 아무리 친한 친구라도, 그에게 아직 친구가 남아 있다면, 아무도 자기를 알아볼 수 없을 것이다. 자기 자신조차도 자기의 얼굴을 알아볼 수는 없을 정도였으니까.
　죈아멜리 호의 선장은 자기 부하로 당테스만한 가치 있는 사람을 잡아두고 싶어서, 앞으로 들어올 이익 배당 중에서 얼마간의 돈을 선불해 주겠다고 말했다. 에드몽은 그의 뜻을 받아들였다. 그래서 그 이발소에서 우선 첫번째 변신을 하고 난 당테스는, 밖으로 나오자 가게에 들어가 선원복을 한 벌 살 생각을 했다. 누구나 아는 일이지만, 선원 복장이란 아주 간단하다. 흰 바지에 줄무늬 셔츠, 그리고 빨간 모자면 된다.
　이렇게 갈아입고 나서, 처음에 빌려 입었던 셔츠와 바지를 자코포에게 돌려주러 가다가, 당테스는 죈아멜리 호의 선장 앞에서, 여태까지의 이야기를 되풀이하지 않으면 안 되었다. 이렇게 말쑥하고 우아한 선원을 본 선장에게는, 이 사람이, 바로 수염이 텁수룩하고 머리에는 해초가 감기고 몸은 바닷물에 흠뻑 젖어 벌거벗은 채로 다 죽어가는 것을 갑판 위로 건져낸 그 사람이었다고 생각되지가 않았던 것이다.

그의 훤칠한 얼굴에 마음이 끌린 선장은, 당테스에게 고용 계약을 변경해 주겠다고 말했다. 그러나 자기대로의 계획이 있었던 당테스는 석 달을 한도로 하고 그 제안을 받아들였다.

그런데 한편, 굉장히 활동적인 죈아멜리 호의 승무원들은, 본래가 시간을 낭비하지 않는 선장의 명령 그대로 움직였다. 리보르노에 도착한 지 채 일 주일도 될까 말까 한 사이에, 이 배는 모슬린, 금제품인 목면(木棉), 영국제 화약, 세관의 검인(檢印)이 누락된 담배 등으로 가득 채워졌다. 이 모든 것을 자유항 리보르노에서 끌어내어 코르시카 해안에 내려놓기만 하면, 거기에 상인들이 있어서 그 짐을 프랑스로 보내게 하는 것이었다.

배가 떴다. 당테스는 또다시 자기가 처음으로 청춘의 꿈을 걸었던 이 쪽빛 바다, 옥중의 꿈속에서 그처럼 꿈꾸어 오던 그 바다를 헤쳐나갔다. 그는, 오른쪽으로는 고르고네, 왼쪽으로는 피아노사를 뒤로하고, 파올리(18세기 코르시카의 지사(志士)——옮긴이)와 나폴레옹의 조국을 향해 나아갔다.

이튿날, 여느 때와 마찬가지로 아침 일찍이 갑판 위에 올라간 선장은, 당테스가 선벽에 몸을 기대고 이상한 표정으로, 막 떠오르는 햇빛에 장밋빛으로 물든 화강암 바위산을 바라다보고 있는 것을 발견했다. 그것은 몬테크리스토 섬이었다.

죈아멜리 호는 우현(右舷)으로 사 분의 삼 해리(海里)에 섬을 남겨두고, 코르시카 쪽으로 항해를 계속했다.

당테스는, 그처럼 귀에 강하게 그 이름이 울려오던 섬을 끼고 지나가면서, 이대로 바다에 뛰어들기만 한다면 반시간 후에는 그 약속된 땅으로 갈 수가 있을 것이라고 생각했다. 하지만 보물을 찾을 만한 도구도 없이, 그리고 보물을 지킬 무기도 없이 거기엘 가면 무엇하겠는가? 더군다나 선원들이 뭐라고 할까? 또 선장은 어떻게 생각할 것인가? 시기를 기다려야 한다.

다행히도 당테스는 기다릴 줄 알았다. 그는 십사 년 동안이나 자유를 기다렸었다. 지금 자유의 몸이 된 그는, 보물을 위해 반년이나 일년쯤은 얼마든지 기다릴 수가 있었다. 설령 보물이 따르지 않는 자유라 하더라도, 그렇다고 해서 자유를 받아들이지 않았겠는가?

게다가 그 보물이라는 것도 완전히 꿈같은 것이 아니었던가. 그 불쌍한 파리아 신부의 병든 머리에서 나온 그 보물은 신부와 함께 죽은 것이 아닐까?

스파다 추기경의 편지가 이상하리만큼 정확했던 것은 사실이다.

당테스는 머릿속으로 그 편지를 처음부터 끝까지 되뇌어보았다. 그는 글자 하나 잊어버리지 않았다.

저녁이 되었다. 당테스는 저녁놀의 갖가지 색으로 섬 그림자가 달라지다가, 마침내는 사람들의 눈에서 어둠 속에 잠겨 보이지 않게 되는 것을 바라보았다. 감옥 속에서 어둠에 익숙해진 그의 눈은 계속해서 섬을 바라보았던 것이다. 그는 제일 마지막까지 갑판 위에 남아 있었다.

이튿날은 알레리아의 난바다에서 날이 밝았다. 배는 그날 하루 종일 해안을 끼고 나아갔다. 저녁이 되자, 해안에 불이

켜졌다. 그 불의 위치에 따라서, 짐을 풀어도 좋을는지 안 될는지 알 수 있었다. 배 꼭대기에는 기 대신에 신호등이 올라갔으며, 배는 바닷가로부터 소총의 사정 거리만큼 되는 곳까지 다가갔다.

그리고 물론 만일의 경우를 위한 것이겠지만, 당테스는 죈아멜리 호의 선장이 배가 육지로 가까이 감에 따라, 두 자루의 작은 장포(長砲)를 포좌(砲座) 위에 올려놓는 것을 보았다. 그것은 퓌지드랑파르(총의 하나——옮긴이)와 비슷한 것으로, 그다지 큰소리를 내지 않고도, 네 개로 1파운드 정도의 탄환을 천 보 밖까지 쏠 수가 있었다.

그러나 그날 밤, 그러한 주의는 아무 소용 없었다. 모든 것이 지극히 평온하고 순조롭게 진행되었다. 네 척의 보트가 소리를 죽여가면서 이쪽 배로 다가왔다. 이쪽에서도 영접을 하려는 듯이, 배에서 보트 한 척을 바다로 띄워 보냈다. 다섯 척의 보트가 힘껏 움직인 결과, 새벽 두시에는 모든 짐이 죈아멜리 호에서 육지로 옮겨졌다.

그날 밤, 배당금 분배가 있었다. 죈아멜리 호의 선장은 그만큼 규율이 엄격한 사람이었다. 한 사람이 토스카나 화폐로 100리브르씩 받았다. 그것은 프랑스 돈으로 약 25프랑에 해당된다.

그러나 항해는 그것으로 끝난 것이 아니었다. 배는 뱃머리를 사르디니아로 돌렸다. 방금 짐을 푼 이 배는, 다시 짐을 실러 가는 길이다.

이번 일도 처음 일만큼 잘 진행되었다. 죈아멜리 호는 운이 틔었던 것이다.

이번 짐은 루카 공국(公國)으로 가는 것이었다. 짐은 거의 전부가 하바나 궐련과 헤레스와 말라가 포도주였다. 그런데 거기서 쥔아멜리 호의 영원한 원수인 세관과 말썽이 일어났다. 세관 관리 한 사람이 자리에서 쓰러졌고, 이쪽에서는 선원 둘이 다쳤다. 당테스는 그 두 사람 중의 하나였다. 총알이 그의 왼쪽 어깨를 관통했다.

당테스는 이 조그만 싸움을 거의 유쾌하게 생각했고 팔 다친 것을 만족해했다. 이번 싸움과 부상이라는 두 가지 거친 훈련을 통해, 그는 자기가 어떤 태도로 위험에 임하였으며, 어느 정도의 담력으로 고통을 참아나갈 수 있는지를 깨달았다. 그는 웃으며 위험에 맞섰다. 그리고 자기가 다쳤을 때 그는 마치 그리스의 철학자처럼, 〈고통이여, 너는 악이 아니로다〉라고 말할 수 있었던 것이다. 그러나 그는 싸움 때문에 피가 끓어올라서인지, 아니면 인간적인 감정이 냉각되어 버려서인지, 그 일을 보고도 마음에 아무런 충격도 받지 않았다. 당테스는 지금부터 달려가려고 하는 길 위에 서 있는 것이다. 그리고 그 목표를 향해 앞으로 나아가고 있었다. 그러므로 그의 마음은 화석이 되어가고 있었다.

자코포는 당테스가 쓰러지는 것을 보자, 죽은 줄로 알고 달려가서 그를 일으켰다. 그리고 일단 일으킨 다음에는, 가장 절친한 친구처럼 그를 간호해 주었다.

그러니 이 세상은 팡글로스 박사(볼테르의 『캉디드』에 나오는 사람 이름——옮긴이)가 생각한 것처럼 그렇게 선량한 것도 아니며 또한 당테스가 생각하던 것처럼 악의에 찬 것만도 아니었다. 동료가 죽으면 그 사람 몫의 배당금까지 탈 수 있다는 것을 알면서도 그가 죽어가는 것을 보고 이 사나이는 이처럼 진심으로 걱정해 주는 것이 아닌가.

그러나 앞에서도 말한 바와 같이, 다행히 당테스는 부상으로만 그쳤다. 사르디니아의 노파들에게서 밀수업자들이 사들였던, 어떤 이상한 약초 덕택으로 상처는 이내 아물었다. 당테스는 자코포를 달래서, 간호의 답례로 자기 몫의 배당금을 주겠다고 말하였다. 그러나 자코포는 화를 버럭 내면서 이를 거절했다.

자코포가 맨 처음 당테스를 만났을 때부터 그에게 바쳐온 이러한 헌신적인 행위로, 당테스도 그에게는 어느 정도 애정을 느끼게 되었다. 그러나 자코포로서는 그 정도로 만족했다. 그는 본능적으로 당테스가 지금보다 훨씬 높은 지위의 인간이면서, 그것을 다른 사람들에게 감추고 있다는 것을 직감했다. 그러므로 자코포는 당테스가 자기에게 베풀어주는 이 작은 호의만으로 충분히 만족하고 있었던 것이다.

배 안에서의 긴긴 날들 동안, 배가 순풍을 만나 푸른 바다 위를 안전하게 달려서 항로 감시자에게만 배를 맡겨도 충분할 때면, 에드몽은 해도(海圖)를 손에 들고, 마치 파리아 신부가 자기의 선생이 되어주던 것과 마찬가지로 지금은 자코포의 선생이 되곤 했다. 그는 해안선의 지세(地勢)를 보여주며, 나침반의 변화를 설명하고, 우리 머리 위에 하늘이라고 불리는 커다란 책, 즉 신이 창고 위에 다이아몬드 글자로 써놓은 저 하늘이라는 책을 읽을 수 있도록 가르쳐주었다.

그리고 자코포가,「나같이 시시한 선원이 그런 건 알아서 뭘해?」하고 말하면,

에드몽은 이렇게 대답해 주었다.

「알 게 뭐야? 자네도 언젠가는 선장이 될 거 아냐? 자네하고 같은 나라 사람인 보나파르트는 황제가 다 됐는데」

잊어버리고 빠뜨린 얘기지만, 자코포는 코르시카 사람이었다.

이렇게 계속해서 항해를 하고 있는 사이에, 벌써 두 달 반이라는 세월이 흘러갔다. 에드몽은 일찍이 용감한 선원이었던 것과 마찬가지로, 지금은 또한 능숙한 연안 항해사가 되어 있었다. 그는 연안의 모든 밀수업자들을 다 알게 되었다.

그리고 이 반해적들이 서로를 알아보는 비밀 암호까지도 전부 알아버렸다.

그는 수없이 몬테크리스토 섬 앞을 왕래했다. 그러나 한 번도 상륙할 기회는 오질 않았다.

그래서 그는 이런 결심을 했다.

쥔아멜리 호의 선장과 계약한 기한만 다 채우게 되면, 곧 자기 돈으로 조그마한 배를 한 척 세내어(당테스에게는 그것이 가능한 일이었다. 그는 몇 번씩이나 항해를 하는 동안에 이미 100피아스트르 가량의 돈을 저축했기 때문이다) 무슨 구실을 하나 만들어서, 몬테크리스토 섬으로 가는 것이다. 그곳에서는 자유롭게 찾아다닐 수 있을 것이다, 아주 자유롭다고는 할 수 없을지 모르지만. 자기를 그곳까지 데려다 준 사람들이 그의 뒤를 밟을 수 있기 때문이다.

그러나 이 세상에서는, 위험하더라도 반드시 감행하지 않으면 안 되는 일이 있다.

감옥은 그를 신중한 사람으로 만들어놓았다. 되도록 아무 위험도 없었으면 하고 생각했다.

　머리를 쥐어짜 보았지만, 별 신통한 생각이 떠오르지 않았다. 아무리 상상력이 풍부하다 하더라도, 그처럼 가고 싶던 섬에 가는 데는, 아무래도 남이 안내해 주는 것 말고 다른 방법을 찾아낼 수가 없었다.

　당테스가 이처럼 망설이고 있을 때, 그를 신임하여 자기 밑에 꼭 잡아두고 싶다고 생각한 선장은, 어느 날 밤 그의 팔을 잡더니 비아 델 오리오의 술집으로 데리고 갔다. 그곳은 주로 리보르노의 밀수업자들이 자주 모이는 곳이었다.

　평소에 연안에서의 사업상 거래가 있는 곳도 바로 그곳이었다. 당테스도 두세 번 이 해상 거래소에는 와본 일이 있었다. 그리고 근 직경 2,000해리에 걸쳐 있는 연안 지방이 길러낸 이 용감한 해적들을 보면서, 항상 이렇게 흩어졌다 모였다 하는 이들을 자기 마음대로 휘두를 수 있는 인물이 나타난다면, 도대체 얼마나 큰 힘을 가지게 될까 하고 생각했었다.

　이번에 문제가 되고 있는 것은 상당히 큰 건이었다. 그것은 터키 카펫과 동양의 직물, 캐시미어를 실은 배에 관한 일이었다. 어디 교역을 할 수 있을 만한 중립 지대를 찾아내서 그 물건들을 프랑스 해안에 내려놓아야만 했다.

　이 일이 성공만 하면 배당금은 막대해서, 한사람 앞에 50내지 60피아스트르가 배당될 것이다.

　쥔아멜리 호의 선장은 하역 장소를 몬테크리스토 섬으로 하자고 제안했다. 그 섬은 완전한 무인도여서 군대도 세관도 없으며, 마치 메르쿠리우스의 한 손에 의해 저 이교도의 올림푸스 시대부터 바다 한가운데 놓여진 것 같았다. 메르쿠리우스는 상인과 도둑의 신이다. 이 두 계급은 뚜렷하지는 않다 하더라도, 오늘날 따로 분리해서 생각하고 있다. 그러나 옛날에는 이 두 계급을 같은 부류의 것으로 생각하고 있었던 것 같다.

몬테크리스토 섬이라는 말에, 당테스는 좋아서 펄쩍 뛰었다. 그는 마음속의 감동을 감추기 위해, 일어서서 연기가 자욱한 술집 안을 한바퀴 돌았다. 그곳에서는 각 나라의 사투리들이 프랑스어에 섞여 쓰이고 있었다.

그가 다시 얘기를 하고 있는 두 사람 곁으로 가까이 갔을 때, 그들은 배를 몬테크리스토 섬에 기항시킬 것과, 그 원정 여행을 위해 다음날 밤으로 곧 떠날 것을 결정했다.

그들이 에드몽의 의견을 묻자, 그는 그 섬이 가장 안전할 것이며, 또한 큰일을 성공시키려면 일을 조속히 해나가야 할 것이라고 대답했다.

그리하여 이미 정해진 계획에 아무런 변동도 없이 일이 시작되었다. 이튿날 밤엔 출범 준비를 완료하고, 바다가 잔잔하고 바람만 순조로우면, 다음다음날 밤엔 그 중립 지대인 섬에 도착하기로 되어 있었다.

## 몬테크리스토 섬

 이렇게 해서 당테스는, 오랫동안 모진 운명에 시달린 사람에게 가끔 뜻하지 않은 행운이 닥쳐오듯이, 이러한 행운으로 간단하고도 자연스럽게 그 목적을 달성할 수가 있어, 아무에게도 의심받지 않고 그 섬에 발을 들여놓게 되었다. 그처럼 고대하던 출발 시간까지 이젠 단 하룻밤밖에 남지 않았다.
 그날 밤이야말로 당테스는 여태까지 지내온 어느 밤보다도 흥분했다. 그날 밤 그의 마음속에서는 모든 행운과 불운이 차례차례로 떠올랐다. 눈을 감으면, 벽 위에 반짝이는 글씨로 스파다 추기경의 편지가 떠올랐다. 잠깐 눈을 붙이면 황당무계한 꿈들이 머릿속에서 소용돌이치곤 했다. 그는 에메랄드 포석에, 루비의 벽, 그리고 다이아몬드 기둥의 동굴 속으로 내려갔다. 진주가 방울방울, 마치 지하수가 스며나오는 듯 흘러 내려왔다.

당테스는 놀랍고도 황홀해서 주머니 속에 보석을 가득 넣었다. 그리고 낮에 돌아와 보니, 그 보석들은 한갓 돌로 변해 있었다. 그래서 그는 잠깐밖에 들여다보지 못했던 그 동굴 속으로 다시 들어가 보려고 했다. 그러나 길이 한없이 구불구불해서, 입구가 어딘지 찾아낼 수가 없었다. 그는 지쳐버린 기억 속에서 옛날 아라비아의 어부들을 위해 그 굉장한 알리바바의 동굴을 열어준 그 신비로운 마법의 말을 더듬어보았다. 그러나 모든 것이 허사였다. 한번 자취를 감춘 보물은, 잠시는 그것을 꺼내갈 수 있을 것같이 보였으나, 다시 대지의 신들의 손으로 돌아가 버리고 말았던 것이다.

날이 밝았으나 그는 여전히 지난 밤과 마찬가지로 열에 들떠 있었다. 그러나 그는 상상력에다 이번에는 논리를 가할 수가 있었다. 그래서 당테스는 지금까지 머릿속에서 막연히 떠돌아다니던 계획을, 이제는 확고하게 세우게 되었다.

밤이 되었다. 그러자 출발 준비가 시작되었다. 이 준비는 당테스에게 마음속의 흥분을 감출 수 있는 하나의 방편이 되었다. 그는 차츰 마치 자기가 선장이기라도 한 듯이 동료들에게 명령을 내릴 힘을 갖게 되었다. 그의 명령은 언제나 적확하고 실행하기가 쉽기 때문에, 그의 동료들은 그 명령을 신속히 이행할 뿐만 아니라, 즐거운 마음으로 그에 따랐다.

선장도 그가 하는 대로 내버려두었다. 그도 당테스가 다른 선원보다, 또 자기 자신보다도 낫다는 사실을 인정했다. 그는 이 청년을 자기 뒤를 이을 사람으로 생각했는데, 좋은 인연을 맺을 수 있을 만한 딸이 없음을 아쉽게 생각했다.

저녁 일곱시에는 모든 준비가 끝났다. 일곱시 십분, 배는 바로 등대가 켜진 시각에 그 밑을 지나갔다.

바다는 신선한 동남풍을 받으며 잔잔했다. 배는 쪽빛 하늘 아래 나아가고 있었다. 신은 하늘에서 차례차례로 별의 등불을 켰다. 그 별 하나하나가 하나의 세계였다. 당테스는 자기가 키를 맡을 테니 다들 자도 좋다고 말했다.

몰타 사람(모두들 당테스를 그렇게 불렀다)의 입에서 그런 소리가 나오니, 그 말만으로 충분했다. 모두들 조용히 제자리로 가서 잤다.

당테스에게는 가끔 이런 기분이 들 때가 있었다. 그는 고독 속에서 이 세상에 내던져졌는데도, 때때로 말할 수 없이 고독해지고 싶을 때가 있었다. 그런데 캄캄한 밤, 무한한 침묵 속에서 하느님께서 내려다보는 밑을 오직 혼자서 바다를 떠다니는 배보다 더 광대하고 더 시적인 고독이 있겠는가?

이번엔, 고독이 그의 생각에 가득 차고, 밤은 그의 공상으로 빛나며 침묵은 그의 희망으로 생동하고 있었다.

선장이 잠이 깼을 때 배는 돛을 활짝 펴고 달리고 있었다. 바람에 부풀어 활짝 펴지지 않은 돛은 하나도 없었다. 시속 2해리 반의 속력이었다.

당테스는 배를 선장에게 맡기고, 이번에는 자기가 해먹(그물 침상——옮긴이)에 가서 누웠다. 그러나 지난밤을 꼬박 새웠는데도 잠시도 눈을 붙일 수가 없었다.

두 시간 후에, 그는 다시 갑판으로 올라갔다. 배는 엘바 섬 앞을 지나는 중이었다. 마레치아나의 한가운데 피아노사의 푸르고 평탄한 섬 북쪽에 와 있었다. 푸른 하늘 속에 불타는 듯

빛나는 몬테크리스토 섬이 우뚝 솟아 있었다.
당테스는 피아노사 섬을 오른쪽으로 떨어뜨리기 위해, 조타수에게 키를 우현으로 돌리라고 명령했다. 그렇게 해야 항로를 2해리 내지 3해리 단축시킬 수 있으리라고 생각했던 것이다.
저녁 다섯시경이 되자, 섬 전체가 드러났다. 넘어가는 태양에서 쏟아져 나오는 빛으로 섬은 그 세세한 부분까지도 다 드러내 보였다.
당테스는 그 바윗덩어리들이 쌓여 이루어진 섬이 밝은 장밋빛에서 짙은 청색에 이르기까지, 석양의 여러 가지 색채를 발산하며 변하는 것을 삼킬 듯이 뚫어지게 바라보았다. 때때로 불을 뿜는 듯한 뜨거운 입김이 얼굴 위를 스쳐왔다. 이마는 새빨개지고, 시뻘건 구름이 눈앞으로 지나갔다.
재산 전부를 걸고 싸우는 도박자라 하더라도, 지금 그 희망의 정점에 서 있는 에드몽의 눈앞에 있는 이 절박한 불안에는 비길 수 없을 것이다.
밤이 되었다. 배는 밤 열시에 해안에 닿았다. 죈아멜리 호는 이곳의 회합에 일착으로 도착했던 것이다.
당테스는 평상시에 늘 자기를 억눌러왔음에도 불구하고, 이제는 이 이상 참을 수가 없었다. 그는 격정으로 제일 먼저 뛰어올랐다. 만약 그가 저 브루투스처럼 용기를 낼 수 있었더라면, 그도 대지에 입을 맞췄을 것이다.
캄캄한 밤이었다. 그러나 열한시가 되자, 달이 바다 한가운데서 떠올라 바다의 잔물결을 은빛으로 물들여 놓았다. 달은 점점 높이 떠오름에 따라, 하얀 빛의 폭포가 되어 펠리온 산에 쌓인 바위들 위에서 춤추기 시작했다.

섬은 쥔아멜리 호의 승무원들에게는 친숙한 곳이었다. 이곳은 그들에게는 수시로 머무르는 정박소 중의 하나였다. 당테스도 근동 여행에선 번번이 이 섬을 보며 지나긴 했으나, 한번도 이곳에 내려본 적은 없었다.

그는 자코포에게 물었다.

「오늘밤은 어디서 묵지?」

「배의 갑판에서 자야지」하고 자코포가 대답했다.

「동굴 속에서 자는 게 낫지 않아?」

「무슨 동굴?」

「섬 안에 있는 동굴 말이야」

「동굴이 있다고 들은 적 없는데」자코포가 말했다.

당테스의 이마에 식은땀이 흘렀다.

「몬테크리스토 섬에 동굴이 없어?」하고 그는 물었다.

「없어」

당테스는 잠깐 멍해 있었다. 그리고 나서 이런 생각을 했다. 그 동굴들은 그후 무슨 사고 때문에 막혀버렸음에 틀림없다. 그렇지 않으면 그 스파다 추기경이 조심에 조심을 하느라고 동굴을 메워버렸는지도 모른다.

그렇게 되면 그 없어진 입구를 찾아내는 일이 우선 급선무이다. 그러나 밤중에는 찾아낼 길이 없었다. 그래서 수색을 이튿날로 미루기로 했다. 한편, 해상 반 해리 위로 신호가 올라갔다. 그러자 쥔아멜리 호에서도 그와 비슷한 신호를 올려 이에 응답했다. 작업 시작을 알리는 신호였다.

뒤늦게 온 배는, 마지막으로 오는 배에게 안전을 알리는 그 신호가 오른 것을 보자, 안심하여 마침내 허옇게, 그리고 조용히 마치 유령처럼 나타나, 해안에서 약 1앙카브뤼르(약 200미터——옮긴이) 근처에 닻을 내렸다.

이윽고 짐의 운반이 시작되었다.

당테스는 일을 하면서도, 지금 자기 귀와 마음속에서 나직하게 끊임없이 웅성대는 생각을 한번만 밖으로 크게 얘기를 해도 모두들 그 한마디에 환성을 지르리라고 생각하고 있었다. 물론 그 굉장한 비밀을 밝히진 않았지만, 오히려 그것 때문에 혹시 눈치를 채이진 않았을까, 그리고 자기가 너무 왔다갔다 하고 자꾸 물어보고 너무 세심하게 관찰을 하고 또 언제나 조심하고 있었던 것들 때문에 오히려 남의 의심을 사게 되지나 않았을까 하여 걱정되었다. 그러나 지금 다행이라고 할 수 있는 것은, 그처럼 괴롭던 과거가 그의 얼굴 위에 지울 수 없는 슬픔을 드리워, 그 결과 그 구름 밑에 엿보인 기쁨의 빛은 사실상 잠깐 반짝했을 뿐, 두드러지게 드러나지는 않았다는 점이었다.

그러니 누구 한 사람 그를 의심한 사람은 없었다. 이튿날 당테스가, 총과 산탄(霰彈)과 화약을 가지고 바위 사이를 뛰어다니는 산양을 잡으러 간다고 말했을 때도, 모두들 당테스의 소풍을, 그가 사냥을 좋아하기 때문이 아니면, 혼자 조용히 있고 싶어서 그러는 줄로 알았다. 같이 따라나서겠다고 말한 것은 자코포 한 사람뿐이었다. 당테스는 그의 뜻을 거절하고 싶지 않았다. 같이 가기를 꺼려하면 혹시 남의 의심을 살까 봐 겁이 났던 것이다. 그러나 약 1킬로미터쯤 갔을까 말까 해서 산양 한 마리를 쏘아 죽이게 되자, 그는 자코포에게 그것을 동료들에게 가져가도록 하고, 모두에게 그것을 굽게 해서 다 되거든 자기에게도 먹으러 오라는 신호로 총을 한방 쏘아 달라고 말했다. 양고기 외에, 몇 개의 마른 과일과 몬테풀치아노 포도주 한 병으로 식사의 메뉴가 완전히 갖추어질 것이었다.

당테스는 자꾸 뒤를 돌아보며 길을 계속했다. 어느 바위 꼭대기에 오른 그는, 자기 발 저 밑에 자코포가 동료들에게로 가서 벌써부터 모두들 에드몽의 재주 덕분에, 주식 외에 반찬이 늘어난 점심 준비를 열심히 하고 있는 것을 내려다보았다.

당테스는 얼마 동안 우위에 있는 사람 특유의 쓸쓸한 미소를 띠고 그들을 바라다보았다.

「두 시간만 있으면」그는 말하였다.「저 사람들은 50피아스트르를 가지고 목숨을 걸고, 또 다른 50피아스트르를 벌기 위해 떠날 것이다. 그리고 다음엔 600리브르를 가지고 돌아와서는, 그 보물을 가지고 어느 마을로 내려가서 술탄(터키의 황제 ── 옮긴이)과 같이 당당하게, 나바브(태수(太守) ── 옮긴이)와 같이 자신을 갖고, 뿌리고 다닐 것이다. 오늘 내 희망은 그들의 돈을 무시하는 것이다. 그것쯤은 내 눈엔 형편없이 빈약한 재산이니까. 그러나 내일이면 나는 실망 속에서 이 빈약한 돈을 말할 수 없이 지고(至高)한 행복으로서 우러러보지 않으면 안 되게 될는지도 모른다…… 오! 그렇지 않아」에드몽은 소리쳤다.「그럴 리가 없어. 저 학자이며 실수가 없는 파리아가 그 점에 있어서만 실수를 할 리가 없지. 게다가 이렇게 비천하고 참혹한 생활을 계속하기보단 차라리 죽는 게 나아」

이렇게 해서 삼 개월 전만 해도 자유밖에는 갈망하지 않던 당테스가, 지금은 자유만으로 만족지 않고 부유함까지를 원하고 있었다. 그것은 당테스의 죄는 아니었다. 죄는 신에게 있다. 신은 인간의 힘을 제한해 놓고는, 그 인간으로 하여금 무한한 욕망을 갖게 했기 때문이다. 당테스는 바위들이 양쪽에 늘어서서 벽을 이루고 있는 틈바구니로 사라져버린 길을 따라, 격류 때문에 파인, 아마도 아직 사람의 발길에 한번도 닿지 않았을 좁은 오솔길을 끼고, 문제의 동굴들이 있었으리라고 생각되는 지점으로 다가갔다. 바다 기슭을 따라가며 깊은 주의를 기울여 조그만 물건까지 일일이 살펴가다가, 문득 몇 개의 바위 위에 사람의 손에 파인 자국 같은 것이 나 있는 것을 보았다.

형체가 없는 정신에는 망각의 옷을 입히고, 형체가 있는 것에는 이끼로 옷을 입히는 〈시간〉도, 이처럼 정연하게 꽉 박힌 표시, 그리고 필경은 무엇인가 하나의 표적을 나타내려고 찍힌 이 표시는 그대로 남겨두려고 했던 것 같다. 그러면서도 이러한 표시는 때때로 커다란 꽃다발처럼 만발한 도금양 덤불이나 꽉 들러붙은 이끼 밑에 가려 보이지 않고 있었다. 당테스는, 가지를 찾아내야만 했다. 이러한 목표는 에드몽에게 벅찬 희망을 불어넣어 주었다. 이것이야말로 저 추기경이 자기에게 예기치 못했던 재난이 일어났을 경우에, 조카에게 길을 인도해 줄 수 있도록 표시해 놓은 것이 아닐까? 이 외진 장소야말로 보물을 감추려는 사람에게는 정말 적당한 곳이다. 단지, 이러한 표시가 정말 그것을 찾아내야 할 사람 외의 다른 사람의 눈을 끌었던 적은 없었을까? 이러한 경이로운 비밀을 감추고 있는 이 섬이, 과연 그 화려한 비밀을 충실히 지켜만 왔을까?

그러나 항구에서 약 육십 보나 떨어져 있는 곳에서 땅의 기복 때문에 동료들 눈에 띄지 않고 있는 당테스는, 갑자기 그 표시가 사라진 것같이 생각되었다. 게다가 그가 따라가 본 곳에는 동굴 같은 것이 없었다. 단단한 토대 위에 있는 커다란 둥근 바위밖에는 아무것도 없었다. 에드몽은 그 표시의 마지막 지점에 와 있는 것이 아니라, 오히려 그 시발점에 서 있는 것 같이 생각되었다. 그래서 그는 발길을 돌려, 오던 길을 다시 돌아왔다.

그러는 사이 동료들은 점심 준비를 하고 있었다. 샘에 가서 물을 긷고 빵과 과일을 육지로 옮겨다가 아까 잡은 산양을 굽고 있었다. 모두들 임시로 만든 쇠꼬치에서 산양을 꺼내려고 하는 바로 그때, 당테스가 마치 어린 양처럼 가볍고 대담하게 바위에서 바위로 뛰어다니는 것을 보았다. 그들은 신호로 총을 한방 쏘았다. 당테스는 곧 방향을 바꾸어 그들에게도 달려왔다. 그러나 모두들 마치 나는 듯한 당테스의 모습을 지켜보며, 그 대담한 움직임에 아슬아슬해하고 있을 때, 마치 그들의 걱정을 옳다고 인정해 주기라도 하듯, 당테스가 발을 헛디뎠다. 그는 어느 바위 꼭대기에서 비틀거리다가, 소리를 지르더니 이내 그 모습이 보이질 않았다.

선원들이 한달음에 달려갔다. 자기들보다 우위에 있긴 했지만, 그들은 다 당테스를 사랑하고 있었기 때문이다. 그러나 제일 먼저 달려간 것은 자코포였다.

자코포는 에드몽이 피를 흘리며 쓰러져, 거의 정신을 잃고 있는 것을 발견했다. 아마 열두 자나 열 넉 자쯤 되는 높이에서 굴러 떨어졌음에 틀림없었다. 그의 입에 럼 주를 몇 방울 흘려 넣었다. 전에도 그처럼 효력이 좋았던 이 약은 이번에도 먼저와 똑같은 효과를 내었다.

에드몽은 다시 눈을 떴다. 그리고 무릎이 몹시 아프고 머리가 무겁고 허리의 통증을 참을 수 없다고 투덜거렸다. 동료들은 그를 해안으로 데려가려 했다. 그러나 그의 몸에 손을 대자, 자코포가 지휘를 하고 있음에도 불구하고 에드몽은 죽는 소리를 하며, 아무래도 아파서 움직이는 것은 참을 수 없겠다고 말했다.

당테스에게는, 점심 같은 것은 이미 문제가 아니었다. 그러나 동료들이야 자기와 같이 점심을 굶을 필요가 없으니, 제발 어서 돌아가 달라고 말했다. 자기는 단지 잠깐 동안 쉬기만 하면 된다고 고집했다. 그리고 다들 다시 돌아올 때는 확실히 좀 나아 있을 거라고 말했다.

선원들은 그 이상 조르지 않았다. 그들은 배가 고팠다. 산양 냄새가 거기까지 풍겨왔다. 그리고 이 뱃사람들에게 체면 같은 것은 아예 없었다.

한 시간 후에 그들은 다시 되돌아왔다. 그때까지 당테스가 할 수 있었던 것은, 한 열 발자국쯤 몸을 움직여 이끼가 낀 어느 바위에 가서 몸을 기대는 것 뿐이다.

그러나 당테스의 아픔은 가라앉기는커녕, 오히려 점점 더 심해지는 것 같아 보였다. 하지만 아침나절에 이곳을 떠나, 피에몬테와 프랑스의 국경, 니스와 프레쥐스 사이에 짐을 풀어 놓지 않으면 안 되었던 선장은, 어떻게 해서든지 당테스를 일으켜보려고 애썼다. 당테스는 선장의 뜻을 받아들이려고 있는 힘을 다해 보았다. 그러나 그럴 때마다 그는 얼굴이 새파래져서 앓는 소리를 내며 다시 쓰러지곤 했다.

「허리가 부러졌구나」 선장이 낮은 소리로 말했다. 「그래도 좋아! 좋은 친구니 이대로 버려둘 수는 없어. 어떻게 해서든지 배까지 옮겨가도록 해보자」

그러자 당테스는, 조금만 움직여도 이렇게 몹시 아프니, 그 고통을 참느니보다는 차라리 이대로 여기에서 죽는 편이 낫겠다고 말했다.

「그럼, 좋아」 선장이 말했다. 「무슨 일이 있더라도 자네같이 용감한 친구를 간호도 않고 내버려둘 수는 없어. 출발을 밤에 하기로 하지」

이 말에 선원들은 몹시 놀랐다. 그러나 이 제안에 반대할 사람은 하나도 없었다. 선장은 아주 엄격한 사람이었다. 자기의 계획을 중단하거나 심지어는 실행 일자를 연기하는 일 같은 것도 이번이 처음이었다.

당테스는 자기 때문에 배의 규율을 그처럼 함부로 어기지는 말아 달라고 말했다.

「안 됩니다」 하고 그는 선장에게 말했다. 「제가 실수한 겁니다. 그러니 제가 저지른 실수 때문에 생긴 고통은 제가 받는 게 마땅하지요. 제게 비스킷 조금하고, 산양도 잡고 제 몸도 보호하게 총 한 자루와 화약과 산탄(霰彈), 곡괭이 하나만 주십시오. 만약 나중에 저를 데리러 오시는 게 너무 늦어지면, 그 동안 살 집 같은 걸 마련해야겠으니까요」

「하지만 그러다간 굶어죽을걸」 선장이 말했다.

「차라리 그랬으면 좋겠습니다」 하고 당테스가 말했다.

「조금만 움직여도 이렇게 죽도록 아프니 말이에요」

선장은 배가 있는 쪽으로 몸을 돌렸다. 배는 작은 항구에서 출범 준비를 시작하여, 단장만 끝나면 곧 바다로 나갈 태세로 저 멀리서 흔들리고 있었다.

「자, 그럼 어떡했으면 좋겠단 말인가?」하고 그는 말했다. 「자네를 이렇게 내버려두고 갈 수도 없고, 그렇다고 여기서 머무를 수도 없으니 말야?」

「떠나십시오, 떠나세요!」당테스가 외쳤다.

「우리는 적어도 일 주일 동안은 못 올 텐데」선장이 말하였다. 「게다가 자네를 데리러 오려면 뱃길을 돌려야만 할 테니 말이야」

「그럼, 이렇게 해주세요」당테스가 말했다. 「만약 지금으로부터 이삼 일 후에, 이쪽으로 오는 어선을 만나시거든 제 일을 부탁해 주세요. 리보르노까지만 데려다 준다면, 25피아스트르를 주겠어요. 만약 그런 배를 못 만나시거든 그때는 저를 데리러 와주세요」

선장이 머리를 저었다.

「선장님, 제 얘길 들어보십시오. 쌍방에게 다 좋은 방도가 하나 있습니다」자코포가 말했다. 「선장님은 떠나십시오. 그럼 제가 남아서 간호를 하겠습니다」

「그럼, 자넨 나하고 같이 남느라, 배당금을 안 받아도 좋단 말인가?」하고 당테스가 물었다.

「물론이지」자코포가 말했다. 「그런 건 아무것도 아니야」

「자코포, 자네는 정말 용감한 사나이야」하고 당테스가 말했다. 「그 호의에 대해선 하느님께서 은혜를 베풀어주실 걸세. 고맙네만, 난 누구의 간호도 필요 없네. 하루나 이틀만 쉬면 다시 회복될 것이고, 이 바윗돌 같은 데서 타박상에 좋은 약초도 찾아낼 수 있을 것 같으니 말야」

이렇게 말한 당테스의 입술에는 이상한 미소가 스쳐갔다. 그는 자코포의 손을 힘있게 잡았다. 그러나 떨어져 남으려는 결심, 그것도 혼자 남으려는 결심만은 흔들리지 않았다.

밀수업자들은, 당테스가 원하는 대로 그를 남겨두고 떠났다. 그들은 수없이 뒤를 돌아보면서 멀어져 갔다. 그리고 돌아다볼 때마다 우정에 넘친 온갖 이별의 표시를 다 보내주었다. 당테스는 마치 손 외의 다른 부분은 움직일 수 없는 듯이, 일일이 손만 흔들어 이에 응답해 주었다.

이윽고 그들의 모습이 사라져버리자,

「이상한데」 하고 그는 웃으며 중얼거렸다. 「우정이라든가 희생적인 행동 같은 것이 저런 사람들 속에서 보이다니」

그는 조심스레 바다를 꽉 막고 서 있는 바위 위로 올라갔다. 그리고 그곳에서, 이제는 준비가 끝난 배가 닻을 올리고, 막 날개를 펴고 날려는 갈매기처럼 우아하게 몸을 흔들며 출항하는 것을 내려다보았다.

한 시간 후에는 배가 완전히 보이지 않았다. 적어도 그가 있는 곳에서는 배를 볼 수가 없었다.

그러자 당테스는 주위에 있는 바윗돌 위에 핀 도금양이나 랑티스크 사이를 뛰어다니는 산양보다도 더 가볍고 부드럽게 몸을 일으켰다. 그리고 한 손에 총을 들고 또 한 손에는 곡괭이를 들더니 아까 바위 위에서 발견한 표적이 끝났던 곳으로 다시 달려갔다.

「자, 이젠」 하고 당테스는 파리아가 이야기해 준 아라비아의 어부가 말했다는 암호를 생각해 내며, 큰소리로 외쳤다. 「자, 열려라, 참깨!」

# 경탄

태양이 그날 하루치 운행량의 삼 분의 일쯤 떠올라 있었다. 오월의 햇살이 따갑고 발랄하게 그 바윗돌 위로 내리쬐고 있었다. 바위들도 마치 그 따가운 볕을 느끼고 있는 것처럼 보였다. 히스 속에 묻혀 보이지 않는 수천 마리의 매미들이 끊임없이 단조로운 울음소리를 내고 있었다. 도금양과 올리브 잎이 파르르 떨리며 거의 금속성의 음향을 내고 있었다. 뜨겁게 단화강암 위를 당테스가 한 발 한 발 내디딜 때마다 에메랄드 같은 도마뱀들이 달아났다. 저 멀리 보이는 비탈길에는 야생 산양들이 뛰어다니고 있었다. 그래서 가끔 사냥꾼들이 이곳까지 오곤 했다. 그러니까 한마디로 말해서, 이 섬에는 예전부터 살고 있는 것도 있었으며, 살아 움직이는 것도 있었다. 그러나 당테스는 신의 손길 아래 살아 있는 것은 단지 자기 혼자뿐이라고 생각했다.
 그는 무언지 모를 일종의 공포 비슷한 느낌을 맛보았다. 그것은 아무도 없는 사막 속에 있으면서도 누군가 자기를 지켜보고 있는 것같이 느껴지는, 한낮에 대한 경계심이었다.
 그러한 느낌은 아주 강렬했다. 그래서 당테스는 일을 시작하려다 말고 문득 손을 멈추어 곡괭이를 내려놓고 총을 들고는 또 한번 섬에서 가장 높은 바위로 기어올라가서 주위를 휘둘러보는 것이었다.
 그러나 물론 그때 당테스의 주의를 끈 것은, 거기서 집들까지 다 바라다보이는 시적인 아름다움을 간직한 코르시카 섬도 아니었고, 그 옆에 있는 거의 잊혀져 버린 사르디니아 섬도 아니었으며, 장대한 추억의 엘바 섬(나폴레옹이 최초로 유형되었던 섬이다——옮긴이)도 아니었다. 그리고 저 수평선 저쪽, 선원의 익숙한 눈으로 보면 저 장엄한 제노바와 상업의 도시 리보르노가 보이는 해안선 또한 아니었다. 바로 그것은 새벽에 떠난 범선과 그리고 방금 떠난 배의 모습이었다.
 첫번째 배는 막 보니파치오 해협에서 사라져가는 참이었다. 두번째 배는 그와는 반대의 항로를 따라, 코르시카의 해안을 끼고서 이제 그곳을 지나치려고 하는 참이었다.
 그것을 본 에드몽은 안심했다.
 그는 자기 주위에 있는 것들을 좀더 가까이서 들여다보았다. 그는 지금 자기가 섬에서 제일 높은 장소인 원추형의 커다란 바위 위에, 위태로운 입상(立像)처럼 서 있다는 것을 알게 되었다. 밑에는 아무도 없었다. 주위를 둘러보아도 배 한 척 보이지 않았다. 보이는 것이라고는 섬에 와서 부서지는 푸른 파도와, 그 끊임없이 부서지는 파도에 하얗게 물드는 기슭뿐이었다.

그는 빠른 걸음으로, 그러나 조심스레 아래로 내려왔다. 아까는 교묘하게, 그리고 멋지게 가장을 했지만, 지금은 그런 사고가 실제로 일어날까 봐 겁이 났다.

앞에서도 말한 바와 같이, 당테스는 바위 위에 새겨진 표지와는 반대 방향으로 가보았다. 그리고 그 선이 마치 옛날에 여신의 샘이었기라도 한 듯이, 사람 눈에 띄지 않게 숨은 작은 만 같은 곳으로 뻗어간 것을 보았다. 그 만은 입구가 제법 널찍하고, 그 중앙은 꽤 깊어서 스페로나르 형의 작은 범선 같은 건 그 안에 들어가 숨어 있을 수도 있었다. 그래서 그는 파리아 신부에 의해 개연성의 미로 속을 교묘하게 안내한 귀납의 끈이라는 것을 따라, 이곳은 분명 추기경 스파다가 사람의 눈에 띄지 않기 위해 배를 이곳에 감추고 표적으로 지시된 선을 따라서, 그 선의 끝에다 보물을 묻었을 것이라고 생각해 보았다.

당테스가 다시 그 원형 바위 곁으로 돌아온 것은 이러한 추측 때문이었다.

그런데 다음 일이 그의 마음을 불안하게 하고, 역학(力學)에 대하여 그가 가지고 있던 모든 생각을 전복시켰다. 그것은 5,000 내지 6,000근이나 되는 이 바위를 상당한 힘을 이용하지 않고서야 어떻게 지금 이 토대 위에 올려놓을 수가 있었을까 하는 점이었다.

문득 한 가지 생각이 머리에 떠올랐다. 그것은 바위를 올려놓는 대신에 위에서 굴려 떨어뜨렸음에 틀림이 없다는 생각이었다.

그는 바위 위로 뛰어올라가 그것이 처음에 놓여 있었을 법한 장소를 찾아보았다.

과연 얼마 안 가서, 가벼운 경사면이 움푹 파여 있는 것을 발견했다. 바위는 그 위로 미끄러져 내려와서 지금 이 장소에 와서 멎어 버렸을 것 같았다. 보통 크기의 돌만한 또 다른 바위 하나가 그 큰 바위를 받치고 있었다. 그리고 손을 댔던 사실을 감추기 위해 돌과 조약돌이 세심하게 다시 놓여져 있었다. 이렇게 석공이 하는 것 같은 일을 한 위에는 풀이 날 정도의 흙이 덮여 있었다. 그래서 그 위에 풀이 나고 이끼가 깔리고 도금양과 유향의 씨가 머물러서, 낡은 그 바위가 마치 땅에 꽉 묻혀 있는 것같이 보였다.

당테스가 조심스럽게 그 흙을 떼어내 보니 그러한 기묘한 세공의 흔적이 드러났다. 아니면, 적어도 드러난 것 같았다.

그는 곡괭이로 오랜 세월의 힘으로 단단해진 중간 벽을 깨기 시작했다.

십 분쯤 곡괭이질을 하니까 벽이 쓰러졌다. 그리고 팔을 집어넣을 만한 구멍이 뚫렸다.

당테스는 할 수 있는 대로 제일 튼튼한 올리브 나무를 잘라다가 가지를 다 쳐낸 다음에, 그것을 구멍 속에 넣고 지렛대로 삼았다.

그러나 바위가 너무 무겁기도 하려니와 밑에 괸 돌이 너무 단단하게 받치고 있어서, 비록 헤라클레스의 힘을 가졌다 해도 사람의 힘으로는 도저히 들어올릴 수가 없었다.

바로 그때 당테스에게 바위보다는 그 굄돌을 빼내지 않으면 안 되겠다는 생각이 들었다.

그러나 어떻게 그것을 빼낸다?

당테스는 당황한 듯이 주위를 둘러보았다. 그의 시선은 자코포가 남겨놓고 간, 화약이 가득 든 들양의 뿔에 가서 멎었다.

그의 입가에 미소가 떠올랐다. 굉장한 착상으로 일을 완성할 수 있을 것 같았기 때문이다.

그는 곡괭이의 힘을 빌려, 팔이 너무 지치지 않게 하기 위해 공병들이 늘 하는 식으로, 위에 있는 바위와 그 밑에 깔린 바위 사이에 화약의 도관을 파고 거기다 화약을 채워넣었다. 그러고 나서는 손수건 끝을 뾰족하게 말아 그것으로 심지를 만들었다.

심지에 불이 붙자, 당테스는 멀찌감치 떨어져 있었다. 얼마 안 가서 곧 폭발이 일어났다. 위에 있던 바위는 무한한 힘으로 삽시간에 위로 튀어오르고 밑에 깔린 바위는 산산이 부서져버렸다. 그가 처음에 파놓은 조그만 구멍에서는 무수한 벌레들이 도망쳐 나왔다. 그리고 이 이상한 길의 문지기인 듯한 커다란 뱀 한 마리가 푸르스름한 배를 깔고 미끄러져 어디론가 사라져버렸다.

당테스는 가까이 가보았다. 굄돌이 없어져서 위에 있던 바위는 벼랑 쪽으로 기울어져 있었다.

대담한 당테스는 바위 주위를 한바퀴 돌더니 가장 물렁물렁한 곳을 골라 바위 모서리에 지렛대를 끼고 시지프스(그리스 신화에 나오는 인물이다——옮긴이)처럼 전력으로 바위를 들어올렸다.

폭발 당시 이미 움직였던 바위는 이내 흔들렸다. 당테스는 힘을 배로 기울였다. 그것은 마치 신들의 아버지와 전쟁을 하기 위해, 산을 송두리째 뿌리뽑는 저 티탄(신화 속의 인물로 신들에게 반항하여 산을 쌓아놓고 하늘로 오르려 하다, 제우스의 화를 입어 죽고 말았다――옮긴이)과도 같았다. 이윽고 바위가 밀려나 떼굴떼굴 굴러 바다 속으로 가라앉아 버렸다.

그러자 원형의 자리가 드러나며, 네모진 포석 한가운데에 쇠 고리가 박혀 있는 것이 보였다.

당테스는 기쁘고 놀라워서 소리를 질렀다. 이렇게 단 한번 시험해 보았을 뿐인데 단번에 이처럼 멋진 결과가 나타난다는 일은 절대로 생각할 수 없는 일이었다.

그는 일을 계속하려 했다. 그러나 다리가 후들후들 떨리며 가슴이 몹시 뛰고 타는 듯한 구름이 눈앞을 가려 손을 멈추지 않을 수가 없었다.

그러나 이러한 주저도, 불이 한번 번쩍할 만한 시간밖엔 가지 않았다. 당테스는 지레를 고리 안에 끼우고 힘껏 들어올려 보았다. 그랬더니 꽉 붙어 있던 돌이 열리며 급한 경사가 나타났다. 그것은 마치 계단과도 같았고, 들어가면서 점점 더 어두워지는 동굴 속으로 깊숙이 내려갈 수 있게 되어 있었다.

다른 사람 같으면 금방 뛰어내려가서 환호성을 질렀을 것이다. 그러나 당테스는 발을 멈추고, 얼굴빛이 새파랗게 변하며 의심을 품었다.

〈자아!〉하고 그는 생각했다. 〈사내답게 굴자! 늘 역경에 시달려 온 나이니 이제 와서 절망으로 나자빠지는 일이 없도록 하자. 그렇지 않으면 여태까지 고생을 해온 것이 아무 보람이 없지 않은가. 따뜻한 희망으로 지나치게 부푼 가슴은, 그 다음에 일단 냉혹한 현실에 부닥쳐 그 속에 갇히게 되면 이내 깨어지게 마련이다. 파리아 신부는 꿈을 꾼 것이다. 스파다 추기경은 이 동굴 속에 아무것도 묻어둔 일이 없다. 또는 이곳에 와 본 일조차 없을지 모른다. 또는 그가 왔었다 하더라도, 그 끈덕지고 음흉한 도둑놈 세자르 보르지아가 곧 그 뒤를 밟아 내가 발견한 것과 똑같은 표지를 따라서 나처럼 그 돌을 들어올리고, 나보다 앞서 굴 속으로 내려가 아무것도 남기지 않고 몽땅 가져가 버렸을 것이다.〉 그는 잠시 동안 이 어둡고 끝 없는 굴 어귀를 응시하며, 꼼짝 않고 생각에 잠겨 있었다.

〈자, 이제 아무것도 기대하지 않고, 오히려 희망을 가지는 걸 어리석게 여기게 된 지금, 앞으로 남은 모험이란 내게는 단지 호기심을 채우기 위한 것뿐이다.〉

그는 여전히 움직이지 않고 생각에 잠겨 있었다.

〈그렇다, 이것이야말로 저 도둑놈(세자르 보르지아를 말한다──옮긴이)이면서 왕족이었던 광명과 암흑이 뒤섞인 생애, 그 파란 만장한 일생을 엮어놓은 기괴한 구조물의 일부를 발견해내는 모험이다. 이런 꿈 같은 사건은, 어쩔 수 없이 다른 많은 일들에 얽혀 있음에 틀림없다. 그렇다, 보르지아는 어느 날 밤 한 손에는 횃불을 들고, 또 한 손에는 칼을 들고 이곳을 찾아왔을 것이다. 한편, 그에게서 이십 보쯤 떨어진 곳에는 필경 이 바위 아래에 시커멓고 무시무시한 두 사람의 경찰이 땅과 하늘과 바다를 경계하면서 서 있었을 테고, 그들의 주인은 마치 지금 내가 하려는 것처럼 손에 횃불을 들고 어둠을 헤치며 안으로 들어가고 있었을 것이다. 그렇다. 그런데 그 비밀을 알고 있던 그 경찰관들을 세자르는 어떻게 처치했을까?〉 당테스는 생각했다. 〈아라리크를 생매장한 자들과 똑같은 운명이 되고 말았을 거야. 매장된 자와 함께 생매장됐을 거야〉하고 그는 미소를 지으며 자기 물음에 스스로 대답했다. 〈그러나, 만약 그가 왔었다면〉당테스는 생각을 계속했다. 〈그는 보물을 찾아내서 그것을 가져갔을 것이다. 보르지아란 인간은 이탈리아를 아르티쇼(식용 식물이다——옮긴이)에 비유해서, 그것을 하나하나 먹은 인간이니만큼 바위를 제자리에 올려놓기 위해 시간을 낭비할 위인은 아니다. 내려가 보자.〉그는 내려갔다. 입술에는 연방 의혹의 미소를 띠고, 인간이 갖는 지혜의 마지막 표현인〈아마도!〉라는 말을 중얼거리며……

그러나 당테스는 미리 예상했던 암흑이라든가 탁하고 썩은 공기 대신에 푸르스름하고 부드러운 빛을 만났다. 그 빛과 공기는 방금 뚫어놓은 입구에서 새어들어올 뿐만 아니라, 밖에서 보아서는 알 수 없는 바위 틈바구니에서도 흘러 들어오고 있었다. 그리고 참나무 잎이랑 빽빽한 가시 덩굴들이 흔들리고 있었다.

공기는 축축하다기보다는 따스했고 퀴퀴하다기보다는 향기로웠으며 바깥 기온에 비해 서늘하여 태양 광선과 푸르스름한 빛 정도의 차이를 보이고 있었다. 이 동굴 속에 잠깐 있는 동안, 앞에서도 말한 바와 같이 어둠에 단련이 된 당테스의 눈은, 동굴 속 가장 후미진 구석구석까지도 능히 측량할 수가 있었다. 동굴은 화강암으로 되어 있어 그 반짝반짝하는 면이 마치 다이아몬드처럼 빛나고 있었다.

〈저런!〉당테스는 웃으며 생각했다. 〈추기경이 남겨놓은 보물이라는 건 필경 이거로구나. 그 신부는 이 반짝반짝하는 벽

을 꿈에 보고 그런 호화로운 희망을 갖게 되었던 게로군〉

그러나 당테스는 훤하게 외고 있는 유언장의 문구들이 생각났다. 유언장에는 〈제2의 입구에서 가장 깊은 모퉁이에〉라고 씌어 있었다.

당테스는 지금 겨우 제1의 동굴 속에 들어왔을 뿐이다. 이제는 제2의 동굴의 입구를 찾아야만 한다.

당테스는 방향을 정했다. 제2의 동굴은 물론 섬의 안쪽으로 더 깊숙이 들어가야만 할 것임에 틀림이 없다. 그는 바위 주위를 살펴보았다. 그리고 제2의 문이 열릴 듯한 벽 쪽으로 가서 두드렸다. 입구는 물론 굉장한 주의를 기울여 감추어졌을 것이다.

잠시 동안 곡괭이 소리가 바위에서 둔탁한 소리를 내며 울렸다. 그 둔탁한 소리에 당테스의 이마에서는 구슬땀이 배어 나왔다. 이윽고 굽힐 줄 모르는 당테스의 귀에는 화강암 벽이 어느 부분이 지금 두드린 부름 소리에 보다 무겁고 보다 깊게 메아리쳐 대답해 오는 것같이 들렸다. 그는 불타는 듯한 눈으로 벽 쪽으로 다가가서 자세히 들여다보았다. 그리고 죄수가 갖는 직감으로 아마 보통 사람 같으면 알아보지 못했을 것을 알아냈다. 그곳에 틀림없이 입구가 있으리라는 생각이었다.

그러나 세자르 보르지아처럼 시간의 가치를 알고 있는 당테스는, 쓸데없는 헛수고를 하지 않기 위해 곡괭이로 다른 벽들을 시험해 보았다. 그는 총머리로 땅바닥을 살펴보고 이상한 곳은 모래를 헤쳐냈다. 그러나 거기서는 아무것도 발견해 내지 못하고 아무것도 알아내지 못하자 마음에 위안을 주었던 그 벽으로 되돌아왔다.

그는 다시 한번 아까보다 더 세게 두드려 보았다.

그러자 이상한 사실이 하나 나타났다. 벽을 곡괭이로 세게 두드리자 그 밑으로 마치 벽화를 그릴 때 벽에다 칠하는 도료 같은 것이 일어나 비늘처럼 후두둑 떨어졌다. 그러더니 그 밑으로 보통 크기의 돌처럼 허옇고 부드러운 돌이 드러났던 것이다. 바위의 입구를 다른 성질의 돌로 막은 뒤 그 위에 도료를 발라 색깔과 결정이 꼭 화강암처럼 보이게 해놓은 것이었다.

당테스는 곡괭이의 뾰족한 끝으로 두드려보았다. 그랬더니 곡괭이가 약간 벽 속으로 패어 들어갔다. 바로 여기가 수상한 곳이었다.

인간의 마음속에 묻혀 있는 이상한 신비 때문이었는지, 파리아의 생각이 결코 잘못이 아니었다는 증거가 당테스의 마음을 점점 더 안심시키게 되면 될수록 그의 마음은 갈피를 못 잡고 점점 더 의심이 짙어져서, 이제는 거의 낙담까지 하게 되는 것이었다. 이 새로운 경험은 그에게 새로운 힘을 불어넣어 줘야 할 텐데, 오히려 남아 있던 힘마저 앗아가고 말았다. 곡괭이는 내려친다기보다는 손에서 거의 떨어져 내리는 형편이었다. 그는 곡괭이를 땅에다 내려놓고 이마의 땀을 씻은 다음 밝은 곳으로 올라갔다. 그것은 혹시 엿보고 있지나 않나 살펴보려고 한 것이었지만, 실은 기절이라도 할 것 같아서 바람을 쐬고 싶었기 때문이다.

섬에는 사람이라곤 하나도 없었다. 태양이 하늘 꼭대기에서 그 불꽃 같은 눈길로 섬을 감싸고 있는 것 같았다. 저 멀리 작은 어선들이 사파이어 빛깔의 푸른 바다 위에 그 날개를 펼치고 있었다.

당테스는 아직 아무것도 먹은 것이 없었다. 그러나 이러한 시기에 식사를 한다는 것은 너무 지리하다는 생각이 들었다. 그는 럼 주를 한 모금 들이켜고 나서 마음을 단단히 먹고 굴 속으로 다시 들어갔다.

아까는 그렇게도 무겁기만 하던 곡괭이가 다시 가벼워졌다. 그는 그것을 마치 펜이라도 들어올리듯 가볍게 들어올렸다. 그리고 다시 힘차게 일에 착수했다.

곡괭이질을 몇 번 하고 나서, 그는 돌들이 서로 꽉 달라붙어 있는 것이 아니라는 사실을 발견했다. 돌들은 다만 겹겹이 얹혀 있기만 했고, 그 위에다 앞에서 말한 도료를 씌워 놓았을 뿐이었다. 그는 돌과 돌의 틈바구니에 곡괭이와 끌을 갖다 끼우고, 자루를 힘을 주어 눌렀다. 그리고 돌이 발 밑으로 굴러 떨어지는 것을 보고는 환호성을 질렀다.

그 다음부터는 돌 하나하나를 곡괭이를 써서 앞으로 끌어내기만 하면 되었다. 돌이 하나씩 하나씩 제일 먼저 빠져나온 돌 옆으로 굴러 떨어졌다.

그는 첫번째 입구가 생겼을 때부터도 들어가려면 들어갈 수는 있었다. 그러나 그는 잠시라도 들어가는 희망을 늦춤으로써, 조금이라도 희망을 더 오래 가지고 싶어서, 현실에 맞닥뜨리는 것을 늦추어 왔던 것이다.

이윽고 또다시 잠깐 주저한 다음에, 당테스는 제1의 굴에서 제2의 굴로 들어갔다.

제2의 굴은 제1의 굴보다 더 낮고 더 컴컴하고 더 무시무시해 보였다. 방금 뚫어놓은 입구 외에는 아무데서도 들어올 수 없는 공기에는 독소가 서려 있었다. 제1의 동굴에 들어갔을 때 그는 그 독소가 없어서 깜짝 놀랐었다.

당테스는 바깥 공기가 안으로 들어가서 탁한 공기를 다시 신선하게 만들기를 기다려 안으로 들어갔다.

입구 왼쪽에는 깊고 어두운 모서리가 있었다.

그러나 물론 당테스의 눈에는 어두움이라는 것이 없었다.

그는 눈으로 제2의 동굴을 살펴보았다. 그것은 제1의 동굴과 마찬가지로 텅 비어 있었다.

만약에 보물이 있다면 저 어두운 구석에 묻혀 있을 것이 분명하다.

불안의 시기가 닥쳐왔다. 이제부터는 두 자 깊이의 땅을 파는 일이, 당테스에게 지고의 기쁨이냐 또는 최대의 절망이냐의 두 가지 갈림길이 남아 있을 뿐이다.

그는 구석으로 다가갔다. 그리고 돌연 마음을 결심한 듯이 용감하게 땅을 팠다.

대여섯 번 곡괭이질을 하자 곡괭이의 쇠가 다른 쇠에 부딪히는 소리가 울려왔다.

아무리 불길한 경종(警鐘)이라도, 그리고 소름 끼치는 조종(弔鐘)이라도, 그것을 듣는 사람에게 이처럼 심한 타격을 주지는 못했을 것이다. 당테스가 거기서 아무것도 발견하지 못했다 하더라도 그보다 더 새파랗게 얼굴이 질리지는 않았을 것이다.

그는 아까 살펴본 그 옆자리를 두드려보았다. 앞서와 똑같은 저항이 느껴졌으나, 그 소리는 같지 않았다.

〈나무 상자에 쇠로 테두리를 한 거로군〉하고 그는 생각했다.

바로 그때 무엇인가의 그림자 하나가 휙 햇빛을 가리고 지나갔다.
당테스는 곡괭이를 떨어뜨린 채 총을 잡고 입구로 다시 나와 바깥으로 뛰어나갔다.
들양 한 마리가, 동굴의 제1입구 위를 뛰어넘어가, 거기서 몇 발자국 떨어진 곳에서 풀을 뜯고 있었다.
이건 저녁 끼니를 확보할 좋은 기회였다. 그러나 당테스는 총소리가 다른 사람의 주의를 끌게 될 것을 꺼렸다.
그는 잠깐 생각한 끝에 진이 많은 나뭇가지를 하나 잘랐다. 그리고 그것을 아까 밀수업자들이 점심거리를 구운 다음 채 꺼뜨리지 않은 불가에 가서 그 나무에 불을 붙였다. 그리고 그 횃불을 들고 다시 돌아왔다.
그는 앞으로 일어날 일은 하나도 빠뜨리고 싶지 않았다.
그는 횃불을 파다 만 채로 남겨진 형체가 없는 구멍으로 가까이 가져가서, 자기가 착각을 하고 있는 것이 아니라는 사실을 확인했다.
그는 곡괭이를 나무와 쇠 위로 번갈아 내리치고 있었다.
그는 횃불을 땅에다 박아놓고 다시 일을 시작했다.
얼마 안 가서 길이 석 자, 폭 두 자 정도의 지면이 파헤쳐졌다. 그러자 조각이 있는 쇠로 테를 두른 참나무 상자가 하나 나타났다. 뚜껑 한가운데에는 땅 속에서도 빛을 잃지 않는 은판대기 위에, 스파다 가(家)의 문장(紋章)이 빛나고 있었다. 그것은 보통 이탈리아의 방패 꼴의 문장과 마찬가지로, 타원형의 문장 위에 칼이 세로로 놓이고 그 위에 추기경의 모자가 씌워진 것이었다.

당테스는 그것을 곧 알아보았다. 파리아 신부가 그것을 수없이 그려서 보여주었기 때문이다.

그때부터는 의심할 여지가 없었다. 보물은 바로 그 속에 있는 것이다. 설마 빈 상자를 이렇게 조심을 해서 이곳에 갖다놓았을 리는 없을 테니까.

삽시간에 상자 주위에 있던 흙들도 다 털어버렸다. 당테스는 차례차례로 두 개의 맹꽁이 자물쇠 사이에 낀 한가운데 있는 자물쇠와 측면에 있는 손잡이가 드러나는 것을 보았다. 거기에는 모두 당시의 풍습에 따라 조각이 새겨져 있었다. 그 시기에는 세공(細工)만 해 놓으면, 아무리 나쁜 금속이라도 귀하게 여겨지던 때였다.

당테스는 상자의 손잡이를 잡고, 상자를 들어올리려고 했다. 그러나 상자는 꼼짝도 안했다.

이번에는 상자를 열어보려고 했다. 그러나 자물쇠들은 단단히 잠겨 있었다. 그 충실한 문지기들은 마치 그들의 보물을 내주고 싶어하지 않는 것 같았다.

당테스는 곡괭이의 날카로운 끝을 상자와 뚜껑 틀에 끼우고 곡괭이 자루에 힘을 주었다. 뚜껑이 삐걱거리며 움직이더니 튀어올랐다. 널빤지가 커다랗게 갈라지자, 이미 철물 같은 건 아무 소용도 없었다. 그리고 그 완강한 갈고리로, 판때기를 꽉 그러쥐고 있었으나, 결국은 떨어지면서 망가져 떨어졌다. 상자가 열렸다.

당테스는 머리가 돌 듯한 흥분에 사로잡혔다. 그는 총을 집어 탄환을 재어서 옆에 놓았다. 그는 우선, 어린애들이 아직 밝은 하늘 속에서 헤아릴 수 있는 별들보다 더 많은 별들을, 상상 속의 밤하늘에서 찾아보려는 듯이 두 눈을 감았다. 그리고 나서 다시 눈을 떴을 때 그의 눈은 잠시 동안 휘둥그레졌다.
 상자는 세 칸으로 갈라져 있었다.
 첫째 칸에는, 갈색의 반사를 보이는 불그스름한 금화가 번쩍이고 있었다.
 둘째 칸에는, 세공이 안 된 지금(地金)이 가지런히 정돈되어 있었다. 그러나 그것은 무겁고 가치가 있다는 것뿐 금처럼 보이지는 않았다.
 이윽고 셋째 칸은 반쯤밖에 차 있지 않았는데 다이아몬드와 진주와 루비가 양손으로 수북이 넘쳐 났다. 그것은 반짝이는 폭포가 되어, 좌르르 떨어지면서 마치 우박이 유리창에 부딪히는 듯한 소리를 냈다.
 그 금과 보석을 손으로 대보고 만져보고 떨리는 손을 파묻어 본 다음에 에드몽은 벌떡 일어섰고, 미친 사람처럼 흥분으로 몸을 부들부들 떨며 동굴에서 뛰어나왔다. 그는 바위 위로 뛰어올라갔다. 바다가 내려다보였을 뿐 아무것도 눈에 띄지 않았다. 그는 이 헤아릴 수 없는, 들어본 일도 없는, 마치 꿈에 나타난 듯한 보물을 가지고 단지 혼자 있을 뿐이었다. 꿈을 꾸고 있는 것이었을까? 아니면 눈을 뜨고 있는 것일까? 이윽고 사라져버릴 꿈을 꾸고 있는 것일까? 그렇지 않으면 현실을 단단히 붙잡고 있는 것일까?
 그는 다시 한번 더 황금을 보고 싶었다. 그러나 지금은 그것을 들여다보고 있을 힘도 없을 것같이 느껴졌다. 그는 잠깐 마치 정신이 나가지 못하게 하려는 듯이 두 손으로 머리 꼭대기를 꽉 눌렀다. 그리고는 섬 안을 길도 가리지 않고 아무데로나 마구 뛰어갔다. 몬테크리스토 섬에는 길이라곤 없었기 때문이다. 함부로 소리를 지르고 허둥지둥 뛰는 바람에, 들양들은 도망을 치고 바닷새들도 놀라 달아났다. 그렇게 섬을 한바퀴 돌고 난 후 그는 아직도 의혹을 풀지 못해 다시 제자리로 돌아왔다. 그리고 제1의 동굴에서 제2의 동굴로 달려가 다시 그 황금과 다이아몬드 앞으로 갔다.

그는 이번에는 무릎을 꿇고 앉았다. 그리고 떨리는 손으로 뛰는 가슴을 누르고 신만이 알 수 있는 기도를 속으로 외웠다.

이윽고 마음이 훨씬 가라앉은 것같이 생각되었다. 그리고 자기가 행복해진 것도 같았다. 왜냐하면 그때 비로소 자기의 행운이 믿어지기 시작했기 때문이다.

그래서 그는 자기 재산을 계산해 보기 시작했다. 하나에 2 내지 3 리브르씩 하는 지금(地金)이 천 개. 그리고 지금 화폐로 각각 80프랑씩 하는 금화, 알렉산데르 6세와 그 선조들의 초상이 새겨진 금화가 이만 오천 개나 수북이 쌓였다. 그런데도 아직 상자속의 칸은 반밖에 비지 않았다. 이번에는 진주며 보석들이며 다이아몬드를 두 손으로 가뜩 열 번이나 퍼냈다. 그 대부분의 보석들은 당시의 훌륭한 귀금속 세공인들의 손으로 세공되어 있는 것이어서, 그 보석 자체의 가치는 별도로 하더라도, 세공품으로서도 굉장한 가치가 있는 것들이었다.

당테스는 해가 기울어지며 날이 점점 어두워지는 것을 바라보았다. 그는 이 동굴 속에 있다가 혹시 무엇에든지 갑자기 습격을 당할까 봐 걱정이 되었다. 그는 총을 손에 들고 밖으로 나왔다. 그는 비스킷 한 쪽과 포도주 몇 잔으로 저녁 식사를 끝냈다. 그러고 나서 돌을 다시 제자리에 놓고 그 위에 누워서 몸으로 동굴의 입구를 막고 몇 시간 동안 잤다.
　이 밤은, 그가 이제까지 굉장한 감격 속에 두서너 번 겪었던 감미롭고도 무서운 밤 중의 하나였다.

〈1권 끝〉

오증자

서울대 불문과와 같은 과 대학원을 졸업하였다. 서울여대 불문과 교수를 역임하였다.
역서로는 『고도를 기다리며』, 『바다의 침묵』, 『에밀』, 『미라보 다리』, 『위기의 여자』 등이 있다.

## 몬테크리스토 백작 1

1판 1쇄 펴냄 2002년 3월 25일
1판 36쇄 펴냄 2024년 1월 10일

지은이 알렉상드르 뒤마
옮긴이 오증자
발행인 박근섭, 박상준
펴낸곳 (주)민음사

출판등록 1966. 5. 19. (제16-490호)
서울특별시 강남구 도산대로1길 62(신사동) 강남출판문화센터 5층 (우편번호 06027)
대표전화 02-515-2000 / 팩시밀리 02-515-2007
www.minumsa.com

ⓒ 오증자, 2002. Printed in Seoul, Korea

ISBN 978-89-374-0386-6　04860
ISBN 978-89-374-0385-9　(전5권)

* 잘못 만들어진 책은 구입처에서 교환해 드립니다.